Un ange gardien pour Katlin

Proximité risquée

JULIE ANNE LINDSEY

Un ange gardien pour Katlin

Traduction française de
CHRISTINE BOYER

BLACK ROSE

HARLEQUIN

Collection : BLACK ROSE

Titre original :
DANGEROUS KNOWLEDGE

HARPERCOLLINS FRANCE
83-85, boulevard Vincent-Auriol, 75646 PARIS CEDEX 13
Service Lectrices — Tél. : 01 45 82 47 47 - www.harlequin.fr
ISBN 978-2-2804-5257-1 — ISSN 1950-2753

Composé et édité par HarperCollins France. Achevé d'imprimer en janvier 2021.
par CPI Black Print - Barcelone - Espagne
Dépôt légal : février 2021.

FSC www.fsc.org
MIXTE
Papier issu de sources responsables
FSC® C159065

Pour limiter l'empreinte environnementale de ses livres, HarperCollins France s'engage à n'utiliser que du papier fabriqué à partir de bois provenant de forêts gérées durablement et de manière responsable.

1

Katlin Andrews roulait en plein cœur de la nuit, un grand sourire aux lèvres. Elle était dans le quartier le plus mal famé de la ville mais elle s'en moquait. Elle avait l'impression de voler et débordait d'une telle joie, d'un tel bonheur, qu'elle avait envie de chanter, de crier d'allégresse.

Ce soir, elle avait gagné le gros lot. À elle seule, elle avait réuni assez d'éléments pour être en mesure de révéler au monde entier un énorme scandale, l'affaire du siècle. Cette histoire allait faire la Une de tous les journaux, elle n'en doutait pas, et elle pourrait se vanter de l'avoir lancée. Elle imaginait déjà la tête de son rédacteur en chef quand elle lui montrerait les preuves de ce qu'elle avançait. Il la jugeait trop jeune pour mener à bien une véritable enquête journalistique mais il avait tort. Elle ne s'était pas contentée de mettre le doigt sur un sujet brûlant. Elle avait maintenant de quoi le faire éclater.

Après cette victoire, elle exultait tout en s'engageant sur la voie express. Encore quelques kilomètres et elle arriverait chez elle. Elle avait hâte de rentrer. Elle comptait travailler jusqu'à l'aube pour rassembler toutes les pièces du puzzle et régler les derniers détails pour présenter à son patron un dossier en béton. Ce qu'elle avait découvert allait révolutionner sa vie. Elle en était sûre.

Un faisceau de phares apparut dans son rétroviseur, la tirant de son euphorie. Elle appuya sur la pédale d'accélérateur.

D'instinct, elle devinait un danger. À cette heure-ci, seuls des malfrats à la recherche d'un mauvais coup circulaient dans les parages, et elle préférait ne pas imaginer pour quelle raison ce véhicule la suivait.

Et encore moins ce qui se passerait s'il parvenait à la rattraper.

La gorge sèche, Katlin partageait son attention entre la route sombre devant elle et son poursuivant. Elle tenta de se rassurer. Peut-être voulait-il seulement la doubler. Sans doute s'affolait-elle pour rien. Personne ne l'avait vue, le nez collé au soupirail, prendre des photos du contenu de la cave – des photos capitales puisqu'elles prouvaient le bien-fondé de ses soupçons. Personne, elle en était certaine.

Pourtant, les phares se rapprochaient. Aveuglée, elle fit une embardée. Des gouttes de sueur perlèrent sur son front.

Soudain, dans un puissant rugissement de moteur, la voiture à ses trousses heurta violemment le pare-chocs de sa petite berline qui, sous l'impact, dérapa vers le bas-côté.

Katlin poussa un cri. Le cœur battant, elle s'efforça de reprendre le contrôle de son véhicule. Elle ignorait qui la poursuivait ainsi mais elle était dans le collimateur de quelqu'un, elle ne pouvait plus en douter à présent. Son poursuivant la heurta une nouvelle fois, encore plus fort. Déroutée sur la bande d'arrêt d'urgence, elle envoya valser au passage un cône de signalisation.

D'un coup de volant, elle parvint à redresser la situation. Comme elle retrouvait le macadam, elle chercha d'une main frénétique son smartphone au fond de son sac. La carte d'anniversaire qui y traînait depuis des mois en tomba mais, heureusement, elle avait mémorisé le numéro écrit à l'intérieur. Son frère avait eu une confiance totale en ce Jack Hale, et dans l'immédiat, elle n'avait pas besoin d'en savoir plus.

Composer le numéro sans lâcher la route des yeux et tout en surveillant son assaillant via le rétroviseur ne fut pas une mince affaire. Mais le pire fut d'entendre le téléphone de son correspondant sonner dans le vide.

Les yeux de Katlin se remplirent de larmes.

— Je vous en prie, décrochez, murmura-t-elle, en proie à un désespoir croissant. Décrochez, décrochez, décrochez !

« Vous êtes bien sur le répondeur de Jack Hale, annonça une voix de ténor d'un ton autoritaire. Merci de laisser un message après le bip. »

Katlin raccrocha et rappela immédiatement.

La voiture qui la poursuivait accéléra pour se mettre à sa hauteur. Sa couleur métallisée lui donnait l'apparence d'une balle fusant dans la nuit.

« Vous êtes bien sur le répondeur de Jack Hale… »

Katlin recomposa le numéro. S'il ne prenait pas l'appel à la troisième tentative, elle lui laisserait un message détaillé. Si elle ne survivait pas à cette agression, elle voulait qu'au moins une personne de confiance ait la possibilité de transmettre à qui de droit ce qu'elle avait découvert. Et de s'arranger pour que le salopard qui tentait de la tuer soit puni.

Le véhicule argenté fit une brusque embardée dans sa direction et Katlin évita de justesse la collision. Son aile droite percuta la glissière de sécurité avec un crissement infernal. La secousse fut telle qu'elle faillit laisser tomber son smartphone alors qu'elle rappelait une dernière fois ce Jack Hale.

— Décrochez, cria-t-elle. Je vous en supplie, décrochez !

Elle écrasa la pédale d'accélérateur. À présent, elle devait rouler sur le bas-côté, sur l'étroite bande de terre qui longeait le bitume, et des cailloux volaient au passage de ses roues.

— Décrochez, répéta-t-elle. J'ai besoin de vous, Jack. Décrochez !

La gorge serrée, elle écouta une fois de plus l'annonce d'accueil de Jack Hale.

« Vous êtes bien sur le répondeur de… »

Son poursuivant revint à la charge et heurta sa portière

avec tant de violence que, sous le choc, son smartphone lui échappa. Son agresseur cherchait manifestement à l'envoyer dans le décor. Affolée, Katlin braqua son volant à gauche pour tenter de s'éloigner de la glissière, de revenir sur la voie goudronnée. Mais derrière elle, son assaillant la percuta une nouvelle fois avec force.

Sa petite berline quitta la route et dévala la pente vers la rivière en contrebas.

Le téléphone recommença à sonner alors que Jack sortait de la cabine de douche. Depuis qu'il avait rejoint Fortress Defense, l'agence de protection privée qu'il avait créée avec trois frères d'armes, il vivait sur place, au siège. Ce qui, au départ, lui avait paru plus pratique se révélait un enfer. Il lui devenait presque impossible de se restaurer sans être dérangé. *Ou de se doucher*, pensa-t-il avec un soupir.

Il venait de terminer sa dernière mission – qui s'était évidemment finie tard, bien après l'heure de fermeture des bureaux – et en rentrant, il avait espéré un peu de calme, un moment pour souffler. Mais dans son secteur d'activité, les clients appelaient à toute heure du jour et de la nuit, il le savait. Pourtant, ce coup de fil le surprenait car Sawyer était de garde, ce soir, et les appels lui étaient automatiquement transférés. Pourtant, entre l'instant où il était entré dans la cabine de douche et celui où il en était sorti, une serviette nouée autour des reins, son smartphone n'avait cessé de sonner. Et maintenant, alors que, pieds nus et en jean, il cherchait un T-shirt propre, la sonnerie se fit de nouveau entendre.

Comme il s'emparait de l'appareil, il s'aperçut qu'il avait reçu sept appels en absence. Trois émanaient d'un même numéro qui lui était inconnu et avaient été passés il y a plus d'une heure. Il ne les avait même pas entendus, sans doute parce que, en rentrant, il était allé s'entraîner dans la salle de sport de Fortress Defense. Les quatre autres appels venaient d'un numéro masqué qui rappelait une cinquième fois.

— Fortress Defense, bonsoir, dit-il en collant le téléphone à son oreille d'une main et en ébouriffant ses cheveux trempés de l'autre. Jack Hale à l'appareil.

Une voix féminine lui répondit :

— Bonsoir, monsieur Hale. Ici, l'inspectrice Reihl du poste de police de Campbellsville.

Jack se pétrifia. Si les civils téléphonaient lorsqu'ils avaient besoin de protection, les policiers, eux, les contactaient quand il était déjà trop tard.

— Oui ? C'est à quel sujet ?

Il chercha dans sa mémoire un client qui vivait ou travaillait à Campbellsville. Où se trouvait Campbellsville, d'ailleurs ? Dans le sud ou dans l'est du Kentucky ?

— Je vous appelle à propos d'un accident de voiture qui s'est produit sur la voie express, ce soir, répondit l'inspectrice. Près de la sortie permettant d'accéder au centre-ville. Connaissez-vous un peu la région ?

— Non, madame, dit-il, tout en passant un T-shirt sur sa peau encore humide. Un client de Fortress Defense est-il impliqué dans cet accident ?

Il s'empara d'un stylo et d'un bloc de papier, prêt à noter les détails de l'affaire pour l'un de ses coéquipiers. En effet, pour sa part, il était certain de n'avoir jamais travaillé pour quelqu'un habitant Campbellsville.

— Eh bien, c'est à vous de me le dire, je le crains, répondit l'inspectrice Reihl. Peu avant que sa voiture quitte la route, la conductrice a appelé votre numéro à plusieurs reprises.

— Mon numéro ? répéta Jack, abasourdi.

Son regard se posa alors sur le smartphone branché sur le chargeur de l'autre côté de la pièce. *Le téléphone de Fortress Defense*. Il se rendit compte alors que celui qu'il pressait contre son oreille était le sien, son appareil personnel.

— Et vous dites que le drame a eu lieu ce soir ? poursuivit-il, se remémorant soudain l'autre série d'appels manqués émanant tous trois du même numéro inconnu. Il y a environ une heure, non ?

— En effet, lui confirma l'inspectrice Reihl, une note de curiosité dans le ton. Avez-vous une idée de la raison de ces appels ? Pourquoi a-t-elle tant de fois cherché à vous joindre alors qu'elle roulait à tombeau ouvert sur la voie express et qu'il est interdit de téléphoner au volant ? S'agit-il d'une petite amie ? Vous étiez-vous disputés et était-elle en colère contre vous ?

Jack secoua la tête tout en enfilant à la hâte ses bottes.

— Je n'ai pas de petite amie.

La seule femme qu'il ait jamais aimée était morte, quatre ans plus tôt, lors d'un exercice d'entraînement en Somalie. Il n'avait aucune envie de retomber amoureux et de revivre l'immense chagrin qu'il avait connu après cette tragédie.

— De qui s'agit-il ? demanda-t-il. Qui est cette conductrice ?

Qui que ce soit, elle avait voulu lui parler, et il tenait à savoir pourquoi.

— Elle va bien ? ajouta-t-il, prenant conscience que l'inspectrice ne lui avait rien dit sur ce point.

— Bien, c'est peut-être beaucoup dire, grommela-t-elle. Après un accident, il est toujours difficile de se prononcer avec certitude. Et à en croire son permis de conduire, elle s'appelle Katlin Andrews. Ce nom vous dit-il quelque chose ?

Jack en eut le souffle coupé.

— Katlin Andrews ? répéta-t-il, certain d'avoir mal entendu.

— C'est ça. Vingt-six ans, blonde, les yeux marron. Cela fait-il tilt dans votre esprit ? En tout cas, elle, elle vous connaissait et elle avait manifestement très envie de vous parler.

Jack repoussa la culpabilité, la douleur et l'angoisse qui s'emparaient de lui.

Katlin était blessée. Elle l'avait appelé à l'aide et il n'avait pas répondu.

— Où est-elle ? Puis-je la voir ?

— Sans doute, répondit l'inspectrice. Elle est arrivée inconsciente aux urgences mais les médecins semblent confiants. Ils pensent qu'elle va s'en tirer. Si elle a repris connaissance, je n'ai pas encore pu l'interroger. Voilà d'ailleurs pourquoi je vous ai appelé, vous. Alors, la connaissez-vous ou pas ?

Un intense soulagement envahit Jack et il poussa un gros soupir.

— Katlin est la petite sœur de mon meilleur ami et je suis, disons, son tuteur non officiel.

— Si je comprends bien, son frère est son plus proche parent. Auriez-vous l'amabilité de me communiquer ses coordonnées ?

— Non, madame, répondit Jack en se raidissant. Griffin Andrews est mort. Il a perdu la vie au cours d'une mission de reconnaissance, il y a trois ans. Nous nous battions alors au Proche-Orient. Nous étions comme des frères. Et voilà pourquoi, en mourant, Griffin m'a confié sa sœur. Il m'a chargé de veiller sur elle à sa place. Comprenez-vous ?

— Un peu comme un frère de remplacement ?

— Oui, voilà.

Cela dit, il n'avait pas été à la hauteur. Il avait même été en dessous de tout. À sa décharge, il n'avait jamais bien su comment considérer Katlin. La première fois qu'il avait vu sa photo, il avait poussé un sifflement admiratif et félicité Griffin en lui disant que sa petite amie était vraiment canon. Il s'était alors pris un coup de poing en pleine figure. Il lui avait fallu quelques instants pour comprendre sa méprise. Vu la façon dont Griffin lui parlait de sa sœur depuis qu'ils se connaissaient, Jack avait cru que Katlin était au lycée, voire au collège. Il n'aurait jamais imaginé que la ravissante blonde en bottes de cow-girl, photographiée au bras de Griffin à la sortie d'un concert de country, était sa petite sœur.

Griffin l'avait regardé d'un air mauvais.

« C'est ma sœur. Pour la toucher, il faudra passer sur mon cadavre. »

Le cœur de Jack se serra au souvenir de ces mots. *Sur son cadavre.* Jack aurait tout donné pour que Griffin soit encore en vie.

— Je suis désolée et je vous présente mes sincères condoléances, répondit finalement l'inspectrice Reihl. Perdre un frère ou une sœur n'est pas facile. Perdre un ami non plus.

Jack s'empara de ses clés, de son arme de poing et de son holster.

— Merci.

— Savez-vous comment je pourrais contacter les proches de Mlle Andrews ? insista l'inspectrice. Son père, sa mère, une sœur ou un autre frère, peut-être ?

— Ses parents sont en poste en Autriche. Et très difficiles à joindre. Et Griffin était son seul frère.

Katlin vivait seule aux États-Unis. Et Jack avait juré à Griffin mourant qu'il veillerait sur elle puisqu'il ne serait plus là pour le faire. Jack avait donné sa parole mais il n'avait jamais eu le courage d'appeler Katlin ou de passer la voir. Il avait eu peur de raviver par sa seule présence les émotions qui accompagnaient la perte d'un être cher. D'autant que Katlin et Griffin avaient été très proches. Voilà pourquoi il s'était contenté d'envoyer des cartes de vœux pour Noël et pour ses anniversaires. Sur chacune, il avait écrit son numéro. Pour la laisser prendre l'initiative et décider si elle voulait le rencontrer ou non.

— Katlin n'a que moi, dit-il.

Malheureusement pour elle.

— Pourrais-je la voir ? répéta-t-il. Lui parler ?

— Vous verrez ça avec l'hôpital, répondit l'inspectrice Reihl. J'aimerais moi aussi m'entretenir avec vous. Acceptez-vous de faire un saut à Campbellsville, demain ?

Jack enfonça une casquette de base-ball noire sur ses cheveux encore humides et enfila son blouson de cuir.

— Oui.

Il était déjà en route.

2

Jack se rendit à Campbellsville en beaucoup moins de temps que le GPS ne l'avait prédit. Il avait pris quelques libertés avec les limites de vitesse sur les routes de campagne désertes. Répondre à un appel nocturne présentait l'avantage de rouler quand tout le monde dormait. Et ce soir, il n'avait pas de temps à perdre.

Bâti dans les hauteurs de la ville et éclairé jour et nuit, l'hôpital se voyait de loin. Jack se gara à proximité et se hâta vers l'entrée des urgences. Comme il s'approchait du bureau d'accueil, l'employée assise derrière le comptoir leva les yeux.

— Bonsoir, dit-il. Je voudrais voir Katlin Andrews.

Des images de la jolie blonde pleine de vie et de santé s'imposèrent à sa mémoire. Il avait vu de nombreux portraits d'elle et de Griffin avec leurs parents ou des amis. À la plage, sur un bateau, lors de concerts et d'une remise de diplômes. Des années durant, son meilleur ami avait accroché ces photos dans son casier. Après la mort tragique de Griffin, Jack les avait renvoyées à sa famille.

— Elle a été victime d'un accident de voiture, poursuivit-il. L'inspectrice Reihl m'a prévenu, il y a environ deux heures.

L'employée l'évalua d'un regard.

— Êtes-vous de sa famille ?

— Oui.

En route, il avait prévu cette question et réfléchi à la meilleure manière d'y répondre. Certes, Katlin et lui n'étaient pas du même sang. Mais Jack se considérait comme un frère de remplacement. Surtout, il s'était engagé à veiller sur elle et il n'aurait pas la possibilité de le faire s'il n'était pas autorisé à la voir.

— Parfait, dit la réceptionniste. Elle a été admise au service de traumatologie qui se trouve au troisième étage, mais…

— Je vous remercie, dit-il avant de tourner les talons et de s'éloigner à grands pas.

Il n'avait pas le temps d'écouter des mises en garde ou des avertissements. Il lui fallait se rendre au plus vite au chevet de Katlin. Après avoir traversé une telle épreuve, il n'était pas question qu'elle soit seule à son réveil.

Comme il poussait les portes de la cage d'escalier, il entendit l'employée crier dans son dos :

— Les heures de visite sont passées !

Il s'en moquait bien et gravit les marches quatre à quatre. Le souvenir d'un autre hôpital remonta soudain à sa mémoire. Perdre la seule femme qu'il ait jamais aimée avait failli le rendre fou de douleur. Il se revit, sanglotant comme un enfant dans les bras de Griffin. Les dents serrées, il chassa ces images de son esprit. Il n'était pas sur une base militaire et Katlin n'était pas soldat. Le cœur de Jack ne risquait plus de se briser et il veillerait à ce qu'il en soit toujours ainsi.

Il remonta un couloir désert. Une odeur d'eau de Javel flottait dans l'air. Des murs vert pâle et un sol carrelé le menèrent au poste des infirmières où deux femmes en blouse blanche bavardaient à voix basse devant des cafés.

Elles sursautèrent lorsqu'elles remarquèrent sa présence.

— Désolé, dit-il, levant les mains dans un geste destiné à les rassurer. Je ne voulais pas vous faire peur. Je sais qu'il est tard mais Katlin Andrews a eu un accident de voiture, ce soir. Je suis venu dès que l'inspectrice Reihl m'a appelé pour m'en informer.

Les infirmières se détendirent. La petite brune – qui se

prénommait Julia, à en croire le badge qu'elle portait à la poitrine – esquissa un sourire.

— Bien sûr.

Elle se leva et lui tendit un registre avec un stylo.

— Tous les visiteurs de l'étage doivent inscrire leurs noms. Les visites ne commencent qu'à 8 heures, et le matin, elles sont réservées aux familles. J'avais cru comprendre que celle de Mlle Andrews vivait à l'étranger…

— En effet, répondit Jack tout en cherchant frénétiquement une raison pour justifier sa présence. Je suis le fiancé de Katlin, Jack Hale.

En l'affirmant, il eut l'impression de trahir son amour pour Cara. Une impression insensée mais douloureuse.

Julia serra les mains contre sa poitrine.

— Désolée. Personne ne nous avait dit qu'elle était fiancée.

— Ce n'est pas grave, ne vous en faites pas, dit-il, soulagé de l'avoir convaincue. La nuit a été difficile.

La deuxième infirmière fronça les sourcils.

— Katlin Andrews ne porte pas de bague de fiançailles.

— Nous nous sommes fiancés il y a peu, improvisa Jack, maudissant le sens de l'observation de cette femme. Nous parlons mariage depuis des mois mais nous n'avions pas encore officialisé notre engagement. Je le regrette mais en fait, je n'avais simplement pas encore trouvé le temps de lui acheter une bague. Je vais m'en occuper sans plus tarder.

— Oui, vous avez intérêt, dit l'infirmière numéro deux. Elle aurait pu mourir sans savoir que votre demande en mariage était sérieuse et que vous comptiez vraiment l'épouser…

— Vous avez tout à fait raison, répondit Jack. Je vais arranger les choses dès que possible.

Les mots lui venaient plus facilement. Ils étaient sincères. Il arrangerait les choses pour Katlin dès qu'elle se réveillerait. Il ferait tout pour qu'elle se rétablisse le plus vite possible. Il le devait à Griffin.

Julia sourit.

— Mlle Andrews est toujours inconsciente, mais nous effectuons régulièrement des rondes. Nous vous tiendrons au courant de l'évolution de sa situation.

Elle montra le registre.

— Notez votre nom puis allez vous asseoir dans la salle d'attente.

Jack s'empara du stylo, puis consulta sa montre.

— Merci. Est-ce que par hasard l'inspectrice Reihl est encore là ?

— Sûrement pas, répondit Julia. Mais elle reviendra.

Jack l'espérait. Il avait un milliard de questions à lui poser, en commençant par les plus basiques. À quelle vitesse Katlin roulait-elle au moment de l'accident ? Y avait-il eu des témoins du drame ? Se pouvait-il qu'elle se soit endormie au volant ? Tout ce qu'il n'avait pas pensé à lui demander tout à l'heure au téléphone, avant de partir pour Campbellsville.

Il leva les yeux vers les infirmières.

— Est-ce qu'on lui a fait une analyse de sang pour savoir si elle était sous l'emprise d'alcool ou d'autre chose ?

Julia hocha la tête.

— Nous aurons les résultats dans la matinée.

— Savez-vous quelque chose à propos de l'accident ? poursuivit-il.

— Non, désolée. Katlin est la seule à pouvoir le raconter et depuis son arrivée, elle n'a pas prononcé un mot.

L'autre infirmière intervint d'un ton de conspiratrice :

— Lorsque Mlle Andrews a été admise dans le service, j'ai entendu l'inspectrice Reihl s'entretenir avec un policier. Il lui disait que le véhicule accidenté avait été remorqué jusqu'à la fourrière. Et qu'il avait remarqué que la portière côté conducteur et le pare-chocs arrière avaient été endommagés. Cela lui semblait louche pour une voiture qui avait quitté la route, basculé dans le vide et fini sa course près de la rivière en contrebas… En effet, le cours d'eau se trouve *sur le côté droit* de la voie express.

Jack croisa les bras.

— Pensait-il que quelqu'un l'avait emboutie ? Et l'avait sciemment envoyée dans le décor ?

— Il ne s'agit que de spéculations, intervint Julia. Votre fiancée venait d'un quartier plutôt mal famé de la ville. Peut-être a-t-elle simplement été victime d'un chauffard.

Jack préférait cette hypothèse à l'éventualité de Katlin conduisant sous l'emprise de l'alcool ou de stupéfiants, mais que fabriquait-elle dans les bas-fonds de Campbellsville ? Et d'ailleurs, qu'était-elle venue faire à Campbellsville ? Elle habitait Stanford, à plus d'une heure de route.

— L'inspectrice Reihl m'a dit que l'accident s'était produit près d'une bretelle de sortie. Savez-vous laquelle ?

— La sortie 19, répondit Julia. C'est le seul endroit où la rivière longe la voie express.

— Et auriez-vous l'adresse de la fourrière ? s'enquit Jack. J'aimerais me rendre à ces deux endroits.

— La fourrière se trouve sur la rue principale, près du poste de police, répondit Julia. Elle ouvre tôt mais pas avant le lever du soleil. Il vous reste plusieurs heures à patienter.

— D'accord.

Jack considéra la salle d'attente déserte derrière lui.

— Cela vous ennuie-t-il si je reste ici jusqu'au début des heures de visite ou jusqu'à ce que Katlin reprenne conscience ? demanda-t-il. Me préviendrez-vous dans ce cas ? Même s'il n'est pas encore 8 heures ?

— Bien sûr, dit Julia avec un sourire. Allez vous asseoir. Je vais faire ma ronde, maintenant. Si elle se réveille, je vous le dirai.

Jack s'assit sur une chaise près d'une fenêtre. De là où il se trouvait, il voyait le poste des infirmières, l'ascenseur et l'escalier. Il lutta contre l'envie de suivre Julia dans le couloir jusqu'à Katlin.

Tirée des brumes de l'inconscience par une insupportable migraine, Katlin sortit lentement de sa torpeur. Elle battit des paupières mais les referma aussitôt, gênée par la lumière des néons au-dessus de sa tête. Tout son corps était douloureux, elle se sentait sonnée. Elle ouvrit de nouveau les yeux et les promena autour d'elle. Où était-elle ?

— Hello, Katlin ! s'exclama une voix joyeuse près d'elle.

Une petite brune en blouse blanche lui souriait.

— Enfin, vous revenez parmi nous. Vous avez tellement dormi que nous finissions par nous demander quand vous vous réveilleriez.

Katlin balaya la pièce du regard. Elle se trouvait dans une chambre d'hôpital, comprit-elle. Et la brune était une infirmière, prénommée Julia, à en croire son badge.

Pourquoi était-elle à l'hôpital ? Katlin eut beau fouiller sa mémoire, elle n'y trouva rien qui puisse l'expliquer. Mais en effet, elle avait mal partout.

— Ai-je dormi longtemps ? demanda-t-elle.

— Plusieurs heures, répondit Julia. Vous avez été victime d'un accident, hier soir. Vous en souvenez-vous ?

— Non. Quel genre d'accident ?

Les yeux perçants de Julia se plantèrent dans les siens.

— Vous rouliez sur la voie express lorsque votre voiture a quitté la route. Vous avez dévalé la pente et failli finir dans la rivière. Vous avez eu beaucoup de chance de vous en tirer avec quelques blessures mineures.

Katlin sentit son cœur s'affoler dans sa poitrine et un vague sentiment d'appréhension s'empara d'elle.

— Que s'est-il passé ?

— Nous espérions que vous nous le diriez…

Julia observait les écrans disposés près de la tête du lit de Katlin, un sourire complice sur les lèvres.

— En tout cas, poursuivit-elle, votre petit ami – super craquant, soit dit en passant – est dans la salle d'attente. Il semble déterminé à découvrir ce qui vous est arrivé. Et en toute honnêteté, je plains tous ceux qui sont impliqués de près ou de loin dans cet accident. À mon avis, il les réduira en bouillie. Cela étant, il a l'air très gentil. Il se fait manifestement du souci pour vous. Et il sera ravi d'apprendre que vous avez repris connaissance.

— Mon petit ami ?

Katlin eut beau faire, elle ne parvint pas à se rappeler un petit ami. Paniquée, elle se rendit rapidement compte qu'en réalité elle n'arrivait pas à se rappeler quoi que ce soit.

— Où diable l'avez-vous trouvé ? poursuivait Julia. Je voudrais le même. Toutes les femmes rêvent d'un fiancé mais pour un comme le vôtre, la plupart se damneraient.

Katlin secoua la tête. Elle ne se souvenait pas de ce prétendu fiancé et encore moins de l'endroit où elle l'avait rencontré. Elle avait également oublié l'accident. En revanche, elle était habitée par la certitude qu'un danger la menaçait et qu'elle devait fuir, se cacher.

Mais de quoi ? De qui ?

Comme elle portait les mains à ses tempes pour tenter de desserrer l'étau qui emprisonnait son crâne, elle se figea à la vue de l'aiguille plantée dans son bras.

Julia comprit son angoisse et lui sourit.

— Je vous ai posé une perfusion. Pour vous hydrater et vous administrer des antalgiques.

— Je veux m'en aller, il faut que je rentre chez moi.

Une autre vague de panique la saisit quand elle prit conscience qu'elle ignorait où elle habitait. Elle avait sûrement une adresse mais elle l'avait oubliée… Comme tout le reste.

L'infirmière la dévisagea avec attention, les sourcils froncés.

— Détendez-vous. Tout ira bien. Vos signes vitaux sont bons. Vous n'aviez besoin que de quelques points de suture et d'une nuit en observation. Vous serez sans doute autorisée à quitter l'hôpital dans la matinée.

Et où irai-je alors ? se demanda Katlin avec inquiétude.

Un petit coup contre la porte ouverte la poussa à tourner

la tête. Un homme d'une trentaine d'années se tenait sur le seuil de la chambre. Il portait une casquette de base-ball, un blouson en cuir, un jean, des bottes de cow-boy. Visiblement, il ne s'était pas rasé depuis plusieurs jours, et son visage arborait une expression soucieuse. Avait-il peur pour elle ? Était-ce lui, son fameux petit ami ?

Quoi qu'il en soit, Katlin avait besoin de sortir d'ici. Et très vite. Elle était la proie d'une panique croissante et son cœur battait la chamade. Elle avait peut-être tout oublié mais elle avait la certitude qu'elle ne devait pas rester à l'hôpital.

— Comment va-t-elle ? demanda le nouveau venu à Julia.

L'infirmière consulta les écrans qui affichaient les paramètres vitaux et biologiques de Katlin.

— Elle semble un peu perdue mais à en juger à l'accélération de son rythme cardiaque, elle est plus que contente de vous voir, répondit-elle avec un sourire entendu.

Le cow-boy jeta un bref coup d'œil aux chiffres avant de reporter son attention sur Katlin. Celle-ci vit une myriade d'émotions passer sur ses traits. La peur, la consternation, un sentiment d'urgence…

— Quand pourrai-je partir ? s'enquit-elle en se recentrant sur Julia.

— Je vais chercher le Dr Kraus et je reviens tout de suite, dit l'infirmière en se dirigeant vers la porte. Entrez, dit-elle à l'homme.

Il attendit qu'elle s'éloigne pour franchir le seuil de la chambre avec un sourire d'excuse.

— Hello, dit-il en retirant sa casquette. Je suis Jack Hale.

Katlin le fixa du regard.

— Curieuse façon de se présenter pour un petit ami, dit-elle.

Il esquissa une petite grimace.

— Désolé. Comment te sens-tu ?

Pas terrible. J'ai mal partout et je suis terrifiée.

— Pas trop mal.

— Te souviens-tu de moi ? demanda-t-il. Est-ce que mon nom te dit quelque chose ?

Katlin secoua la tête, hésitant à admettre la vérité. Non seulement elle ne se souvenait pas du nom de cet homme mais elle avait également oublié le sien.

— Que m'est-il arrivé ?

Jack se rapprocha.

— C'est ce que j'ai l'intention de découvrir.

Il s'arrêta au chevet du lit pour l'observer d'un regard pénétrant et elle poursuivit, le tutoyant comme il l'avait tutoyée :

— Tu es donc mon fiancé ?

Un sourire espiègle se dessina sur les lèvres de Jack.

— Le règlement de l'hôpital stipule que les visites du matin sont réservées aux familles. Comme la tienne vit en Europe, j'ai pensé qu'un petit mensonge ne prêterait pas à conséquence. Je ne voulais pas te laisser seule dans cette épreuve.

— Tu n'es donc pas mon petit ami, dit Katlin d'un ton neutre, préférant s'en tenir aux faits. Mais alors… Qui es-tu ?

Elle s'interrogea rapidement, se demandant si elle devait avoir peur de lui, mais elle ne trouvait rien d'inquiétant chez ce séduisant cow-boy. Au contraire, il lui semblait curieusement proche, familier.

Il fronça les sourcils.

— As-tu vraiment pensé que nous étions fiancés ?

Katlin se mordilla les lèvres, les yeux brillant d'une émotion absurde.

— L'infirmière m'a dit…

— Et tu en as donc déduit que… Tu ne te souviens donc de rien ?

Katlin secoua la tête.

Visiblement effaré, Jack passa la main sur sa nuque.

— Et tu serais partie avec un inconnu ? Tu aurais suivi n'importe qui en le prenant pour ton fiancé ?

Il croisa les bras, prenant conscience d'une situation qu'elle n'avait pas encore eu le cran de s'avouer.

— De quoi te souviens-tu exactement ?

— De rien, murmura-t-elle, la gorge serrée.

Jack s'assit sur le lit et planta sur elle des yeux inquiets.

— L'as-tu dit à l'infirmière ?

— Non.

— Tu devras la mettre au courant quand elle reviendra. Et surtout, le dire au médecin, ajouta-t-il d'un ton devenu calme et compatissant.

— Qui es-tu ? répéta-t-elle en relevant le menton. Tu n'es pas mon petit ami, tu n'es pas de ma famille. Alors pourquoi devrais-je t'écouter ?

Pour le reste, elle était plutôt d'accord avec lui. Parler de ses symptômes à l'équipe médicale semblait normal, cohérent. Mais pas dans son cas précis. Une menace planait au-dessus d'elle et il lui fallait partir au plus vite. Elle le sentait d'instinct et de façon très forte. Ses petites antennes lui envoyaient ce message avec une insistance qu'elle ne pouvait pas ignorer.

— Réponds-moi.

La tête penchée, il la considéra un moment.

— Je m'appelle Jack Hale. J'ai été le meilleur ami de ton frère jusqu'à sa mort, il y a trois ans. Te souviens-tu de Griffin ?

— Non.

Une profonde déception assombrit le regard de Jack. Mais il se ressaisit vite.

— Je lui ai juré de prendre soin de toi et voilà pourquoi je suis ici. Mais c'est la première fois que nous nous rencontrons.

Elle battit des paupières.

— Nous ne nous étions donc jamais vus ?

— Non, mais je te connais par ton frère. Il me parlait beaucoup de toi et je sais qu'il t'avait parlé de moi également. Je ne suis donc pas un total inconnu pour toi. Et depuis sa mort, je t'envoie des cartes pour ton anniversaire et pour

Noël. J'écrivais toujours mon numéro sous ma signature en pensant que tu me contacterais si jamais tu avais besoin de quelque chose ou si tu voulais faire ma connaissance. D'après l'inspectrice de police qui enquête sur ton accident, tu cherchais à me joindre au moment du drame. Ce qui tend à prouver que tu avais un problème…

Katlin essaya de digérer ces informations tout en luttant contre son désir de plus en plus impérieux de filer au plus vite, de quitter cet endroit sans tarder.

— Pourquoi t'aurais-je appelé toi, et non la police, si j'avais des ennuis ? Surtout si nous ne nous sommes jamais rencontrés. Cela paraît bizarre, non ?

— D'après l'inspectrice, tu roulais au-delà des limites de vitesse autorisées. Peut-être que ce que tu fuyais avait quelque chose à voir avec la police. Je n'en sais rien mais je te promets de le découvrir. Avec des frères d'armes, j'ai fondé une agence de protection privée appelée Fortress Defense. C'est peut-être pour cette raison que tu voulais me joindre.

— Parce que j'avais besoin de protection…

— Peut-être. Griffin et toi étiez proches. Il me faisait confiance, donc tu peux te fier à moi, toi aussi.

Katlin ne se souvenait pas d'avoir eu un frère mais sans rien savoir de lui, elle se sentait en confiance avec ce Jack, oui. Son visage, son regard et sa voix respiraient la bonté, l'honnêteté et la sincérité.

— Voilà pourquoi l'infirmière m'a dit que tu allais enquêter sur l'accident. Si je comprends bien, c'est ce que tu fais d'habitude dans ton agence de protection privée ?

— Mes coéquipiers et moi faisons tout ce qu'il faut pour protéger nos clients, répondit-il avec simplicité. Connaître les faits, les circonstances, aide. Comme tu ne peux pas me les fournir, je vais les trouver par moi-même. Je reviendrai quand j'aurai fini. Et dès que tu auras été autorisée à quitter l'hôpital, je te reconduirai chez toi. D'accord ?

Et sans attendre sa réponse, Jack se leva pour se diriger vers la porte.

— Non ! s'écria Katlin avec désespoir en l'attrapant par le poignet pour le retenir. Ne me quitte pas. Emmène-moi avec toi. Fais-moi sortir d'ici, je t'en supplie.

Elle le lâcha quand il se retourna vers elle.

— Pourquoi ?

— Je suis incapable de l'expliquer et je ne me souviens pas de ce qui s'est passé mais je suis intimement persuadée que quelqu'un a essayé de me tuer. Il est possible que les analgésiques ou mon traumatisme crânien me fassent divaguer mais je ne le crois pas. Mon instinct m'ordonne de partir d'ici au plus vite et de me cacher avant que ce quelqu'un me retrouve. Je n'ai pas envie de rester dans cet hôpital en espérant me tromper.

— Et comment sais-tu que je ne suis pas celui dont tu dois avoir peur ? répliqua Jack.

Le rire cristallin de Katlin le surprit.

— Si c'est le cas, alors je suis mal partie. Je n'ai plus que mon sixième sens pour me guider et me donner une chance de rester en vie.

L'expression de Jack s'adoucit un peu.

— Ce n'est pas tout à fait vrai, dit-il en sortant un portefeuille de sa poche. Tu n'es pas seule. Tu m'as, moi, et tu peux me faire confiance. Je te protégerai.

Ouvrant son portefeuille, il en tira une vieille photo qu'il lui tendit.

— C'est ton frère et toi quand tu étais petite. Griffin l'emportait partout avec lui mais lorsqu'ils ont rapatrié son corps aux États-Unis, ils l'ont laissée.

Visiblement ému, il s'éclaircit la gorge.

— Je garde cette photo sur moi depuis trois ans pour pouvoir te la donner un jour. Griffin m'a sauvé la vie plus d'une fois. Avant qu'il meure dans mes bras, je lui ai juré

de veiller sur toi, et je le ferai. Quoi qu'il en coûte, je suis ton homme.

Katlin se redressa. Ces paroles étaient pour elle un baume inexplicable. Elle avait peut-être tout oublié mais tout ce qu'il disait sonnait vrai, son cœur le sentait. De plus, avec sa haute stature et ses muscles, Jack Hale était certainement capable de tenir sa promesse.

— Pour commencer, aide-moi à trouver mes vêtements.

3

Soulagé que Katlin ait choisi de lui faire confiance Jack se tourna vers le placard de la chambre pour y chercher les affaires de la jeune femme. Qu'aurait-il fait s'il en avait été autrement ? S'il avait tenté de la protéger de loin, au risque de se faire arrêter pour harcèlement ? Pourtant, une question le perturbait. Pourquoi, la veille au soir, l'avait-elle appelé, *lui*, et non la police comme n'importe qui l'aurait fait ?

Il lui jeta un regard furtif. À quel genre de problème était-elle confrontée pour n'avoir pas voulu impliquer les autorités ? Et pourquoi quelqu'un s'était-il attaqué à elle ? Elle semblait si fragile, surtout maintenant avec son menton et ses bras couverts de plaies et de bosses. En songeant qu'elle avait failli mourir quelques heures plus tôt, il sentait son cœur se serrer. Cela dit, qu'elle paraisse aussi déterminée et confiante alors qu'elle n'avait personne de sa famille pour la soutenir, et aucun souvenir pour la guider, tendait à prouver que la petite sœur de Griffin était bien plus forte qu'elle en avait l'air.

Le placard était vide et il fit le tour de la chambre. Ne voyant de vêtements nulle part, il s'aventura dans la salle de douche attenante pour y jeter un coup d'œil.

Rien n'y était rangé. Pas d'habits, pas de chaussures, pas de sac à main non plus, ni de téléphone.

Avant de retourner auprès de Katlin, Jack prit un moment pour se ressaisir. Quelque chose chez elle le touchait, le perturbait profondément. Et il n'avait aucune envie de se confronter à ce genre d'émotions, en ce moment. Le manque de sommeil et l'enchaînement des missions expliquaient sans doute cet étrange trouble. Pour rester alerte, il avait besoin de se reposer, de récupérer, mais il n'en avait pas la possibilité pour l'instant. Il était déjà 6 heures du matin. S'ils voulaient quitter l'hôpital avant le lever du soleil, ils devaient plier bagage dans l'heure. Et le plus tôt serait le mieux.

— Toc, toc, toc, gazouilla Julia en entrant dans la chambre de Katlin. Regardez qui j'ai croisé alors qu'elle s'apprêtait à commencer son service. Je vous présente le Dr Kraus, qui a d'excellentes nouvelles à vous annoncer.

— Mademoiselle Andrews, dit le médecin. Vous nous avez fait peur, hier soir. Mais vous semblez aller beaucoup mieux, ce matin. Puis-je vous examiner ?

Tandis qu'elle auscultait Katlin et lui posait quelques questions, Jack s'approcha de Julia.

— Katlin aimerait récupérer ses affaires, chuchota-t-il. Savez-vous où elles sont ?

Julia sourit.

— Bien sûr. Je les ai mises dans un sac au poste des infirmières, mais ses vêtements sont dans un triste état, je vous préviens. Et tachés de sang. Si vous voulez, je vais lui prêter une blouse. Votre fiancée et moi avons à peu près la même taille.

Julia se dirigea vers le couloir.

Jack la suivit, s'interdisant d'écouter l'échange entre le médecin et Katlin. Maintenant que cette dernière était consciente et capable de discuter elle-même de son état, il n'avait pas à s'en mêler. Il espérait qu'elle suivrait ses conseils et informerait le Dr Kraus de son amnésie. Il se refusait à le faire à sa place, au risque de déclencher sa colère, mais il voulait être sûr qu'elle allait bien.

— Voilà, dit Julia, qui revenait avec un grand sac. Tout ce

qu'ils ont trouvé sur elle lors de son admission est là-dedans, y compris son sac à main, ses baskets et sa veste.

— Merci.

— Et voici la blouse promise.

Jack la remercia avec chaleur et attendit que le médecin s'en aille pour retourner dans la chambre.

Katlin était assise sur le lit, une expression douloureuse sur le visage.

— Je suis autorisée à quitter l'hôpital.

Jack posa le gros sac à côté d'elle.

— Qu'a-t-elle dit à propos de ta blessure à la tête et de ton amnésie ?

— Elle m'a recommandé de me ménager pendant quelques jours et de revenir la voir si les migraines s'aggravaient ou si de nouveaux symptômes apparaissaient.

Elle fouilla dans le sac, en tira ses vêtements mais fronça les sourcils à la vue des taches de sang. Avec un soupir, elle enfila son jean.

Jack se retourna pour lui laisser un peu d'intimité.

— D'accord, mais qu'a-t-elle dit à propos de l'amnésie ? insista-t-il.

— Que c'est un phénomène fréquent après un traumatisme crânien.

Jack jeta un coup d'œil par-dessus son épaule.

— Ne préfère-t-elle pas te garder quelques jours en observation ?

— Non, et cela vaut mieux.

Elle glissa ses pieds nus dans ses baskets. Quand elle vit l'état de son chemisier, elle le remit dans le sac et se résolut à enfiler la blouse prêtée par Julia.

— Nous devons sortir d'ici au plus vite, Jack. J'ai un mauvais pressentiment. Depuis mon réveil, je suis la proie d'une terreur dont je ne parviens pas à me débarrasser. Je ne pense pas qu'elle soit uniquement liée à l'accident. J'aimerais aller quelque part, dans un endroit sûr, pour réfléchir et essayer de me souvenir et de comprendre ce qui se passe.

Jack se retourna pour lui faire face.

— Le mieux est de nous rendre chez toi, d'accord ? Te retrouver dans un lieu familier ravivera peut-être ta mémoire.

Elle opina puis leva une main hésitante en rougissant.

— D'accord. Maintenant, peux-tu… J'aimerais finir de m'habiller…

Jack s'aperçut alors qu'elle serrait un soutien-gorge en dentelle dans sa main. Une image de Katlin en lingerie s'imposa aussitôt dans son esprit et il la repoussa, se remémorant la longue liste de raisons pour lesquelles il avait besoin de se ressaisir.

Comme il s'apprêtait à sortir de la chambre, Julia réapparut avec une tablette numérique et un fauteuil roulant.

— C'est encore moi ! Plus que quelques signatures et je vous laisse partir.

Elle tendit la tablette à Jack afin d'avoir les mains libres pour retirer la perfusion du bras de Katlin et débrancher les moniteurs.

— Souhaitez-vous une ordonnance d'antalgiques ? demanda-t-elle. Il vaut mieux couper la douleur avant qu'elle s'installe. Vous pourrez avoir une prescription avec vos papiers de sortie.

Katlin serrait toujours contre elle la blouse blanche et son soutien-gorge.

Jack soupira.

— Donnez-nous un instant.

Il aida Katlin à se lever et la guida jusqu'à la salle d'eau.

— Ça va aller ?

Pour toute réponse, elle hocha la tête et ferma la porte.

Il s'interdit de lui demander si elle avait besoin de lui là-dedans.

Dans la salle d'eau, Katlin finit de s'habiller, puis s'aspergea le visage d'eau froide. Elle se peignit les cheveux des doigts tout en fouillant dans sa mémoire pour y trouver un souvenir. N'importe lequel. Quelque chose pour lui permettre de se sentir réelle, ancrée, et non à la dérive. Mais son crâne était vide. Submergée par une nouvelle vague d'angoisse, elle profita du fait qu'elle était seule derrière une porte fermée, à l'abri des regards, pour fondre en larmes. Mais très vite, elle se ressaisit, se moucha, s'essuya les yeux. Déterminée à faire front, elle redressa les épaules, leva le menton et retourna dans le monde extérieur, dans l'inconnu.

Jack se tenait au garde-à-vous à côté du fauteuil roulant. Manifestement, il l'attendait. Il l'observa avec attention, puis prit sa main.

— Laisse-moi t'aider.

Secouant la tête, Katlin s'y assit toute seule.

— Je me débrouille, merci.

Elle se sentait totalement cassée et désorientée mais Jack n'avait pas besoin de mesurer à quel point elle allait mal. Il était sa bouée de sauvetage. Bientôt, il saurait tout mais dans l'immédiat, l'urgence était de quitter l'hôpital.

Jack le comprit et n'insista pas. Il lui tendit la veste que les secours avaient mise sur la pile de ses affaires.

— Tout va bien ? demanda-t-il. Tu es restée longtemps dans cette salle de bains…

— Je vais très bien. Je fonctionne un peu au ralenti, voilà tout. Où est passée l'infirmière ?

Il prit les poignées du fauteuil.

— Elle a été appelée ailleurs. Nous n'avons plus qu'à remettre le formulaire de sortie au bureau.

Il tourna le fauteuil vers la porte et le poussa vers le couloir.

— Peut-être devrais-tu consacrer cette première journée à te reposer. Commencer l'enquête demain ne prêtera pas à conséquence.

— Nous n'avons pas de temps à perdre, répliqua-t-elle.

J'ai besoin de retrouver mes souvenirs avant que celui qui m'a attaquée hier soir revienne à la charge.

— Personne ne s'en prendra à toi tant que tu seras sous ma protection, dit Jack.

Katlin appréciait son assurance mais pour sa part, elle n'était sûre de rien. De nouveau, elle tenta d'accéder à ses souvenirs perdus. Ils semblaient tout près mais elle ne parvenait pas à les saisir.

Une employée aux cheveux gris, assise derrière un grand bureau en bois, leur sourit alors qu'ils approchaient.

— Prête à rentrer à la maison ?

— Oui, répondit Katlin avec enthousiasme.

Son interlocutrice tourna une tablette numérique dans la direction de Katlin et la guida tout au long du processus de sortie avant de lui remettre une ordonnance pour des analgésiques.

— Voilà. Au revoir et ménagez-vous, conclut-elle avant de les libérer.

Tout en poussant Katlin dans le couloir en direction de l'ascenseur, Jack ne cessait d'observer les alentours. Il se raidit lorsqu'une porte s'ouvrit.

Le Dr Kraus en surgit et fronça les sourcils en les voyant.

— J'ignorais que vous étiez encore là, dit-elle à Katlin. Je viens d'envoyer votre frère sur le parking. Il vous cherchait.

Le souffle coupé, Katlin reporta son attention sur Jack. N'avait-il pas dit que son frère était mort ?

La lueur létale dans les yeux de Jack la fit frissonner.

— Katlin n'a plus de frère, rétorqua-t-il sèchement. À quoi ressemblait cet homme ? Par où est-il passé ?

La bouche du médecin s'ouvrit et se referma. Elle dévisagea Jack un long moment en silence.

— Je ne sais pas, balbutia-t-elle enfin, visiblement déconcertée.

Jack la fusilla du regard.

— Voilà qui est extrêmement utile. Je vous remercie.

Se détournant, il se remit à pousser le fauteuil roulant jusqu'à l'ascenseur qu'il appela. Dès que les portes de la cabine s'ouvrirent, il se dépêcha d'y entrer avec Katlin.

— Je ne sais pas qui est venu ici te chercher mais il ne s'agissait pas de ton frère. J'ai senti tes doutes alors je te le répète et j'aimerais que tu me fasses confiance : tes parents vivent à l'étranger, tu n'as plus de famille dans ce pays. Griffin m'en avait parlé. Te savoir seule aux États-Unis l'inquiétait. Quoi qu'il en soit, cette histoire prouve que ton instinct ne te trompait pas. Et que nous devons nous éloigner au plus vite de cet hôpital.

La peur tordait le ventre de Katlin, l'empêchant de respirer.

— Il nous faut rejoindre mon pick-up, poursuivit Jack. Comme je déteste les parkings, je me suis garé dans une rue à proximité, de l'autre côté du bâtiment. Je peux te porter si tu n'es pas en état de marcher.

Sans répondre, Katlin releva le menton. Elle lui avait dit qu'elle allait bien et ne voulait pas risquer que sa voix tremble ou se brise. Elle tenait à le rassurer.

Mais, comme s'il lisait dans ses pensées, il ajouta :

— Inutile de me répéter que tu vas bien. Tu as failli mourir, hier soir, dans cet accident qui n'en était peut-être pas un. Et ta blessure à la tête a anéanti tes souvenirs. Rien de tout cela ne semble de bon augure, et j'étais sérieux en te proposant de te porter.

— Je suis capable de marcher, répondit-elle sèchement, espérant que c'était la vérité.

S'habiller avait déjà été difficile. Pour ne pas se trahir, elle n'osait pas demander à Jack à quelle distance se trouvait son pick-up, mais elle espérait qu'il n'était pas trop loin.

— Et la mémoire ne fonctionne pas comme une lampe de poche défectueuse qu'il suffit de tapoter pour que la lumière revienne, reprit-elle. J'ai subi un traumatisme. Mes souvenirs sont là, tout près, et je dois seulement trouver le moyen de les faire remonter à la surface.

— Qui cherches-tu à convaincre ? répliqua-t-il. Moi ? Ou toi-même ?

— Tais-toi.

Elle vit le sourire entendu de Jack se refléter sur les parois de la cabine et détourna les yeux. Avait-elle l'habitude de tomber amoureuse du premier venu qui se montrait gentil avec elle ? s'interrogea-t-elle. Elle ne le pensait pas, mais comment le savoir ?

Par association d'idées, une autre peur la saisit.

— Et si j'avais vraiment un petit ami ?

Les portes s'ouvrirent et Jack hésita un instant avant de pousser Katlin hors de l'ascenseur.

— Que veux-tu dire ?

— Eh bien, il risque d'être en colère en apprenant que tu t'es présenté à l'hôpital pour jouer les héros à sa place, non ?

Jack laissa le fauteuil roulant dans le hall où une douzaine d'autres étaient déjà alignés contre un mur.

Il lui tendit la main pour l'aider à se lever.

— Si j'étais toi et qu'un gars se présente en prétendant être mon petit ami alors qu'il n'a pas été fichu de venir à l'hôpital ni même de s'inquiéter de mon sort, je me moquerais bien qu'il soit furieux ou pas. Je n'en saurais d'ailleurs rien parce que je l'aurais déjà dégagé de ma vie.

Refusant son aide, elle se mit debout toute seule.

— Tu n'y vas pas de main morte ! s'exclama-t-elle en le suivant vers les grandes portes vitrées. C'est donc ça ta philosophie ? Tu vires les gens sans leur donner la possibilité de s'expliquer ?

Jack haussa les épaules.

— Je ne suis pas un homme facile.

— Et ta petite amie se comporte-t-elle de la même façon ? Applique-t-elle les mêmes règles que toi ?

Tout en marchant, Jack ne cessait de promener les yeux autour d'eux, de scruter la rue, les immeubles alentour et les gens qui allaient et venaient.

— Je n'ai pas de petite amie.

Katlin ouvrit la bouche pour demander pourquoi mais elle n'eut pas le temps de formuler sa question.

Derrière elle, une voix inconnue l'interpella :

— Katlin Andrews ?

Elle se retourna.

Une silhouette sombre se tenait à quelques mètres, une arme à la main.

Un coup de feu claqua.

4

Mesurant immédiatement le danger, Jack se tourna vers la poignée de personnes qui étaient sorties du bâtiment pour passer un coup de fil ou fumer une cigarette et qui ne comprenaient pas ce qui se passait.

— Couchez-vous ! ordonna-t-il. Quelqu'un nous tire dessus !

Il enlaça Katlin et s'élança avec elle en avant.

Une autre détonation retentit. Derrière eux, les gens se mirent à hurler.

Katlin se débattit pour se libérer de l'emprise protectrice de Jack.

— Je vais bien ! cria-t-elle. Allons-y !

Jack la lâcha et tous deux se ruèrent vers son pick-up.

Il sortit les clés de sa poche, déverrouilla le véhicule à distance et ils bondirent à l'intérieur.

— Allonge-toi ! cria-t-il en démarrant.

Il avait perdu de vue le tireur. Celui-ci était peut-être en train de les prendre pour cibles, de recharger son arme ou de se lancer à leurs trousses.

Jack manœuvra nerveusement pour rejoindre la circulation, se tordant le cou afin de s'assurer qu'il ne risquait pas d'écraser quelqu'un. Malmené, le moteur rugit, et les pneus crissèrent sur l'asphalte.

— Comment savais-tu où j'étais garé ? demanda-t-il.

Elle l'avait repoussé et s'était dirigée sans hésiter vers

son pick-up qu'elle n'avait pourtant jamais vu. Comment était-ce possible ?

Katlin boucla sa ceinture de sécurité pendant qu'il accélérait. Elle se recroquevilla sur son siège tandis qu'il s'éloignait sur les chapeaux de roue, tournait à l'angle et fonçait dans la nuit.

— Quoi ?

— Mon pick-up. Comment savais-tu que c'était le mien ?

Au loin, des sirènes retentissaient et avant de lui répondre, elle se retourna pour considérer le chaos qu'ils laissaient derrière eux.

— Il n'y en avait que trois garés dans la rue, dit-elle enfin. J'ai vu tes plaques d'identité militaires accrochées au rétroviseur.

Il regarda les médailles en laiton qui dansaient près de lui – et qu'il ne voyait plus à force de les avoir sous les yeux.

— Et tu as eu le temps de remarquer tout cela ? demanda-t-il, sidéré. Alors que quelqu'un te tirait dessus ?

— Il faut croire…

Elle se remit dans le sens de la marche et s'effondra contre le siège, pressant une main contre sa poitrine.

— Je pense que nous pouvons à présent écarter l'hypothèse d'une attaque venant d'un amoureux contrarié. Ou alors, j'ai vraiment un goût affreux en matière d'hommes.

Jack eut un bref éclat de rire.

— Tu es bien la sœur de ton frère. Griffin ne perdait jamais son sens de l'humour et était d'un calme olympien en toutes circonstances.

Cela dit, sur le point de mourir, il ne plaisantait plus en suppliant Jack de veiller sur sa petite sœur et de s'arranger pour qu'elle sache à quel point Griffin l'avait aimée.

Repoussant ce souvenir et le regain d'émotion qu'il provoquait, Jack opéra une série de tours et détours dans le quartier pour s'assurer qu'ils n'avaient pas été suivis, avant de s'en éloigner. Il lui fallait réfléchir et élaborer un plan.

— Par hasard, est-ce que le fait d'avoir été prise pour cible a réveillé des souvenirs ? demanda-t-il. Par association d'idées, peut-être ?

Elle secoua la tête.

— Quelqu'un a essayé de me tuer, hier soir.

Touché par sa voix tremblante, il lui jeta un coup d'œil.

Elle se tourna vers lui :

— Au départ, je croyais qu'un chauffard m'avait envoyée dans le décor en pleine nuit sans le faire exprès. Mais le fait qu'un type armé soit venu à l'hôpital pour me descendre change tout. Manifestement, l'affaire est beaucoup plus grave. Dans quels sales draps m'étais-je donc fourrée pour me retrouver aux prises avec un tueur ?

Jack avait bien l'intention de le découvrir.

Katlin regardait défiler le paysage – qui ne lui disait rien – alors que Jack roulait vers le centre-ville. Une fois éloigné de l'hôpital, il avait laissé un message vocal à l'inspectrice Reihl pour la tenir au courant des événements. Un silence un peu angoissant était ensuite tombé dans l'habitacle.

Elle frotta ses mains moites contre son jean en espérant qu'elle avait raison de lui faire confiance. Dans un monde où elle ne reconnaissait rien ni personne et où elle se faisait tirer dessus sans comprendre pourquoi, il semblait ridicule de se fier à qui que ce soit. Et pourtant, c'était le cas. Jack lui inspirait confiance.

Soudain, il se tourna vers elle.

— D'après les infirmières, l'accident s'est produit tout près d'ici, dit-il. Te souviens-tu de ce que tu étais venue faire dans le coin ?

Katlin promena les yeux autour d'elle. Le quartier était sale et délabré. Il semblait mal famé. Il sentait la criminalité à plein nez.

Elle secoua la tête.

— Pas du tout. Sais-tu si j'habite près d'ici ?

Si oui, quelle existence menait-elle ? Celle des clochards, des squatteurs et des laissés-pour-compte ?

— Non, tu ne vis pas par ici.

Jack fit le tour de plusieurs pâtés de maisons, s'arrêtant pour regarder des deux côtés aux intersections, les sourcils froncés.

— Si tu reconnais quelque chose, dis-le-moi.

Légèrement irritée, elle croisa les bras. Imaginait-il vraiment que si sa mémoire lui revenait elle n'en parlerait pas ? Que si elle voyait quelqu'un ou quelque chose qui éveillait un souvenir elle le garderait pour elle ? Elle serra les mâchoires. Elle avait peut-être tout oublié mais elle était certaine qu'elle détestait être prise pour une idiote.

Elle reporta son attention sur les alentours.

— Que suis-je venue faire dans un quartier aussi sordide ? Je ne vois vraiment pas. C'est le genre d'endroit où les gens se rendent pour trouver de la drogue ou des prostituées.

— Je suis d'accord.

— D'après le médecin de l'hôpital, il n'y avait aucune trace de stupéfiants dans mon sang. Cela ne m'a pas surprise.

En fait, à part ses multiples plaies et contusions, elle se sentait plutôt bien. En bonne santé. Et même, en grande forme.

— Je ne pense pas non plus être du genre à fréquenter les prostitués, ajouta-t-elle, retrouvant son humour. D'ailleurs, les gens de notre âge se connectent plutôt sur des sites de rencontres ou vont draguer dans les bars quand ils veulent du sexe, non ?

Jack s'arrêta au feu rouge et la dévisagea d'un air qui la toucha au cœur.

— Je ne fréquente ni les uns ni les autres.

Elle se mit à rire, libérant une bulle de tension nerveuse.

— C'est sans doute que tu ne cherches à coucher avec personne, alors ça ne compte pas.

Sans émettre de commentaires, Jack reporta son attention

sur la route, prit la voie express et se dirigea vers le lieu de l'accident. Penché en avant, il scruta les environs. Katlin l'imita.

Sous le faisceau des phares, des marques de freinage étaient visibles sur le macadam. D'abord sporadiques, elles devenaient de plus en plus fréquentes, de plus en plus épaisses et sombres jusqu'au moment où elles quittaient la route, pour dessiner des pistes parallèles sur l'accotement puis dans les herbes de la colline jusqu'à la rivière.

L'estomac de Katlin se noua et une peur instinctive s'empara d'elle tandis qu'elle imaginait ce qu'elle avait dû éprouver quand sa voiture avait foncé dans le décor. Son esprit refusait de se remémorer l'instant fatal où tout avait basculé comme les événements qui l'avaient précédé. Les souvenirs restaient bloqués, hors de sa portée. Mais elle n'eut aucune difficulté à revivre la terreur qui l'avait certainement saisie.

Jack s'arrêta sur le bas-côté et coupa le contact.

— J'aimerais descendre jeter un coup d'œil. Je n'en ai que pour un instant.

Activant ses warnings, il sortit du pick-up.

Katlin le suivit.

De profondes ornières, vraisemblablement creusées par les pneus de son véhicule, traçaient un chemin à travers les herbes et les branches cassées. Elles se terminaient brusquement en bas de la pente, à quelques mètres du cours d'eau. À la vitesse à laquelle elle roulait, percuter un arbre l'aurait tuée mais par miracle, elle était entrée en collision avec ce fouillis de branchages, ce qui lui avait sans doute sauvé la vie. Et avait empêché sa voiture d'atteindre la rivière, où elle se serait sûrement noyée.

Les mains sur les hanches, Jack secoua la tête.

— Tu devrais être morte, dit-il. Le fait que tu sois sortie presque indemne de cet accident est un véritable miracle.

Elle acquiesça, mesurant l'exactitude de cette déclaration.

— J'ai échappé deux fois à la mort, dit-elle. Je ne doute plus de la présence et de l'efficacité de mon ange gardien.

Jack la dévisagea un moment avant de retourner vers le pick-up. Il lui ouvrit sa portière.

— J'aurais dû t'appeler, dit-il avec tristesse tandis qu'elle grimpait à l'intérieur. Je t'ai envoyé des cartes mais j'aurais dû te téléphoner. Peut-être alors ne serais-tu pas venue seule dans ce quartier mal famé. Peut-être aurais-je pu t'accompagner, te protéger.

Il contourna le véhicule pour s'installer au volant.

— Tu es là, avec moi, maintenant, dit-elle. Et j'aurais pu te contacter plus tôt, moi aussi. Tu avais noté ton numéro sur les cartes.

Sans répondre, il tapota l'écran de son smartphone avant de démarrer le moteur, et elle demanda :

— Le lieu de l'accident nous a-t-il appris quelque chose ? À part ma chance d'être encore en vie ?

— Non, il fait trop sombre. À présent, si tu te sens d'attaque, j'aimerais aller examiner ta voiture. Mais si tu préfères, nous pouvons aller d'abord chez toi pour te permettre de te reposer.

— Je suis dopée à l'adrénaline, répliqua-t-elle. Alors…

— D'accord, dit-il en souriant. Alors, cap sur la fourrière.

Après avoir entré l'adresse de celle-ci sur l'application GPS, il posa son smartphone dans le porte-gobelet et repartit sur la voie express.

— Le jour ne devrait plus tarder à se lever, poursuivit-il. Nous retournerons sur les lieux de l'accident lorsque tu te seras vraiment reposée dans ton lit.

— Et toi ? demanda-t-elle. Quand as-tu dormi pour la dernière fois ?

Avec une grimace, il se frotta la nuque.

— Je ne dors jamais beaucoup.

Katlin pinça les lèvres pour s'interdire de lui poser toutes les questions qui les brûlaient. Comment Jack se débrouillait-il pour avoir l'air aussi sexy et être en même temps aussi gentil ? Et pourquoi s'interrogeait-elle à ce sujet ? Sa blessure à la tête la faisait-elle divaguer ?

Il se tourna vers elle.

— Que signifie cette expression sur ton visage ?

— Rien, rien.

Katlin reporta son attention sur la route. Il lui fallait se ressaisir et se focaliser sur l'essentiel, sur la fille qu'elle avait été avant de se réveiller à l'hôpital.

Jack se gara non loin de la fourrière, située dans un quartier plus fréquentable que celui près duquel s'était produit l'accident. Non seulement le poste de police, le palais de justice et la mairie se trouvaient en face, mais de jolies maisons aux jardins bien entretenus bordaient les rues.

Lorsqu'il rejoignit Katlin sur le trottoir, le soleil pointait à l'horizon.

— Prête ?

Elle hocha la tête et il lui prit la main. À son contact, un courant la fit frissonner de la tête aux pieds.

Comme il lui lançait un bref regard tout en marchant, elle ne put s'empêcher de se demander s'il avait, lui aussi, éprouvé cet étrange trouble.

D'après les horaires affichés, la fourrière n'ouvrait qu'à 8 heures. Personne ne serait donc là avant trois quarts d'heure. Sur la porte fermée, un panneau signalait la présence d'un chien de garde et au-dessus de leurs têtes, plusieurs caméras de surveillance pointaient leurs objectifs vers la rue.

— As-tu une idée de la voiture que tu conduisais ? demanda-t-il.

— Aucune.

Mais l'endroit était petit, le nombre de véhicules mis en fourrière limité, ce qui faciliterait l'identification du sien.

Alors qu'ils approchaient d'une haute clôture grillagée, Jack la lâcha pour inspecter les lieux. Aucun chien n'était visible.

— Question sécurité, cet endroit laisse plutôt à désirer, dit-il, s'arrêtant pour évaluer la situation. Il ne paraît pas très difficile d'y entrer.

— Par effraction ? Allons-nous enfreindre la loi ? demanda-t-elle, sidérée.

Il se mit à rire mais soudain, il se raidit.

Les sens en alerte, Katlin chercha l'origine de sa brusque tension.

Elle perçut au loin un faible bruit qu'elle ne parvint pas à identifier.

— Il s'agit sans doute du chien de garde, murmura-t-elle.

Comme Jack l'avait prédit, ils n'eurent aucun mal à se faufiler sous le grillage. Une fois à l'intérieur, elle regarda autour d'elle.

— À ton avis, comment repérer ma voiture ?

— Facile. Elle a l'avant défoncé, des rayures sur les côtés, provoquées par les branches d'arbre cassées, et peut-être des pneus recouverts de boue. Sans doute aussi l'aile et le pare-chocs abîmés.

Katlin sentit de nouveau son ventre se tordre en imaginant ce que son esprit avait oublié.

Elle chercha des yeux un véhicule correspondant à la description. Finalement, un symbole familier apparut sur la lunette arrière d'une berline bleu marine, à deux rangées de là. Elle la lui montra du doigt.

— Regarde l'autocollant là.

Sous l'insigne de l'élite de l'armée américaine, était écrit : Fière d'être la sœur d'un Béret Vert.

Jack activa l'application lampe de poche de son smartphone et le pointa vers la voiture plongée dans l'ombre.

À la vue des dégâts, le cœur de Katlin se serra. L'avant était en bouillie, le pare-brise explosé, le côté gauche bosselé sur toute la longueur. Il était vraiment étonnant qu'elle ait survécu à l'accident. Peut-être avait-elle réellement un ange gardien.

Comme le faisceau lumineux du téléphone de Jack balayait la lunette arrière, une ombre apparut soudain dans l'habitacle.

Le plafonnier s'alluma quand la portière côté passager s'ouvrit. Une silhouette vêtue de noir bondit alors de la voiture.

Jack enlaça Katlin.

— Ne restons pas là.

Elle se laissa entraîner tandis qu'une violente panique s'emparait d'elle.

— Je n'ai pas rêvé. Quelqu'un était dans ma voiture, non ?

Avant qu'il puisse répondre, l'intrus pointa une arme et tira.

Jack prit la main de Katlin pour courir avec elle vers la rue.

Le souffle court, ils atteignaient le pick-up lorsque la première balle ricocha sur sa carrosserie.

5

— Que se passe-t-il ? hurla Katlin alors que Jack fonçait sur la route, s'éloignant du tireur.

Son cœur battait à tout rompre, une intense émotion obstruait sa poitrine, elle avait du mal à respirer.

— Qui suis-je ? reprit-elle avant d'exploser en sanglots, sanglots qu'elle n'avait pas vu venir ni pu retenir. Quel genre de personne suis-je donc pour que quelqu'un ait à ce point envie de me tuer ?

J'ai dû commettre des choses horribles, me rendre coupable de crimes abjects, pensa-t-elle, haïssant cet aspect d'elle-même qu'elle avait oublié comme le reste.

— Changement de programme, annonça Jack. Il n'est pas question d'aller chez toi tant que tu es prise pour cible. Et accessoirement, j'ai besoin d'un nouveau véhicule. Mon pick-up s'est retrouvé deux fois sur ces champs de tir improvisés, tes agresseurs ont donc eu largement le temps de le voir et n'auront aucune difficulté à le reconnaître par la suite. De plus, la police voudra peut-être l'analyser. Je crains que nous ayons été touchés.

— Nous avons été touchés, c'est une certitude, répondit Katlin. Où allons-nous ? Au poste de police ?

Jack jeta un coup d'œil dans son rétroviseur.

— Non, il ne vaut mieux pas. Nous risquerions d'attirer le tireur. Je rappellerai l'inspectrice Reihl plus tard pour la mettre au courant de ce qui vient de se passer mais dans l'immédiat, je mets le cap sur Fortress Defense.

Accablée, Katlin s'écroula contre le dossier de son siège. Des larmes brûlaient ses paupières. Elle se torturait les méninges pour tenter de se rappeler qui elle était avant l'accident. Comment s'était-elle retrouvée dans le collimateur d'un tueur et pourquoi ? Elle ne parvenait pas à croire qu'elle avait été assez bête pour faire des choix qui l'auraient menée sur la voie du crime ou poussée à se lier à des truands. Non, certainement pas. En proie à un mélange d'incompréhension et de peur, elle avait à la fois envie de pleurer et de hurler.

Jack s'empara de son smartphone. Il laissa un autre message vocal à l'inspectrice avant de contacter le poste de police local pour signaler la fusillade. Enfin, il appela un dénommé Cade et l'informa qu'il était en route pour se rendre aux bureaux de l'agence avec Katlin.

Il laissa tomber le téléphone dans son porte-gobelet et baissa sa visière pour bloquer les rayons du soleil qui devenaient éblouissants.

— Cade nous retrouve à Fortress Defense, dit-il. Il va préparer du café et une couchette si tu souhaites te reposer un moment pendant que nous mettons au point un plan. Nous laisserons ce pick-up là-bas et emprunterons un véhicule de société.

— Troquer ton pick-up contre un véhicule de société est-il vraiment une bonne idée ? demanda-t-elle d'un ton dubitatif. Le tireur aura ainsi la possibilité de te relier à Fortress Defense via les plaques d'immatriculation, non ? Et une fois qu'il aura compris que Fortress est impliquée, il n'aura aucune difficulté à lister les véhicules de cette entreprise. Et toutes les personnes qui les conduisent seront en danger.

Jack fronça les sourcils.

— Nous n'empruntons les véhicules de société qu'en cas de besoin et jamais de façon régulière. Et à ma connaissance, personne d'autre n'en conduit un, actuellement. Mais même dans le cas contraire, je ne m'inquiéterais pas pour mes coéquipiers. Quel que soit le nid de frelons sur lequel tu es tombée, mes copains savent se défendre. Ils ont été formés, entraînés. Ils ne manquent ni d'expérience ni de courage. Quand je te disais que tu étais entre de bonnes mains avec nous, je ne plaisantais pas.

Elle s'interdit de lui faire remarquer qu'elle avait été prise deux fois pour cible depuis qu'il s'était engagé à veiller sur elle. Cela dit, elle n'avait pas été touchée et sans Jack à ses côtés, elle aurait sans doute été tuée.

— Combien de temps allons-nous rester à Fortress Defense ? demanda-t-elle. Cela m'ennuie d'exposer quiconque par ma seule présence. Je ne supporterais pas qu'à cause de moi quelqu'un soit blessé. *Ou pire.* Or, à moins que Fortress Defense ne soit située sur une île, il y a sûrement d'autres personnes à proximité, des employés dans des bureaux voisins ou des habitants du quartier qui seront en danger si le tireur me trouve là-bas.

— Nous ne resterons que le temps d'élaborer un plan et de prendre du matériel. Ensuite, nous irons nous réfugier dans une planque.

Katlin réfléchit.

— Le tueur nous suivra donc jusqu'à une autre résidence et pas uniquement jusqu'aux bureaux de Fortress Defense ?

— Ne t'inquiète pas. J'essaie de t'éloigner du danger, pas de l'attirer à ta porte.

Elle poussa un gros soupir. Ignorait-il qu'aucun endroit n'était sûr, maintenant ?

— N'importe qui est capable d'effectuer via Internet une recherche sur les différentes propriétés de ton entreprise et de réussir ainsi à nous localiser. Si je ne suis pas chez moi quand ils viendront me descendre, ils se rendront chez toi. Ils obtiendront ton nom via les plaques de ton pick-up. Une fois qu'ils t'auront relié à Fortress Defense, il leur sera facile de comprendre que tu me caches ailleurs.

Jack se mit à rire.

— Tu nous prends pour des débutants ? répliqua-t-il d'un air offensé. Nos planques ne sont évidemment répertoriées nulle part. Les voitures et les maisons appartiennent toutes à une société écran. Ses liens avec Fortress Defense sont profondément enfouis. Il n'est sans doute pas impossible de les établir mais il faudrait y consacrer beaucoup de temps et de patience. Et j'espère avoir réglé cette histoire avant que ton agresseur en soit arrivé là.

Il se tourna vers elle alors qu'ils prenaient de la vitesse.

— Nous ne sommes pas des amateurs, Katlin. Tu vas devoir nous faire confiance.

Il prononça son prénom comme une caresse et elle frissonna.

— Au pire, poursuivit-il avec un petit sourire, nous quitterons le pays pour te mettre au vert et laisserons mes hommes effectuer le travail. Que dirais-tu d'un petit séjour aux Caraïbes ?

Passer quelques jours sur une plage des Caraïbes avec Jack ? Elle était vraiment tentée.

— Tu rigoles.

— Un peu. Mais nous veillerons sur toi. Compte sur nous.

Elle prit une profonde inspiration et expira lentement. Jusqu'ici, Jack s'était montré à la hauteur. Et sans sa mémoire, elle ne pouvait pas faire grand-chose toute seule.

— D'accord.

— Tu poses beaucoup de questions sensées pour quelqu'un qui a oublié jusqu'à son nom de famille.

— Mon nom de famille est Andrews, dit-elle en croisant les bras. Il était imprimé sur tous les papiers de sortie de l'hôpital.

Jack éclata de rire.

— Tu es intelligente, observatrice et dotée d'un esprit vif. Tout ira bien, Andrews.

Elle ne pouvait que l'espérer.

Jack entra son pick-up dans le parking souterrain de Fortress Defense, plissant brièvement les paupières pour permettre à ses yeux de s'adapter au changement de luminosité. Au passage, il agita sa casquette pour saluer la caméra de surveillance. Plus grand que nécessaire, le parking permettait à l'équipe d'accueillir les véhicules des invités ainsi que la petite flotte de l'entreprise.

— Tout le bâtiment est à vous ? s'enquit Katlin, alors que Jack se garait.

— Oui.

Ses coéquipiers et lui avaient eu de la chance. L'entreprise qui avait conçu et construit l'édifice avait été saisie par un huissier de justice et ses actifs mis en vente aux enchères. Wyatt, qui avait eu l'idée de Fortress Defense à l'origine, l'avait acheté pour la moitié de sa valeur. Les anciens propriétaires y avaient déjà installé un système de sécurité que Fortress Defense n'avait eu qu'à mettre à jour et à personnaliser.

Jack sauta du pick-up et rejoignit Katlin qui semblait stupéfaite.

— Je n'avais pas compris que tu travaillais au sein d'une société aussi importante. Vous vous servez de la totalité du bâtiment pour vos activités ?

Il sourit.

— Il n'est pas si grand, et nous en utilisons chaque recoin. Pour le moment, nous ne sommes que quatre mais nous nous développons. Une grande partie de l'espace à notre disposition est occupée par un hall de réception qui fait aussi office de salle d'attente et par des bureaux. Nous conservons également ici un arsenal d'armes et du matériel. De plus, chaque membre de l'équipe dispose d'un espace privé avec couchette. Il y a aussi une cuisine, une salle de sport et une douche.

Il lui ouvrit la porte blindée qui menait à l'ascenseur.

— À l'épreuve des balles, dit-il, frappant des doigts la surface étincelante.

D'un geste, il lui montra le sol carrelé, les murs gris et le grand logo Fortress Defense peint sur les portes de l'ascenseur. Une caméra de sécurité dans le coin suivait leur progression.

— Oh ! murmura Katlin.

— Cela te plaît-il ? demanda-t-il, inhabituellement tendu alors qu'il attendait sa réponse.

— Beaucoup. L'endroit est impressionnant.

Comme elle entrait dans la cabine d'ascenseur, un profond plaisir envahit Jack. Il n'avait pas anticipé à quel point son approbation était importante pour lui.

Elle se tourna pour lui faire face alors qu'il appuyait sur le bouton. Lorsqu'elle planta les yeux dans les siens, son regard brillait de sincérité. Elle avait dans son expression quelque chose de fragile et il eut l'intuition qu'elle laissait rarement deviner cette vulnérabilité.

— Je ne t'avais pas encore remercié d'être venu me chercher à l'hôpital, dit-elle. Sans toi, je serais probablement morte à l'heure qu'il est. Tu t'es montré courageux mais aussi gentil et patient. J'imagine que dans ton travail peu de gens songent à te remercier. Voilà pourquoi je tenais à le faire.

À ces mots, la gorge de Jack se serra. Voilà bien longtemps que personne ne l'avait remercié de le ou la protéger, en effet. C'était sans doute normal. Après tout, les gens l'embauchaient pour qu'il les défende. Il ne faisait que son métier. Pourtant, sachant tout ce que Katlin traversait, le fait qu'elle ait pris le temps de reconnaître ce qu'il faisait pour elle et de lui exprimer sa gratitude le toucha profondément.

— De rien.

Quand les portes s'ouvrirent, Katlin se détourna pour entrer dans le hall de réception.

— Jack ?

La voix de Cade résonna au bout du couloir qu'il remontait pour venir à leur rencontre.

— Nous voici, répondit Jack, posant une main sur le dos de Katlin pour la guider vers le salon aménagé dans un coin.

Deux canapés et quelques fauteuils entouraient une table basse. Les épouses de Wyatt et de Sawyer avaient passé un week-end entier à débattre de la décoration des lieux. Elles avaient apporté des coussins colorés, ajouté un assortiment de jus de fruits dans le petit frigo qui ne contenait au départ que des bières. Pendant qu'elles y étaient, elles avaient également remplacé les gobelets jetables par de jolies tasses et les serviettes en papier par des carrés de tissu.

Cade apparut, un ordinateur portable sous le bras et un sourire sur les lèvres.

— Désolé. J'effectuais des recherches dans mon bureau.

Il salua Katlin avant de se tourner vers Jack.

— C'est la petite sœur de Griffin ?

— Oui.

Jack savait ce que pensait son coéquipier. Katlin était ravissante et Jack n'avait pas une position facile. Il était censé rester le plus près possible d'elle pour pouvoir la défendre, tout en s'interdisant quoi que ce soit. Le fait qu'elle soit adorable, intelligente, et un brin impertinente ne lui facilitait pas la tâche. Elle avait tout pour voler le cœur d'un homme. Sauf si cet homme était Jack, dont le cœur avait déjà été brisé par la mort de Cara. De plus, Katlin était la petite sœur de son meilleur ami et il lui avait juré de la protéger.

Cade tendit la main à Katlin en souriant.

— Je suis Cade Lance, un des coéquipiers de Jack. Ravi de faire ta connaissance. J'ai eu le plaisir de rencontrer brièvement ton frère, il y a quelques années. Mon frère aîné et Wyatt, qui font également partie de l'équipe, connaissaient et appréciaient eux aussi Griffin.

Comme Katlin se tournait vers Jack d'un air interrogateur, Cade leva un sourcil.

— Ai-je dit quelque chose qu'il ne fallait pas ?

— Non, répondit Jack avec un soupir. Katlin est amnésique.

Il n'avait pas encore eu la possibilité de le lui dire.

— Elle ne se souvient pas de Griffin, ni de quoi que ce soit à propos d'elle ou de sa vie.

Cade se gratta la tête avec une grimace.

— J'imagine que cela complique un peu les choses.

Il prit place sur le canapé et posa l'ordinateur portable sur la table basse.

— Le mieux est de me raconter tout ce qui s'est passé et à partir de là, je verrai ce que je peux faire.

Katlin s'assit en face de lui.

— Pour être honnête, je ne suis même pas sûre de me souvenir correctement de ce qui s'est passé depuis mon réveil à l'hôpital. Ma seule certitude est d'avoir été prise deux fois pour cible en quelques heures.

Cade se pencha en avant.

— Jack ?

Jack commença par le début. Il parla des appels manqués de Katlin, de ceux de l'inspectrice. Il lui résuma ensuite tous les détails dont il se souvenait puis attendit que son ami enregistre ces informations.

— D'accord, dit Cade. Je vais d'abord me renseigner sur la vie de Katlin à travers les réseaux sociaux et voir ce que je trouve. Qui sont ses amis, ce qu'elle a fait ces derniers temps… Et avec qui. Ensuite, je chercherai ses mots de passe afin de fermer ou, en tout cas, de suspendre tous ses comptes. En effet, tout ce que je découvrirai sur elle, le tireur a, lui aussi, la possibilité de le découvrir. Une fois ses comptes fermés, les informations seront toujours disponibles mais il deviendra plus compliqué pour lui de les atteindre.

Katlin hocha la tête.

— Tout cela nous donnera un peu de temps pour déterminer qui est après moi et pourquoi avant que ce quelqu'un revienne à la charge.

— Tu as tout compris.

Cade se leva et repartit dans le couloir.

— Je reviens. J'allais oublier que ma fiancée t'a préparé un sac de vêtements, Katlin. Comme nous ne connaissions pas ta taille, elle a choisi des modèles extensibles dans lesquels elle fait du jogging. Tu vas pouvoir retirer ce jean plein de sang et cette blouse d'hôpital.

— J'avais oublié mon affreuse tenue. Mais c'est vrai, il y a du sang sur mon pantalon, ajouta-t-elle, les yeux brillants de larmes. Merci beaucoup. C'est vraiment gentil de la part de ta fiancée, Cade. J'espère que moi aussi j'étais sympa, avant.

Elle se moucha et baissa la tête.

— Vu que tout le monde cherche à me tuer, j'en doute fortement.

Jack s'accroupit devant elle et planta les yeux dans les siens.

— Tes doutes tendent justement à prouver que tu l'étais.

Il posa une main sur la sienne et la dévisagea d'un regard teinté de sincérité.

— Tu vas t'en sortir, tout ira bien. Je ne te quitterai pas tant que tu ne seras pas en sécurité, sauf si tu me le demandes. D'accord ?

Et pour être honnête, il espérait qu'elle ne le lui demanderait pas. Il n'était pas sûr de vouloir partir.

Elle s'humecta les lèvres et Jack se permit un instant d'imaginer la saveur de cette bouche si désirable.

— Jack, murmura-t-elle. Et si mes souvenirs ne reviennent jamais ?

Il s'ordonna de se concentrer sur le présent, sur la réalité, et il lui serra la main.

— Ils reviendront, dit-il avec assurance. Tu es intelligente et forte. Une fois que nous aurons pu nous reposer un peu dans la résidence sécurisée, nous irons jeter un œil chez toi. Ce qui réveillera tes souvenirs s'y trouve peut-être. Et nous devons encore rencontrer l'inspectrice Reihl. Elle a peut-être obtenu de son côté des infos qui nous seront utiles.

— D'accord.

Katlin lui prit la main et entremêla leurs doigts.

— Es-tu sûr que nous ne nous sommes jamais rencontrés ?

demanda-t-elle, le cherchant du regard. Parce que je nous sens très proches, presque intimes.

Il hocha la tête. Il avait ressenti cette connivence, cette complicité immédiate, lui aussi.

Chargé de sacs, Cade revint dans la pièce en sifflotant.

— Voilà pour toi, Katlin. Elle a également mis des affaires de toilette.

Katlin lâcha Jack en rougissant.

— Merci beaucoup. C'est gentil à elle d'avoir pensé à tout.

Jack se leva pour prendre les sacs des mains de Cade.

— Merci.

— De rien, répliqua Cade, avec un sourire en coin.

Jack se dirigea vers le hall de réception et attrapa des jeux de clés sur le panneau cloué au mur.

— Il est temps d'aller nous installer dans la planque et d'élaborer un plan d'action. De ton côté, Cade, regarde ce que tu apprends via les réseaux sociaux et essaye de trouver un numéro où joindre ses parents.

Katlin dit au revoir à Cade, puis retrouva Jack devant l'ascenseur.

— Bonne chance ! cria Cade, une lueur malicieuse dans le regard.

Jack réprima un gémissement. Il allait certainement en avoir besoin.

6

Les paupières lourdes, Katlin s'assoupissait tandis que Jack roulait sur une petite route de campagne vers la résidence sécurisée. L'effet des analgésiques qui lui avaient été administrés à l'hôpital s'estompait, elle avait mal partout et aspirait au repos. Leur nouveau véhicule était confortable. Fortress Defense en avait sans doute fait l'acquisition récemment parce qu'une forte odeur de neuf flottait dans l'habitacle. Katlin préférait de loin les senteurs de menthe verte et d'après-rasage qui imprégnaient les sièges du vieux pick-up de Jack. Celui de la société était de taille standard et de couleur grise, il était plus récent que celui de Jack. Il n'y avait pas de plaque militaire accrochée au rétroviseur, ni d'autocollant vantant les mérites de l'armée américaine sur le pare-brise. Impersonnel et banal, il passerait inaperçu sur un parking ou sur la route.

Le bruit des roues sur du gravier la réveilla un peu plus tard. Elle ne s'était pas rendu compte qu'elle s'était endormie. Par la vitre de sa portière, des champs agricoles s'étendaient à perte de vue sous un ciel sans nuages.

Jack remontait un chemin pavé, usé par les années et les intempéries, qui menait à une maison blanche, enfouie dans la verdure.

Katlin se redressa sur son siège pour admirer l'endroit. Visiblement ancienne, la demeure ne manquait pas de cachet avec son toit de tuiles patinées par le temps, ses murs de pierre et ses rambardes en fer forgé.

— Magnifique !

— Tu aimes ? demanda Jack, une note de fierté dans sa voix.

— J'adore.

La peinture des volets était écaillée, les parterres de fleurs envahis par la végétation. Il était évident que la propriété n'était pas très bien entretenue mais le charme des lieux envoûta Katlin.

— C'était sans doute un manoir, à une époque.

— Je te le confirme, répondit Jack. Une famille de planteurs y vivait et la propriété a été transmise de génération en génération jusqu'à ce qu'il n'y ait plus d'héritiers vivants. Elle a alors été mise aux enchères par le shérif.

Katlin sourit.

— Et l'équipe de Fortress Defense a saisi l'opportunité de joindre l'utile à l'agréable en faisant l'acquisition d'une planque sublime.

Dès que Jack se gara devant la maison, elle ouvrit sa portière, curieuse de voir de plus près cette belle demeure.

— Comment est l'intérieur ?

— Fonctionnel, répondit Jack. Propre, spartiate. Il y a tout ce qu'il faut pour vivre, des produits de première nécessité en pagaille, mais l'ensemble est très basique. L'endroit ne sert pas assez souvent pour y laisser quoi que ce soit de valeur. De plus, il risque d'attirer les vagabonds ou les adolescents désœuvrés du coin.

— Cette maison est-elle équipée d'un système d'alarme ? demanda-t-elle.

— Non, dit Jack en coupant le contact et en ouvrant sa portière. Le coût d'une surveillance continue serait prohibitif. Nous préférons mettre en place des systèmes temporaires, lorsque nous nous servons ponctuellement de cette planque, des systèmes que nous supprimons quand nous partons.

Katlin descendit du pick-up, s'étira et inhala l'air vif de l'automne. L'hiver arrivait.

— Allons-y.

Jack apparut, chargé des sacs.

— Une fois installés, nous devrions d'abord nous reposer, dit-il. Ensuite nous aurons les idées plus claires. Et après nous être restaurés, nous partirons à la recherche de tes souvenirs.

Ils se dirigèrent vers la maison et gravirent les marches du porche. Jack glissa une clé dans la serrure.

Katlin le suivit. Son estomac criait famine et les allusions de Jack au besoin de se restaurer n'avaient rien arrangé, pourtant elle tombait surtout de sommeil.

La porte d'entrée s'ouvrait sur un vestibule et sur un escalier menant à l'étage.

Jack posa les sacs dans un coin avant de se tourner vers elle.

— Je te propose de commencer par une petite visite, d'accord ? Ensuite, tu pourras prendre une douche et faire une sieste. Mais je te préviens, il n'y a qu'une seule salle de bains que nous devrons partager pendant notre séjour ici.

— D'accord, mais… Combien y a-t-il de chambres ?

Jack changea de couleur.

— Ne t'inquiète pas, tu auras la tienne. Je ne voulais pas dire que… Bien sûr, nous n'allons pas…

Il fit un signe entre eux, puis pressa une main sur sa bouche pour s'ordonner de se taire.

Il finit par sortir de la pièce en l'invitant d'un geste à le suivre.

Les chambres étaient belles mais meublées du strict minimum. Le papier peint décoloré s'accrochait au plâtre jauni par les ans, mais les magnifiques boiseries comme les grandes armoires en noyer attestaient du passé prestigieux du lieu.

Le rez-de-chaussée était décoré de façon plus austère encore. Dans le salon, un canapé faisait face à deux malheureuses chaises, et la cuisine était équipée en tout et pour tout d'une gazinière, d'une petite table, de deux tabourets et d'un réfrigérateur. Mais l'immense cheminée de pierre, les poutres apparentes et les tomettes qui recouvraient les sols étaient si belles que le reste passait inaperçu.

— La bibliothèque et le bureau ont été aménagés en chambres à coucher, poursuivait Jack en poussant une série de portes.

Katlin entra prudemment dans la première chambre et découvrit un magnifique lit en fer forgé contre le mur du fond. L'épaisse couette blanche et la multitude d'oreillers lui donnèrent très envie de s'y enfouir. Un bref instant, elle s'imagina bêtement rouler avec Jack sur cette couche. S'il était aussi généreux au lit que dans la vie, une nuit avec lui serait inoubliable.

En réalité, elle s'inquiétait à propos d'elle-même, de la femme qu'elle était. Si ses soupçons se révélaient justes, elle n'était pas quelqu'un de fréquentable et Jack méritait mieux.

Il s'éclaircit la gorge et l'invita à le suivre vers la pièce voisine. Meublée d'un lit double mais avec un seul oreiller, c'était sans nul doute la chambre de Jack.

Il lui montra ensuite la salle de bains. Très grande, elle était équipée d'une baignoire à pattes de lion, d'un lavabo sur colonne et de toilettes.

— Il y a de l'aspirine dans le placard. Je suis sûr que tu ressens le contrecoup de l'accident, maintenant.

Il apporta les sacs que la fiancée de Cade avait préparés puis s'esquiva.

— Je vais installer des caméras à l'extérieur de la maison, dit-il en s'éloignant à grands pas.

Katlin verrouilla la porte de la salle de bains. Accablée par les lourdeurs de sa vie, elle s'adossa contre le mur et se laissa glisser jusqu'au sol. Là, elle croisa les bras sur ses genoux repliés, y enfouit son visage et céda aux larmes.

Le lendemain matin, Jack sifflotait dans la cuisine. Tout en retournant des pancakes, il sirotait un grand café noir. Grâce au périmètre de sécurité qu'il avait établi avant de se coucher, il avait réussi à dormir trois heures d'affilée. Les caméras de surveillance l'avaient sécurisé.

Il avait travaillé sur Internet jusque tard dans la nuit pour tenter de retracer dans ses grandes lignes la vie de Katlin avant le drame. Mais il n'avait pas abouti à grand-chose. Elle avait pris des mesures impressionnantes pour limiter et contrôler la masse d'informations personnelles disponibles sur les réseaux sociaux. Sans doute tenait-elle cette prudence de son frère, un maître en matière de discrétion.

D'après ce que Jack avait découvert, Katlin n'avait qu'un compte Facebook qu'elle gérait avec parcimonie. Elle n'avait même pas mis son profil sur les réseaux professionnels. Son empreinte numérique était quasi nulle et Jack se demandait ce que cela révélait d'elle ou peut-être de sa profession.

Travaillait-elle dans la police ? Sous couverture ?

Le bruit de ses pas dans le hall le fit sourire. La veille au soir, au moment où il s'était glissé dans son lit, il avait pensé à elle et s'était rendu compte qu'il n'était pas insensible à son charme. Il n'était qu'un homme, après tout. Heureusement, ils n'avaient pas à partager la même chambre.

— Bonjour, dit-il en posant un mug de café sur la table. Bien dormi ? Comment te sens-tu, ce matin ?

— Mieux, merci.

Katlin s'avança, un sourire timide aux lèvres.

— Apparemment, la fiancée de Cade a un petit gabarit, dit-elle.

Le pantalon noir comme le T-shirt moulaient son corps de rêve et, en son for intérieur, Jack se félicita que les vêtements de Lyndy soient un peu étroits pour elle.

— En effet, elle est du genre fluet.

Katlin se mit à rire. Ses cheveux blonds cascadaient sur

ses épaules avant de caresser ses seins, et il eut du mal à détourner les yeux.

— Désolée, je me suis endormie comme une masse hier, poursuivit-elle. En m'allongeant, je pensais me reposer quelques instants mais quand je me suis réveillée, il était plus de minuit. Je craignais que tu m'entendes si je me levais, et je ne voulais pas te déranger, alors j'ai pris l'un des livres posés sur la table de chevet. Je devais être épuisée parce que, après quelques pages, je me suis rendormie.

— Tu n'as pas à te sentir obligée de rester au lit ou à t'inquiéter de me déranger, dit-il. Et c'est Emma qu'il faut remercier pour les livres. C'est la femme de Sawyer. Elle l'a accompagné cet été lorsqu'il est venu tondre l'herbe. Elle trouvait la chambre d'amis un peu triste et elle a essayé de l'améliorer.

— Tu la remercieras pour moi quand tu la verras.

Katlin se dirigea vers la table où Jack avait posé le mug.

— Est-ce pour moi ?

— Oui. Et j'espère que tu as faim. Aimes-tu les pancakes ?

— J'en raffole. Je suis capable d'en manger des dizaines.

— Tu t'en souviens ? demanda Jack, plein d'espoir.

Katlin plissa le nez tout en sirotant son café.

— Non, répondit-elle après un instant de réflexion. Cela ressemble plus à un instinct qu'à un souvenir. Parfois, quand je n'essaie pas de me rappeler, des souvenirs viennent à moi. Par exemple, je sais que j'aime danser mais j'ai oublié où j'avais l'habitude de le faire.

— D'autres choses sont-elles remontées à ta mémoire ?

— Je suis presque sûre que je préfère la musique country à la pop. Et j'aime être dehors plutôt qu'à l'intérieur.

— Moi aussi.

Jack posa un plateau sur la table, puis alla chercher du sirop d'érable et des couverts.

— Sers-toi.

Katlin prit plusieurs pancakes qu'elle savoura avec gourmandise.

— Merci, c'est un régal. Je ne dois pas en abuser si je veux garder la ligne mais je le regrette.

— L'important est que tu te rétablisses. Ne te soucie de rien d'autre. Je me charge du reste.

Elle dégusta un autre pancake, incapable de réprimer un gémissement de plaisir.

— Ils sont succulents, vraiment. Je me demande si je sais cuisiner.

— J'en suis sûr, dit-il. Ce n'est pas difficile et tu es intelligente.

— Qu'en sais-tu ? répliqua-t-elle d'un ton de défi.

Avant de répondre, il sirota une gorgée de café, heureux de partager ce repas avec elle et surtout de lui communiquer une nouvelle information qui déclencherait peut-être un souvenir.

— Griffin est rentré aux États-Unis il y a un peu plus de quatre ans pour la remise de ton diplôme universitaire. J'ai entendu parler de cet événement pendant des semaines. Tu étais très brillante, la première de ta classe.

— Vraiment ?

Elle considéra un moment cette information.

— Où suis-je allée à l'université ? Quelle était ma matière principale ?

Jack fouilla sa mémoire. Il se rappelait bien les photos dans le casier de Griffin mais il était incapable de se remémorer les détails.

— Je ne sais plus, désolé.

— Dommage. J'espère que j'en apprendrai plus en retournant chez moi.

Jack hocha la tête.

— À ce sujet, en parcourant tes papiers de sortie de l'hôpital, j'ai remarqué que l'adresse ne correspondait pas à celle où je t'envoyais tes cartes d'anniversaire et de vœux à Noël. Lorsque j'en ai parlé avec l'inspectrice Reihl, elle m'a dit qu'elle avait trouvé tes coordonnées sur ton permis de conduire.

— En effet, dit Katlin. J'étais inconsciente au moment de mon admission mais par la suite, j'ai remarqué que l'adresse de mon permis correspondait à celle notée sur les papiers de l'hôpital.

— Alors, tu as sans doute déménagé depuis peu.

Katlin ne lui en avait pas parlé. Qu'elle n'ait pas jugé utile de le tenir au courant de ce changement d'adresse l'ennuya sans qu'il comprenne bien pourquoi.

Elle se figea alors qu'elle s'apprêtait à porter sa fourchette à ses lèvres.

— Tu t'es donc entretenu avec l'inspectrice ce matin. Alors, quoi de neuf ? Qu'a-t-elle appris sur les tireurs ? Qu'a-t-elle découvert sur moi ?

— Pas grand-chose…

Jack fronça les sourcils. En vérité, Reihl lui avait paru sceptique. Manifestement, elle pensait qu'il lui cachait quelque chose ou qu'il couvrait Katlin, même si elle ne lui avait pas précisé la nature de ses soupçons.

— L'irruption à deux reprises d'un homme armé la surprend autant que nous. Le chaos général provoqué par ton accident aussi. Elle aurait voulu l'adresse de cette résidence sécurisée mais je lui ai dit que je préférais ne pas divulguer cette information pour le moment. Lorsque je lui ai rappelé que tu m'avais téléphoné au lieu de composer le 911 – détail qui laisse penser que tu avais des raisons de ne pas faire confiance aux forces de l'ordre locales –, elle n'a pas insisté. Mais à mon avis, elle ne tardera pas à revenir à la charge.

Katlin se resservit de pancakes qu'elle inonda de sirop d'érable.

— Il ne faut pas exclure l'éventualité que je sois impliquée dans des activités criminelles. Cela expliquerait pourquoi je n'avais pas envie de contacter la police.

— Je ne pense pas, dit Jack.

S'il ne pouvait pas le prouver, il sentait d'instinct que Katlin n'était pas une criminelle.

Deux heures plus tard, il entra dans une ville située à cinquante minutes de celle où il envoyait des cartes de vœux à Katlin. Il se gara devant un immeuble délabré.

Visiblement surprise, Katlin vérifia l'adresse sur son permis de conduire.

— C'est vraiment ici que j'habite ? Mais c'est horrible !

Il ne répondit pas. Il lui aurait été difficile de la contredire.

— Peut-être que je suis en rapport avec des criminels, finalement, poursuivit-elle. Parce que ce quartier me paraît aussi mal famé que celui près duquel j'ai eu mon accident de voiture.

Lorsqu'ils sortirent sur le trottoir, Jack s'efforça de positiver.

— N'exagère pas, dit-il. Ce bâtiment a besoin d'un bon ravalement, voilà tout.

L'air peu convaincu, elle fouilla dans son sac à main pour prendre son trousseau.

— Pourquoi diable ai-je autant de clés ?

— Espérons surtout que l'une d'elles ouvre la porte de ton appartement.

Ils pénétrèrent dans le bâtiment en brique, et localisèrent le logement. Parvenue devant chez elle, Katlin essaya les clés une à une jusqu'à ce que l'une d'elles débloque la serrure. Elle poussa un soupir de soulagement.

— Désolée de ne pas t'avoir prévenu que j'avais déménagé, dit-elle avant d'actionner la poignée. J'ai oublié pourquoi je te l'ai caché mais ça me paraît grossier de ma part.

— Nous ne nous étions jamais rencontrés, répondit Jack, réconforté par son regain de considération pour lui. Ce n'était pas comme si nous avions été amis.

— Nous aurions dû l'être, répliqua-t-elle en l'invitant à entrer. Je pense que nous aurions été de très bons amis.

Il esquissa une petite grimace.

— Je suis loin de partager cet optimisme. Je vis comme un ours. Je préfère parler le moins possible et rester à l'écart des gens.

Mais il se comportait différemment avec elle, se dit-il soudain. Avec elle, tout était différent. Parce qu'*elle* était différente, comprit-il avant de repousser cette pensée déroutante.

Katlin pressa l'interrupteur à côté de la porte et considéra sans enthousiasme le petit logement.

— Je trouvais l'ameublement de la résidence sécurisée spartiate mais cet appartement l'est dix fois plus. Et il n'est vraiment pas chaleureux, ajouta-t-elle en entrant.

— Peut-être n'as-tu pas encore eu le temps de t'y installer et de le décorer, suggéra-t-il.

Depuis son retour aux États-Unis, il avait eu la curiosité de regarder sur Google Map l'adresse où il lui avait envoyé ses cartes. Un jour, il était même passé devant en voiture et avait hésité à frapper à sa porte. Mais finalement, il y avait renoncé. Il avait eu peur de la déranger.

En tout cas, elle habitait alors dans une petite maison avec des bacs à fleurs aux fenêtres et une balancelle sur la terrasse. L'endroit lui avait paru charmant et bien entretenu.

Et très différent de cet appartement.

Le petit deux pièces où ils se trouvaient à présent ressemblait à un squat tant il était sombre, sordide. Et Jack finissait par se demander si quelque chose de grave s'était produit dans la vie de Katlin pour qu'elle tombe aussi bas. Avait-elle perdu son emploi ? Avait-elle été obligée de vendre tout ce qu'elle possédait, de réduire drastiquement son train de vie ?

Un léger bruit rompit le silence et Katlin se figea.

— Dis-moi que j'ai un chat, murmura-t-elle.

Jack posa la main sur l'arme qu'il portait à la ceinture. Il saisit le bras de Katlin et la tira derrière lui. Un doigt sur les lèvres, il lui désigna la porte pour lui faire comprendre qu'elle devait ressortir au plus vite. Il lui tendit la clé du pick-up.

— Va te réfugier à l'intérieur, chuchota-t-il.

Comme elle se mordillait la lèvre d'un air hésitant, Jack vit soudain apparaître un petit point rouge sur son front.

— Couche-toi ! cria-t-il en la faisant tomber au sol avec lui.

Un instant plus tard, la baie vitrée du salon explosa. Katlin hurla et se couvrit la tête pour se protéger des éclats de verre.

Jack se retourna et visa, prêt à faire feu.

— Fonce ! lança-t-il à Katlin.

Plaqué au mur, il s'enfonça dans l'appartement.

— Sortez ! ordonna-t-il à l'intrus. Et levez les mains en l'air. La police est en route.

Du moins, l'espérait-il. Certes, le quartier semblait mal famé mais il était probable que des détonations inquiéteraient les voisins et les pousseraient à prévenir les autorités.

Derrière lui, il entendit la porte d'entrée s'ouvrir et se refermer. Katlin avait trouvé le courage de s'échapper. Un certain soulagement l'envahit en sachant qu'elle pourrait s'enfuir loin d'ici au volant du pick-up si les choses tournaient mal.

— Posez votre arme par terre et poussez-la vers moi, poursuivit-il. Tout de suite !

Quelque chose heurta le sol, non loin de lui.

Jack se tourna vers l'objet. Il s'agissait d'une télécommande, pas d'un pistolet.

Trois coups de feu rapprochés percèrent les cloisons et des fragments de bois volèrent. Jack riposta.

Il entendit Katlin crier dans la rue et son cœur se serra. Il espérait que tout allait bien pour elle. Malgré son désir, il ne pouvait se précipiter à la fenêtre pour s'en assurer. Il devait d'abord neutraliser l'agresseur.

Il pria pour que son cri ne signifie pas qu'elle avait été touchée par une balle ou enlevée alors qu'elle regagnait le pick-up. Il mourait d'envie de le vérifier.

Il se l'interdit.

Tourner le dos au tireur risquait de lui être fatal et s'il se faisait tuer, que deviendrait Katlin ?

Les dents serrées, il sortit de sa cachette et se déplaça méthodiquement dans l'appartement à la recherche de l'intrus.

Jusqu'à ce qu'il découvre la fenêtre de la salle de bains ouverte et une traînée de sang sur le bord…

7

Katlin resta assise à la table de la cuisine de son soi-disant appartement pendant que la police y prélevait des empreintes et un échantillon du sang laissé sur le bord de la fenêtre de sa salle de bains. Ses mains tremblaient. Une fois encore, elle venait d'avoir la peur de sa vie. Elle n'était qu'à quelques pas de la baie vitrée quand celle-ci avait explosé sous l'impact d'une balle. Dès qu'elle avait atteint la rue, elle avait appelé les secours et prié pour que Jack aille bien. Elle s'était reproché d'être à ce point inutile pour lui alors qu'il se mettait de nouveau en danger pour la protéger.

Jack – qui était apparemment indestructible – arpentait la pièce à côté d'elle. Son smartphone collé à l'oreille, il transmettait à quelqu'un de Fortress Defense les détails de l'irruption d'un inconnu dans l'appartement. À l'arrivée de Reihl, il lui avait brièvement exposé la situation mais depuis lors, il se contentait d'échanger avec l'inspectrice des regards appuyés.

Katlin avait l'impression que rien n'était réel dans sa vie. Tout était trop dangereux. Elle ne comprenait pas pourquoi des gens lui tiraient dessus en permanence, pourquoi ils voulaient la tuer. Son cœur lui soufflait qu'elle n'était pas coutumière de cette violence, qu'elle ne vivait pas dans un monde où les coups de feu étaient la norme.

Était-il possible de se réveiller un beau matin, amnésique

et dotée d'une nouvelle personnalité, radicalement différente de la précédente ? Là encore, elle avait du mal à le croire.

De même, non seulement elle ne reconnaissait pas cet appartement sordide, mais elle n'arrivait pas à s'imaginer habiter un endroit aussi moche, aussi peu chaleureux, aussi peu personnel. Il n'y avait aucune photo encadrée sur les murs, aucun bibelot sur les meubles, aucun livre sur les étagères. Elle avait l'impression d'être dans une chambre d'hôtel. Et encore, les hôtels s'efforçaient de décorer un peu leurs chambres. Certes, ses parents avaient été mutés à l'étranger, mais pourquoi n'avait-elle affiché aucun portrait d'eux ou d'autres membres de sa famille ? De même, elle avait sûrement des amis. Tout le monde en avait, non ? Alors, pourquoi n'apparaissaient-ils nulle part ?

Elle jeta un regard envieux sur le smartphone de Jack, puis un autre, teinté de rancune, sur l'inspectrice Reihl qui avait gardé son téléphone à elle. Sous prétexte que Katlin avait composé le numéro de Jack quelques instants avant l'accident, Reihl avait confié l'appareil aux techniciens de la police scientifique. Ils l'analysaient dans l'espoir d'y trouver des éléments susceptibles d'expliquer ce qui s'était passé cette nuit-là. Et en attendant, Katlin était privée de son seul lien avec sa vie.

Les sourcils froncés, l'inspectrice se déplaça lentement dans la cuisine et le salon, scrutant les lieux avec attention. La jolie brune était arrivée vingt minutes après les premiers intervenants en tenue. L'un des policiers lui avait fait un bref récapitulatif des événements puis elle avait recueilli les déclarations de Katlin et de Jack. L'air épuisé et le regard accusateur, elle n'avait pas cherché à leur cacher sa contrariété de voir se multiplier les fusillades depuis l'accident de Katlin. Elle avait donné à cette dernière la nette impression que tout était sa faute. À présent, elle semblait vouloir mener une fouille en règle…

Mais lorsque Reihl tendit la main pour s'emparer du

drapeau américain commémoratif de Griffin, plié en quatre dans un cadre sous verre, Katlin se leva pour l'en empêcher.

— Excusez-moi, mais je préfère que vous n'y touchiez pas.

L'inspectrice Reihl hocha la tête et laissa le drapeau où il était.

— J'ai appris que votre frère avait été tué au combat, dit-elle. Je vous présente toutes mes condoléances.

Katlin opina, regrettant d'être incapable de se souvenir de Griffin et culpabilisant de n'être pas attristée par sa mort.

— Avez-vous appris quelque chose sur l'intrus ?

— Nous ne négligeons aucune piste, mademoiselle Andrews.

Elle se retourna pour faire face à Katlin, la tête penchée de côté comme un chiot essayant de comprendre quelque chose d'étrange. Son tailleur-pantalon gris bien ajusté mettait en valeur une silhouette athlétique. Le chignon serré dans lequel elle avait emprisonné ses épaisses mèches brunes semblait indiquer qu'elle tentait de paraître plus âgée et plus sévère qu'elle ne l'était en réalité.

Pour une jeune inspectrice, c'est sans doute une obligation pour réussir à s'imposer dans un milieu d'hommes.

La tournure de ses propres pensées dérouta Katlin. Ce n'était pas la première fois qu'elle se surprenait à s'efforcer d'analyser le comportement d'autrui, à faire preuve d'une insatiable curiosité, allant parfois jusqu'au doute, voire à la suspicion. Peut-être ce côté de son caractère était-il à l'origine des ennuis dans lesquels elle se débattait à présent. Peut-être avait-elle vu ou dit quelque chose qu'elle n'aurait pas dû voir ou dire.

Les mains dans le dos, l'inspectrice Reihl se dirigea vers la cuisine.

— Si vous arriviez à vous souvenir de ce que vous faisiez avant votre accident ou des raisons pour lesquelles quelqu'un a envie de vous tuer, cela nous aiderait beaucoup.

— Sans blague ! grommela Katlin.

— Inspectrice ? appela l'un des policiers en tenue.

Lui et son collègue travaillaient dans le couloir à collecter des indices.

— Nous avons tout ce qu'il nous faut.

Il se tourna vers Katlin et ajouta avec un sourire :

— Nous apportons tout ça au labo et resterons en contact avec vous. Vous trouverez une copie des rapports de police en ligne.

L'inspectrice Reihl serra la main de ses hommes.

— Merci à vous deux. À plus tard.

Lorsque les policiers partirent, Reihl se tourna vers Katlin, poussant du bout de sa chaussure un petit éclat de bois, fragment du chambranle de la porte détruit, avant de reporter son attention sur la baie vitrée explosée.

— Je vous suggère de rester dans votre famille jusqu'à ce que nous ayons compris ce qui se passe.

— Ma famille ne vit pas aux États-Unis, répliqua Katlin avec brusquerie, sentant la peur et la frustration grandir en elle.

— C'est vrai, répondit Reihl. Votre seul contact est Jack Hale, un homme que vous venez de rencontrer. C'est bien cela ?

Katlin se mordit les joues pour s'interdire de lancer la réplique cinglante qui lui brûlait les lèvres. L'inspectrice ne faisait que son travail et la situation était réellement folle, elle en était consciente. Elle aussi avait du mal à croire à sa réalité. Parfois, elle se demandait s'il ne s'agissait pas d'un rêve bizarre sorti de sa tête alors qu'elle était dans le coma à l'hôpital et sous l'emprise de médicaments psychotropes.

Jack s'avança pour venir se mettre à ses côtés, grand, fort et protecteur comme toujours.

— Quelque chose vous ennuie, inspectrice ?

— Je voulais seulement m'assurer que j'avais bien compris votre histoire.

Katlin se hérissa en prenant conscience que Reihl la soupçonnait d'avoir tout inventé.

— Il ne s'agit pas d'une « histoire » mais de ma vie, protesta-t-elle. Et je suis terrifiée. Croyez-vous vraiment que je n'ai pas envie de me rappeler qui je suis ? Ni pourquoi j'ai un jour choisi d'habiter dans ce trou à rats ? Ni pourquoi quelqu'un veut me tuer ?

— Bien sûr que si, répondit l'inspectrice. Comme je l'ai dit, j'essaie de comprendre. Moi non plus, je ne parviens pas à vous imaginer vivant dans un cadre aussi sordide.

Avec un sourire crispé, elle sortit une carte de visite de sa poche et la tendit à Katlin.

— Prévenez-moi si vos souvenirs reviennent. Ou si quelqu'un d'autre vous tire dessus, ajouta-t-elle avant de s'en aller.

Katlin eut bien du mal à réprimer un cri de frustration.

— Elle pense que j'ai inventé mon amnésie, dit-elle à Jack. Sans doute pour lui dissimuler tous les crimes horribles que j'ai commis. Et que penses-tu de son commentaire sur le fait de ne pas comprendre non plus pourquoi je vis ici ? Comme si je mentais également à ce sujet.

Jack se dirigea vers la baie vitrée et regarda l'inspectrice s'éloigner.

— Elle a effectué des recherches sur tes antécédents et elle a gardé ton téléphone. Peut-être a-t-elle découvert que tu venais de déménager ? Il y a quelques semaines, tu habitais un endroit beaucoup plus agréable. Tu n'as pas l'habitude des taudis, ajouta-t-il avec un sourire. Pendant plus de quatre ans, tu as vécu dans une jolie petite maison située dans une ville sympa. Ce deux pièces a besoin d'être repeint. Peut-être n'as-tu pas encore eu le temps de le rénover, de l'arranger un peu.

Si elle appréciait les efforts de Jack pour l'encourager à positiver, Katlin n'arrivait pas à y croire. Quelque chose ne collait pas avec cet appartement et elle avait l'intuition que tout avait commencé avant qu'elle y emménage.

— Par ailleurs, j'ai retrouvé ton propriétaire, poursuivit

Jack. Il veut venir constater les dégâts par lui-même mais il pense pouvoir faire remplacer la baie vitrée dès demain. En attendant, pourquoi ne pas empaqueter des affaires et voir si quelque chose ne réveillerait pas ta mémoire ?

Avec un soupir, Katlin hocha la tête et se dirigea vers la chambre, l'endroit qui lui semblait le plus indiqué pour garder – et donc retrouver – des objets personnels. En ouvrant le placard, elle fut surprise de découvrir qu'il était à moitié vide.

— Il me paraît étonnant d'avoir si peu de vêtements. Et surtout, cette garde-robe n'a pas l'air d'être la mienne. Ces tenues ne sont certainement pas mon style. Elles me paraissent trop habillées. Peut-être sont-elles professionnelles. Mais là encore, quelque chose cloche. Ces tailleurs conviendraient très bien à une femme d'affaires. Mais si j'en suis une, j'ai sûrement les moyens de louer un endroit plus agréable ou de dépenser un peu d'argent pour arranger ce trou à rats et le rendre plus chaleureux, non ?

— Je ne sais pas, mais nous finirons par l'expliquer. En attendant, emporte tout ce dont tu as envie.

Comme elle ouvrait un carton posé au fond de son placard, elle sourit. Plusieurs cahiers y étaient empilés ainsi que des livres de poche.

— Ah, quand même ! Je savais bien que j'aimais lire, dit-elle, traversée par un sentiment de fierté, absurde au demeurant.

Elle se rendit compte qu'elle réagissait souvent de façon forte et qu'elle devinait d'instinct mais avec une certitude absolue ce qu'elle aimait ou pas dans la vie. C'était sûrement bon signe. Les souvenirs réels n'étaient sans doute plus très loin.

Un bref examen de ces cahiers ne révéla rien d'utile. Aussi passa-t-elle à sa garde-robe.

— Tu apprends quelque chose ? lança Jack, occupé à fouiller la salle de bains adjacente.

— J'aime lire et je préfère les vêtements décontractés aux

tenues chic. Par ailleurs, je suis visiblement fauchée et j'ai un goût horrible en matière d'appartements et de décoration.

— Nous ne savons pas encore pourquoi tu as déménagé. C'était peut-être temporaire.

— En attendant que je sois envoyée en prison pour mon implication dans un crime odieux, tu veux dire ?

— C'est ridicule, répliqua-t-il en entrant dans la chambre. Je ne te connais peut-être pas mais je connaissais très bien Griffin et il t'adorait. Il te trouvait intelligente, charmante, travailleuse, courageuse et loyale, pour ne citer que les qualificatifs les plus fréquents. Si tu avais mal tourné et étais devenue une délinquante, il me l'aurait dit. Il ne me mentait pas.

Katlin retourna à son placard et fourra les vêtements les moins habillés dans une valise. Puis elle ouvrit sa commode pour y prendre des chaussettes et des sous-vêtements. Elle prit également des photos, des cahiers et une tablette électronique d'un vieux modèle.

De retour dans le salon, Katlin décida d'emporter le drapeau commémoratif de son frère. Son instinct lui soufflait qu'il n'aurait pas été bien de le laisser.

— Ceci te dit-il quelque chose ? demanda Jack en brandissant une housse qui servait sans doute à transporter un ordinateur portable, ordinateur qui ne se trouvait apparemment nulle part.

— Non, pas du tout.

Elle l'ouvrit et passa au crible une collection de cartes plastifiées rangées dans une poche intérieure. Celles de la bibliothèque, d'une mutuelle de santé. Avec un cri de joie, elle en saisit une sur laquelle figurait sa photo.

— Regarde, dit-elle, triomphante, en brandissant le badge d'identification pour qu'il puisse le voir.

— « Fitch et Quintz, avocats, lut Jack. Katlin Andrews, assistante administrative. »

Elle sourit.

— Mon employeur et mes collègues m'en apprendront peut-être plus sur ma vie que cet appartement. Espérons-le, en tout cas.

Jack chargea les affaires de Katlin à l'arrière du pick-up, puis enregistra l'adresse du cabinet d'avocats dans le GPS de son smartphone. Tout bien considéré, Katlin tenait incroyablement bien le coup. Il n'était pas convaincu qu'il aurait fait preuve de la même force s'il avait été à sa place. Il n'avait pas perdu la mémoire, il savait qu'il était quelqu'un de bien et pourtant, il en avait déjà assez de se faire tirer dessus à tout bout de champ. Katlin essayait de retrouver qui elle était mais elle n'avait rien ou presque pour la guider, mis à part le fait que quelqu'un voulait la tuer. Ce devait être un enfer.

— Pourquoi penses-tu que je vis comme ça ? demanda-t-elle avec un dernier regard au bâtiment délabré alors qu'il démarrait. Tout semble provisoire. Même le propriétaire ne savait rien de moi, mis à part le fait que je paie le loyer rubis sur l'ongle.

Le propriétaire n'avait pas fait bonne impression à Jack. Il n'avait donné à la police aucune information utile sur Katlin. En fait, il semblait uniquement préoccupé de trouver un moyen de lui facturer la réparation des dégâts. Heureusement qu'elle travaillait pour un avocat.

— Tu m'as dit que j'avais obtenu un diplôme et apparemment, je travaille dans un cabinet d'avocats, poursuivit Katlin. Alors pourquoi mon existence semble-t-elle si solitaire et si triste ?

— Peut-être es-tu obligée de réduire tes dépenses pour rembourser ton prêt étudiant. C'est un vrai souci pour beaucoup de gens dans ce pays.

— Lésiner sur tout est une chose. Mais je vis comme une squatteuse. Non, en fait, la plupart des squatteurs sont mieux lotis que moi.

— Alors peut-être es-tu minimaliste, suggéra-t-il. C'est très tendance.

Elle leva les yeux au ciel.

— Qui que je sois, j'ai visiblement beaucoup de problèmes. Et j'ai peur d'être quelqu'un de peu recommandable, de m'être endettée pour de mauvaises raisons, pas uniquement pour financer mes études.

Jack posa la main sur la sienne sur le siège entre eux.

— Je suis sûr que ce n'est pas le cas.

Elle se pétrifia à son contact et il retira sa main avec un air embarrassé.

— Désolé, je ne voulais pas…

Il laissa sa phrase en suspens, ne sachant pas exactement comment la terminer. Il n'avait pas cherché à mettre Katlin mal à l'aise. En fait, il n'avait même pas voulu la toucher. Le geste avait été spontané, presque un élan, une réaction qu'il n'avait pas eue depuis des années, ce qui signifiait qu'il avait impérativement besoin de se ressaisir.

Il fixa la route et se réprimanda en son for intérieur. Peu importait qu'il soit attiré ou intrigué par Katlin. Peu importait qu'il ressente une profonde alchimie entre eux. Elle était la petite sœur de Griffin et une cliente. Elle avait fait appel à lui pour la protéger, pas pour qu'il prenne sa main à tout propos.

Mais à son grand étonnement, Katlin reprit sa main et entremêla leurs doigts.

Comme il se tournait vers elle, il surprit un petit sourire sur ses lèvres.

— Parle-moi de toi, dit-elle en le regardant attentivement. Je ne sais rien de moi ni de ma vie. Peut-être que t'entendre évoquer la tienne m'aidera à me rappeler la mienne…

— Comme toi, je vis seul. Je travaille à Fortress Defense comme garde du corps depuis mon retour aux États-Unis. Globalement, mes missions précédentes n'étaient pas très différentes de celle-ci. Mais te protéger me demande davantage d'efforts. Certains jours, l'armée me manque, ajouta-t-il, surpris par cette vérité. J'aimais servir mon pays et protéger les gens.

— C'est ce que tu fais en ce moment, dit-elle doucement. Avec moi.

— Et je ne voudrais rien y changer.

Elle sembla réfléchir à sa réponse.

— Penses-tu que tu aimerais un jour fonder une famille ? demanda-t-elle. Avoir des enfants, une petite maison achetée à crédit, une clôture blanche et tout ce qui va avec ?

Le cœur de Jack se serra et il eut soudain du mal à respirer.

— J'y ai déjà songé très fort, un jour.

Il risqua un œil vers Katlin, espérant clarifier sa position sur leurs relations, au cas où elle penserait à lui comme il pensait parfois à elle… à tort.

— La femme dont j'étais amoureux est morte, dit-il. Griffin m'a aidé à surmonter cette épreuve mais je ne veux plus jamais revivre un tel chagrin. Je ne le souhaite à personne.

Il négocia un virage, suivant les indications du GPS à travers la ville, soulagé d'avoir donné son avis sur l'amour. Son propre cœur, toujours prompt à s'emballer, avait besoin de l'entendre, d'être recadré.

Elle lui lâcha la main.

— En tout cas, merci de rester à mes côtés pendant que j'essaye de retrouver la mémoire, répondit-elle. Je suis sûre que Griffin apprécierait.

Jack ne répondit pas. Il regrettait qu'elle ait lâché sa main mais cela valait sans doute mieux.

Elle posa son sac sur ses genoux.

— J'ai trouvé une tablette dans ma chambre. J'espère qu'elle contient des photos et des liens vers mes mails ou mes réseaux sociaux. Nous l'essayerons en arrivant, lorsque nous aurons accès au wi-fi.

— En attendant, si tu veux regarder pendant que nous roulons, tu peux te connecter via mon smartphone.

Elle alluma l'appareil et tapota l'écran pour le ramener à la vie.

— Je dispose d'un abonnement à un service de données mobiles, s'exclama-t-elle, manifestement sidérée. Je ne comprends pas. Je vis comme une pauvresse, j'économise sur tout mais je paie pour obtenir des données en ligne, sur une tablette électronique ! Cela n'a aucun sens. C'est peut-être ça mon problème. Je ne sais pas gérer mon argent. J'espère que les avocats pour lesquels je travaille sont spécialisés dans les faillites personnelles.

Jack rit, heureux que le moment gênant soit passé si vite. Dehors, le soleil brillait et la journée promettait d'être exceptionnellement belle. Un contraste bienvenu avec la veille.

— Mes comptes sur les réseaux sociaux sont pathétiques, ajouta Katlin avec ironie. Il n'y a aucune information personnelle. Uniquement des citations d'hommes célèbres. Grâce à Griffin, tu en sais plus sur moi que moi. C'est bizarre, non ?

— C'est temporaire, dit-il en ralentissant.

Les rues qu'ils empruntaient étaient bordées de commerces, de cafés, de librairies. Des fleurs et des bannières aux couleurs vives ornaient les réverbères.

— C'est un quartier charmant qui paraît propre et bien entretenu, dit-elle. La criminalité est probablement faible dans le coin. Ce ne serait pas une mauvaise idée de déménager pour venir m'installer par ici.

Elle s'adossa à son siège, sa tablette entre les mains.

— J'espère que quelqu'un de mon bureau pourra me renseigner sur moi. En tout cas, ils doivent se demander pourquoi je ne suis pas venue travailler.

Katlin s'interrompit brusquement et fronça les sourcils.

— Et si tout ce qui m'arrive était lié à l'endroit où je travaille ? dit-elle. Je suis employée dans un cabinet d'avocats. Peut-être ne suis-je pas une criminelle mais en ai-je croisé un.

— Ou peut-être as-tu appris quelque chose que tu ne devais pas savoir…

— Quelle ironie ! Je suis peut-être dans le collimateur d'un tueur pour avoir surpris quelque chose dont je ne me souviens pas.

Jack ralentit à l'intersection suivante et enclencha son clignotant.

— Le cabinet est au bout de cette rue, nous ne tarderons donc pas à le savoir. Mais je maintiens ce que j'ai dit plus tôt. Tu n'as rien d'une criminelle. Tu es quelqu'un de bien. Cela crève les yeux.

Elle esquissa un sourire triste.

— Ne le prends pas mal mais j'y croirai le jour où j'aurai rencontré quelqu'un, ne serait-ce qu'une seule personne, qui me connaît et ne veut pas me tuer.

La circulation devint plus compliquée alors qu'ils approchaient de leur destination. Un embouteillage rendait impossible tout déplacement dans le quartier.

— Que se passe-t-il ? demanda Katlin, tendant le cou pour mieux voir.

— Un accident de voiture ? suggéra Jack.

Il avait remarqué une ambulance et une voiture de patrouille devant lui.

Il se gara et coupa le contact.

— Autant marcher jusqu'à ce cabinet, dit-il. Si quelqu'un d'autre nous tire dessus, les policiers et les ambulanciers sont déjà sur place. C'est un avantage.

Katlin rit de bon cœur.

Il mit quelques pièces dans l'horodateur et balaya des yeux les alentours à la recherche de fous armés avant de prendre la direction de Fitch & Quintz.

Katlin s'accrocha à son bras pour marcher à son côté.

Ils ralentirent lorsqu'un ruban jaune et noir signalant une scène de crime apparut et qu'un policier en tenue sortit d'un immeuble. Il tint la porte ouverte pour laisser passer deux infirmiers qui poussaient une civière. Un drap étendu dessus recouvrait un sac mortuaire.

Une plaque dorée accrochée au mur du bâtiment proclamait : Fitch & Quintz, avocats.

8

Un frisson glacé parcourut l'échine de Katlin. Saisie d'une brusque panique, elle sentit son ventre se serrer. Quel que soit le problème, il n'était certainement pas accidentel. Elle ne croyait pas aux coïncidences.

Jack posa une main rassurante sur son bras. Il s'approcha du policier qui s'efforçait de tenir à distance la foule des curieux. Il dut élever la voix pour se faire entendre au milieu du brouhaha.

— Excusez-moi, lança-t-il.

L'homme leur fit signe de s'éloigner.

— Veuillez rester derrière le ruban de scène de crime, je vous prie.

L'agent était visiblement très jeune à en croire son regard innocent et ses boutons d'acné. D'après l'insigne sur son uniforme, il s'appelait Jenkins. Il semblait à peine sorti du lycée.

Avait-il vraiment l'âge de faire partie de la police ? se demanda Katlin. Et pour commencer, pourquoi se souvenait-elle qu'il fallait un âge minimum pour entrer dans la fonction publique alors qu'elle avait oublié son deuxième prénom ? songea-t-elle, frustrée.

Jack obtempéra et recula, remorquant Katlin dans son sillage.

— Auriez-vous l'amabilité de me dire ce qui se passe ? demanda-t-il au policier.

— Un meurtre a été commis dans le cabinet d'avocats du rez-de-chaussée, répondit l'agent Jenkins. Le cabinet sera fermé aujourd'hui et demain. Si vous aviez rendez-vous, il est annulé.

— Qui a été tué ? s'enquit Jack.

— Je ne suis pas autorisé à vous le dire, répondit Jenkins. Nous devons apprendre la tragédie à la famille du défunt avant de divulguer son identité. Maintenant, ayez la gentillesse de rentrer chez vous. Vous rappellerez le cabinet demain pour reprogrammer votre rendez-vous.

Katlin leva la main pour intervenir.

Affichant une expression posée, elle s'efforça de paraître moins paniquée et plus professionnelle qu'elle ne l'était en réalité. Elle espérait que la terreur dont elle était la proie n'était pas visible sur son visage.

— Je ne suis pas cliente du cabinet, dit-elle. J'y travaille. Comme assistante administrative.

Le policier leva un sourcil surpris et sortit un petit bloc-notes de la poche intérieure de sa veste.

Il en tourna les pages.

— Vraiment ? Votre nom, je vous prie ?

— Katlin Andrews.

Quand ses yeux quittèrent son calepin, il hocha la tête.

— Très bien. Alors, vous pouvez entrer, mademoiselle Andrews. Des collègues sont justement en train d'interroger les employés.

Il retourna à l'intérieur de l'immeuble pour lui ouvrir une porte.

— Je vous en prie, mademoiselle, dit-il, l'invitant d'un geste à s'avancer.

Jack jeta un regard interrogateur à Katlin, se demandant visiblement si elle était prête à subir un interrogatoire.

Elle ne l'était évidemment pas. Mais elle avait besoin de réponses.

— Tout va bien, dit-elle.

Comme Jack lui emboîtait le pas, l'agent Jenkins leva la main pour lui bloquer le passage.

— Uniquement les employés.

Jack resserra son emprise sur le poignet de Katlin. À la lueur de peur dans ses yeux, elle comprit que l'idée de l'envoyer seule sur une scène de meurtre lui déplaisait. Comment le lui reprocher ?

— Il doit m'accompagner, assena-t-elle avec sang-froid. C'est mon garde du corps.

Jenkins fronça les sourcils.

Katlin planta les yeux dans ceux de Jack d'un air suppliant.

— Explique-lui, murmura-t-elle, doutant soudain d'être capable de raconter toutes les horreurs qu'elle avait vécues depuis son réveil à l'hôpital.

Jack donna au policier une version édulcorée des événements des deux derniers jours puis justifia sa présence en lui parlant de Fortress Defense.

— Katlin a été gravement blessée à la tête et l'épave de sa voiture est à la fourrière de Campbellsville pour y être analysée par vos collègues. En attendant la fin de l'enquête, je suis chargé de la protéger. Je peux l'attendre à l'extérieur du cabinet, si vous préférez, mais il m'est impossible de m'éloigner d'elle.

Le policier dévisagea tour à tour Jack et Katlin.

— Et l'inspectrice Reihl est-elle au courant de toute cette histoire ?

— Bien sûr.

Apparemment soulagé de l'apprendre, le jeune agent hocha la tête.

— D'accord. Alors allez-y et prenez place dans la salle d'attente. Je vous y rejoindrai dans un moment.

Katlin franchit le seuil du cabinet, consciente de la présence des policiers et des techniciens qui s'affairaient dans une pièce voisine, sans doute là où le corps avait été retrouvé.

La salle d'attente était minuscule et meublée de chaises

inconfortables. Elle ouvrait sur deux bureaux – un pour chaque avocat, supposa-t-elle. Les murs lambrissés comme le papier peint à motifs verts sur fond marron donnaient un aspect sévère à l'endroit. Mais des aquarelles de paysages champêtres égayaient un peu le décor. De lourdes portes en bois fermaient les pièces où les avocats recevaient leurs clients, sans doute pour préserver les secrets de ces derniers.

— Kat ?

Une sexagénaire aux cheveux gris s'approcha, jouant nerveusement avec son collier de perles.

— Enfin, vous voilà ! Où donc étiez-vous passée ? Nous nous demandions pourquoi vous n'appeliez pas. Nous étions inquiets. D'autant que chaque fois que j'ai tenté de vous joindre, je suis tombée directement sur votre messagerie vocale. Nous pensions que vous aviez été arrêtée pour une raison quelconque.

Katlin sourit – elle détestait le surnom de « Kat » et ne savait pas quoi dire à cette inconnue.

— Désolée. J'ai été victime d'un accident de voiture et j'ai perdu mon téléphone.

C'était vrai, se dit-elle, soulagée de ne pas avoir menti à la seule personne du bureau à lui avoir prêté attention jusqu'à présent.

Son interlocutrice la dévisagea un instant d'un air étonné avant de remarquer la présence de Jack.

— Je suis Marsha, dit-elle en lui tendant la main. Kat et moi sommes chargées du travail administratif du cabinet.

Jack lui sourit avec chaleur. Malgré le contexte, il semblait incroyablement détendu et charmant.

— Jack, dit-il. Ravi de faire votre connaissance. Alors, pour quel avocat travaillez-vous, vous ? Mais peut-être faites-vous équipe toutes les deux ?

— Je suis l'assistante attitrée de Me Quintz, répondit Marsha en tapotant le coin de ses yeux avec son mouchoir. Quant à Kat, elle travaillait pour Me Fitch. Il préférait les stagiaires aux employés à temps plein. C'était sa façon de donner un coup de main aux jeunes. Il voulait offrir une expérience sur le tas aux étudiants motivés, ayant un intérêt réel pour le droit. Il savait que mettre le cabinet en référence dans leur CV serait un atout inestimable pour démarrer leur carrière. C'était un homme si gentil.

Sa voix se brisa sur ces derniers mots et elle se moucha.

Katlin ne comprenait pas pourquoi Marsha la qualifiait d'étudiante ou de stagiaire alors qu'elle avait quitté l'université depuis plus de quatre ans. Mais plus grave encore, le fait qu'elle ait utilisé le passé pour parler du patron de Katlin l'inquiéta.

— Avez-vous dit que je *travaillais* pour Me Fitch ?

Marsha fondit en larmes avant de s'approcher de Katlin pour lui chuchoter à l'oreille :

— L'équipe de ménage l'a trouvé ce matin.

Elle regarda Jack pour expliquer :

— Ils arrivent à 8 heures pour nettoyer les locaux avant l'ouverture du cabinet à 9 heures. La police était déjà là quand le personnel s'est présenté vers 8 heures 45.

Katlin serra plus fort le bras de Jack. Il ne s'agissait certainement pas d'une coïncidence. Elle se demanda depuis combien de temps l'avocat était mort. Avait-il été tué samedi soir, lorsqu'elle-même avait été envoyée dans le décor alors qu'elle roulait sur la voie express ?

Jack se dirigea vers un grand bureau près de la fenêtre, laissant Katlin en tête à tête avec Marsha.

— Qui est cet homme ? s'enquit Marsha à voix basse. Votre fiancé, j'imagine ? ajouta-t-elle avec un regard furtif vers lui. Il est très… séduisant.

Les joues de Katlin s'enflammèrent à l'idée que Jack puisse être son fiancé. *Idiote, cesse de te comporter en adolescente attardée.*

— Jack est un ami.

— J'adore ton bureau ! lança-t-il en agitant une carte de visite qu'il tenait à la main. Il est très sympa.

Katlin se retourna.

Marsha avait tort. Jack n'était pas séduisant – il était hyper sexy. Il émanait de lui une sensualité animale à laquelle il était difficile de résister. Elle aimait ses yeux noisette un brin moqueurs, son large torse et ses épaules musclées. Mais la façon dont il la regardait, comme si elle était un trésor d'une valeur inestimable, la bouleversait.

Jack semblait attendre quelque chose.

— Je crois qu'il vous fait signe de le rejoindre à votre bureau, chuchota Marsha. Mais vous devriez lui dire que nous ne sommes pas censés toucher à quoi que ce soit.

Il fallut un instant pour que les mots parviennent à l'esprit confus de Katlin.

Son bureau ? Quel bureau ? Mais oui !

Quand elle comprit enfin le message, elle se précipita aux côtés de Jack, laissant Marsha repartir vers trois personnes en combinaison blanche. Probablement l'équipe chargée des scènes de crime.

Debout devant sa table de travail, Jack s'empara de la souris pour ranimer l'ordinateur de Katlin.

Elle s'assit dans le fauteuil.

Par la porte ouverte du cabinet, elle voyait l'agent Jenkins parlementant avec la foule rassemblée devant l'immeuble. Il faisait des grands gestes, sans doute pour donner plus de poids à ses paroles.

Katlin posa les doigts sur le clavier, espérant qu'ils allaient se mettre à taper le mot de passe par automatisme. Comme rien ne vint, elle tenta d'entrer les rares données en sa possession. Le numéro de rue de son appartement. La date de naissance inscrite sur son permis de conduire. Le nom puis l'adresse du cabinet d'avocats… Rien ne fonctionna.

À côté d'elle, Jack fouillait le contenu des tiroirs avec un crayon pour ne pas laisser ses empreintes.

— Regarde, dit-il. Un contrat d'embauche.

Katlin se retourna.

— Montre-moi.

Elle saisit les feuillets qu'il lui désignait et les parcourut rapidement. À la vue de la date, elle fit un bref calcul mental.

— Je débute au cabinet, dit-elle. J'y suis entrée il y a trois semaines à peine. C'est peut-être à cause de ce nouveau poste que j'ai décidé d'emménager dans cette ville. Ne trouves-tu pas bizarre que Marsha me prenne pour une étudiante alors que je suis diplômée depuis plus de quatre ans ?

Avait-elle changé d'orientation ? Préféré embrasser une autre carrière ? Et pourquoi ?

— Pas vraiment. Tu as l'air jeune. Peut-être ne sait-elle pas tout sur toi, suggéra Jack.

Katlin essaya un nouveau mot de passe. Cette fois, elle entra sa date d'entrée dans le cabinet et à sa grande surprise, l'ordinateur se déverrouilla.

— Bien, chuchota Jack, se penchant par-dessus son épaule pour regarder l'écran de plus près.

Katlin double-cliqua sur l'icône de sa boîte de réception et fit défiler ses messages. Des dizaines de mails, émanant du palais de justice, du bureau du procureur ou du poste de police.

— Combien veux-tu parier que celui qui a tiré sur Me Fitch était l'un de ses clients ? murmura Katlin.

Jack referma le tiroir du bureau.

— Tu as peut-être vu ou entendu quelque chose que tu n'aurais pas dû voir ou entendre. Peut-être quelqu'un veut-il s'assurer que tu ne répéteras pas ce que tu as surpris.

Katlin frissonna à cette éventualité. Son patron était mort et sans Jack, elle le serait certainement, elle aussi. Ce qu'elle avait surpris devait être important.

— Nous devrions enquêter sur Me Fitch. Chercher sa spécialité, le profil de ses clients. Et tout ce qui peut nous aider à comprendre ce que voulait cacher le tireur en le tuant.

— Mademoiselle Andrews ?

L'officier Jenkins s'avança dans leur direction. Ses yeux lançaient des éclairs et il serrait les mâchoires.

— Que faites-vous ici ?

— Je consulte mes mails, répondit-elle avec naturel. Je pensais avoir le droit de travailler en attendant d'être interrogée. Je ne voulais pas perdre de temps.

— Écartez-vous tout de suite de votre bureau, s'il vous plaît.

Elle obéit et Jack la suivit.

Jenkins poursuivit :

— J'ai parlé avec l'inspectrice Reihl et j'aimerais vous interroger avant de vous libérer.

Katlin réprima un gémissement mais répondit à ses questions sans perdre son sang-froid ni verser une seule larme.

Satisfait, l'officier les autorisa à partir.

Katlin avait hâte de regagner le pick-up de Jack et surtout, de retrouver la tablette qu'elle y avait laissée. Tout à l'heure, elle avait consulté ses réseaux sociaux mais elle n'avait pas eu le temps de s'intéresser à ses mails personnels avant leur arrivée au cabinet d'avocats. Ils contenaient peut-être tous ses secrets.

Au volant, Jack observait les piétons et les automobilistes qui allaient et venaient dans le quartier. Il était possible que le tueur se trouve encore à proximité des lieux du crime. Dans l'espoir de retrouver Katlin ou de voir ce que fabriquaient les policiers et quelle direction prenait l'enquête.

À côté de lui, Katlin avait branché la tablette sur son chargeur et passait en revue son courrier électronique personnel. Malheureusement, sa boîte de réception contenait essentiellement des messages indésirables. Ils étaient loin du trésor d'informations qu'ils avaient espéré y trouver.

Tout en roulant, Jack fouilla sa propre mémoire, cherchant des détails sur la vie de Katlin susceptibles de provoquer un souvenir chez elle. Elle se rendait souvent à des concerts avec Griffin et voyageait aux quatre coins du monde avec ses parents. Cade n'avait pas encore réussi à joindre ces derniers sur le seul numéro que Jack possédait, celui qu'il avait gardé depuis la mort de Griffin. Katlin avait obtenu un diplôme universitaire et tout récemment encore, elle vivait dans un joli petit cottage dans une autre ville. Aucun de ces éléments n'était utile à leur situation actuelle.

— Jack ! s'exclama soudain Katlin en serrant brusquement son avant-bras.

Certain qu'elle le prévenait d'un danger, il pila et elle fut projetée en avant.

Derrière lui, quelqu'un klaxonna.

— Hé ! Que t'arrive-t-il ? s'écria-t-elle, élevant la voix d'une octave.

Avec un geste d'excuse au conducteur derrière lui, Jack accéléra.

— J'ai cru que quelque chose n'allait pas et que tu me demandais de m'arrêter ou de faire demi-tour.

Elle secoua la tête.

— Non, excuse-moi. Je viens seulement d'ouvrir mon relevé bancaire et en suivant le lien jusqu'à mon compte courant, j'ai découvert mes dépenses. Et devine ce qui est prélevé automatiquement chaque mois ?

Jack tourna vers elle un regard teinté de curiosité avant de reporter son attention sur la route.

— Quoi ?

— Mes factures de gaz, d'électricité et d'eau. Classique, tu me diras. Mais ce qui l'est moins est que je règle tous les mois *deux* factures de chaque. Apparemment, je paie le gaz, l'eau et l'électricité de quelqu'un d'autre en plus des miens… Pourquoi ? Et qui est ce quelqu'un d'autre ?

Excellente question.

— As-tu les adresses des logements pour lesquels tu paies ces factures ? demanda-t-il en s'assurant une nouvelle fois via son rétroviseur qu'ils n'étaient pas suivis.

— Je ne suis pas certaine de pouvoir accéder aux factures via cet appareil. Un instant, je regarde, ajouta-t-elle en tapotant l'écran.

— Tu viens de commencer à travailler dans le cabinet d'avocats. Si tu as emménagé depuis peu dans l'appartement que nous avons vu tout à l'heure, il se peut que tu aies encore une facture finale à régler pour ton ancienne adresse. Ce n'est pas rare.

— Je suis connectée sur mon fournisseur d'électricité, dit-elle. Ils me facturent pour l'appartement que nous avons visité plus tôt et à une autre adresse : 1242 Julip Lane à Stanford.

Jack hocha la tête.

— C'est là où tu vivais.

Il le savait. Il avait envoyé des cartes pendant trois ans à cette adresse.

Katlin continuait de balayer l'écran du doigt.

— Le problème est qu'il n'est indiqué nulle part qu'il s'agit d'une dernière facture. Pire, visiblement, je règle tout en double depuis quelques mois.

Jack se creusa la cervelle, cherchant une explication à cette étrangeté.

— Et si tu n'avais pas déménagé ? lança-t-il alors qu'une nouvelle théorie prenait forme dans son esprit. Cela expliquerait pourquoi ton appartement n'avait pas l'air habité, pourquoi le placard était presque vide. Peut-être que tu y habites à temps partiel, provisoirement, mais que ton véritable lieu de vie est toujours à Stanford.

— Pourquoi ferais-je ça ?

Encore une excellente question.

— Je ne sais pas, mais nous nous rendrons là-bas demain et nous verrons si j'ai raison. Si tu es d'accord, j'aimerais passer le reste de la journée à lire les articles et reportages de la presse locale à propos du meurtre de Me Fitch, à me renseigner sur lui et sa clientèle. Plus tôt nous établirons un lien entre toi et l'un de ses clients, associés ou amis, plus tôt nous serons en mesure de dresser une liste de suspects pour l'inspectrice Reihl.

— Très bien, dit-elle. Identifier le tueur est sans doute une priorité. Nous nous inquiéterons de retracer ma vie plus tard. En tout cas, j'espère que je ne vivais pas avec quelqu'un avec qui je venais de rompre… Cela justifierait un déménagement en catastrophe, en emportant si peu d'affaires. Peut-être que l'essentiel des meubles lui appartient. Ce serait possible, non ?

Jack grimaça.

— J'espère que non.

Les mots lui échappèrent avant qu'il puisse les retenir.

— Ce serait dommage de quitter avec presque rien un endroit que tu considérais comme un foyer, ajouta-t-il.

Jack se concentra sur la route, se demandant s'il avait ainsi réussi à rattraper sa gaffe, à dissimuler son angoisse à l'idée que Katlin ait un petit ami.

— Tu devrais regarder si ta tablette est connectée à un dispositif de stockage dans le cloud. Il te permettrait peut-être d'accéder à des photos récentes.

— Bonne idée.

Elle se pencha de nouveau sur la tablette électronique.

— Oui, dit-elle un instant plus tard, semblant à la fois surprise et impressionnée. Et j'y ai conservé un grand nombre de documents Word. Penses-tu que je tenais un journal intime ?

— Ce serait très utile, dit Jack.

Plongée dans la lecture de ces fichiers, Katlin resta un moment silencieuse alors qu'ils continuaient de rouler vers la résidence sécurisée.

Jack en profita pour passer en revue mentalement

plusieurs scénarios pour expliquer tout ce qu'ils avaient appris aujourd'hui.

— Jack ! cria soudain Katlin avec enthousiasme. Ces documents ne sont pas des enregistrements de mon journal intime. Mais des interviews et des reportages.

Les yeux pétillants de joie, elle s'exclama :

— Je suis journaliste !

9

Jack fit réchauffer une soupe de poulet aux vermicelles et mit du fromage à griller sur la plaque chauffante. Maintenant que Katlin avait compris qu'elle était journaliste, il se souvenait que Griffin lui avait parlé d'articles qu'elle avait écrits pour le journal du lycée. Il lui avait dit aussi qu'elle avait été récompensée pour un reportage. À sa décharge, Griffin avait si souvent encensé sa sœur que Jack avait fini par oublier les multiples raisons qui faisaient d'elle une fille hors du commun. Et il croyait bien qu'elle avait suivi des études en communication à l'université mais il n'en était pas totalement sûr.

Allongée sur le canapé avec sa tablette, les pieds sur les coussins, Katlin dévorait tout ce qu'elle pouvait trouver sur elle-même. Le petit appareil était son seul lien avec sa vie d'avant – avant l'accident, avant l'hôpital – et elle était déterminée à en extraire tous ses secrets.

Pendant qu'elle se plongeait dans ses propres articles et documents, Jack avait décidé de confectionner un petit repas. Sans se l'avouer, il éprouvait le besoin de prendre ses distances. Depuis qu'il avait négligemment posé la main sur celle de Katlin dans le pick-up, elle n'avait cessé de lui toucher le bras, d'entremêler leurs doigts, de se serrer contre lui. Il trouvait ces élans à la fois très agréables et profondément déstabilisants.

Il remua la soupe et baissa le feu.

Quel message voulait-elle lui envoyer avec ces gestes ? Était-elle tombée amoureuse de lui ? Cherchait-elle à se rapprocher de lui pour des raisons romantiques ? Ou se sentait-elle plutôt liée à lui comme à un frère de substitution ? Il était certain qu'elle n'était pas du genre à se coller ainsi à n'importe qui. Se trompait-il ?

Par ailleurs, il n'excluait pas totalement la possibilité qu'elle ait rompu depuis peu avec un petit ami dont elle partageait la vie auparavant. Si elle avait dû le quitter dans la précipitation, il était logique qu'elle ait pris le premier logement venu en abandonnant la plupart de ses affaires dans l'ancien.

Préférant ne pas s'attarder sur l'éventualité d'un amoureux, il balaya l'écran de son smartphone du doigt et entra le nom de l'avocat assassiné dans un moteur de recherche. Me Nathan Fitch avait obtenu son diplôme vingt et un ans plus tôt à l'université locale. Divorcé et père de deux grands enfants, il habitait une résidence haut de gamme à proximité de son cabinet. Les quelques articles de presse où son nom apparaissait étaient plutôt positifs, voire élogieux. La plupart des affaires qu'il avait défendues concernaient la délinquance en col blanc et il avait souvent obtenu gain de cause.

— La préparation du repas se passe comme tu veux ? demanda Katlin en se levant pour le rejoindre.

Ses cheveux blonds tombaient sur ses épaules et les rayons du soleil caressaient ses courbes féminines.

Jack posa son smartphone pour retourner ses rondelles de fromage à l'aide d'une spatule.

— Ce sera bientôt prêt, dit-il. J'espère que tu aimes le fromage grillé et la soupe de poulet aux vermicelles. J'ai trouvé du pain et de la soupe dans le congélateur, du beurre et du fromage au réfrigérateur. Pour aujourd'hui, j'ai dû me débrouiller avec les moyens du bord.

Elle sourit.

— En tout cas, ça sent délicieusement bon. C'est vraiment

gentil de ta part d'avoir préparé le repas. Je ne me souviens pas que quiconque ait déjà cuisiné pour moi.

— Très drôle, dit-il, essayant de ne pas sourire à sa blague et se sentant fier de la satisfaire.

Il s'interdit de lister les autres façons dont il aimerait lui faire plaisir.

Katlin se hissa sur ses avant-bras pour s'asseoir sur le comptoir à côté des fourneaux, tout près de l'endroit où il avait posé la main. Ses yeux étaient maintenant au même niveau que les siens. Ses pieds se balançaient dans le vide.

La détermination de Jack à recentrer ses pensées sur l'affaire s'affaiblit et il s'imagina instantanément tendre la main, caresser sa joue du bout des doigts, promener le pouce sur ses lèvres avant de l'embrasser et de se glisser entre ses cuisses.

Il s'obligea à reporter son attention sur ses fourneaux. Il plaça les rondelles de fromage grillé sur une assiette qu'il posa avec la marmite de soupe sur la petite table du coin repas.

— As-tu appris quelque chose via ta tablette ?

— Oui. Je ne suis pas objective, bien sûr, puisque j'ai rédigé ces textes, mais je pense être une bonne journaliste. Ces articles m'ont fascinée, je les ai dévorés. J'ai peut-être été pigiste parce que j'ai écrit dans plusieurs journaux différents. En signant Katlin Griffin.

Jack sourit.

— Un nom de plume. Intéressant.

— Un pseudo permet de conserver un certain anonymat, dit-elle. Et se justifie si j'écris des papiers susceptibles de contrarier certaines personnes.

— Je suis sûr que tu es une journaliste talentueuse et scrupuleuse, dit Jack. J'espère que retourner chez toi demain ravivera ta mémoire. Hier soir, j'ai effectué des recherches sur l'amnésie. La plupart des gens qui oublient tout après un choc à la tête s'en remettent. Il suffit parfois d'un élément déclencheur pour ramener la quasi-totalité de leurs souvenirs à la surface. Tu ne te rappelleras peut-être jamais l'accident lui-même. Mais le reste reviendra.

La lueur qu'il vit briller dans ses yeux le fit fondre et l'envie de la prendre dans ses bras le tenailla mais il repoussa aussitôt cette tentation. Katlin avait besoin de beaucoup de choses, en ce moment, mais il n'en faisait pas partie. Et Griffin n'approuverait certainement pas ce genre de rapprochement. Il le lui avait fait comprendre avec ce coup de poing alors que Jack ne faisait que le féliciter à la vue du portrait d'une jeune et jolie femme qu'il supposait être sa petite amie.

Il dressa le couvert pour deux personnes puis regarda Katlin.

— Le gros de tes affaires doit être chez toi. Nous découvrirons donc l'essentiel de ton existence demain. Nous passerons ensuite un coup de fil à l'inspectrice Reihl pour l'informer de ce que nous aurons trouvé.

Katlin sauta du comptoir et se dirigea vers la table.

— Nous interrogerons surtout mon ex-petit ami qui doit vivre encore là-bas. Il nous dira tout sur ma vie, j'en suis sûre.

Jack réprima la bouffée de colère qui l'envahissait.

— Est-ce que tu as découvert quelque chose sur lui grâce à ta tablette ? demanda-t-il, espérant qu'elle plaisantait.

Ses sentiments déjà compliqués pour elle n'avaient pas besoin d'être aggravés par une jalousie, absurde au demeurant.

— Si j'ai un petit ami ou un ex, il ne m'a pas contactée par mail. Nous avons peut-être intérêt à passer à mon ancienne et sans doute principale adresse dès aujourd'hui. Pourquoi attendre ? Le temps presse et j'ai hâte d'en apprendre davantage sur moi. Je ne comprends pas pourquoi j'ai cessé d'être journaliste. Ni pourquoi j'ai accepté un poste d'assistante administrative dans un cabinet d'avocats. Cela faisait-il partie de mes recherches pour un reportage sur lequel je travaillais ? Étais-je sous couverture ? Avais-je été congédiée du journal qui m'employait ? Mon métier de journaliste ne me rapportait-il pas encore de quoi vivre et avais-je besoin d'une autre source de revenus ?

— Ce sont de très bonnes questions, dit Jack. Toutes ces hypothèses peuvent expliquer ces deux emplois.

La première éventualité que Katlin avait évoquée – une enquête journalistique sous couverture – l'inquiétait plus que tout. Il était plausible qu'une journaliste soit amenée à déterrer des squelettes qu'il aurait mieux valu laisser enfouis. Effectuer des recherches concernant des sujets sensibles était sans doute compliqué et exigeait une certaine prise de risques. Et il n'avait aucun mal à imaginer pourquoi, dans ce contexte, elle aurait accepté de travailler dans ce cabinet, surtout vu la clientèle criminelle en col blanc de l'avocat assassiné. Jack n'était pas pressé d'exposer de nouveau Katlin au danger, de la conduire chez elle où elle risquait de se faire une fois de plus tirer dessus. D'ailleurs, avant de se rendre où que ce soit, ils avaient beaucoup de recherches à faire sur Internet et là, au moins, ils ne risquaient pas d'être pris pour cibles.

— Reposons-nous aujourd'hui, proposa-t-il. J'aimerais déjà voir ce que nous pouvons apprendre sur les clients de Fitch. Par ailleurs, entendre ce que dit le journal télévisé du soir à propos de son assassinat sera sans doute instructif. De plus, mieux vaut limiter nos déplacements pour ne pas donner à celui qui t'a dans le collimateur d'autres possibilités de t'atteindre.

Katlin remua sa soupe avec sa cuillère pour réfléchir à ce qu'il venait de dire.

— D'accord, dit-elle enfin. De toute façon, j'ai encore beaucoup d'articles à lire et je suis un peu fatiguée, c'est vrai. J'ai mal à la tête et une petite pause me fera sans doute du bien.

Jack la regarda avec inquiétude.

— Pourquoi n'as-tu rien dit ?

Il n'avait pas remarqué la fatigue derrière son sourire mais il aurait dû. D'autant qu'il était lui-même épuisé après la folie de ces derniers jours et pourtant, il n'avait pas été victime d'un grave accident de voiture.

— Tu dois te reposer, poursuivit-il. Nous allons nous restaurer, effectuer des recherches, élaborer un plan. Et demain, nous irons chez toi.

Elle découpa son sandwich, l'air un peu hésitant.

— Alors tu préfères passer le reste de la journée ici ? Et la nuit aussi ?

Elle esquissa un sourire et ses yeux brillèrent.

— Cela me semble… une excellente idée, conclut-elle.

Jack s'efforça d'ignorer le désir qui lui tenaillait les reins. Il voulait plus que tout protéger Katlin, mais il commençait à se demander qui le protégerait d'elle.

Le lendemain, Katlin considéra la façade d'une charmante petite maison, très jolie mais qui ne lui disait rien. De style cottage, elle était située dans un quartier agréable, très arboré. Comme toujours, Jack était à ses côtés.

Elle hocha la tête d'un air dubitatif.

— C'est donc là que je vis depuis au moins trois ans ?

Il la dévisagea avec curiosité.

— Oui. Tu t'en souviens ?

Elle poussa un gros soupir.

— Non. Pas du tout.

Deux jours s'étaient écoulés depuis qu'elle s'était réveillée à l'hôpital en ayant oublié qui elle était. Chaque jour, son corps guérissait un peu plus. Elle se sentait de plus en plus forte et souffrait de moins en moins. Mais dans sa tête, tout restait fermé, verrouillé à double tour. La situation la frustrait, l'exaspérait. La nécessité d'attendre que ses souvenirs reviennent allait à l'encontre de son inclination naturelle. Elle avait certainement l'habitude d'attaquer ses problèmes de front dans la vie.

La veille au soir, Jack avait été d'un réconfort incroyable

pour elle, lorsque des larmes de colère et de désespoir avaient soudain jailli. Il l'avait prise dans ses bras, lui avait murmuré des mots encourageants à l'oreille. Il lui avait promis que tout s'arrangerait parce qu'elle était capable de tout. Sa foi en elle l'avait aidée à cesser de s'apitoyer sur son triste sort. Rien que pour cela, elle lui vouait une reconnaissance éternelle.

Il se tourna vers elle.

— As-tu tes clés ? demanda-t-il.

Pour toute réponse, elle tira le trousseau de sa poche et gravit les marches du porche. Elle essaya chaque clé jusqu'à ce qu'elle entende la serrure se débloquer. Le ventre noué, elle espéra que son intuition était bonne, qu'aucun ex-petit ami ne vivait ici. Cela dit, peut-être avait-elle une colocataire. Cette hypothèse lui plaisait parce que cela lui permettrait d'obtenir des détails sur sa vie. En tout cas, elle ne se rappelait pas avoir jamais été impliquée amoureusement ou intimement avec quiconque.

La maison était sombre et silencieuse quand ils y entrèrent. Jack pressa l'interrupteur dans le vestibule et Katlin passa devant lui, animée par une intense curiosité. Prudente, elle tendit l'oreille pour déceler la présence éventuelle d'un intrus mais elle n'entendit que les battements précipités de son cœur et le tic-tac d'une horloge.

D'un geste, Jack lui ordonna de rester près de la porte. Il fit rapidement le tour des pièces pour s'assurer qu'il n'y avait personne.

Katlin parcourut le petit cottage à sa suite. L'endroit lui parut chaleureux, accueillant. Un canapé et des fauteuils beiges entouraient une table basse. Ils étaient recouverts de coussins blancs sur lesquels étaient imprimés des textes. Sans savoir comment, elle reconnut un extrait de *Harry Potter à l'école des sorciers* sur l'un et sur un autre, un passage tiré *d'Orgueil et Préjugés*. Une bonne odeur de pomme et de cannelle flottait dans l'air.

— Il n'y a personne.

Elle entendit la voix forte de Jack avant de le voir réapparaître.

— Voyons maintenant ce que cette maison peut nous apprendre, ajouta-t-il.

Traversée par un puissant soulagement, elle respira mieux. Maintenant qu'elle se savait en sécurité, la compagnie de Jack redevenait un simple plaisir. Et surtout, même si elle ne reconnaissait rien, elle aimait tout ce qui l'entourait. Elle se sentait bien dans cette petite maison et en prendre conscience provoqua une intense émotion dans sa poitrine. Des larmes brûlèrent ses yeux.

— J'ai vécu ici, j'en suis certaine.

— Ce cottage est charmant.

Elle passa lentement de pièce en pièce. Cette maisonnette était visiblement bien entretenue et aimée. Il y avait des photos encadrées sur les murs, des livres partout. Et une rangée de minuscules pots contenant des plantes aromatiques sur le bord d'une fenêtre.

Elle comprit qu'elle n'avait rien d'une clocharde vivant dans un taudis sans relations humaines.

Elle était journaliste mais exerçait en parallèle un emploi dans un cabinet d'avocats et son patron avait été assassiné. Et elle occupait parfois un autre logement, beaucoup moins agréable, dans une ville voisine.

Il n'y avait dans la maison ni carton ni matériel d'emballage suggérant un prochain déménagement. La plupart de ses affaires étaient là, et visiblement pour longtemps.

Peut-être retrouverait-elle ses souvenirs ici.

Elle s'arrêta devant le mur de photos, se reconnaissant, le plus souvent aux côtés de Griffin. Il était plus âgé sur ces clichés que sur l'instantané que Jack avait tiré de son portefeuille, mais c'était lui, indéniablement. Le couple aux cheveux gris qui apparaissait sur plusieurs photos était celui de ses parents, cela sautait aux yeux. Ces portraits encadrés représentaient tous des membres de sa famille, elle en aurait mis sa main au feu.

La famille était importante pour elle. Elle en fut heureuse.

Comme elle se dirigeait vers la cuisine, elle passa devant une petite table jonchée de papiers, près d'une fenêtre donnant sur le jardin. Un ordinateur portable y trônait.

Un large sourire sur le visage, elle s'en approcha. De toute évidence, il s'agissait de son bureau et tout ce sur quoi elle travaillait avant l'accident était toujours là.

Jack siffla derrière elle.

— Jackpot !

Elle aperçut alors sur la table un appareil qui lui arracha un cri de joie.

— Mon téléphone portable !

Branché sur son chargeur, il semblait l'attendre.

— J'adore cette maison, je m'y sens très bien et je ne veux plus jamais la quitter.

Jack lui rendit son sourire.

— C'est compréhensible. Mais je préfère ne pas rester plus longtemps que nécessaire. Au cas où nous serions suivis ou que le tireur découvre que tu habites aussi ici. Nous reviendrons, promis.

Une note de tristesse la traversa mais son sourire revint lorsqu'elle prit conscience de quelque chose.

— Le smartphone que l'inspectrice Reihl a retrouvé dans ma voiture n'était même pas mon vrai téléphone.

Elle se mit à rire. Ce n'était probablement pas très gentil de sa part, mais elle était heureuse que l'inspectrice – qui la soupçonnait d'être une menteuse et une criminelle – n'ait pas récupéré son téléphone principal. Tout ce qui se trouvait dans un smartphone était personnel. Personne, et encore moins la police, n'avait le droit de passer son contenu au peigne fin et de porter un jugement.

Jack haussa les sourcils.

— Sans doute pas, en effet.

— Celui-ci va m'aider à retrouver ma mémoire.

— J'espère qu'il y a quelques photos récentes dessus. Peut-être provoqueront-elles un souvenir, dit Jack en lui tendant l'appareil. Nous pourrons toujours appeler Reihl et lui faire part de tout ce que nous allons découvrir, si ces éléments sont susceptibles de faire avancer l'enquête. Sinon, je ne vois pas pourquoi elle aurait besoin de ce téléphone. Il n'était pas dans la voiture au moment de l'accident.

— Je te remercie.

Une profonde gratitude envahit Katlin et elle lui caressa le dos de la main. Comme il ne s'écartait pas, elle leva les yeux vers les siens et y trouva une intensité qui lui réchauffa le cœur.

Mais très vite, il se reprit :

— Il vaut mieux ne pas nous attarder, mais nous emportons tout ce que tu veux.

Hochant la tête, elle reporta son attention sur la paperasse devant elle. Elle remarqua alors un imprimé portant le logo de l'université locale.

— Cela ressemble à un emploi du temps, à un planning de cours. Pourquoi ai-je besoin d'assister à des cours universitaires ? Ne suis-je pas déjà diplômée ?

— Si, si. J'ai vu les photos.

Elle brandit le papier pour le lui montrer.

— Alors pourquoi suis-je inscrite au Center College de Danville, cette année ?

Jack fronça les sourcils.

— La ville où tu travailles dans un cabinet d'avocats et où tu loues un deuxième appartement…

Tout en réfléchissant, il passa les mains dans ses cheveux coupés court.

— En tout cas, le deuxième appartement, le « trou à rats » comme tu le désignes, est peut-être seulement un point d'atterrissage pour dormir les jours où tu vas au travail et en cours à Danville et où tu n'as pas le temps de rentrer chez toi.

Katlin soupesa cette éventualité. Cela paraissait de la folie, financièrement parlant, mais après ce qu'elle avait vécu ces derniers jours, rien ne lui semblait impossible.

— Pourquoi chaque découverte suscite-t-elle plus de questions que de réponses ? demanda-t-elle. Rien n'a de sens.

— Nous en trouverons un, assura Jack. Nous avons maintenant ton téléphone et ton ordinateur portable. Cela devrait aider.

Katlin empila avec soin les papiers et les dossiers. Elle s'empara ensuite de son smartphone et faillit hurler de joie quand, du pouce, elle réussit à le déverrouiller.

Le frisson de la victoire la traversa alors qu'elle tapotait l'icône « Photos » et parcourait les instantanés, les selfies, les portraits de groupe. Sur tous, elle avait l'air heureuse. Et visiblement, elle aimait voyager. Ses parents apparaissaient avec elle à Paris, Zurich et Rome. Elle semblait aussi avoir pas mal bourlingué en compagnie d'une petite rousse aux yeux de chat. Visiblement, elle appréciait les randonnées à pied ou à vélo, le camping en pleine nature, le ski. Son cœur s'envola avant de retomber. Elle menait une vie pleine et heureuse mais elle ne se souvenait de rien. Pire encore, rien dans le flux des clichés qui défilaient sous ses yeux ne livrait le moindre indice sur la façon dont elle avait croisé un tueur.

Elle retourna sur l'écran d'accueil du téléphone, puis appuya sur une autre icône, celle d'un réseau social. Elle n'avait pas vu l'application sur sa tablette. Sa page d'accueil était basique et ne montrait qu'une poignée d'amis et de followers, pour la plupart étudiants, eux aussi, au Center College.

Les messages échangés étaient brefs et directs, commentant le plus souvent les selfies et instantanés. Katlin passa rapidement en revue des photos de groupe. Avec ses amis étudiants, elle partageait des pizzas, assistait à des matchs de football ou se baladait dans le campus.

Le portrait d'un jeune homme attira vite son attention. Il apparaissait deux fois plus souvent que quiconque. Son nom d'utilisateur était Dylan-242. Il avait les yeux bleus, des cheveux blonds hirsutes, mais ses vêtements de marque tendaient à prouver qu'il ne manquait pas d'argent. Peut-être le rejeton d'une riche famille qui se plaisait à jouer les rebelles.

— As-tu découvert quelque chose ? demanda Jack en retournant dans la cuisine.

— Je ne sais pas. J'ai trouvé une correspondance importante, visiblement amicale, avec un jeune homme sur un réseau social.

Elle passa le téléphone à Jack puis posa ses dossiers cartonnés sur son ordinateur portable pour transporter plus facilement le tout.

Jack prit l'appareil.

— Maintenant, retournons à la résidence sécurisée pour étudier tout ça tranquillement, dit-il.

Elle hocha la tête mais quand elle se tourna vers lui, elle vit ses yeux brillant de malice.

— Mais que dirais-tu de faire d'abord un saut à ton journal ?

Il lui montra ce qu'il balançait au bout de ses doigts. Un badge de presse avec sa photo ainsi que son nom « Katlin Griffin » et les mots « Journaliste d'investigation ».

— Je travaille à la *Covington Gazette* !

10

La *Covington Gazette* avait ses bureaux dans un grand bâtiment blanchi à la chaux près de la station de radio locale. Comme il fallait s'y attendre, l'endroit ne disait rien à Katlin.

Alors qu'elle regardait les immenses baies vitrées, elle frissonna. L'air vif d'automne n'en était pas la cause. En réalité, elle appréhendait ce qui l'attendait à l'intérieur. Elle n'en avait aucune idée et ignorait même si elle travaillait encore pour ce journal. Elle frotta ses mains moites sur son jean et prit une profonde inspiration pour se donner du courage.

Jack verrouilla les portières du pick-up à l'aide de sa télécommande et la rejoignit.

— Prête ?

— Loin de là.

Quand il posa la main sur le bas de son dos, elle sentit un courant électrique la traverser. Lentement, ils se dirigèrent vers les portes. Elle glissa son badge contre le lecteur et un petit déclic se fit entendre lorsqu'elles s'ouvrirent.

— Visiblement, tu travailles toujours ici, dit Jack.

Pendant le trajet, ils avaient envisagé une dizaine de scénarios possibles, y compris l'éventualité que les événements qui secouaient la vie de Katlin n'aient rien à voir avec ses fonctions de journaliste. D'ailleurs, il était probable qu'elle ne les exerçait plus. Le badge trouvé chez elle pouvait être ancien. Elle avait peut-être démissionné ou été congédiée et avait alors postulé et obtenu un emploi au cabinet d'avocats pour gagner sa vie. Peut-être même avait-elle décidé de retourner à l'université pour parfaire sa formation et décrocher un diplôme qui lui permettrait de démarrer une nouvelle carrière.

Ces hypothèses étaient bonnes pour la poubelle, à présent.

Ils traversèrent un hall tapissé de marbre et s'approchèrent du bureau d'accueil derrière lequel une femme était pendue au téléphone.

Quand Katlin brandit son badge, elle leur fit signe de passer sans leur faire l'aumône d'un regard.

— La sécurité laisse un peu à désirer, marmonna Jack alors qu'ils gravissaient les marches qui menaient à l'étage, suivant les panneaux marqués « Covington Gazette ».

Jack pointa du doigt une porte au bout d'un couloir ornée du logo du journal.

— Nous y sommes.

Katlin passa son badge sur le lecteur et de nouveau, la porte se déverrouilla.

Son cœur battait à tout rompre lorsque Jack actionna la poignée et entra avec elle. À l'intérieur, ils découvrirent un univers bourdonnant d'activité. Les bureaux étaient aménagés en open space et des discussions passionnées s'élevaient au-dessus du cliquetis des claviers d'ordinateur et des sonneries de téléphone. Quelques box individuels longeaient le mur du fond. La plupart étaient occupés.

Quelqu'un aboyait des ordres derrière une porte fermée et le cœur de Katlin se mit à battre à grands coups dans sa poitrine.

— L'endroit me semble familier, murmura-t-elle.

Elle avait presque peur de le dire, terrifiée à l'idée que les mots brisent la magie de cette nouvelle sensation.

Jack serra son épaule dans un geste de soutien silencieux.

— Éprouves-tu quelque chose de particulier ?

— Pas encore mais nous progressons. Aucun des lieux où nous étions allés jusqu'ici ne me disait quelque chose.

Elle prit une profonde inspiration et se dirigea vers une porte fermée d'où émanaient des éclats de voix. D'instinct, elle comprit qu'il s'agissait du bureau du directeur du journal. Si quelqu'un savait sur quoi elle travaillait dernièrement, c'était lui.

— Katlin !

Une petite rouquine aux lunettes rondes apparut. Elle portait des écouteurs, mais à la vue de Katlin, elle les retira.

— Enfin, te voilà !

Avant que Katlin puisse répondre, la nouvelle venue se jeta à son cou pour l'embrasser avec chaleur.

— Je te croyais morte !

Elle la lâcha soudain et fronça les sourcils.

— Pourquoi ne m'as-tu pas appelée ?

— Bonjour, dit Jack, affichant un charmant sourire. Je suis Jack Hale. Vous devez être…

Ignorant Jack, la rousse fondit en larmes, visiblement submergée par une intense émotion.

— Je me suis fait un sang d'encre, Katlin. Je craignais qu'il te soit arrivé malheur. Je t'avais donné soixante-douze heures pour réapparaître. Sans nouvelles de toi ce soir, j'aurais téléphoné aux flics pour signaler ta disparition.

— Désolée.

La rouquine lança un regard curieux mais bref à Jack puis se recentra sur Katlin.

— Qui est ce gars ?

— Jack, Jack Hale, répéta-t-il en lui tendant la main. Ravi de vous rencontrer…

Il s'interrompit, attendant qu'elle se présente.

Elle réagit comme il l'avait espéré :

— Maggie. Je travaille avec Katlin. Qui est surtout ma meilleure amie.

Le sourire de Jack s'élargit.

— Génial. J'imagine donc que vous en savez beaucoup sur elle.

— Je sais tout sur elle. Elle est comme une sœur pour moi. Et vous, comment connaissez-vous Katlin ? ajouta-t-elle en examinant Jack plus attentivement.

— Je suis un ami de la famille, répondit-il d'un ton évasif. Et vous deux, vous vous êtes rencontrées au journal ?

Katlin pinça les lèvres. Elle renâclait à considérer Jack comme un simple « ami de la famille » alors qu'il était tellement plus, mais comment le qualifier ? Et pourquoi était-ce important ? Elle s'obligea à reporter son attention sur le moment présent.

— Oh ! non ! s'exclama Maggie. Nous nous connaissons depuis des années ! Nous sommes allées à l'université de Plymouth ensemble faire des études en communication et après la remise de notre diplôme, nous avons décroché ensemble un poste ici.

Elle se tourna vers Katlin.

— Et voilà pourquoi je ne peux pas croire que tu ne m'aies pas appelée. J'étais malade d'angoisse. Depuis deux jours, j'ai l'estomac tellement noué que je ne peux plus rien manger. J'ai perdu deux kilos. Sur ce dernier point, je ne t'en veux pas mais pour le reste, tu es nulle de m'avoir laissée sans nouvelles.

Katlin se mit à rire. Il lui était facile de comprendre à quel point toutes deux étaient amies.

— As-tu avancé dans ton enquête ? poursuivit Maggie. J'espère au moins que tout ce que tu as fait depuis deux jours en valait la peine et que tu ne m'as pas fait peur pour rien.

Katlin glissa un œil vers Jack, ne sachant pas ce qu'elle pouvait raconter à Maggie. Devait-elle lui faire confiance ? Et si oui, lui dire la vérité ne risquait-il pas de la mettre en danger ?

— Vous disiez que vous étiez proches comme des sœurs ? demanda Jack à Maggie.

— Bien sûr, dit-elle, un sourire malicieux aux lèvres. La famille n'est pas toujours de sang, vous savez.

— Je sais.

Se tournant vers Katlin, il lui adressa un signe de tête presque imperceptible.

— Y a-t-il un endroit plus privé où nous pourrions parler, Maggie ?

Cette dernière fronça les sourcils.

— Bien sûr, mais pourquoi ?

— S'il te plaît, insista Katlin.

Maggie se dirigea vers un bureau inoccupé près de la fenêtre. Celui qui était le plus proche était également inoccupé et devant le suivant, un homme travaillait avec des oreillettes. Elle s'assit sur la table, balançant ses pieds dans le vide. D'un geste, elle invita Katlin à prendre la chaise.

— Que se passe-t-il ?

— Je suis devenue amnésique, répondit Katlin.

Quelques instants plus tard, elle lui avait résumé l'essentiel de son cauchemar et son amie la dévisageait, bouche bée.

— Alors, tu ne te souviens vraiment de rien ?

Katlin secoua la tête, envahie d'une honte absurde. La veille, elle avait effectué des recherches sur des cas d'amnésie comme la sienne et avait appris qu'elle était peut-être responsable de la situation. Certains patients bloquaient inconsciemment leurs souvenirs parce qu'ils ne parvenaient pas à les assumer. La réalité leur était insupportable et ils préféraient la gommer de leur mémoire. Ces amnésies étaient une forme de lâcheté. Or l'enjeu n'était plus seulement sa propre vie. Jack était là avec elle, alors pourquoi ne parvenait-elle pas à retrouver la mémoire ? Était-elle fragile au point de ne pouvoir affronter la réalité ? Son estomac se noua à cette éventualité. Elle n'avait pas envie d'être une telle personne.

— Rien de rien ? répéta Maggie, éberluée. Pas même de ton travail ? Ou de ton passé ? Ou encore de ta famille ? Ou de moi ?

— Je suis désolée.

Maggie sauta du bureau pour venir la prendre dans ses bras.

— Cela doit être horrible. J'aimerais faire quelque chose.

Jack s'éclaircit la gorge.

— Peut-être le pouvez-vous…

Maggie lâcha Katlin pour le dévisager, une lueur pleine d'espoir dans les yeux.

— Je ferai n'importe quoi. Dites-moi quoi.

— Dites-nous tout ce que vous savez. À propos de sa vie. De l'enquête sur laquelle elle travaille. Dites-nous tout et n'importe quoi. Quelque chose déclenchera peut-être ses souvenirs. Ou nous aidera à découvrir qui a essayé de la tuer.

Maggie hocha la tête.

— Venez avec moi, tous les deux.

Elle les entraîna dans une pièce minuscule.

— Voilà ton bureau, Katlin.

Des portraits de Katlin et Maggie étaient punaisés aux murs.

— J'ai cette photo sur mon téléphone, dit Katlin, en montrant un selfie d'elles deux.

Au-dessus de son ordinateur se trouvaient plusieurs portraits d'un homme en uniforme, qu'elle reconnut comme son frère. Sur d'autres clichés, elle était avec lui au sommet d'une montagne ou à la sortie d'un concert. Elle caressa l'un d'eux, souhaitant de tout son cœur se souvenir.

Mais Maggie poursuivait :

— Tu travailles actuellement sur un reportage concernant les cercles de jeu au sein des campus universitaires du coin. Tu as effectué une grande partie de tes recherches ici, à partir de cet ordinateur. En consultant l'historique, tu retrouveras l'essentiel des données qui t'ont permis de creuser le sujet.

Katlin prit place et alluma l'ordinateur.

— J'enquête sur les cercles de jeu étudiants, dit-elle. Cela explique pourquoi je suis inscrite à des cours à l'université alors que j'ai déjà un diplôme et pourquoi j'ai un deuxième appartement à peine meublé dans une ville voisine.

Jack s'installa à côté d'elle et croisa les bras.

— Que pouvez-vous nous dire d'autre ? demanda-t-il à Maggie.

— À propos de l'enquête ? Pas grand-chose. À propos de Katlin ? Tout.

Katlin gémit en fixant l'écran de l'ordinateur.

— Par hasard, connais-tu mon mot de passe ?

Maggie s'empara du téléphone et composa un numéro.

— Non, mais je sais comment l'obtenir, dit-elle avec un clin d'œil. Salut, c'est Maggie, expliqua-t-elle à son interlocuteur. Katlin a oublié son mot de passe… Génial. Merci !

Elle raccrocha et sourit.

— Toby est notre informaticien. Il m'aime bien. Il va réinitialiser ton mot de passe et rappeler pour nous prévenir dès que le nouveau sera opérationnel.

— Sympa.

Katlin tapa la main de son amie en signe de victoire. En attendant le coup de fil de Toby, elle fit le tour de son bureau dans l'espoir de trouver des indices.

Pendant ce temps-là, Maggie retira une photo du mur. Griffin y figurait au milieu d'un groupe de militaires en treillis.

— C'est vous, là, non ? demanda-t-elle en la tendant à Jack.

Katlin se retourna pour attendre sa réponse.

Elle vit l'intense émotion qui crispa son visage.

— Oui. Griffin était mon meilleur ami.

Maggie en resta un instant bouche bée.

— Alors, tu es Jack, le *fameux* Jack ? dit-elle enfin, passant au tutoiement.

— Oui !

Un petit sourire apparut sur les lèvres de Maggie.

— Et tu ne te souviens pas non plus de lui ? lança-t-elle à Katlin.

— Je l'ai rencontré pour la première fois de ma vie à l'hôpital, après l'accident de voiture, dit Katlin, se demandant soudain si Jack avait menti à ce sujet.

Maggie se mit à rire.

— Peut-être, mais sans l'avoir jamais rencontré, tu es folle de lui. Tu parles de lui tout le temps. Il t'envoie des cartes chaque année à Noël et pour ton anniversaire, et il laisse toujours son numéro de téléphone. Tu trouves le geste adorable et cette délicatesse te touche beaucoup.

Se penchant plus près de l'oreille de Katlin, elle baissa la voix pour ajouter :

— Tu l'avais vu de loin à une cérémonie de remise de décoration de Griffin, l'année de notre rencontre, et il t'avait tapé dans l'œil. Tu interrogeais tout le temps Griffin à son sujet et ton frère détestait l'intérêt que tu portais à son copain. Comme tu adorais le taquiner, tu en avais fait un jeu. Tu ne cessais de le supplier d'inviter Jack afin que tu puisses faire enfin sa connaissance.

Jack gloussa.

Les joues de Katlin s'enflammèrent. Elle redressa les épaules et changea de sujet.

— J'ai trouvé un ordinateur portable chez moi mais il est verrouillé. Crois-tu que je pourrais l'apporter ici et demander à ton ami informaticien d'y jeter un coup d'œil ?

Maggie fronça les sourcils.

— Non. Ils sont toujours très occupés avec les services d'assistance. Et je ne le connais pas assez bien pour lui demander de faire des heures supplémentaires. As-tu essayé la date d'anniversaire de Griffin ? Tu l'utilisais beaucoup. Ou les numéros de son groupe des Bérets Verts ? ajouta-t-elle en reportant son attention sur Jack. Tu dois les connaître.

Jack retroussa la manche de sa chemise, découvrant son avant-bras. Des chiffres y étaient tatoués.

— Fais-tu allusion à cette série de chiffres ?

Katlin essaya de ne pas s'évanouir. Elle venait de faire une nouvelle découverte. Les bras puissants, musclés, l'impressionnaient. Et elle adorait ce tatouage.

— Merci.

Le téléphone de bureau sonna et Katlin sursauta.

Maggie décrocha.

— Oui, c'est Maggie. Ah, d'accord. Merci beaucoup !

Elle raccrocha et tapa six zéros sur l'écran de Katlin.

— Ce nouveau code est un peu trop basique. Toby te conseille de le changer dès que possible.

Katlin appuya sur la touche « Entrée » et l'écran se déverrouilla. Elle modifia rapidement le mot de passe et commença à consulter son courrier et ses fichiers.

— Et ta clé USB avec le logo des Bérets Verts, y as-tu pensé ? s'enquit soudain Maggie. Ton reportage est probablement enregistré dessus. En tout cas, la semaine dernière, tu préférais rester discrète sur les avancées de ton enquête mais tu disais que l'affaire prenait de l'ampleur et promettait d'être énorme. La suite tend à prouver que tu avais raison…

Elle resta un instant silencieuse, et sa voix devint triste lorsqu'elle ajouta :

— Je ne peux pas croire que tu sois devenue amnésique, que quelqu'un t'ait tiré trois fois dessus et que je ne m'en sois même pas doutée. Je suis vraiment en dessous de tout.

— Tais-toi donc, protesta Katlin. Heureusement que tu es là. Tu vois, j'ignorais que je devais chercher une clé USB, que j'y conservais mes données professionnelles confidentielles. As-tu une idée de l'endroit où je la range, en général ?

— D'habitude, tu l'accroches autour de ton cou, en pendentif, à une chaîne, répondit Maggie. Ton frère t'avait envoyé cette clé USB, tu y tenais comme à la prunelle de tes yeux. Il n'est pas possible que tu l'aies oubliée.

— J'ai tout oublié, grommela Katlin.

Maggie lui frotta le dos d'un geste réconfortant.

— Désolée. Ça doit être tellement bizarre de ne plus avoir de souvenirs.

— Je m'y fais, dit Katlin.

Mais Maggie avait raison. Être amnésique rendait tout bizarre.

— Si je portais normalement cette clé USB à mon cou,

je me demande si elle n'est pas tombée dans la voiture, au moment de l'accident.

Elle se tourna vers Jack.

— Nous devrions appeler l'inspectrice Reihl et peut-être également interroger l'hôpital. Tout cela risque de prendre une éternité, ajouta-t-elle avec un soupir. De plus, il nous faudra aussi la chercher dans mes deux résidences et, vu la taille d'une clé USB, elle pourrait être n'importe où.

Jack tira son smartphone de la poche arrière de son jean.

— Espérons que cette clé n'était pas ce que cherchait l'intrus lorsque nous l'avons surpris à la fourrière et dans ton appartement.

Maggie soupira, attirant l'attention de Katlin.

— Cela m'ennuie que tu traverses tout cela seule. Que puis-je faire d'autre pour toi ?

Jack s'éloigna d'elles pour passer un coup de fil.

— J'aimerais parler à l'inspectrice Reihl, s'il vous plaît. De la part de Jack Hale.

Katlin se tourna vers Maggie.

— Je ne suis pas seule, et tu m'aides déjà beaucoup, dit-elle.

Elle sortit son smartphone de son sac et le déverrouilla à l'aide de son pouce avant de toucher l'icône « Photos ».

— Maintenant que je sais que je me renseignais sur les cercles de jeu au sein des universités, je comprends mieux pourquoi je me suis inscrite à des cours au Center College. Et aussi pourquoi j'ai trouvé un emploi et un logement à Danville. Je m'étais fabriqué une deuxième identité, une véritable couverture.

L'affaire devait être énorme pour justifier tant d'efforts.

Katlin retrouva l'une des nombreuses photos de Dylan-242 qu'elle avait enregistrées dans son appareil, puis tourna l'écran vers Maggie.

— As-tu une idée de l'identité de ce jeune homme ?

Maggie sourit.

— C'est Dylan. Tu t'es rapprochée de lui parce qu'il est

lié aux cercles de jeu. Il t'a invitée plusieurs fois à prendre un café mais tu espères surtout qu'il va se décider à te proposer de venir jouer. Tu devrais ouvrir le message.

Une petite icône indiquait en effet qu'elle avait reçu un nouveau mail. Katlin tapota dessus en retenant son souffle. Dylan savait-il qui elle était et ce qu'elle avait découvert ? Était-ce lui qui l'avait poursuivie sur la route et envoyée dans le décor ? Qui lui avait tiré dessus ?

La photo qui apparut sur le message n'était pas celle de Dylan mais celle d'un bâtiment près de la rivière, la nuit. Elle illustrait une étrange invitation écrite juste au-dessus.

— Il veut m'emmener faire un tour en bateau, ce soir, dit Katlin d'un ton perplexe. Il précise : « Tenue de soirée exigée » et dit que pour entrer je devrai dire au capitaine que je sais nager.

Maggie poussa un cri de joie.

— « Faire un tour en bateau » est une expression codée qui désigne leurs soirées de casino clandestines, tu me l'avais raconté !

— Et qui est le capitaine, alors ? demanda-t-elle. Le portier ?

— Peut-être, répondit Maggie, un grand sourire aux lèvres. Vas-tu te rendre à cette invitation ?

Jack remit son smartphone dans sa poche et revint vers elles.

— Non, dit-il. Certainement pas.

Il prononça ce « non » d'un ton autoritaire mais Katlin avait déjà pris sa décision.

— Bien sûr que je vais y aller. Je dois absolument me rendre à cette soirée.

[illegible]

[illegible]

[illegible]

[illegible]

[illegible]

[illegible]

[illegible]

[illegible]

[illegible]

[illegible]

[illegible]

[illegible]

11

Katlin se mordilla la lèvre. La perspective de se rendre à une soirée dans un casino clandestin était terrifiante mais si elle voulait comprendre dans quoi elle s'était embarquée et pourquoi on essayait de la tuer, elle devait absolument y aller. Au moins, ne serait-elle pas seule. Jack l'accompagnerait et une équipe d'anciens militaires se tiendrait en embuscade pour lui prêter main-forte.

Elle considéra son reflet dans le grand miroir accroché dans le vestibule de la résidence sécurisée, espérant avoir mis la bonne tenue pour cette soirée. Dans ce domaine, Jack ne lui avait pas été d'un grand secours. Certes, il l'avait conduite chez elle pour y choisir une robe, une pochette et des talons aiguilles, mais au lieu de la conseiller, il avait passé l'essentiel de son temps au téléphone à tout organiser avec ses coéquipiers. Il avait continué à discuter avec eux lorsqu'ils avaient fait un saut à Fortress Defense pour qu'il y prenne un smoking et un nœud papillon. Quoi qu'il advienne, Katlin et Jack ne seraient pas seuls, ce soir. Elle en éprouvait un intense soulagement et une immense gratitude envers ses coéquipiers. Deux d'entre eux étaient déjà en route pour mettre en place une surveillance à l'extérieur du site, avant l'arrivée de quiconque. Dès que la soirée commencerait, les hommes de Fortress Defense se fondraient dans le paysage. Personne ne devinerait leur présence.

Katlin se tortilla devant le miroir pour se regarder sous

toutes les coutures. La lumière jouait sur les paillettes de sa robe longue noire. Le tissu moulait son corps, soulignant ses courbes. Le V plongeait très bas dans son dos. Le décolleté était moins vertigineux mais interdisait le port d'un soutien-gorge classique. Heureusement, elle avait trouvé des bonnets adhésifs et une culotte très fine dans sa lingerie. Jusqu'à présent, tout allait bien mais elle espérait que le temps le confirmerait.

En tout cas, elle avait pris beaucoup de plaisir à se maquiller et avait été surprise de constater qu'elle était douée en la matière. Le rituel de l'eye-liner, de la poudre et du rouge à lèvres lui était revenu facilement. Il lui avait paru familier, tout comme le processus consistant à faire gonfler ses cheveux et à les coiffer en un chignon soigné.

Au bruit de pas dans le vestibule, elle tourna la tête. Jack apparut. Il était magnifique dans son smoking noir parfaitement ajusté. Dans cette tenue, ses épaules semblaient plus larges, sa taille plus étroite. Elle eut du mal à s'interdire de le toucher.

En la voyant, il émit un sifflement admiratif.

— Waouh !

Il s'avança pour la détailler de la tête aux pieds. Quand ses yeux noisette croisèrent les siens dans le reflet du miroir, elle y vit briller une lueur qu'elle n'y avait jamais vue auparavant.

— Ne suis-je pas trop habillée ? demanda-t-elle en accrochant à ses oreilles une paire de créoles en or.

Il passa lentement derrière elle, considéra le dos particulièrement sexy de sa tenue.

— Pas du tout, assura-t-il. Tu es magnifique.

— Merci.

Avec un sourire, elle se retourna pour lui faire face. Lui aussi était très séduisant. Un bref instant, elle s'imagina en couple avec lui. Ils se seraient mis sur leur trente et un pour se rendre au mariage d'un ami ou à une fête classique. Au cours de la soirée, ils seraient amenés à danser. Il la serrerait contre lui, elle se pendrait à son cou en riant. Ils s'embrasseraient tendrement, fougueusement ou langoureusement. En tout cas, très souvent.

Cette soirée au casino clandestin serait peut-être décisive. Si tout se passait comme elle l'espérait, cette sortie nocturne lui rendrait les clés de sa vie, lui donnerait enfin accès à tous ses secrets et mettrait un terme à la menace qui planait en permanence au-dessus de sa tête, pensa-t-elle, en proie à un mélange d'espoir et de crainte. Cette petite excursion pourrait tout changer.

— Nous allons peut-être obtenir toutes les réponses, ce soir.

Elle en avait à la fois très envie et très peur. N'avoir aucun souvenir la rendait vulnérable. Elle se demandait comment reprendre le cours d'une existence dont elle ne savait encore rien. Elle priait pour ne pas être déçue par ce qu'elle découvrirait sur elle. Mais ses pires inquiétudes concernaient Jack. Elle n'était pas prête à lui dire adieu. Avait-il l'intention de la quitter pour de bon à la fin de cette mission ?

— Nous sommes en droit de l'espérer, dit-il. Mes coéquipiers sont en place. Ils surveilleront l'extérieur de la salle et nous écouteront grâce au petit micro que je porte au revers de ma veste. Si un problème survient, ils appelleront les secours. Et en cas d'urgence, ils seront les premiers intervenants sur place. Mais en principe, la nuit se déroulera sans incident et dès demain matin, nous serons en mesure de communiquer à l'inspectrice Reihl tout ce que nous aurons appris.

Katlin prit une profonde inspiration et hocha la tête. Elle avait tout oublié, d'accord. Mais lorsqu'elle s'était retrouvée en fâcheuse posture sur la voie express, l'autre soir, qu'elle avait compris que quelqu'un était à ses trousses, elle avait appelé Jack, qu'elle n'avait pourtant jamais rencontré. Et non la police. Ce choix signifiait forcément quelque chose et elle n'avait pas l'intention de confier quoi que ce soit aux autorités concernant l'événement. Pas avant d'avoir la même confiance en la police qu'en Jack. Et ce n'était sans doute pas demain la veille.

Elle redressa les épaules et prit sa pochette.

— Allons-y, dit-elle. Ne faisons pas attendre tes amis.

Une demi-heure plus tard, Jack se gara sur les quais. Quand Katlin descendit du pick-up, les assauts du vent d'automne la firent frissonner.

Jack lui prit la main.

— Essaye de te détendre, murmura-t-il.

Le froid était mordant. Une petite brise glaciale balayait les lambeaux de brume à la surface de la rivière. Katlin se mit à claquer des dents. Elle regretta de n'avoir pas prévu une étole pour couvrir ses épaules et son dos nus. Le clapotis de l'eau contre les rives et la légère odeur de saumure qui flottait dans l'air accentuaient l'atmosphère sombre et froide des lieux. Elle remarqua une douzaine de voitures stationnées dans l'ombre et un peu plus loin, une fourgonnette qui ne payait pas de mine. L'équipe de Fortress Defense se trouvait sans doute à l'intérieur.

— As-tu réussi à joindre tes parents ? demanda soudain Jack.

Elle secoua la tête. Elle s'efforçait de se calmer, de ne pas se mordiller les lèvres pour ne pas laisser des traces de son rouge à lèvres sur ses dents.

— Non. J'imagine que comme tous les parents du monde ils voudraient être au courant de ce qui se passe mais comme je ne me souviens pas d'eux, je n'arrive pas à leur parler. Chaque fois que j'ai commencé à composer leur numéro, j'ai raccroché avant de déclencher une sonnerie, avant d'entendre leur voix.

— Veux-tu que je les appelle, moi ? proposa-t-il, l'air soucieux.

S'inquiétait-il pour elle ? Pour ses parents ? Elle n'en savait rien mais elle trouvait touchant que, même à propos d'un simple coup de fil, il soit prêt à se charger de tout.

— Non, merci, répondit-elle en souriant. Je vais m'en occuper. Mais pas ce soir.

Jack posa une main chaude dans le creux de son dos. Alors qu'ils se dirigeaient vers la porte du seul bâtiment visible alentour, il lui chuchota à l'oreille :

— Quelqu'un surveille probablement le coin, et nous devons nous comporter dès maintenant comme un couple, heureux de sortir en amoureux.

Son souffle caressait sa joue, lui envoyant de délicieux frissons le long de l'échine, et elle sentit les battements de son cœur s'accélérer dans sa poitrine.

Jack promena ses lèvres contre sa tempe.

— Maintenant, souris comme si j'étais l'homme de ta vie.

Le simple fait de l'imaginer la troubla tellement qu'elle ne put réprimer un petit gémissement.

Ses paupières se fermèrent pour savourer ce moment.

Le son d'une corne de brume lui fit rouvrir les yeux, lui rappelant qu'il ne s'agissait pas d'un rendez-vous galant. Mais d'une mission de reconnaissance dans la zone des quais réservée en principe au fret, au chargement et au déchargement des marchandises. Et comme ils espéraient ainsi identifier le tueur à ses trousses, la réussir était une question de vie ou de mort.

Avant qu'ils parviennent à la porte, un homme en costume-cravate leur ouvrit. Le ventre noué, Katlin comprit que quelqu'un les avait repérés et l'avait prévenu de leur arrivée.

— Il s'agit d'une réception privée, dit-il sévèrement en regardant Jack.

— Nous le savons, répondit Katlin en s'efforçant de prendre son interlocuteur avec un dédain qu'elle ne ressentait pas. Je suis une excellente nageuse.

Dès qu'il entendit le mot de passe, l'homme perdit son air renfrogné et s'écarta pour les laisser entrer.

— Je vous souhaite une bonne soirée.

Katlin serra le bras de Jack alors qu'ils remontaient un long couloir sombre qui les mènerait dans un autre monde. Au bout du corridor, un épais rideau laissait filtrer le brouhaha des conversations, des rires et des claquements de cartes.

Un autre homme en costume apparut et les invita à pénétrer dans l'immense salle.

Vu la hauteur des plafonds, le sol en béton et l'agencement des lieux, ils se trouvaient dans une ancienne usine désaffectée.

Des dizaines de personnes remplissaient l'espace, bordé d'un côté par des machines à sous et de l'autre par un bar. Au centre, des joueurs tapaient le carton avec gravité sur des tables recouvertes de feutre vert. Les participants avaient également la possibilité de jouer à la roulette, au black-jack ou au poker. Qu'ils soient attablés ou debout, attendant leur tour, tous étaient vêtus avec élégance.

Jack entoura le dos de Katlin d'un bras protecteur.

— Ces braves gens n'ont rien des buveurs de bière et des adolescents boutonneux que je m'attendais à trouver dans un cercle de jeu universitaire, murmura-t-il.

Une jeune serveuse moulée dans une petite robe noire s'arrêta devant eux avec un plateau.

— Champagne ? Scotch ?

Katlin s'empara d'une flûte de champagne, la vida et en prit une seconde avec un sourire d'excuse à Jack.

— Désolée. J'ai besoin d'un petit réconfortant.

Il lui sourit avec bienveillance.

— Tu te sens mieux ?

— Un peu.

Elle s'humecta les lèvres et inspira profondément.

— Je ne sais pas jouer et je ne comprends vraiment pas pourquoi, à en croire Maggie, j'aspirais tant à être introduite dans cet univers. Je m'y sens très mal. Je me demande bien ce que je suis censée faire ici.

— Contente-toi de garder l'œil ouvert, dit-il. Ta robe fera le reste.

Elle ne fut pas sûre de saisir le fond de sa pensée mais la petite lueur qui brillait dans les yeux de Jack lui plut.

Ils se promenèrent dans la salle, discutèrent des jeux auxquels ils avaient envie de participer et donnèrent aux coéquipiers de Jack des renseignements sur la disposition générale de l'endroit.

Ils se séparèrent quand Jack repéra Dylan. Jack fit mine de s'intéresser à une table de black-jack tandis que Katlin s'approchait de Dylan pour le saluer, espérant réussir à lui faire croire qu'elle se souvenait de lui. Et du reste.

Dès qu'il l'aperçut, Dylan se fraya un chemin à travers la foule, une flûte à la main.

— Tu es venue. Merci.

Il l'embrassa sur la joue, puis l'examina de la tête aux pieds.

— Tu es canon ! Cette robe est sublime.

Comme il lorgnait son décolleté un peu plus longtemps que nécessaire, elle eut du mal à s'interdire de croiser les bras sur sa poitrine.

— Avec toi dans la salle, personne ne réussira à se concentrer sur ses cartes, dit-il en riant. J'ai peut-être du souci à me faire, ajouta-t-il avec une grimace. J'espérais me renflouer, ce soir.

Katlin lui rendit son sourire chaleureux.

— Merci pour l'invitation. C'est génial comme endroit.

Il prit une gorgée de champagne puis promena le regard autour de lui. Un petit tremblement dans sa main démentait son apparente décontraction.

— Ces soirées te permettent de t'éclater jusqu'au moment où tu commences à perdre.

Elle ressentit un brusque sentiment d'inquiétude pour lui. Devoir de l'argent à ces gens n'était certainement pas une bonne chose. Parce qu'elle les avait contrariés d'une façon ou d'une autre, ils voulaient la tuer. Si Dylan avait des dettes envers eux, il subirait le même sort.

— Je ne suis pas très joueuse, je l'avoue, reconnut-elle, et je suis plutôt fauchée.

— Ne t'en fais pas, dit-il. Tu me rends service en venant. Les participants à ces soirées apprécient de jouer, entourés de jeunes et jolies femmes. S'ils apprennent que c'est moi qui t'ai invitée, peut-être me laisseront-ils tranquille.

Katlin se raidit.

— Je ne comprends pas.

D'un signe de tête, il désigna un petit groupe d'hommes d'âge mûr attablés au black-jack.

— S'afficher en compagnie d'une fille comme toi les valorise et flatte leur ego.

Elle éclata d'un rire enjoué.

— C'est drôle. Et moi qui croyais me rendre à une fête d'étudiants.

— Nous sommes à des années-lumière de l'université.

Dylan posa sa flûte vide sur le plateau d'un serveur qui passait et en prit une autre.

La certitude d'être observée, épiée, habitait Katlin et elle eut du mal à continuer à sourire. Elle n'était pas tombée sur un cercle de jeu pour étudiants issus des familles aisées du Kentucky. Il s'agissait d'une opération énorme, qui la dépassait tellement qu'elle ne s'en était pas aperçue tout de suite. Elle avait dû être terrifiée lorsqu'elle avait mesuré l'ampleur de sa découverte. Et elle avait dû se sentir très seule. Pas étonnant qu'elle n'ait partagé aucun détail avec Maggie. Si elle avait mis son amie au courant, elle l'aurait exposée au danger, elle aussi.

Mais pourquoi n'avait-elle pas appelé la police ? se demanda-t-elle. Avait-elle préféré attendre une invitation comme celle-ci ? Avait-elle en tête d'obtenir l'adresse de la prochaine soirée avant d'envoyer les flics y faire une descente ? Devait-elle le faire maintenant ?

La voix de Dylan s'estompa dans le brouhaha général alors qu'elle cherchait l'origine de l'angoisse qui l'envahissait.

Quelques hommes levèrent leur verre dans sa direction avec un clin d'œil appuyé mais ils retournèrent rapidement à leur jeu. Le personnel n'était pas en cause non plus. Il la remarquait à peine. Pour les serveurs, elle semblait transparente.

Et puis elle le vit.

Un type se tenait près du bar. Son visage ne lui disait rien mais sa présence et sa silhouette la firent immédiatement réagir, d'instinct. Une peur animale la saisit, lui ordonnant de fuir. Elle se demanda s'il était l'homme qui avait tenté par trois fois de la tuer.

— Excuse-moi, dit-elle, interrompant brusquement Dylan. Il fait un peu chaud et je n'ai rien mangé aujourd'hui. J'ai besoin de prendre l'air.

Dylan sourit, manifestement compréhensif.

— Donne-moi ton verre, dit-il. Je vais te chercher des fruits au bar.

Comme il s'éloignait, Katlin se retourna, cherchant Jack.

— Je suis là, dit-il, en tendant la main vers elle. Quelque chose ne va pas ?

— Je pense que le tireur est là et qu'il m'a reconnue.

Tendu, Jack observa la pièce du regard. Puis il enlaça Katlin et l'entraîna vers la sortie.

— Il a les yeux bleus et des cheveux poivre et sel ? demanda-t-il.

— Oui.

— Je l'ai vu. Sortons. Vous avez entendu, les gars ? demanda-t-il en appuyant un doigt sur le revers de son col.

Katlin tendit le cou pour regarder derrière eux, priant pour se tromper.

— Il arrive, murmura-t-elle.

— Continue de sourire et de marcher vers la porte, dit Jack. Une fois que nous serons dehors, mes copains nous couvriront. Et si les choses s'enveniment, ils préviendront la police.

Le souffle court, Katlin se hâta vers la sortie.

— Arrêtez ! hurla une voix au moment où ils atteignaient le trottoir.

Ils se lancèrent dans un sprint effréné.

Quand elle se risqua à jeter un coup d'œil par-dessus son épaule, elle vit le type glisser une main dans sa veste.

— Il est armé ! cria-t-elle.

12

Jack entendit le cri de Katlin presque en même temps que le coup de feu.

— Cours !

Traversé par une décharge d'adrénaline, il lui prit la main et l'entraîna sur les quais. Ils se précipitèrent vers les voitures garées près des conteneurs métalliques.

Lorsqu'une deuxième détonation retentit, Katlin hurla de terreur et se baissa, se couvrant la tête de sa main libre. Elle aperçut des caisses en bois empilées à proximité et voulut se réfugier derrière mais elle trébuchait sur ses talons hauts.

— Ne t'arrête pas ! ordonna Jack. Continue !

Il comprenait son réflexe instinctif de chercher à se mettre à l'abri mais dans le cas présent, une telle manœuvre était inutile, voire dangereuse. En vérité, quand une balle était tirée, il était déjà trop tard pour s'écarter. Leur seule chance de survie était de courir en espérant que l'équipe parviendrait à intervenir à temps.

Katlin accéléra, adoptant le même rythme que Jack. Sa robe longue et ses talons aiguilles la gênaient mais la peur lui donnait des ailes.

Au bout du quai, ils virent des phares s'allumer et une fourgonnette démarrer. Son moteur rugit tandis qu'elle fonçait vers eux.

— Ton équipe !

Un tel soulagement s'empara de Katlin qu'elle faillit fondre en larmes.

Mais à ce moment, un troisième coup de feu fit exploser la vitre d'une voiture toute proche, balayant sa joie. Terrorisée, elle se remit à hurler. Comme son pied heurtait un pavé, elle tomba à genoux.

L'alarme de la limousine retentit, ses warnings se déclenchèrent et des voix se firent entendre derrière eux. Alertées par le raffut, plusieurs personnes du cercle de jeu sortirent précipitamment du bâtiment pour voir ce qui se passait.

Jack aida Katlin à se remettre debout.

— Tu es blessée ?

Il savait qu'aucune balle ne l'avait touchée. La voiture dont le pare-brise avait éclaté était garée à plusieurs mètres. Mais Katlin s'était peut-être fait mal en tombant.

— J'ai cassé mon talon ! cria-t-elle, furieuse.

Elle semblait très en colère. Mais déjà la cavalerie arrivait, à en croire les crissements de pneus dans la nuit. Au volant de la fourgonnette, Cade pila pour les éviter.

Jack déverrouilla les portières du pick-up à l'aide de la télécommande et Katlin bondit à l'intérieur tandis qu'il grimpait au volant. Il démarra en vitesse avant de s'éloigner sur les chapeaux de roue. Derrière lui, les coups de feu continuaient de pleuvoir. Il espérait qu'aucun des joueurs du cercle ou des membres du personnel n'avait été touché par une balle perdue.

Dans son rétroviseur, il vit que d'autres véhicules les imitaient et prenaient le large. Les joueurs s'enfuyaient dans toutes les directions.

Assise sur le siège à côté de lui, Katlin se battait avec sa ceinture de sécurité tout en se retournant sans cesse pour regarder ce qui se passait derrière eux.

— Quelqu'un tire sur la fourgonnette de tes coéquipiers ! cria-t-elle. Tout le monde quitte le bâtiment. Et si quelqu'un était blessé ou pire, à cause de moi ?

— Ma priorité, c'est toi.

Jack écrasa la pédale d'accélérateur. Mettre le plus de distance possible entre Katlin et le danger était son unique objectif. Ses coéquipiers étaient capables de se défendre et ils avaient probablement prévenu la police dès le premier coup de feu.

Alors qu'il roulait à tombeau ouvert, des hurlements de sirènes au loin lui confirmèrent l'arrivée imminente des autorités. Il se détendit aussitôt. Lorsqu'il croisa les véhicules d'urgence et les voitures de patrouille qui se dirigeaient vers les quais, il poussa un soupir de soulagement. Inspirer l'air frais de la nuit lui fit du bien.

Comme Katlin se pliait soudain en deux, un regain de peur le saisit et il posa la main sur elle.

— Que se passe-t-il ?

Il l'examina rapidement, à la recherche de signes de blessure.

— Ne t'inquiète pas pour la suite des événements, poursuivit-il. Mes copains sont bien entraînés et la police sera sur place d'un instant à l'autre.

Katlin leva sur lui de grands yeux remplis de larmes. Ses lèvres tremblaient. Elle tenait un talon aiguille à la main. Avec un juron, elle retira son escarpin abîmé.

Jack faillit éclater de rire. Il avait cru qu'elle était terrifiée ou peut-être blessée. Mais elle était seulement contrariée d'avoir cassé son talon !

Elle le dévisagea avec colère et il crut bon de dire :

— Ces chaussures n'ont manifestement pas été conçues pour les sprints sur des pavés.

Ignorant son commentaire, elle se redressa sur son siège et regarda en silence défiler les rues à travers sa vitre avant de reprendre la parole.

— Il ne s'agissait pas d'un cercle de jeu universitaire, Jack. À quoi diable ai-je donc été mêlée ? Ce casino clandestin convie à ses tables de jeu des gens riches et puissants qui ne ressemblent en rien à des étudiants. L'endroit brasse beaucoup d'argent. Et emploie des gardes armés. Qui n'ont apparemment aucun problème à tirer sur leurs hôtes.

Au carrefour suivant, Jack s'engagea sur la gauche pour quitter la ville.

— J'espère que l'équipe a pris des photos des différentes personnes qui entraient et sortaient de la salle de jeu. Cela dit, les coups de feu n'avaient peut-être aucun rapport avec le cercle lui-même.

— Peut-être que j'ai identifié quelqu'un d'important parmi les joueurs fréquentant ce casino clandestin et que j'étais sur le point de sortir le scoop qui l'aurait décrédibilisé aux yeux du monde entier, suggéra-t-elle.

Elle s'était fait cette réflexion plus tôt dans la soirée en regardant tous ces hommes d'âge mûr et manifestement aisés installés aux tables de jeu.

Avec un soupir, elle s'effondra contre le dossier de son siège.

— Pourquoi me suis-je lancée dans une enquête comme celle-ci ? Pourquoi m'être mise en danger ? demanda-t-elle. C'est absurde et je ne veux plus être journaliste d'investigation. Dès que j'aurai retrouvé la mémoire, je confierai l'enquête à la police pour en finir avec toutes ces histoires !

D'un geste rageur, elle essuya les larmes qui coulaient sur ses joues. Elle avait l'air plus en colère que triste.

Jack lui jeta un coup d'œil à la dérobée, ne sachant pas très bien comment réagir. Il se demandait si elle était en état de choc.

Son téléphone sonna et il s'en empara, soulagé d'avoir une bonne excuse pour ne pas risquer de compliquer la situation en minimisant le fait que son talon aiguille soit cassé.

— Hale.

Il écouta Wyatt lui donner un résumé de la situation sur les quais.

Quand il raccrocha, il se tourna vers Katlin.

— D'après Wyatt, tout le monde avait quitté le bâtiment avant l'arrivée de la police. La fusillade a provoqué un sauve-qui-peut général. Le tireur est retourné à l'intérieur du casino et n'en est pas ressorti. Pourtant, après avoir fouillé les lieux, les flics ont affirmé qu'il n'y avait plus personne.

— Plus personne ?

Le visage de Katlin se crispa. Elle semblait sur le point d'exploser.

Lorsque Jack lui prit la main, il se rendit compte qu'elle serrait les poings

— Hé, détends-toi. Nous savions qu'il ne s'agissait pas d'amateurs. Ils ont évacué leurs clients dès les premiers coups de feu et ont probablement détruit toute trace de leur casino clandestin avant de s'enfuir. Il y avait suffisamment de personnes présentes pour leur permettre de plier bagage en un temps record après avoir effacé les preuves de leurs activités.

Elle émit un gémissement de profond dégoût.

— Ils organisent probablement des séances d'entraînement pour s'assurer que tout se passera vite et bien.

— Probablement, reconnut-il. Je te sens contrariée. Si tu as envie d'en parler, vas-y.

— Je suis en colère et effrayée, marmonna Katlin. En réalité, j'éprouve une myriade d'émotions sur lesquelles je ne saurais même pas mettre un nom. Mais je m'en veux surtout d'avoir choisi cette vie, ce métier. Je refuse de m'exposer au danger ou d'être obligée de me cacher en permanence. J'aurais dû aller trouver la police pour leur raconter tout ce que j'avais découvert sur ce cercle de jeu clandestin et les laisser faire leur boulot. Au lieu de quoi, j'ai sans doute voulu être la première à révéler au monde un gros scoop. Et regarde tous les problèmes que j'ai provoqués. Me Fitch est mort à cause de moi.

— Tu n'en sais rien, répliqua Jack, sentant un étrange sentiment de possessivité lui tirailler le cœur.

Ses réactions d'homme des cavernes s'amplifiaient. *Je ne laisserai personne accuser ma chérie comme ça*. Mais

Katlin n'était pas sa chérie. C'était une femme magnifique, effrontée et courageuse, avec qui il avait la chance de passer du temps jusqu'à ce qu'elle soit en sécurité et que ses souvenirs reviennent. Elle avait déjà une existence bien remplie avant de le rencontrer. Une vie sans lui.

— Nous ne savons rien pour le moment, poursuivit-il. Mis à part le fait que tu es en danger.

Elle lui saisit la main et entremêla leurs doigts.

— Le tireur traîne toujours en liberté dans les parages, dit-elle. Et s'il ne cessait jamais de s'en prendre à moi, de m'attaquer ?

Elle semblait soudain si fragile qu'il en eut le cœur brisé.

— Celui qui se cache derrière le cercle de jeu gagne beaucoup d'argent et j'ai manifestement tenté de me mettre en travers de son chemin, poursuivit-elle. Rien ni personne ne pourra forcer ce type à abandonner sa vendetta. Et je ne suis plus celle que j'étais quand je me suis lancée dans cette enquête débile. Je ne me souviens même pas de la fille que j'étais alors.

La gorge de Jack se serra.

— Tes souvenirs reviendront, dit-il avec assurance. Tu dois te donner du temps. Et cesser de te faire des reproches. Tu es très dure avec toi-même alors que pour le moment, tu ne sais rien de ce qui se passe. Personne n'en sait rien.

Elle secoua la tête.

— J'ai failli être tuée dans un accident de voiture. J'ai perdu la mémoire. Je me fais tirer dessus tous les jours. Je vis dans un trou à rats situé au milieu de nulle part. Et il n'y a qu'une responsable de cette situation, qu'une personne à blâmer : moi.

Jack lâcha sa main et s'efforça de se concentrer sur la route de campagne plongée dans la nuit devant eux.

Il était évident que Katlin vivait un enfer mais y avait-il des points positifs dans ce cauchemar ?

Et pourquoi souffrait-il autant de la savoir malheureuse ?

— Je ne pourrai jamais reprendre mon travail si j'ai un tueur à mes trousses, poursuivit-elle brusquement. Même si je récupère un jour mes souvenirs, il me faudra rester cachée. Si je n'ai pas la possibilité de travailler, comment vais-je gagner ma vie, payer mon loyer et mes factures ? Bénéficier du programme de protection des témoins n'est même pas une option parce que je ne sais rien. Je n'ai aucun levier.

— Nous allons faire la lumière sur ce que tu avais découvert.

Il se reprocha de n'avoir pas su l'aider ni mesurer à quel point, et en dépit de ses efforts, elle souffrait.

— Je t'aiderai, promit-il. Quoi qu'il arrive, je ne te quitterai pas tant que tout ne sera pas terminé et que tu ne seras pas en sécurité. Ta peur est parfaitement compréhensible.

— Je n'ai pas peur, dit-elle sèchement. Je suis en colère.

Incapable de s'en empêcher, Jack éclata soudain de rire. Il se moqua de lui-même. Il n'était vraiment pas doué pour deviner ses états d'âme. Et elle était très forte parce qu'elle ne cessait de le surprendre. Peu de gens en étaient capables.

— Quand j'ai dit que je ne voulais plus être journaliste, je le pensais vraiment, reprit-elle. Mais je n'ai pas envie non plus d'être victime d'un meurtre. Voilà pourquoi il me faut aller au bout de cette enquête. Ce sera la dernière mais je dois la terminer.

Jack hocha la tête.

— Très bien, commençons par nous préparer un bon café et appelons Fortress Defense, dit-il, se repassant mentalement les événements de la nuit. Pour échanger des informations avec mes coéquipiers et essayer d'y trouver un sens. Ensuite, nous déciderons de ce que nous devons faire.

— D'accord, mais tout d'abord, je tiens à retourner au cabinet d'avocats, dit Katlin. À cette heure tardive, personne n'y sera et j'aimerais consulter les dossiers sans être épiée par Marsha, par l'équipe chargée du ménage ou par les policiers. Peut-être que quelque chose là-bas provoquera un « tilt » dans mon cerveau.

Jack fronça les sourcils.

— Je comprends que tu aies envie de faire quelque chose mais entrer par effraction quelque part ne paraît pas une bonne idée en ce moment, surtout si tu essayes d'éviter la police.

— Qui parle d'entrer par effraction ? répliqua-t-elle, un sourire narquois sur les lèvres. J'ai la clé.

Elle sortit de son sac de soirée sa carte d'employée du cabinet d'avocats ainsi que son trousseau de clés…

13

Le ciel sombre s'ouvrit et la pluie se mit à tomber à verse alors que Jack se garait dans une ruelle derrière l'immeuble du cabinet d'avocats. Jusqu'à présent, la nuit avait été plutôt mouvementée mais il pensait qu'à présent ils n'avaient plus grand-chose à craindre. Après la fusillade, le tireur des quais préférerait sans doute rester caché pendant quelques heures.

Il se tourna vers Katlin.

— Les serrures ont peut-être été changées, prévint-il. Si c'est le cas, nous partons.

— Compris.

— De même si nous nous rendons compte qu'il y a quelqu'un à l'intérieur, poursuivit-il. Il n'est pas question que nos noms apparaissent une fois de plus sur un rapport de police. Et tant que durera notre visite, tu veilleras à demeurer près de moi pour me permettre d'intervenir si les choses tournent mal.

— C'est d'accord.

Elle ouvrit sa portière avant qu'il ait la possibilité d'ajouter un autre scénario catastrophe.

Comme s'il avait la possibilité de l'arrêter ! Il leva les yeux au ciel. Il était assez lucide pour savoir qu'il n'avait aucune chance d'y parvenir.

Elle fonça sous la pluie glacée. Elle gérait en experte son talon cassé en courant sur la pointe des pieds.

Il la suivit jusqu'à la porte de service, à l'arrière du cabinet d'avocats, à l'affût d'éventuels témoins ou pire, de tireurs embusqués.

Dès qu'elle passa son badge devant le boîtier, la petite lumière rouge passa au vert. Le déclic qui signalait le déblocage de la serrure la fit sourire.

Sourire qui s'envola lorsqu'une alarme assourdissante se déclencha.

Sans perdre son sang-froid, elle bondit vers le clavier installé sur le mur, à côté de la porte, et tapa en vitesse un code. L'alarme se tut.

Ils se regardèrent, attendant de voir ce qui allait se passer. Comme rien ne venait, elle se détendit et un grand sourire éclaira de nouveau son ravissant visage.

Jack se tourna vers elle, en proie à un mélange de sidération, de respect et d'espoir.

— Tu connaissais le code, dit-il.

— Ne t'emballe pas. Il s'agit des quatre derniers chiffres de mon numéro de sécurité sociale. En personnalisant les codes pour chaque employé, les avocats parviennent à savoir facilement qui est entré et quand, ajouta-t-elle avec un haussement d'épaules.

— Tu connaissais le code, répéta-t-il.

Elle se figea.

Elle ouvrit la bouche et la referma, puis se jeta à son cou pour l'étreindre avec force.

— Je me suis rappelé mon numéro de sécurité sociale, murmura-t-elle, stupéfaite.

D'instinct, il la serra contre lui dans un geste protecteur.

— Je te l'avais dit, murmura-t-il. Tout te reviendra.

Mais très vite, elle se tortilla pour se libérer, et il la laissa partir.

— Désolée, dit-elle en retirant sa paire d'escarpins dépareillés. Mais nous devons nous dépêcher. Au cas où quelqu'un s'intéresserait aux visiteurs du cabinet. Après ce qui est arrivé à Me Fitch, ce ne serait pas étonnant.

Comme elle se précipitait vers le bureau qui contenait ses affaires, Jack s'obligea à détourner les yeux du dos très dénudé de sa robe sexy, à ne pas s'attarder sur ses longues jambes fuselées qui se devinaient sous le tissu. Il s'interdit surtout de s'imaginer picorant sa peau de baisers brûlants. Ou la déshabillant comme il en mourait d'envie…

Elle se retourna brusquement, un sourire complice sur les lèvres. Elle l'avait surpris en train de la reluquer. De la désirer. Et elle savait très bien à quoi il pensait.

— Ça va, Jack ? lança-t-elle d'un air innocent, retenant manifestement un éclat de rire.

— Oui, oui.

Il s'éclaircit la gorge et désigna d'un signe de tête la pièce sombre.

— Et maintenant ?

— Réfléchissons, dit-elle. Nous pensons que j'ai emménagé dans cette ville pour mener plus facilement l'enquête sur les cercles de jeu. Il est très probable que je me suis fait embaucher dans ce cabinet pour une raison liée à mes investigations. Et pas uniquement parce qu'il est situé non loin de l'université où je suis des cours. Si le seul objectif était un rapprochement géographique, j'aurais pu travailler sur le campus, être serveuse dans l'une de cafétérias, par exemple. Au lieu de quoi, j'ai pris le stage proposé par Fitch.

Jack opina.

— Pourquoi, à ton avis ? Dans quel but ?

— Je crois que je me suis comportée en intrigante, répondit-elle en lui décochant un sourire teinté d'autodérision. En fille rusée, manipulatrice et sans doute pas très sympa.

— Tu as fait preuve d'intelligence, de réflexion et d'efficacité, répliqua Jack. Tu avais un objectif et tu t'étais donné les moyens de l'atteindre. Griffin aurait été fier de toi. Il fallait du courage pour faire tout ce que tu as fait pour découvrir la vérité.

Elle croisa les bras, pensive et un peu inquiète.

— Mes souvenirs de lui me semblent très proches, ils affleurent à ma mémoire. Lui plus que tout le reste. Chaque fois que tu prononces son nom, je sens mon cœur se serrer mais les images sont encore hors de portée. Je déteste ça.

— Je sais. La frustration ou le découragement que tu ressens sont parfaitement compréhensibles et personne ne pourrait te le reprocher. Tu as vécu beaucoup d'événements douloureux, traversé de nombreuses épreuves. Griffin disait que tu n'avais pas froid aux yeux et que tu n'avais jamais reculé devant un obstacle. Il t'admirait beaucoup. Il avait raison. Et ce trait de caractère l'aidait à ne pas trop s'inquiéter de te savoir seule ici, aux États-Unis.

— C'est drôle, dit-elle, une expression un peu honteuse assombrissant son regard. Parce que depuis que je me suis réveillée, je n'ai cessé d'avoir peur.

Jack enfonça les mains dans ses poches pour résister à la tentation de la prendre dans ses bras et de la serrer contre lui. Il mourait d'envie de la réconforter mais Griffin n'aurait certainement pas approuvé ce geste. Surtout, Katlin n'avait pas besoin de complications supplémentaires dans sa vie.

— Et tu as géré cette peur avec beaucoup de cran. Maintenant que nous sommes ici, que veux-tu examiner en priorité ?

Elle poussa un profond soupir.

— Tu as raison. Je perds du temps, dit-elle, se tournant vers son bureau.

— Ce n'était pas ce que je voulais dire.

— Nous devrions commencer par les dossiers des clients de Fitch. D'après mes recherches sur Internet, il a traité de nombreux délits en col blanc très médiatisés. Il a défendu des cadres qui avaient détourné de l'argent, qui avaient fraudé le fisc, ou essayé de s'enrichir de manière malhonnête. En revanche, il ne s'occupait pas des meurtriers ni des criminels professionnels.

— Les joueurs que nous avons croisés ce soir se sont peut-être rendus coupables de ce genre de délinquance, dit Jack. Leurs tenues prouvaient qu'ils avaient de l'argent, du pouvoir, qu'ils étaient des VIP. L'un des clients de Fitch pourrait-il être derrière le cercle de jeu, tirer les ficelles de ce casino clandestin ?

— C'est une hypothèse à creuser. Je te propose d'aller fouiller le bureau de Fitch pendant que je consulte les dossiers conservés dans le mien, d'accord ? Nous irons plus vite si nous nous répartissons le travail. Prends des photos de tout ce que tu trouveras afin que nous puissions tout étudier plus tard, sans avoir rien pris sur ce qui reste une scène de crime.

Jack sourit.

— Ça marche.

Il entra rapidement dans la pièce qu'il avait vue remplie de policiers, la veille. Le tapis taché de sang témoignait de la violence du crime qui y avait été perpétré.

Il s'empara d'un crayon et l'utilisa pour ouvrir et fouiller les tiroirs du bureau.

Quelques instants plus tard, un bruit de pas le poussa à lever les yeux vers la porte. Katlin apparut et s'appuya contre le chambranle. Elle paraissait nerveuse. Ses mains tremblaient.

Jack se précipita à ses côtés.

— Qu'y a-t-il ?

Elle se pressa contre lui.

— Je ne sais pas. Mais ce bureau…

Sa voix tremblait et elle claquait des dents.

— Je suis la proie d'un mauvais pressentiment, poursuivit-elle. Un instinct me dit qu'il faut partir d'ici très vite. Maintenant.

Jack frotta son dos nu pour tenter de la réconforter, peut-être aussi de la réchauffer parce qu'elle semblait frigorifiée. Il s'écarta pour retirer sa veste de smoking et la lui posa sur les épaules.

Un geste qu'il aurait dû avoir plus tôt, se reprocha-t-il.

— Nous partons quand tu veux.

Elle hocha la tête, rabattant plus étroitement les pans du vêtement pour les serrer contre sa poitrine. Des gouttes de sueur perlaient sur son front et elle frissonnait.

— Je ne sais pas ce qui ne tourne pas rond chez moi. Je me sens mal et en pleine panique alors qu'il ne s'est rien passé. Je suis simplement entrée dans mon bureau. Il était rangé, propre. L'ordinateur avait disparu.

Jack la prit dans ses bras. Il aurait dû reconnaître ces symptômes tout de suite. À l'armée, il en avait été témoin un nombre incalculable de fois. Il les avait éprouvés lui-même.

— Tu souffres peut-être d'une crise de panique ou d'anxiété, chuchota-t-il en caressant sa joue. Peut-être d'un syndrome de stress post-traumatique. Le simple fait de te retrouver dans ce cabinet a déclenché une réaction.

Elle prit une profonde inspiration.

— Et si j'étais présente quand Fitch a été abattu ? demanda-t-elle, le regard fixé sur la tache sanglante du tapis.

Il la prit par la main pour l'éloigner.

— Partons. Il n'y avait rien à voir ici. L'ordinateur de Fitch a disparu, lui aussi. Probablement embarqué par la police.

Elle recula et le suivit, soulagée qu'il ait compris son malaise et accepté de s'en aller et de la reconduire à la maison.

De me reconduire à la résidence sécurisée, corrigea-t-elle mentalement. Il ne s'agissait pas de leur maison. Même si dans les bras de Jack, elle se sentait chez elle, à sa place.

— Attends.

Katlin le lâcha pour s'approcher des classeurs et des boîtes de rangement. Elle en ouvrit une et fronça les sourcils.

— Qui conserve encore des dossiers papier, à notre époque ?

— Il s'agit peut-être de sauvegardes ou de données anciennes, suggéra Jack. Datant d'avant le passage au numérique.

Il la regarda fouiller méthodiquement dans les tiroirs et les boîtes, feuilleter les pages et faire coulisser des dossiers suspendus le long de rails métalliques. Elle s'arrêta au troisième tiroir et leva les yeux sur lui.

— Il n'y a pas de fichiers à la lettre P.

Elle recula pour lui montrer.

L'espace à l'intérieur du tiroir, derrière une languette avec une lettre P écrite en gras, était vide. Il y avait beaucoup de fichiers derrière l'onglet marqué O et davantage encore rangés dans l'espace destiné aux fichiers commençant par Q ou R mais…

— Pas de P, répéta-t-il. Les fichiers ont disparu.

Le sourire sur ses lèvres s'envola lorsqu'un éclair de lumière passa sur son visage. Il venait du dehors.

Jack s'accroupit dans l'ombre, entraînant Katlin avec lui.

Une voiture de patrouille passait lentement dans la ruelle où Jack s'était garé. Un agent en descendit et, à l'aide d'une lampe torche, il inspecta le véhicule de Jack à travers les vitres.

— Tu as pensé à verrouiller les portières ? chuchota Katlin.

Jack observa le policier qui contournait le pick-up pour parfaire son inspection.

— Ouais.

— Que fabrique-t-il ? ajouta-t-elle en posant ses mains sur son torse.

— Je me le demande…

La sensation des seins chauds de Katlin pressés contre lui troublait Jack et il ferma un instant les paupières pour recouvrer son sang-froid. Lorsqu'il reporta son attention sur la ruelle, le policier avait regagné sa voiture de patrouille et s'éloignait.

— Ouf, il est parti et nous devrions filer, nous aussi, dit Katlin.

Ils sortirent prudemment de leur cachette et se dirigèrent vers l'issue de service, à l'arrière, au bout du couloir.

Le tintement caractéristique annonçant l'ouverture de la porte d'entrée du cabinet les surprit.

Avec sang-froid, Katlin se jeta sur ses escarpins qu'elle avait laissés sur le sol et les ramassa sans bruit.

Sans perdre de temps, ils se glissèrent par la porte par laquelle ils étaient entrés et pour la deuxième fois de la soirée, ils s'élancèrent en courant dans la nuit.

Jack se reprochait d'avoir emmené Katlin ici. Il se demandait surtout qui venait d'entrer dans le cabinet par la porte principale. La police ? Un cambrioleur ? Le tueur de l'avocat ? Jack avait-il de nouveau exposé Katlin au danger ? Ou allait-il lui créer des ennuis pour l'avoir introduite sans autorisation sur une scène de crime ?

Il devait cesser de lui céder, d'accepter tout ce qu'elle lui demandait comme un idiot ou plutôt comme un homme amoureux…

Il s'interrompit, s'interrogeant mentalement sur la fin de la phrase. *Comme un homme amoureux* ? Il secoua la tête. Il n'était pas amoureux. Dans le passé, il l'avait été. Avec Cara, l'amour avait mis des années à se construire. Les sentiments intenses et compliqués qu'il nourrissait pour Katlin étaient très différents. Et il n'avait pas eu le temps d'y réfléchir. Ils s'étaient imposés, il avait été dépassé.

Alors qu'ils couraient vers leur véhicule, garé à seulement quelques pas, il déverrouilla les portières de loin à l'aide de sa télécommande.

Un petit éclair rouge sous le châssis le surprit et le poussa à ralentir sa course. Cette minuscule lumière se reflétait dans une flaque de pluie près de la roue avant.

Il s'immobilisa si brusquement que Katlin se heurta à lui.

— Qu'y a-t-il ? demanda-t-elle. Jack ?

Une peur instinctive le saisit quand il comprit de quoi il s'agissait. Les mâchoires serrées, il tira Katlin en arrière.

Passant un bras autour de sa taille, il s'éloigna en vitesse sur le trottoir, l'entraînant avec lui.

Il parvint à effectuer trois ou quatre longues enjambées avant que le pick-up explose derrière eux.

14

La terre parut trembler autour d'eux. Les oreilles de Jack se bouchèrent et sa vision se brouilla. D'instinct, il resserra son emprise sur Katlin et l'étreignit contre lui d'un geste protecteur. Leur grande différence de taille lui facilita la tâche. Soulevés par la violence de l'explosion, ils furent projetés en l'air avant de retomber et de s'écraser sur le trottoir au milieu des débris de tôle.

Il roula rapidement avec elle sur le bitume pour l'éloigner du danger. Il sentit alors une douleur fulgurante lui brûler le dos.

Au-dessus de lui, une flamme orange zébra le ciel nocturne.

Sonné, il ferma un instant les paupières mais un cri l'empêcha de sombrer dans l'inconscience :

— Jack !

Le visage paniqué de Katlin apparut. Elle promena des mains tremblantes sur ses joues, sa mâchoire et son torse.

— Jack !

Il se souleva sur ses avant-bras en gémissant.

— Ça va ? demanda-t-il. Rien de cassé ?

— Moi non, mais toi, tu es blessé. Tu saignes.

La terreur qui teintait sa voix rappela à Jack l'urgence du moment. Il leur fallait bouger, s'enfuir. Si leur agresseur revenait maintenant pour leur tirer dessus, ils n'avaient aucune chance de lui échapper.

— Je vais bien, dit-il. Ne t'inquiète pas.

Il se frotta les yeux pour retrouver sa vision et s'ordonna de se relever.

Il avait besoin d'extraire Katlin de cette ruelle au plus vite. De la mettre en sécurité quelque part. Dès qu'elle serait à l'abri, il appellerait son équipe pour leur demander une exfiltration.

Comme il s'efforçait de se redresser, Katlin poussa un nouveau cri catastrophé :

— Ton dos !

Elle s'approcha pour évaluer la situation, les dégâts.

— Oh, mon Dieu ! Il est à vif, couvert de sang. Que puis-je faire ?

Il secoua la tête.

— Rien, ce n'est rien. Tout va bien. Aide-moi à me lever.

Mais elle appuya sur ses épaules pour l'obliger à s'allonger à nouveau sur le trottoir.

— Non, tu ne vas pas bien. Tu as besoin de soins. Et nous resterons ici tant que tu n'en auras pas reçu.

Il voulut discuter, protester, mais le fait qu'il n'ait pas la force d'écarter ses mains tendait à prouver qu'elle avait raison.

Le hurlement lointain des sirènes le tira des brumes dans lesquelles il s'assoupissait. Le souvenir des événements lui revint en mémoire comme une gifle. Quelqu'un avait fait sauter leur véhicule. Alors qu'ils s'apprêtaient à s'engouffrer à l'intérieur. Ils avaient vraiment frôlé la mort !

Il se concentra sur le visage de Katlin.

— Tu es blessée ?

— Non. Toi seul es blessé et je ne sais pas quoi faire pour t'aider, répondit-elle avec un geste d'impuissance. Quelqu'un avait posé une bombe sous ton pick-up. Il s'en est fallu d'un cheveu que nous explosions avec lui. Et si nous avons échappé de justesse au pire, ton dos est gravement brûlé.

La peur glaçait sa voix et l'émotion colorait ses joues.

— Tu saignes énormément, tes chairs sont à vif. Comment se fait-il que tu ne hurles pas ? Es-tu sous le choc ?

Avec une grimace, Jack tira son smartphone de sa poche. Il pressa son doigt sur l'écran pour déverrouiller l'appareil. Il le lui tendit.

— Appelle Wyatt. Demande-lui de venir nous chercher.

Katlin prit l'appareil et contacta son coéquipier. Elle lui chuchota à voix basse que Jack ne voyait pas les blessures sur son dos mais qu'elles étaient impressionnantes.

— Wyatt est en route, dit-elle en raccrochant. Il va se débrouiller pour que tu consultes un médecin au plus vite.

Jack fronça les sourcils.

Une ambulance apparut dans la ruelle et s'approcha d'eux, suivie d'une voiture de police et d'un camion de pompiers.

Katlin reprit sa place aux côtés de Jack.

— La police va comprendre que j'ai utilisé mon code pour entrer dans le cabinet d'avocats, dit-elle. Je vais leur parler de mon amnésie et leur expliquer que j'espérais que retourner dans un endroit familier raviverait mes souvenirs. Tu te souviens que tous ces fichiers P manquaient dans le tiroir ?

— Oui, dit-il, humant son parfum unique.

Il était capable de l'identifier partout, y compris au milieu du chaos, dans une ruelle remplie de fumée. Il inspira profondément pour permettre à ces fragrances familières et réconfortantes de s'ancrer en lui.

Quoi qu'il se soit passé, Katlin allait bien. Il l'avait protégée, se dit-il avec fierté.

— Je n'ai pas pensé à t'en parler plus tôt, continua-t-elle, manifestement inconsciente de la nature des pensées qui le traversaient. Mais il y avait un post-it sur mon bureau. J'étais censée rappeler à Fitch un dîner avec Peterson, le soir de mon accident. Il ne s'agit pas d'une coïncidence, n'est-ce pas ?

— Non, répondit-il en se redressant avec un gémissement. Certainement pas.

Il avait besoin de recouvrer ses esprits.

Perturbé par l'intensité de ses sentiments pour Katlin, il tenta de se rassurer, de les rationaliser. Il était normal de se sentir étroitement lié à quelqu'un avec qui il avait partagé tant d'expériences de mort imminente. Il ressentait la même chose avec ses frères d'armes de Fortress Defense. Il ignora la petite voix au fond de son esprit qui n'était pas d'accord. Il n'avait éprouvé cet attachement qu'une seule fois auparavant et il savait très bien de quoi il s'agissait.

Le camion de pompiers s'arrêta tout près du sinistre et les soldats du feu se mirent aussitôt en action.

Katlin se leva et appuya de nouveau les mains sur Jack qui tentait de se lever.

— Ne bouge pas, tu es blessé.

— Par hasard, connais-tu le nom de famille de ce jeune Dylan ?

— Non, pourquoi ?

— J'ai lu un article hier soir qui mentionnait le chef de la police. Un certain Thomas Peterson. Il était précisé quelque part qu'il avait un fils inscrit au Center College.

— Dylan, murmura-t-elle.

— Peut-être, dit Jack, se traînant vers les ambulanciers. Renseigne-toi mais parle le moins possible à la police.

— Bien sûr. D'autant qu'une voiture de patrouille est passée dans cette ruelle et qu'un flic s'est approché de ton pick-up tout à l'heure… Juste avant l'explosion…

— Je sais, dit-il, le regard sombre.

Ils étaient confrontés à des problèmes bien plus graves qu'il ne l'avait imaginé.

Katlin s'assit sur le canapé à côté de Jack, veillant à ne pas le toucher pendant qu'il se reposait. Son dos et ses épaules avaient été brûlés et tailladés par des débris de verre. Heureusement, les ambulanciers avaient assuré que les blessures avaient l'air plus graves qu'elles ne l'étaient en réalité. Sa peau lacérée à de multiples endroits avait beaucoup saigné mais les plaies n'étaient pas profondes. Ils les avaient nettoyées et y avaient appliqué une crème cicatrisante. Après l'avoir soigné, ils l'avaient laissé partir avec une ordonnance. Quant à elle, elle s'en tirait avec quelques ecchymoses mais rien de grave. Grâce à Jack.

Elle lui tendit une tasse fumante.

— Cette tisane est réputée pour apaiser les tensions, dit-elle. Et plus tu seras détendu, plus vite tu guériras.

Une autre façon de l'aider à se détendre lui vint soudain à l'esprit et elle se sentit rougir. Manifestement, l'amnésie ne lui avait pas fait tout oublier. Des images intimes d'elle avec Jack envahirent son esprit. Ce n'était pas la première fois que ce phénomène se produisait, même si elle ne l'aurait avoué pour rien au monde.

Jack avait expliqué aux policiers que Katlin et lui étaient sortis pour passer la soirée en amoureux lorsque la bombe avait explosé sous leur véhicule. En l'écoutant, elle s'était rendu compte qu'elle aurait aimé que ce soit vrai.

Jack haussa un sourcil.

— Katlin ?

Elle se tourna vers lui, se reprochant de rêvasser ainsi alors que Jack souffrait.

— Pardon. Oui ?

Il bougea pour mieux la regarder et, dans le mouvement, son bras musclé effleura le sien. Il venait de prendre une douche et une odeur de savon flottait encore autour de lui.

— Je te disais que pendant que tu étais dans la cuisine j'avais parlé à mon équipe et effectué des recherches sur le chef de la police.

Il lui tendit une tablette.

— Wyatt et Sawyer étudient ce qui s'est passé sur les quais. Ils travaillent sur les images enregistrées par les caméras de surveillance au moment où le casino clandestin se vidait. Par ailleurs, ils ont fait le tour de leurs contacts au sein de la police locale pour obtenir le plus de renseignements possible. Ils nous rappelleront bientôt pour nous mettre au courant du résultat de leurs investigations.

— Génial.

Katlin parcourut l'article sur l'écran de la tablette. Une photo de famille du chef de la police Peterson l'illustrait. Il posait avec sa femme et leur fils, Dylan. Celui-ci était plus jeune sur la photo et vêtu d'un uniforme d'école privée, mais à en croire l'article, il venait alors d'être admis à l'université, au Center College.

— Nous avions donc raison. Je me suis inscrite au Center College pour me rapprocher de Dylan et tenter d'en apprendre davantage sur ce cercle de jeu clandestin. Et je n'en ai pas parlé à la police parce que le père de Dylan en est le chef. D'après toi, je ne voulais pas que son père sache que j'enquêtais sur le sujet ou je pensais qu'il ne m'écouterait pas si j'essayais de l'alerter ?

— Je ne sais pas, répondit Jack.

Il avala une gorgée du breuvage qu'elle lui avait offert et fit la grimace.

— C'est infect, ce truc.

— Mais non, dit Katlin en riant. C'est de la camomille.

— « Camomille » est-il un synonyme de « imbuvable » ?

— Arrête.

Elle lui poussa doucement l'épaule, profitant de ce moment de légèreté pour se blottir contre lui. Ses yeux se posèrent sur la cheminée qui leur faisait face. Le drapeau commémoratif de son frère avait été placé au centre.

Jack suivit son regard.

— J'espère que ça ne t'ennuie pas, dit-il. J'ai vu le drapeau dans tes affaires et j'ai pensé qu'il devait être mis en valeur.

— Bien sûr.

Elle se reprocha de ne pas avoir pris le temps de le faire elle-même. Qu'elle se souvienne de Griffin ou pas, il avait donné sa vie pour leur pays. Il méritait que tous se souviennent de lui, que sa mémoire soit honorée.

— Chaque fois que je contemple ce drapeau, mon cœur se serre, reconnut-elle. S'agit-il d'un sentiment de patriotisme encore flou ou de souvenirs de Griffin toujours hors de portée ? Je l'ignore. Mais chaque fois que je le regarde, je sens une émotion forte, intense. J'aimerais tellement me souvenir de lui.

— Tu y arriveras.

Jack lui attrapa la main et entremêla leurs doigts.

— Toute cette histoire sera bientôt terminée et dans un an, quand tu y penseras, elle ressemblera probablement plus à un rêve qu'à une réalité.

— Merci de le dire, dit-elle, le cœur empli de gratitude. Je ne pourrais rien faire sans toi. Je suis désolée que ton pick-up ait explosé. Et que tu aies été blessé, ajouta-t-elle avec sincérité.

— Heureusement, je suis moins fragile que j'en ai l'air, répondit-il avec un sourire triste.

Elle lui rendit son sourire. Comme si, en le regardant, quelqu'un pouvait penser qu'il était fragile ! Jack dégageait tant de force et de santé qu'il semblait immortel. Ses cheveux coupés très court, sa barbe sexy et ses abdos en tablette de chocolat lui donnaient un côté dangereux. Ses tatouages de soldat et sa façon de se mouvoir impressionnaient. Pourtant, c'étaient sa gentillesse et la douceur dont il faisait preuve avec elle qui le rendaient séduisant aux yeux de Katlin.

— Et tout le monde se moque du pick-up, poursuivit-il. Il y en a beaucoup d'autres. Il n'y a qu'une Katlin Andrews, qu'une toi. Ce qui compte, c'est que tout aille bien pour toi.

Il y avait une lueur de tendresse dans son regard, une lueur qui ne s'y trouvait pas auparavant et qui la toucha au cœur.

Plongeant son regard dans celui de Jack, Katlin posa une main hésitante sur son torse. Elle promena les doigts sur sa chemise en coton, devinant ses pectoraux dessous. Il la dévisagea attentivement, semblant un peu sur ses gardes, alors qu'elle testait les frontières physiques entre eux.

Katlin se demanda si elle avait raison de penser qu'il ressentait lui aussi l'incroyable alchimie qui les unissait.

Le regard de Jack s'assombrit alors qu'elle se risquait à promener les doigts sur son torse, puis sur ses épaules.

— Merci de m'avoir sauvée, murmura-t-elle. De me protéger. D'être venu à l'hôpital et de m'avoir permis de rester en vie. Merci d'être gentil avec moi, même quand je suis furieuse.

Elle se rapprocha encore, écartant un peu les lèvres. Elle désirait plus que tout qu'il les capture pour un baiser passionné.

Avec un faible gémissement, il la saisit par les poignets, et elle sentit son cœur s'affoler dans sa poitrine.

Mais il la repoussa avec douceur.

— Katlin, je ne peux pas, dit-il.

Le chagrin total peint sur son beau visage viril la laissa un instant sans voix.

— Je suis désolé, ajouta-t-il.

— Pourquoi ? demanda-t-elle enfin, refusant de céder.

Ignorant sa profonde humiliation, elle leva le menton pour le regarder en face. D'un côté, elle avait envie de courir s'enfermer dans sa chambre, de se cacher dans un coin et de mourir de honte. Mais d'un autre, elle savait que Jack ressentait tout ce qui bouillonnait entre eux. Elle l'avait vu dans ses yeux.

— Il est de mon devoir de te protéger, répondit-il de sa voix grave. J'ai promis à Griffin quand il est mort de veiller sur toi comme il l'aurait fait. Je lui dois de tenir parole. Donc je ne peux pas… aller plus loin avec toi. Je suis désolé.

Katlin se raidit.

— Tu viens d'évoquer ce que souhaitait Griffin. Mais toi, que veux-tu, Jack ? Pas Griffin. Toi.

Elle attendit, ravagée par le conflit qui se reflétait dans ses yeux. Au bout d'un moment, elle reprit la parole :

— Je comprends qu'un frère aimant préfère que ses amis ne s'approchent pas trop près de sa petite sœur chérie. Mais explique-moi pourquoi Griffin n'aurait pas voulu que l'homme en qui il avait le plus confiance en ce bas monde ne soit pas l'amoureux de celle dont le bonheur lui importait plus que tout ? Mon frère t'avait confié sa vie. Pourquoi n'aurait-il pas eu envie de me savoir avec toi ?

Déçue autant d'elle-même que de Jack, elle comprit qu'il lui fallait renoncer. Avec un petit rire sans joie, elle secoua la tête.

— Tu sais quoi ? Alchimie brûlante ou pas, je ne veux pas d'un homme qui mette mon frère ou quoi que ce soit d'autre entre nous. Alors peut-être as-tu raison. Mieux vaut qu'on s'abstienne d'aller plus loin.

Le regard de Jack se porta une fois de plus sur sa bouche, et Katlin haussa un sourcil en signe de défi.

— Qu'en dis-tu, Jack ? Tu préfères qu'on reste amis ?

Un grognement sourd monta de sa gorge alors qu'il tendait les mains vers elle, les posait sur ses hanches pour l'étreindre contre lui. Ses yeux cherchèrent les siens un long moment avant qu'il presse la bouche sur la sienne. Ses lèvres avaient gardé la saveur de la camomille. Elle lui céda avec empressement et il approfondit leur baiser.

Comme leurs langues entamaient une danse sensuelle, Katlin noua les bras autour de son cou et se plaqua plus étroitement contre lui. Ses seins gonflés de désir lui faisaient mal tant ils rêvaient d'être caressés par Jack. Elle l'imaginait se levant, la soulevant pour la porter jusqu'à son lit. Elle avait envie qu'il la touche partout.

Il interrompit leur baiser. Le souffle court, ils s'évaluèrent du regard. Les lèvres meurtries, Katlin avait faim de davantage.

Elle attendit, incertaine. Elle espérait qu'il ne lui dirait pas que ce baiser avait été une erreur, pas quand elle était certaine qu'elle n'avait jamais été embrassée avec tant de passion, tant de tendresse et de respect mêlés.

Jack appuya son front contre le sien et enroula ses bras solides autour d'elle pour la serrer contre lui. Sans bouger, refusant d'aller plus loin.

Dans le silence qui suivit, elle le sentit s'éloigner.

15

Jack s'endormit en rêvant au baiser de Katlin, à la saveur de ses lèvres, au parfum de sa peau et à la façon dont ses courbes épousaient son propre corps à la perfection.

Et il se réveilla en se reprochant sa faiblesse.

Oui, Griffin aurait voulu plus que tout que sa petite sœur chérie soit heureuse et aimée mais il n'aurait jamais accepté que l'homme qui comble Katlin soit Jack. Pour lui, Jack n'avait pas le profil. Il le lui avait fait comprendre sans la moindre équivoque en le frappant à cause d'un simple commentaire à propos d'une photo. Et si Griffin apprenait le dixième des pensées que Jack nourrissait à propos de Katlin depuis leur rencontre, il l'attendrait dans l'au-delà avec un fusil. Ou une grenade.

Jack culpabilisait d'avoir trahi un engagement envers celui qui lui avait sauvé la vie plusieurs fois et de bien des manières. Pour ne rien arranger, il avait honte d'avoir laissé une malheureuse amnésique tomber sous son charme. Il n'avait pas le droit d'abuser d'une personne vulnérable.

Et si sa mémoire lui revenait et si elle se rappelait alors qu'elle ne sortait jamais avec des militaires et qu'elle préférait les gars en costume-cravate ? Cette éventualité le fit frémir. Il ne serait jamais un gratte-papier, et s'il savait se servir d'un ordinateur, travailler sur écran n'était pas sa tasse de thé. Avoir des horaires de fonctionnaire, un bureau, vivre entre quatre murs, ce n'était pas pour lui. Et si Katlin aimait les hommes tranquilles, les geeks ? Et avait peur de ceux qui se battaient à l'autre bout du monde ?

Avec un grognement, il s'obligea à se lever et sortit de sa chambre pour aller prendre une douche. Bien froide.

Avant d'atteindre la salle de bains, il entendit Katlin le héler de la cuisine :

— Bonjour ! Un café ? proposa-t-elle.

— Non, merci, répondit-il.

Il se dirigea cependant vers elle pour la saluer.

Il tenta de se convaincre qu'il n'avait pas particulièrement envie de la voir. Il faisait simplement preuve de politesse. Sa mère lui avait enseigné les bonnes manières.

— En es-tu sûr ? insista-t-elle.

Elle apparut au bout du couloir, un bol fumant à la main. Elle avait revêtu un T-shirt gris, trop grand pour elle, qui faisait office de chemise de nuit. Un mot y était imprimé en grosses lettres noires à la hauteur de sa poitrine : ARMÉE.

Un T-shirt de Griffin, comprit-il. Il y vit une piqûre de rappel. Comme si, depuis l'au-delà, son ami lui rappelait ses devoirs, se dit-il, le ventre noué.

Il détourna les yeux de ses seins – apparemment, elle ne portait pas de soutien-gorge – mais ils se posèrent alors sur ses longues jambes fuselées, parfaites. Et nues. Il n'en fallut pas plus pour relancer ses fantasmes. Il s'imagina soudain l'embrasser à pleine bouche avant de couvrir de caresses son corps sexy. Et il en mourait d'envie.

Il accepta le café qu'elle lui tendait avec un sourire. Comme il ramenait le regard vers le sien, il admira ses beaux yeux.

— Merci.

Lorsqu'elle se mordilla la lèvre, une main dans ses cheveux ébouriffés, il sentit revenir le gonflement de son érection quasi perpétuelle depuis leur rencontre. Katlin était consciente de l'effet qu'elle avait sur lui, devina-t-il à la vue de la petite lueur coquine dans ses prunelles, et il n'aimait pas ça.

Il lui fallait garder la tête froide. Avant d'espérer partager le meilleur avec elle, il devait d'abord et avant tout la mettre hors de danger pour de bon. Ce qui signifiait se concentrer sur son travail. Et s'interdire de la toucher, de l'embrasser, de faire preuve de la moindre faiblesse. Il avait donc besoin d'une douche plus froide que prévu. Glacée.

Katlin s'allongea sur le canapé de la résidence sécurisée avec sa tablette. Grâce au plaid sur ses jambes et au feu dans la cheminée, elle avait bien chaud. Elle avait ouvert un roman numérique et s'efforçait de se concentrer sur l'histoire mais ne pouvait s'empêcher d'imaginer le corps nu de Jack sous la douche.

Elle jeta un coup d'œil à l'horloge et fronça les sourcils. Voilà plus d'une heure qu'il s'était enfermé dans la salle de bains. Il avait sûrement vidé le ballon d'eau chaude, maintenant.

Elle se replongea dans son livre mais elle ne voyait plus les mots. Comme son regard se posait sur le drapeau commémoratif de son frère sur la cheminée, l'évidence s'imposa soudain. Jack se sentait toujours coupable par rapport à Griffin. Il ne prenait pas une douche d'une heure. Il se tenait à distance d'elle.

Dire qu'elle avait cherché à le séduire avec son T-shirt trop grand et son mug de café ! Elle en était pour ses frais, songea-t-elle, dépitée.

Repoussant le plaid, elle se leva et se dirigea vers le couloir, espérant se tromper. Tout allait mal dans sa vie. Voilà pourquoi elle avait besoin que Jack la désire. L'alchimie entre eux était présente depuis leur rencontre et ces derniers jours, elle s'était renforcée, devenant aussi grisante que réconfortante. Il était impossible de le nier. D'ailleurs, elle avait l'impression que vu les difficultés et les horreurs auxquelles ils étaient confrontés ils devaient impérativement s'autoriser à prendre un peu de bon temps. Pour tenir le coup. Elle ne lui demandait pas de l'épouser, elle n'était pas tombée follement amoureuse de lui. Elle avait seulement envie de vivre avec lui ce qui était déjà là. Était-ce mal ?

Le claquement d'une portière de voiture dehors la stoppa net dans son élan. Les sens en alerte, elle se tendit, se demandant qui pouvait bien se présenter à cette heure matinale.

— Jack ! appela-t-elle, remontant le couloir à pas vifs.

Elle passa devant la salle de bains déserte et arriva devant la porte ouverte de sa chambre.

Jack ferma son ordinateur portable et se leva avec désinvolture. Il était vêtu d'un jean et d'un T-shirt Fortress Defense qui mettaient sa silhouette musclée en valeur.

— Wyatt est là, annonça-t-il.

Elle poussa un soupir de soulagement.

— Wyatt ?

— Oui. Je vais lui ouvrir. Tu devrais t'habiller.

Les bras croisés sur la poitrine, Katlin recula pour lui permettre de sortir de sa chambre.

Un instant plus tard, elle l'entendit accueillir son ami.

— Entre, Wyatt. Merci d'être venu.

Elle eut l'impression d'une gifle en pleine figure et, mortifiée, elle se précipita vers sa chambre.

Jack la rejetait. Il ne s'était pas contenté de se cacher d'elle. Il avait aussi appelé un copain en renfort pour la tenir à distance !

Elle enfila en vitesse un jean et un pull à col en V, se brossa les cheveux et se maquilla d'un peu de mascara et d'une touche de gloss. Quoi que les deux hommes aient à se dire, elle tenait à l'entendre. Alors qu'elle se dépêchait de les rejoindre, en se guidant au son de leurs voix, elle espéra que rien sur son visage ne trahissait son humiliation ou son embarras.

Ils étaient dans la cuisine.

— Nous avons obtenu confirmation que Dylan est bien le

fils du chef de la police, Thomas Peterson, disait Wyatt comme elle entrait. Salut, Katlin. Viens t'asseoir. Comment vas-tu ?

— Bien, merci, dit-elle en jetant un regard à Jack. C'est lui qui a été blessé, pas moi.

— Peut-être, mais ce début de semaine a été plutôt rock and roll.

— C'est vrai, dit-elle. Nous savons donc, d'une part, que Dylan est le fils du chef de la police Peterson et, d'autre part, que Fitch avait rendez-vous avec lui, le jour de sa mort.

Wyatt hocha la tête.

— Exactement.

— Mais nous ignorons ce que Peterson sait du cercle de jeu clandestin et de l'implication de son fils, dit-elle. Ni même si son dîner avec l'avocat avait quelque chose à voir avec l'un ou l'autre.

Wyatt se gratta les joues.

— Par hasard, saurais-tu comment nous pourrions mettre la main sur les dossiers manquants ? Peut-être Fitch gardait-il des copies numériques quelque part.

— Je ne m'en souviens pas, répondit Katlin. Mais même s'il existe des fichiers de sauvegarde, nous ne pourrions pas y accéder légalement. Peut-être devrions-nous retourner fouiller mon appartement. D'après Maggie, une amie qui travaille avec moi au journal, j'ai enregistré toutes les données concernant mon enquête, mes recherches, sur une clé USB que Griffin m'avait offerte.

— Jack m'en a parlé, oui, dit Wyatt. Je peux aller la chercher, si tu veux. Tu es plus en sécurité ici. Une idée de l'endroit où tu l'aurais mise ?

Katlin secoua la tête, les mâchoires serrées.

— Non. C'est tout le problème, n'est-ce pas ?

Elle ne se souvenait de rien. Si elle avait eu la moindre idée de ce qui se passait, elle aurait sans doute eu la possibilité d'y mettre un terme depuis longtemps. Si elle avait repris connaissance à l'hôpital en sachant qui elle était et qui l'avait envoyée dans le décor, elle aurait fait un rapport circonstancié à l'inspectrice de police, et les criminels seraient maintenant derrière les barreaux. Au lieu de quoi, son amnésie avait permis à la personne qui avait essayé de la tuer sur la voie express de la reprendre plusieurs fois pour cible. Et non seulement le cercle de jeu clandestin fonctionnait toujours mais un avocat avait été assassiné.

Submergée par une vague de frustration, elle repoussa sa chaise et courut vers la chambre d'amis. Tant que sa mémoire était bloquée, elle était condamnée à vivre dans cette planque, loin de chez elle.

Des larmes brûlantes brouillaient sa vision quand elle se laissa tomber sur son lit, accablée. Ses souvenirs perdus, cette vie débile, le rejet de Jack après le baiser le plus parfait de l'histoire de l'humanité… *N'en jetez plus, la cour est pleine.* Et savoir que tout s'arrangerait si seulement sa mémoire daignait lui revenir la rendait folle.

Elle avait envie de crier, de se rouler par terre et de tout casser. Elle voulait que Jack la prenne dans ses bras et lui dise que les catastrophes qui se multipliaient n'étaient pas sa faute et que bientôt tout irait bien.

— Katlin ?

La voix de Jack la poussa à se redresser et d'un revers de main, elle essuya les larmes qui roulaient sur ses joues. Pourquoi était-elle si émotive ? Et comment faisait-il pour deviner à chaque fois qu'elle avait besoin de lui ?

— Ça va ? poursuivit-il du seuil de la chambre. Puis-je entrer ?

— Non.

— Non, ça ne va pas ou non, je ne dois pas entrer ?

Elle se mordilla la lèvre, incapable de croiser ses yeux.

Jack s'approcha.

— J'espérais que les allusions à ces jours horribles que tu venais de vivre t'avaient poussée à fuir mais c'est moi qui suis la cause de ton malaise, n'est-ce pas ? Je suis désolé.

Avec un soupir, elle secoua la tête.

— J'avais simplement besoin de m'isoler un instant pour me ressaisir. Tout est si compliqué.

— As-tu envie d'en parler ?

— Non. Je veux seulement retrouver mes souvenirs et que tu cesses de me fuir.

Elle se tut pour le laisser encaisser l'accusation. Au cas où il imaginerait qu'elle n'avait pas compris ce qu'il faisait.

— Je ne te fuis pas, répliqua-t-il, le regard sincère. Ta sécurité est ma priorité numéro un. Quant à mes sentiments, ils sont le cadet de mes soucis, actuellement.

— Et mes sentiments à moi ? demanda-t-elle, sachant qu'il lui dirait probablement qu'ils devaient, eux aussi, passer en second.

Le pire était qu'elle le comprenait très bien. À quoi bon céder à la passion qui les consumait si ce moment de distraction leur coûtait la vie ?

— Je me soucie de tes sentiments, répondit Jack avec douceur. Voilà d'ailleurs pourquoi je suis ici avec toi et non dans la cuisine avec Wyatt. Je tenais à m'assurer que tu allais bien. Est-ce le cas ?

— Non.

Elle pinça les lèvres pour retenir son besoin de crier contre l'injustice de la vie.

Jack lui ouvrit les bras.

Et elle y tomba. Elle se blottit contre lui, la joue contre son torse puissant, et ferma les yeux, essayant de retenir dans le secret de son cœur ce moment de bonheur pur. La chemise de Jack était douce. Ses bras forts et protecteurs. Elle avait envie de se coller à lui et de rester ainsi jusqu'à ce que tout s'arrange.

Il posa le menton contre le sommet de sa tête.

— Je suis désolé que tu aies tant d'épreuves à traverser.

— Merci.

— Mais je suis content que tu m'aies appelé, ce soir-là, dit-il.

Katlin prit une longue inspiration et noua les bras autour de lui.

— Cela ne te dérange pas d'être pris pour cible en permanence ?

— Pour toi, je suis prêt à supporter bien davantage, Katlin.

Il murmura ces mots avec tant de douceur qu'elle se demanda quelque part si elle ne les avait pas imaginés. En tout cas, son cœur, lui, aurait tout donné pour que cette déclaration soit vraie. C'était impossible, bien sûr, car il y avait quelque chose que Jack ne ferait pas pour elle. Jamais.

Il ne romprait pas une promesse faite à son frère.

Elle recula un peu pour le regarder en face.

— J'ai compris pourquoi ma décision de devenir journaliste d'investigation me paraît si peu correspondre à ma nature profonde, dit-elle. Je pense que j'avais choisi cette voie pour lui, pour Griffin. Pas pour moi.

Les yeux de Jack s'assombrirent.

— Pourquoi dis-tu cela ?

— Maintenant que j'ai oublié Griffin, dit-elle en prenant la main de Jack, je n'arrive pas non plus à me rappeler pour quelle raison j'ai pris cette direction. J'ai l'impression de jouer en permanence une comédie. Je fais semblant d'être courageuse. Je ne le suis pas mais je voulais sans doute que mon frère soit fier de moi.

— Tu n'as jamais eu à forcer quoi que ce soit pour qu'il soit fier de toi, répliqua Jack.

Le cœur de Katlin se brisa un peu plus. Parce qu'elle prenait conscience que la seule personne qu'elle rêvait d'épater à cet instant était l'homme à côté d'elle.

Quelqu'un frappa à la porte ouverte et Katlin se redressa, s'écartant de Jack.

Wyatt regarda Jack avec curiosité, puis reporta son attention sur Katlin.

— Il a raison, tu sais. J'ai rencontré Griffin au camp

d'entraînement, et il t'adorait. Il parlait tout le temps de sa petite sœur chérie. Il pensait que, avec tes articles, tes reportages, tu allais changer le monde. Pour toi, il aurait fait n'importe quoi.

— Il aurait fait n'importe quoi pour n'importe qui, renchérit Jack, une note de révérence dans la voix. C'était l'un des hommes les plus remarquables que j'aie jamais connus.

— Je suis d'accord, dit Wyatt. Tu retrouveras bientôt ta mémoire, Katlin, et d'ici là, ne t'inquiète pas. Nous veillerons sur ta sécurité.

La gorge serrée, elle secoua la tête, incapable d'émettre un son. Une profonde gratitude l'envahissait.

— Aimes-tu le chocolat ? reprit Wyatt, changeant radicalement de sujet de manière inattendue. Ma femme, Violet, a confectionné des brownies pour toi. À ses yeux, le chocolat est le meilleur remède pour apaiser les personnes stressées.

Katlin se détendit un peu et un sourire se dessina sur ses lèvres.

— J'adore le chocolat.

— Alors, allons nous en régaler.

Il lui fit signe de le suivre puis, tournant les talons, il remonta le couloir vers la cuisine.

— Je sais que personne ne peut remplacer ton frère, ajouta-t-il, jetant un coup d'œil par-dessus son épaule. Mais maintenant, tu peux considérer les membres de notre équipe comme tes frères. Compte sur nous pour tenter de combler un peu le vide créé par la disparition de Griffin.

Comme Jack posait une main chaude sur son dos, Katlin redressa les épaules pour l'écarter.

Elle n'avait pas à exiger de Jack qu'il choisisse entre une promesse faite à un frère d'armes mourant et elle. Elle se sentait coupable d'y avoir même pensé.

Mais si elle avait tout oublié, elle savait quelque part,

d'instinct, comment elle, elle aimait. Et voilà pourquoi elle ne voulait plus qu'il la touche.

Quand elle donnait son cœur à un homme, elle attendait en retour un engagement total. Sans réserve ni demi-mesures.

16

Le soleil était haut dans le ciel lorsque Katlin sortit de la petite maison où elle vivait à Stanford. Elle était accompagnée de ses nouveaux « frères », Wyatt et Jack. Si elle appréciait d'avoir à ses côtés une équipe d'anciens militaires, formés et entraînés, pour veiller sur elle et la protéger, elle espérait en revanche que Jack ne se considérait pas comme son frère.

Après avoir mis au point le programme de la journée, ils étaient passés à Fortress Defense pour y emprunter un nouveau véhicule, un impressionnant SUV. Ils avaient ensuite suivi Wyatt jusqu'au cottage et s'étaient mis au travail. Ils avaient fouillé méthodiquement tous les coins et recoins de la maisonnette. Les deux hommes étaient allés jusqu'à décoller les lattes du plancher et desceller les pierres de la cheminée dans l'espoir de mettre la main sur la clé USB sur laquelle elle avait archivé les données concernant son enquête. Malgré leurs efforts, ils repartaient bredouilles.

Ils marchèrent avec Wyatt jusqu'à l'endroit où ils s'étaient garés. Ils voulaient maintenant retourner dans le trou à rats qui lui servait de logement d'appoint pour y effectuer, là encore, des investigations approfondies. S'ils n'y trouvaient rien, ils se rendraient à la fourrière pour demander l'autorisation de passer sa voiture accidentée au peigne fin. Et s'il le fallait, ils retourneraient ensuite au journal pour inspecter à fond son bureau.

Wyatt regagna son véhicule mais avant d'y grimper, il se tourna vers eux.

— Où allons-nous, en priorité ?

— Nous avancerons plus vite si nous nous séparons pour nous répartir le travail, dit Jack. Comme Katlin et moi avons été pris pour cibles lorsque nous étions dans son appartement et à la fourrière, peut-être devrais-tu commencer par te rendre dans ces deux endroits. Toi, personne ne te reconnaîtra.

Il se tourna vers Katlin.

— Quant à nous, je te propose de retourner au journal parler avec ton amie. Tu en apprendras plus d'elle que Wyatt.

— Parfait, dit Wyatt qui se mit au volant sans discuter davantage.

Il baissa sa vitre pour lancer à Jack :

— Appelle-moi lorsque tu en auras terminé là-bas et nous ferons le point avant de décider de la suite.

Tout en déverrouillant les portières de leur SUV, Jack hocha la tête.

Katlin prit place à l'intérieur et attacha sa ceinture. Tandis qu'ils roulaient, elle se mit à s'interroger sur différents sujets dans l'espoir de susciter un souvenir. N'importe lequel. Elle avait commencé l'exercice deux soirs plus tôt pour tenter une fois de plus de se rappeler sa vie d'avant l'accident. Tentatives qui s'étaient malheureusement révélées vaines jusqu'à présent. Elle se demanda par exemple quelle était sa chanson préférée, son parfum préféré, ses plats préférés…

En silence, Katlin se reposa ces questions, laissant un peu de temps s'écouler entre chacune pour permettre à une éventuelle réponse de surgir du vide sidéral de son esprit. Elle serra les poings en prenant conscience qu'elle n'avait aucune idée de son film culte mais que la couleur, unique, des yeux de Jack – un brun moucheté de bleu et de vert – était sa préférée. Son parfum préféré était évidemment l'eau de toilette de Jack. Et son plat préféré, la soupe de poulet aux vermicelles qu'il lui avait préparée. En mesurant à quel point elle était ridicule, elle réprima un gémissement.

Quand la sonnerie de son smartphone retentit, elle sursauta. C'était la première fois qu'elle l'entendait depuis l'accident.

En proie à une curiosité mêlée de crainte, elle prit l'appel.

— Allô !

— Katlin ! s'écria Maggie, qui semblait très essoufflée. Enfin, tu réponds. Voilà trois fois que j'essaie en vain de te joindre. Je me demandais où tu étais passée.

Comme il ralentissait à l'approche d'un carrefour, Jack jeta un coup d'œil interrogateur à Katlin avant de reporter son attention sur la route.

— Tout va bien ? chuchota-t-il.

— J'avais laissé mon téléphone dans le SUV, expliqua Katlin à Maggie.

Jamais elle n'aurait imaginé recevoir un coup de fil de qui que ce soit. D'ailleurs, aucune des personnes qu'elle connaissait ou dont elle se souvenait, à part Maggie, ne connaissait son numéro.

— Tout va bien pour toi, Maggie ? reprit-elle.

— Je l'espère, répondit son amie. Je suis surtout soulagée que toi, tu ailles bien !

— Pourquoi n'irais-je pas bien ?

Un poids tomba sur sa poitrine alors qu'elle attendait ses explications.

— Maggie ? insista-t-elle comme celle-ci ne répondait pas.

— Excuse-moi, je préfère m'éloigner un peu du bureau avant de poursuivre. Attends un instant.

À en juger par sa respiration haletante, Maggie se déplaçait à un rythme soutenu. Peut-être courait-elle.

Quand elle reprit enfin la parole, elle avait le souffle court.

— La police est là.

— La police est là ? répéta Katlin, écartant l'appareil de son oreille et activant la fonction « haut-parleur » afin que Jack puisse entendre leur échange.

— Au journal.

— Je suis avec Jack et tu es sur haut-parleur, maintenant, lui dit Katlin. Et justement, nous venions te voir. Nous voulions te parler.

— Je ne pense pas que ce soit une bonne idée, répondit Maggie. Quand j'y suis revenue après ma pause déjeuner, plusieurs inspecteurs de police se trouvaient dans les locaux de la *Gazette*, interrogeant tout le monde à ton sujet. Ils voulaient savoir qui t'avait vue et où ils pourraient te trouver. Comme je mens très mal, j'ai préféré tourner les talons et repartir. Je me connais, même si j'avais réussi à ne rien dire qui puisse te créer des ennuis, mon visage m'aurait trahie.

Jack se pencha vers le smartphone.

— Maggie ?

Quelque chose n'allait pas, il le sentait, lui aussi.

— Retourne à l'intérieur, lui dit-il. Quelqu'un leur a sûrement appris que Katlin était venue au journal cette semaine et qu'elle t'avait parlé. En t'enfuyant, tu t'es comportée en coupable alors que tu n'as rien à te reprocher, tu n'as rien fait de mal. Nous arrivons et nous laisserons les policiers nous interroger puisqu'ils le souhaitent.

— Je n'ai pas l'intention d'y retourner, protesta Maggie, visiblement paniquée. Ils me demanderaient pourquoi je suis partie en découvrant leur présence.

Ils n'étaient plus très loin, maintenant. Katlin voyait les bâtiments du centre-ville apparaître. Le siège du journal se trouvait juste derrière.

— Où es-tu en ce moment ? demanda-t-elle à Maggie. Le mieux est de nous retrouver quelque part et de nous rendre ensemble au bureau.

— D'accord. Je vous attendrai au café situé à l'angle de l'avenue principale et de la rue Franklin Roosevelt, à cinq cents mètres du journal. Je suis en train d'y aller.

Ils entendaient en effet les talons de Maggie claquer sur le trottoir au rythme de ses pas.

— La visite des flics est-elle liée à ce qui s'est passé sur les quais hier soir ? poursuivit Maggie. J'ai entendu dire que des coups de feu y avaient été échangés. Tu avais prévu d'aller là-bas pour rencontrer Dylan, non ? As-tu fait quelque chose de répréhensible ?

— Non, je n'ai rien fait de mal. Il y a eu des coups de feu hier soir, c'est vrai, mais personne n'a été blessé et nous sommes partis avant le début de la fusillade, répondit Katlin, qui se sentait un peu coupable de mentir par omission à son amie.

Certes, ils étaient vraiment partis avant le début de la fusillade. Mais ils étaient à l'origine de ces tirs. Ce n'était sans doute pas le moment de le préciser.

— Alors pourquoi la police te cherche-t-elle ? s'enquit Maggie. Je sais que tu ne te souviens pas de moi mais tu peux tout me dire. Tu l'as toujours fait.

Katlin fronça les sourcils. En réalité, elle n'était pas sûre de pouvoir se fier à qui que ce soit d'autre que Jack et son équipe.

— Pourquoi ne retournes-tu pas au journal pour expliquer aux flics que nous nous sommes vues, l'autre jour ? Dis-leur la vérité. Que je suis devenue amnésique et que je ne me souvenais même pas de toi quand je t'ai croisée au bureau.

Quoi que veuille la police, cela n'avait rien à voir avec Maggie, et Katlin ne voulait pas que son amie ait des ennuis à cause d'elle.

— Le plus simple est de nous retrouver à l'intérieur du journal, reprit-elle. D'après le GPS, nous y serons dans cinq minutes.

— Non, non, répondit Maggie. Je préfère vous attendre. Je sais où tu étais hier soir et pourquoi. Mais je ne veux pas le leur dire. C'est à toi d'en parler, si tu le souhaites. Pas à moi.

Comme Jack activait son clignotant pour s'engager dans l'avenue principale, ils entendirent Maggie s'exclamer :

— Une autre voiture de patrouille arrive. J'ai l'impression qu'elle vient vers moi. Mieux vaut changer de plan.

Jack appuya sur la pédale d'accélérateur, faisant rugir son moteur.

— Reste calme, Maggie, ordonna-t-il. Essaie de te mêler à un groupe de personnes, ensuite tu nous diras où tu es.

— Je retourne au parking de la *Gazette*, dit Maggie d'une voix tremblante. Je vous attendrai dans ma voiture, je préfère ça. Ainsi, je pourrai au moins m'enfermer à l'intérieur. Êtes-vous encore loin ?

— Non ! répondit Katlin. Nous sommes au feu, à deux cents mètres du journal. Nous arrivons.

Jack actionna soudain la touche « silencieux » sur l'écran du smartphone et fronça les sourcils.

— Je pense à quelque chose…

— Et à quoi ?

— Un flic patrouillait dans la ruelle hier soir juste avant que notre pick-up explose, dit-il.

Un frisson glacé parcourut l'échine de Katlin.

— Tu ne crois quand même pas que les flics qui ont débarqué au journal sont des ripoux ?

— Il pourrait s'agir de faux policiers, répliqua-t-il comme ils arrivaient à proximité du journal.

Le ventre de Katlin se noua.

— As-tu confiance en l'inspectrice Reihl ? demanda-t-elle, se rappelant la jeune inspectrice aux yeux bleus perçants. D'après toi, est-ce qu'elle est corrompue ? Ou est-ce qu'on peut compter sur elle ?

Pour toute réponse, Jack s'empara de son propre smartphone et appela Reihl, avant d'actionner le haut-parleur comme Katlin l'avait fait avec l'appel de Maggie.

— Ici, Jack Hale, commença-t-il.

Katlin reprit Maggie en ligne.

— Nous y sommes presque.

Mais en réalité, elle s'intéressait surtout à la conversation que Jack entretenait avec l'inspectrice Reihl.

Reihl l'écouta calmement pendant qu'il l'informait de la situation au journal.

— Si vous ne vous sentez pas à l'aise pour vous entretenir avec eux, vous pouvez me parler à moi, dit-elle.

— Pourquoi dois-je parler à quelqu'un ? répliqua Katlin, s'immisçant dans l'échange. Pourquoi des policiers sont-ils venus me chercher à mon bureau ?

Le silence qu'elle obtint en réponse sembla se prolonger un peu trop longtemps alors que Jack dirigeait le SUV vers le parking où les attendait Maggie.

— Ils veulent vous interroger, expliqua finalement Reihl. C'est en lien avec une enquête concernant une agression dont a été victime Dylan Peterson, un autre étudiant du Center College.

— Quoi ?

Avec un cri, Katlin se pencha sur son siège vers le téléphone de Jack.

— Comment aurais-je pu agresser Dylan ? Il fait trois fois mon poids et a deux têtes de plus que moi !

— Étiez-vous sur les quais, hier soir ? demanda Reihl.

— Vous le savez pertinemment, répondit Katlin. Comme vous savez aussi que nous avons échappé de justesse à une bombe, une heure plus tard. Alors dites-moi quand exactement j'aurais eu le temps de tabasser Dylan Peterson ?

— Ce sera à vous de me le dire, rétorqua l'inspectrice. Venez me retrouver au poste de police. Ou si vous préférez, allons prendre un café quelque part. D'accord ? Je vous laisse choisir l'endroit.

Katlin s'humecta les lèvres alors que Jack s'engageait sur le parking.

— Où est-elle ? demanda-t-il.

— Qui ? dit l'inspectrice.

Katlin reprit son propre smartphone.

— Maggie ? Nous y sommes. À quel niveau es-tu ?

Son amie ne répondit pas.

— Maggie ?

— Que se passe-t-il ? demanda Reihl.

— Oh ! non, gémit Katlin. Maggie, Maggie ! cria-t-elle dans le téléphone, le secouant comme si elle espérait obliger ainsi son amie à lui répondre.

L'appel était toujours en cours. Il n'avait pas été abandonné ou déconnecté. Maggie n'avait pas raccroché. Mais alors, où était-elle ?

— Nous recherchons une amie de Katlin, répondit Jack. Une de ses collègues. Elle nous a appelés, il y a un instant. Elle était inquiète quand elle a vu la police débarquer dans les locaux du journal après le déjeuner.

Katlin promena les yeux à travers les rangées de véhicules à la recherche de Maggie pendant que Jack sillonnait lentement les allées. Les voitures garées étaient toutes vides. Il ne voyait personne dans l'une d'elles.

Avec un juron, Jack s'arrêta finalement à côté d'un cabriolet rouge dont la portière côté conducteur était ouverte.

Il bondit du SUV, laissant son smartphone sur son siège. Une main sur la crosse de son arme, il s'approcha de la voiture.

Katlin sentit la sueur perler sur son front.

Jack revint rapidement.

— Sa bagnole est vide, dit-il.

Il attrapa son téléphone.

— Reihl, poursuivit-il, la jeune journaliste dont je vous parlais, Maggie Franks, a été enlevée.

— Enlevée ? répéta Reihl alors que le monde de Katlin vacillait.

Katlin agrippa le bras de Jack, essayant de s'ancrer avant d'être emportée par un courant d'émotions.

— Comment le savez-vous ? continuait l'inspectrice d'un ton dubitatif. Peut-être est-elle entrée dans le bâtiment, peut-être est-elle retournée au journal. Ou peut-être ne s'agit-il pas de son véhicule.

Jack lança un regard à la petite voiture.

— Je suis devant un cabriolet rouge stationné dans la zone sud, dit-il à Reihl, en regardant Katlin. La portière du conducteur est ouverte. Il n'y a personne à l'intérieur. Le sac à main et le téléphone de Maggie sont sur le siège passager. Le badge d'identification de la *Covington Gazette* se trouve sur le plancher.

Katlin se sentait au bord du malaise.

Maggie avait été enlevée.

Par sa faute.

17

Jack actionna la première et s'éloigna lentement du cabriolet de Maggie. S'il avait très envie de rester et de surveiller la scène, son instinct lui ordonnait de sortir au plus vite Katlin de ce guêpier.

Via le haut-parleur de son smartphone, la voix de l'inspectrice Reihl devenait de plus en plus forte, de plus en plus autoritaire. Elle leur promettait d'envoyer des policiers sur le parking mais elle insistait pour que Katlin vienne immédiatement lui parler. L'expression de cette dernière était teintée de lassitude et de scepticisme. Surtout, elle paraissait de plus en plus inquiète, et Jack comprit que retrouver Reihl quelque part était en réalité une très mauvaise idée.

Pourquoi l'inspectrice n'avait-elle pas simplement demandé à Katlin de s'entretenir avec les policiers déjà présents à la *Covington Gazette* ? Pourquoi n'avait-elle pas tout de suite envoyé ces derniers sur le parking pour enquêter sur la disparition de Maggie ? Et pourquoi ne venait-elle pas interroger Katlin ici ?

Jack fit lentement le tour du quartier pour compter les voitures de patrouille garées devant l'immeuble du journal. Il y en avait quatre au total. Pourquoi avait-il fallu déplacer autant d'hommes pour poser quelques questions ?

Katlin avait également remarqué le nombre de véhicules. Et quatre, c'était trois de trop.

Elle finit par accepter de rencontrer Reihl dans un café

proche du poste de police dans une heure. En attendant, ils n'avaient plus rien à faire ici.

Au feu suivant, Jack tourna à droite pour quitter la ville et retourner à la résidence sécurisée où ils pourraient faire le point.

Il interrompit leur conversation avec Reihl.

— Quelqu'un a enlevé Maggie, répéta Katlin tout en tapotant sur son propre écran de téléphone. Je n'arrive pas à y croire. Pourquoi ? Je ne comprends pas.

Elle se connecta sur un moteur de recherche tandis que Jack jetait pour la centième fois un coup d'œil à son rétroviseur.

Il ne pouvait pas risquer d'être suivi jusqu'au seul endroit encore sûr pour elle. En un sens, il avait envie de foncer pour réduire le temps de trajet au minimum, mais être arrêté pour excès de vitesse ou pour n'importe quelle raison serait peut-être une condamnation à mort. Du moins, tant qu'ils ignoraient ce qui se passait exactement et surtout, à quel point la police était mouillée.

— Oh ! non ! s'exclama soudain Katlin. Écoute ça : « L'ancien employeur de Katlin Andrews, l'avocat Nathan Fitch, a été assassiné la nuit où Andrews avait brièvement disparu de la circulation. Et comme par hasard, Katlin Andrews s'est de nouveau évaporée dans la nature quelques heures seulement après le passage à tabac qui a failli coûter la vie à un de ses camarades au Center College : Dylan Peterson, fils du chef de police Peterson. La police recherche activement Katlin Andrews pour l'interroger sur ces deux affaires. Si vous la voyez, merci de ne pas intervenir vous-même et de contacter au plus vite le poste de police. »

Avec un juron, Jack accéléra.

— Tu as été victime d'un coup monté, dit-il. Quelqu'un te fait porter le chapeau de ses crimes.

— Ce communiqué n'a aucun sens. Pourquoi aurais-je eu envie de tuer Fitch ou de tabasser Dylan ? J'ai perdu la mémoire dans un accident de voiture, c'est tout. Et les personnes que je connais encore sont au nombre de cinq !

— Les gens croient ce qu'ils lisent dans les journaux, dit-il. Ils ne se soucient pas d'y trouver un sens.

Un autre point inquiétait Jack. Si la police recherchait vraiment Katlin, la résidence sécurisée ne le serait plus longtemps.

— Peut-être devrions-nous contacter le médecin de l'hôpital, suggéra-t-il. Elle t'a examinée et elle sera en mesure d'expliquer aux enquêteurs tes pertes de mémoire, ton amnésie. Cela t'aidera à construire ta défense.

Katlin se tourna vers lui.

— Ma défense ? Tu crois vraiment que je vais être arrêtée ?

— Tout est possible, il faut s'y préparer, en tout cas. Nous devrions également contacter un avocat et enregistrer ta version de l'histoire.

Katlin se redressa et promena les yeux autour d'elle.

— Où allons-nous ? Nous devons chercher Maggie.

— D'abord, cap sur la résidence sécurisée, répondit Jack. Il faut trouver la meilleure façon de te protéger en attendant d'obtenir des réponses.

— L'important n'est pas là ! L'urgence, c'est Maggie. Elle a été enlevée, nous devons la retrouver ! Reihl donnait l'impression de se moquer complètement de ce rapt. Elle n'avait même pas l'air d'y croire. La seule chose qui l'intéressait était de m'interroger.

Jack s'efforça de rester calme. Katlin était évidemment bouleversée par l'enlèvement de son amie mais elle-même était en danger et il était chargé de la protéger.

— Nous la retrouverons, promit-il, mais te faire arrêter n'aidera pas Maggie. De plus, si des flics corrompus sont à tes trousses, il ne paraît pas indispensable de rester en ville.

Elle blêmit en comprenant brusquement la situation.

— D'accord. Alors, que proposes-tu ?

Il serra les mâchoires, s'efforçant de réfléchir et de rester lucide en dépit des émotions qui l'envahissaient.

— Pour commencer, allons voir le médecin qui s'est occupée de toi à l'hôpital, dit-il. Elle t'a examinée, a établi un diagnostic. Ces éléments seront essentiels pour te défendre.

Comme Katlin ne répondait pas, il lui jeta un bref coup d'œil. Elle avait détourné le visage et semblait un peu trop absorbée par le paysage qui défilait devant sa vitre.

— Peut-être, marmonna-t-elle enfin.

— Comment ça « peut-être » ? Tu ne lui as pas parlé de ton amnésie ?

Bien sûr qu'elle ne lui en avait pas parlé. La Katlin qu'il avait rencontrée dans cette chambre avait tout oublié. Elle était alors la proie d'une terreur inexplicable et son instinct lui ordonnait de quitter l'hôpital au plus vite. Si elle avait évoqué ses pertes de mémoire, le médecin aurait voulu la garder pour des examens complémentaires.

— Je ne pouvais pas, dit-elle. Je sentais qu'il me fallait fuir, que quelque chose n'allait pas, que quelqu'un me voulait du mal. Je suis désolée d'avoir menti. Je savais que je mourrais si je restais là.

Avec un soupir, Jack reporta son attention sur la route.

Ils firent le reste du trajet en silence.

Dès qu'ils arrivèrent à la planque, il parla à Wyatt par téléphone de l'enlèvement de Maggie, du comportement plus que louche de la police et du rendez-vous avec Reihl, pendant que Katlin faisait les cent pas dans le salon. Il comprenait pourquoi elle avait menti au médecin à l'hôpital mais pas qu'elle lui ait menti à lui. Ni qu'elle l'ait laissé dans le mensonge, après tout ce qu'ils avaient traversé. Pourquoi ne lui avait-elle pas dit la vérité ? Et si sa blessure à la tête était pire qu'ils ne l'avaient imaginé et que personne ne s'en doute parce qu'elle avait caché son amnésie au médecin ? Et si son état s'était aggravé sans qu'il s'en rende compte, sans qu'il puisse l'aider, parce qu'elle ne lui avait rien dit ?

La possibilité de la perdre lui était insupportable. Il avait déjà aimé et il avait perdu son amour. Il s'était juré de ne plus jamais endurer une telle souffrance. Surpris par la tournure de ses pensées, il interrompit son raisonnement. Pourquoi cette association d'idées ? Était-il amoureux de Katlin ?

Non, se dit-il, écartant aussitôt cette éventualité.

Il avait si souvent entendu Griffin parler de façon dithyrambique de sa sœur qu'il était un peu perdu, d'autant qu'il était puissamment attiré par elle. Pour couronner le tout, le temps qu'il avait passé avec elle lui avait prouvé qu'elle était dotée des nombreuses qualités évoquées par son frère et de beaucoup d'autres. Katlin était forte et déterminée. Débrouillarde et intelligente. Courageuse. Et s'il s'autorisait à se remémorer le baiser qu'ils avaient échangé…

Non, il n'avait pas le droit d'y penser. Pourtant, non seulement il le faisait, mais il ne pouvait pas non plus s'empêcher de se demander si tous deux se seraient bien entendus s'ils s'étaient rencontrés dans d'autres circonstances. Si elle avait toutes ses facultés, sans doute ne s'intéresserait-elle pas à lui. Parce que même sans ses souvenirs, Katlin était une force avec laquelle il fallait compter, et il avait du mal à suivre.

Il termina sa conversation avec Wyatt.

— L'équipe enquête sur l'enlèvement de Maggie. Ils contacteront ses amis proches, sa famille, et veilleront à ce qu'une alerte pour disparition inquiétante soit lancée. Au cas où l'inspectrice de police du coin négligerait de le faire. Sawyer est déjà en route pour se rendre au journal afin de relever les plaques d'immatriculation des voitures de patrouille qui s'y trouvent et vérifier leur authenticité. J'ai envoyé Wyatt rencontrer l'inspectrice Reihl à ta place au café. J'ai l'intuition qu'elle fait partie des gentils et Wyatt parviendra peut-être à lui faire voir ce qui nous crève les yeux. Si la police est corrompue, nous avons besoin d'au moins un allié à l'intérieur.

Katlin se tourna brusquement vers lui.

— Quelque chose ne colle pas. La nuit dernière, quelqu'un a failli tuer Dylan. Imagines-tu le chef de la police faire du mal à son propre fils ? demanda-t-elle. Si Peterson est lié au cercle de jeu clandestin, alors je peux comprendre sa détermination à se débarrasser de moi. Un article risquerait de briser ses petites activités annexes et sa carrière. Il serait humilié et emprisonné. Mais pourquoi s'attaquerait-il à son propre fils ?

Jack s'était interrogé, lui aussi, sur ces sujets mais il n'avait aucune réponse à y apporter.

— Le chef de la police peut être impliqué sans avoir la maîtrise des événements. Peut-être a-t-il été acheté ou menacé. Nous n'en savons rien.

— En tout cas, les personnes enlevées rentrent rarement chez elles et meurent en général dans les soixante-douze heures qui suivent leur disparition. Il nous faut donc comprendre rapidement ce qui s'est passé. La vie de Maggie en dépend.

Katlin sortit son ordinateur portable et s'installa à la petite table de la cuisine. Elle consulta les sites de plusieurs médias du coin, à la recherche d'autres fusillades, d'autres attentats à la bombe ou d'autres cercles de jeu. Quelque chose d'à la fois violent et inhabituel qui se serait produit dans les jours, semaines ou mois précédant son accident de voiture.

Pourquoi s'était-elle lancée dans cette enquête ? Pourquoi avait-elle soupçonné l'existence d'un réseau de jeu illégal au Center College ?

Elle tomba sur un article datant de près d'un an. Le journaliste, un certain A. Young, y constatait une augmentation des arrestations dans la région, qu'il liait à l'émergence du crime organisé. D'après ce papier, alors que les autorités persistaient à nier la réalité d'une mafia moderne dans le Kentucky, les signes témoignant de son existence se multipliaient. De plus, il donnait le nom d'un homme fréquemment interrogé pour ses implications dans ce genre de crimes et s'étonnait qu'il soit systématiquement relâché par la police. Un certain Donald Rosch.

Le rythme de son cœur s'accéléra. Avait-elle lu ce papier au moment de sa parution et lui avait-il donné envie d'enquêter sur le sujet ? Quelques recherches sur Donald Rosch lui révélèrent une multitude d'arrestations suivies de l'abandon des charges, confirmant l'article de A. Young. Blanchiment d'argent, extorsion et jeux d'argent illicites, pour ne nommer que les principaux chefs d'accusation. Elle s'intéressa ensuite au courageux journaliste. Elle avait l'intuition que si elle réussissait à lui parler elle découvrirait qu'ils avaient déjà échangé à propos de cette affaire.

Elle ouvrit un nouvel onglet sur son ordinateur portable, laissant les autres pages ouvertes afin de les montrer à Jack. Puis elle tapa le nom de A. Young dans le moteur de recherche avec le nom du journal qui avait publié l'article.

— Comment ça se passe ? s'enquit Jack, qui revenait dans la maison.

Il enleva son manteau et ses bottes.

— Il fait de plus en plus froid, dit-il en frottant ses grandes mains l'une contre l'autre pour les réchauffer. J'ai ajouté des caméras sur la boîte aux lettres au bout de l'allée et sur la route afin de pouvoir surveiller les allées et venues et j'ai placé des détecteurs de mouvements pour être alerté de l'approche de quelqu'un.

— Parfait, dit-elle.

Il lui fit un clin d'œil.

— Dis-moi qu'il y a du café.

— Un pot entier.

Katlin sourit, heureuse du retour de Jack. Elle aimait le sentir près d'elle.

— Nous devrions commander à dîner, suggéra-t-elle. Depuis que nous sommes ici, tu as préparé tous les repas.

Tu as le droit de souffler un peu mais là, je viens de trouver un filon que je tiens à creuser.

Il se servit un café et posa la tasse fumante sur la table.

— Cela me va. Il n'y a plus grand-chose dans le congélateur alors autant passer un coup de fil à un restaurant du coin qui livre à domicile. Qu'as-tu découvert ? demanda-t-il.

Elle tourna son ordinateur portable vers lui et cliqua sur le premier lien.

— Un journaliste a écrit un article l'année dernière, affirmant l'émergence du crime organisé dans la région. Et j'ai le sentiment que c'est ce papier qui m'a donné envie de lancer cette enquête sur les cercles de jeu. J'aimerais ton avis.

— Katlin…

L'expression peinte sur le visage de Jack alors que son regard se posait sur l'écran la fit blêmir.

Comme elle jetait un œil sur l'ordinateur, elle sentit un profond malaise l'envahir.

Un jeune journaliste trouve la mort dans un accident de la route. D'après la police, la vitesse excessive serait à l'origine du drame qui a coûté la vie à A. Young.

18

Via Internet, Katlin commanda à l'Acropole – un restaurant grec qui livrait à domicile – des souvlakis et des gyros ainsi que deux portions d'agneau grillé. Jack lui avait certifié qu'il adorait la cuisine grecque. Tous deux mouraient de faim mais n'avaient pas de temps à perdre à confectionner un repas.

Les plats leur seraient livrés dans une demi-heure et ils n'auraient donc pas à s'aventurer hors de la résidence sécurisée, ce soir.

Après avoir donné un coup de fil à ses coéquipiers, Jack jeta son smartphone sur la table avec un soupir. Il passa les doigts dans ses cheveux ras et leva les yeux vers Katlin.

— As-tu eu des soucis pour passer la commande ?

— Aucun. Et quid de tes copains ? Ont-ils rencontré des problèmes de leur côté ?

— D'après Wyatt, Reihl n'était pas ravie de le voir se présenter à ta place mais elle l'a écouté et n'a pas insisté pour savoir où tu te trouvais pour le moment. Un bon signe qui tend à prouver que j'avais raison de lui faire confiance.

Katlin poussa un soupir de soulagement.

— Tant mieux.

Reihl ne lui avait pas paru très chaleureuse ni sympathique lorsqu'elles avaient fait connaissance mais cela n'avait sans doute rien d'étonnant. Une inspectrice de police était payée pour douter et le récit de Katlin avait dû lui sembler plutôt louche. Se serait-elle retrouvée dans de si sales draps si elle n'avait rien à se reprocher ? Quoi qu'il en soit, que quelqu'un de la police soit de leur côté était certainement une bonne chose.

— Et les voitures de patrouille garées devant le journal ? S'agissait-il de vrais policiers ou d'imposteurs ?

— Nous n'en savons rien. Ils étaient partis, leurs voitures aussi, quand Sawyer est arrivé.

— Qu'a dit Reihl ? Était-elle en colère ? Pensait-elle que Wyatt mentait pour me couvrir ?

Jack eut un sourire en coin.

— Tu lui poseras la question toi-même. Il avait faim et il aime la cuisine grecque, alors il arrive.

Katlin sourit.

— Parfait. J'ai prévu large en me disant que nous pourrions toujours réchauffer le surplus demain, au besoin.

— Une chance.

Comme il la regardait, Katlin sourit à la vue de l'éclair de désir qu'elle surprit dans ses yeux. Mais aussitôt, il détourna la tête.

Il était évident qu'il se sentait coupable de l'avoir embrassée. Il estimait avoir trahi sa parole, donnée à un frère d'armes tombé au combat. Et il avait probablement l'impression qu'il profitait d'elle et de la situation puisqu'elle avait subi plusieurs traumatismes et une blessure à la tête. Mais l'alchimie entre eux avait été immédiate et leur relation s'épanouissait à un rythme effréné. Quelles que soient les circonstances, ils seraient tombés amoureux, elle en était certaine.

Jack reporta son attention sur elle.

— Nous devrions allumer la télévision pour regarder les infos, dit-il en se remettant debout. Peut-être parleront-ils de la disparition de Maggie et de la descente des policiers au journal.

Katlin le suivit sur le canapé. Jack s'empara de la télécommande pour trouver une chaîne d'info en continu et augmenta le volume lorsqu'un homme apparut derrière un podium. Un bandeau en bas de l'écran précisait :

Thomas Peterson, chef de la police

Un journaliste annonça :

— Lors d'une conférence de presse tenue plus tôt dans la journée, Thomas Peterson a révélé qu'une opération d'infiltration avait eu lieu au Center College après des allégations concernant un cercle de jeu clandestin.

Katlin se tordit les mains en attendant d'entendre le résultat de cette opération. Elle espérait que le chef de la police ne l'avait pas désignée comme le cerveau.

— Ces allégations se sont heureusement révélées sans fondement, poursuivait le journaliste. Il s'agissait d'un mauvais canular.

— Un canular ! s'exclama Katlin. Ils se moquent de moi ou quoi ?

Les mâchoires serrées, Jack gardait les yeux rivés sur l'écran.

Plusieurs extraits de la conférence de presse donnée par le chef Peterson passèrent à l'antenne.

— Mon amour pour le Center College remonte à loin, disait-il. Plus jeune, j'y ai été étudiant. Et j'avoue avoir été particulièrement fier que mon fils, Dylan, intègre à son tour cet établissement prestigieux. Comme moi autrefois, il s'y épanouit, grâce au dévouement du corps enseignant et à l'ambiance fraternelle qui règne parmi ses camarades. En fait, comme beaucoup d'entre vous, je le sais, toute notre famille éprouve un incroyable sentiment d'admiration et de gratitude vis-à-vis du Center College. Je suis donc infiniment soulagé que les accusations de pratiques de jeu illégales au sein de cette université ne soient en définitive qu'une mauvaise plaisanterie.

Jack se pencha en avant, les coudes sur les genoux.

— Il transpire.

— Quoi ?

Katlin s'efforçait de se concentrer, de se ressaisir, mais ce que Peterson venait d'annoncer la dévastait. Il tentait de convaincre son auditoire que le réseau de cercles de jeu sur lequel elle enquêtait – celui qui avait organisé une soirée dans un casino clandestin – n'avait jamais existé. Mais elle se rendit compte qu'en effet le chef de la police suait à grosses gouttes.

— Tu as raison.

— Il est mal à l'aise, poursuivit Jack. Il prononce des propos rassurants avec le ton qui convient mais il a le regard fuyant et il s'agite beaucoup. Il semble très nerveux.

Katlin regarda Jack.

— Parce qu'il ment ?

— Peut-être. En tout cas, son langage corporel indique qu'il est la proie de profondes tensions. Peut-être ment-il mais peut-être se sent-il mal pour une autre raison. Parce qu'il n'aime pas parler en public, par exemple.

— La conférence de presse n'était sans doute pas son idée.

Le clip de la conférence de presse se termina, remplacé par une page de publicité.

Jack coupa le son et se tourna vers elle.

— Je ne pense pas qu'il ait fait rouer de coups son fils, ni même qu'il ait autorisé une telle agression. Je pense plutôt que le passage à tabac infligé à Dylan était un avertissement pour son père et qu'il émanait du responsable de l'organisation.

— De Rosch ? demanda-t-elle.

— Peut-être.

L'alarme du smartphone de Jack se fit soudain entendre et il s'empara de l'appareil.

— Quelqu'un a déclenché les détecteurs de mouvements. Nous avons de la visite.

— Wyatt ou le livreur du restaurant ? demanda Katlin, espérant qu'il ne s'agissait pas d'une embuscade.

Elle n'était pas sûre de pouvoir supporter une nouvelle attaque. Pas ici, dans le seul endroit où elle se sentait en sécurité depuis son réveil à l'hôpital.

— Il s'agit du livreur.

Jack lui tendit le téléphone et alla ouvrir.

Katlin regarda l'écran, et vit une camionnette ornée du logo de l'Acropole remonter lentement l'allée. Lorsque le véhicule s'arrêta près du porche, un homme en sortit, replaça sa casquette d'uniforme puis tira de l'arrière de son véhicule plusieurs sacs en papier. Les insignes brodés sur sa chemise boutonnée et sur son couvre-chef correspondaient aux logos peints sur la carrosserie.

Katlin rejoignit Jack à la porte pour prendre les plats pendant qu'il payait le chauffeur. Jack observa l'homme un moment avant de lâcher l'arme glissée à sa ceinture.

Quelques instants plus tard, le livreur repartit et Katlin avait mis le couvert pour trois personnes.

Son estomac criait famine et quand les délicieux parfums de l'agneau assaisonné d'huile d'olive et de thym chatouillèrent ses narines, elle se mit à saliver.

— Nous devrions attendre Wyatt, non ?

— Non, non, répliqua Jack. C'est bon quand c'est chaud et nous mourons de faim. Si besoin, il réchauffera sa part au micro-ondes quand il arrivera.

Avec un grand sourire, elle les servit.

Ils dégustèrent leur repas dans un silence agréable pendant un petit moment, Katlin à une vitesse gênante et Jack plus calmement. Elle n'avait pas mesuré à quel point elle était affamée. Les plats étaient succulents.

Très vite, pourtant, ses paupières devinrent lourdes et elle commença à piquer du nez. Sans doute n'avait-elle pas pris conscience de sa fatigue.

— Ça va ? demanda Jack.

Elle hocha la tête, s'interrogeant sur l'origine de cette brusque faiblesse. Il était sans doute normal qu'elle soit exténuée. Vu son niveau de stress continu et son manque de sommeil ces derniers jours, cela n'avait rien d'étonnant. Pourtant, elle trouvait curieux que cette grosse fatigue lui tombe dessus aussi brutalement. Ses mains et son visage semblaient légèrement engourdis, comme si elle était un peu ivre. Mais elle n'avait pas bu une goutte de vin.

Son regard se posa sur le délicieux repas devant eux.

— Jack…

Elle perdit le fil de ses pensées tandis que la pièce s'assombrissait et que le sol se précipitait à sa rencontre.

Jack se leva alors que Katlin s'effondrait.

— Katlin !

Il s'appuya sur la table en se rendant compte que le monde vacillait autour de lui.

— Katli…

Il avait du mal à parler, à bouger. Que se passait-il ?

Le moindre geste lui demandait un effort infini. Il chercha le smartphone qu'il avait laissé sur la table. L'écran semblait flouté alors qu'il appuyait le bout de son doigt sur le bouton de déverrouillage. À côté de lui, Katlin gisait, immobile et silencieuse.

Un raz-de-marée d'angoisse submergea Jack. Était-elle morte ? Avaient-ils été drogués ? Et comment ?

Du doigt, il tapa maladroitement le numéro 9 sur son pavé numérique. Ses yeux se fermaient mais avec l'énergie du désespoir, il chercha le 1. Ses paupières devenaient de plus en plus lourdes et le monde autour de lui de plus en plus lointain, opaque, ouaté…

Incapable de se relever, il tendit l'oreille pour tenter d'identifier un bruit. Une porte claqua et il vit une paire de jambes s'avancer.

Le livreur s'accroupit et sourit.

— Votre repas était-il bon, monsieur Hale ?

Jack ouvrit la bouche pour le menacer.

Éloignez-vous d'elle ou je vous tuerai. Je l'aime et je ne vous laisserai pas me la prendre. Mon équipe est en route. Vous ne vous en tirerez pas comme ça.

Mais aucun mot ne franchit ses lèvres.

L'homme ricana et prit Katlin dans ses bras. Il la jeta sur une épaule.

— Je vous laisse. Bonne fin de soirée.

Il souleva sa casquette d'un geste ironique, la remit en place et sortit.

Jack resta seul avec ses pensées confuses, son immense fatigue et le sentiment d'avoir échoué dans sa mission.

19

Jack avait la tête dans un étau. Le sang battait à ses oreilles, un mélange assourdissant de sons discordants vrillait ses tympans. Ses paupières semblaient peser une tonne et il eut beaucoup de mal à les soulever. Avec un gémissement, il se redressa sur ses avant-bras.

— Oh là ! Que fais-tu ? s'exclama une voix familière au milieu de beaucoup d'autres qui lui étaient inconnues.

Une main lourde appuya sur son épaule, l'obligeant à rester allongé.

— Vas-y mollo, cow-boy.

La présence de Wyatt calma un peu Jack. Renonçant à se lever, il s'efforça d'identifier son environnement.

Des bips, des sonneries et des bruits de pas résonnaient près de lui. Il reconnut des couinements de semelles en caoutchouc sur un sol carrelé et des roulements de roues métalliques.

Il fronça les sourcils. D'où provenaient ces bruits ? De chariots ?

De nouveau, il tenta d'ouvrir les yeux. Quand la lumière éblouissante des néons frappa ses rétines, une vive douleur explosa dans son cerveau. Comme ses sens revenaient en force, des odeurs désagréables d'eau de Javel, de mauvais café et de pansements assaillirent ses narines. De violentes nausées le traversèrent et son ventre se contracta.

Il regarda Wyatt d'un œil, s'autorisant à refermer l'autre.

— Où est Katlin ? gémit-il. Et surtout, comment va-t-elle ?

— Vas-y mollo, répéta Wyatt. Retrouve tes marques, respire, prends ton temps. Ensuite, nous travaillerons sur les détails.

Jack perçut une inquiétude dans la voix de Wyatt et comprit surtout que ce dernier n'avait pas répondu à ses questions.

— Parle.

Les mâchoires serrées, Wyatt hocha la tête.

— D'abord, les médecins sont confiants à ton sujet et m'ont assuré que tu devrais vite te rétablir. La drogue que tu as ingérée était destinée à t'endormir. Pas à te tuer. C'est une chance que les embouteillages m'aient retardé. Sinon, nous aurions tous été assommés. Ce qui n'aurait rien arrangé.

— La drogue ? Quelle drogue ? demanda Jack d'un ton irrité.

Il chercha dans son esprit des réponses et attendit que les souvenirs reviennent.

— Les plats grecs qui nous ont été livrés, dit-il enfin.

Wyatt opina.

Comme Jack mesurait brutalement la gravité de la situation, son sang se figea dans ses veines. La peur s'infiltra par tous les pores de sa peau et son cœur se mit à battre si fort qu'il craignit de défaillir.

— Katlin, murmura-t-il d'une voix blanche, promenant son regard autour de lui.

Si cette drogue avait réussi à le mettre à terre, quels effets avait-elle eus sur le corps frêle et délicat de Katlin ? se demanda-t-il avec angoisse.

— Où est-elle ?

— Nous l'ignorons.

Les dents serrées, Jack reporta son attention sur Wyatt.

— Explique-moi. Et va à l'essentiel, il n'y a pas un instant à perdre.

Il devait sortir de là au plus vite. Les bruits des urgences lui donnaient la migraine. L'agitation du personnel, les plaintes des malades, les paroles inquiètes de leurs proches l'empêchaient de réfléchir. Dans le lointain, il entendait pleurer un enfant.

— Hier soir, tu as commandé des plats grecs, commença Wyatt. Auprès d'un restaurant du coin, l'Acropole. Tu avais demandé qu'ils te soient livrés à domicile. Mais alors qu'il venait de quitter l'établissement, le livreur a été braqué. Après l'avoir assommé, son agresseur a enfilé sa chemise et sa veste d'uniforme, s'est coiffé de sa casquette et a drogué les plats. Ensuite, il s'est installé au volant de la camionnette et n'a eu qu'à suivre les indications du GPS pour parvenir à la résidence sécurisée.

Jack poussa un juron.

— Quand je suis arrivé, la porte était ouverte, continua Wyatt. Tu étais étendu sans connaissance par terre. Katlin avait disparu. J'ai appelé les secours et voilà ce qui explique où nous sommes et pourquoi. Pendant ce temps-là, Sawyer est avec la police à la résidence sécurisée, à la recherche d'indices qui pourraient nous mettre sur une piste. De son côté, Cade s'entretient avec le chauffeur et le personnel du restaurant dans l'espoir, là encore, de recueillir des éléments qui se révéleraient utiles.

Jack se redressa. Il tira sur la perfusion à son bras et, soulagé de constater qu'il était toujours habillé, il se mit debout.

— Il faut y aller.

Wyatt secoua la tête et écarta les bras.

— Tu n'es pas en état d'aller où que ce soit. Tu dois te reposer pendant que les effets de la drogue se dissipent et cette perfusion est destinée à hydrater au maximum ton organisme. Pour accélérer le processus. Et en attendant, tu n'es pas autorisé à partir.

— Laisse-moi, écarte-toi de mon chemin, protesta Jack, balayant des yeux le box des urgences à la recherche de son manteau et de ses bottes.

— Nous avons besoin de toi en pleine possession de tes

moyens, dit Wyatt, d'une voix douce et apaisante. Soigne-toi, reprends des forces et laisse-nous travailler.

Jack n'en avait pas l'intention.

— Où sont mes bottes ?

Wyatt voulut l'empêcher de bouger mais finit par comprendre que ses efforts ne serviraient à rien. Renonçant à argumenter, il lança :

— L'infirmière va piquer une crise quand elle se rendra compte que tu es parti.

— Tant pis pour elle ! Où a-t-elle mis mes affaires, bon sang !

Après quelques jurons, il récupéra ses bottes.

— Maintenant aide-moi à sortir d'ici.

Wyatt poussa un gros soupir mais prit Jack par les épaules pour l'aider à se relever. Ils traversèrent la salle des urgences heureusement pour eux très fréquentée, évitant tout contact visuel. Ils ne ralentirent qu'en approchant des immenses portes en verre.

Quelques personnes les fixèrent du regard mais aucune n'essaya de les arrêter.

Une chance pour elles. Parce que Jack n'était pas d'humeur à discuter, à se justifier.

Alors qu'ils sortaient du bâtiment, une bourrasque glaciale gifla Jack, qui poussa un nouveau juron.

— Désolé, je n'ai pas pensé à prendre ton manteau quand ils t'ont chargé dans l'ambulance, dit Wyatt.

Jack s'efforçait de mettre un pied devant l'autre.

Dès qu'ils atteignirent le véhicule de Wyatt, ils reçurent un appel de Sawyer qui voulait faire le point avec eux. Sa voix résonna via le haut-parleur dans l'habitacle, alors qu'ils sortaient du parking de l'hôpital.

— Les investigations à la résidence sécurisée ont donné quelques éléments, annonça-t-il.

— Sais-tu qui a fait ça ? demanda Jack en grimaçant.

Sa migraine ne cessait d'empirer.

— Non, mais je sais comment, répondit Sawyer. Cade a discuté avec le personnel de l'Acropole. Il a ainsi appris que tu avais passé ta commande en ligne. Tu ne les avais pas appelés, tu ne t'y étais pas non plus arrêté pour prendre des plats à emporter. Tu n'étais donc pas sur écoute et tu n'as pas été suivi.

Jack pianota nerveusement le tableau de bord. Il aurait préféré que Sawyer aille à l'essentiel au lieu de lui parler de détails sans intérêt qu'il connaissait déjà.

— Oui et…

— Après l'appel de Cade, j'en ai parlé avec un technicien des scènes de crime venu recueillir des indices ici, à la résidence sécurisée. Cela lui a mis la puce à l'oreille et il a examiné l'ordinateur portable de Katlin. Et devine ce qu'il y a trouvé ?

— Un logiciel espion, bien sûr, comprit Jack.

La confusion de son esprit se dissipait sous l'effet de l'adrénaline qui brûlait ses veines.

Ils avaient récupéré l'ordinateur portable de Katlin chez elle, dans son petit cottage. Ils avaient cru avoir mis la main sur un trésor, même si rien du contenu de l'appareil ne s'était révélé particulièrement utile.

— Nous l'avons pris chez elle. Katlin s'en servait tout le temps. Elle y effectuait des recherches.

— Et via cet ordinateur, quelqu'un vous espionnait et suivait vos faits et gestes à la trace, conclut Sawyer.

Jack serra les mâchoires. Malgré tous ses efforts pour protéger Katlin, il avait échoué. Quelqu'un avait réussi à pirater l'appareil, à les écouter et à repérer les sites Internet qu'ils avaient consultés.

Il fallait un certain savoir-faire pour installer ce genre de logiciel, un savoir-faire qui n'était pas à la portée du premier venu.

— Ils ont su pour le restaurant, dit-il.

— Certainement, répondit Sawyer. Ensuite, ils n'avaient

qu'à venir devant les cuisines de l'Acropole pour attendre que le livreur en sorte avec vos plats.

Wyatt ne cessait de jeter des coups d'œil dans son rétroviseur et de faire des détours pour s'assurer que personne ne les suivait, une pratique que Jack employait également.

— Pourquoi ne l'ont-ils pas tuée ? demanda soudain Wyatt en se tournant vers Jack. Je veux dire, je suis évidemment soulagé qu'ils ne l'aient pas fait. Mais ils avaient la possibilité de la faire taire et ils ne l'ont pas saisie. Pourquoi, à ton avis ?

— Peut-être ont-ils encore besoin d'elle, répondit Sawyer au téléphone. En quoi pourrait-elle leur être utile ?

Jack chercha une réponse mais n'en trouva pas.

— S'ils nous écoutaient, ils ont certainement compris qu'elle n'a pas encore recouvré la mémoire. Ils savent donc qu'elle ne peut leur livrer aucune information. Si ses souvenirs étaient revenus, nous serions déjà en train d'intenter une action en justice contre le coupable, quel qu'il soit. Peut-être Donald Rosch, ajouta-t-il, se remémorant l'une de leurs dernières conversations. Un possible chef criminel local.

Wyatt s'engagea sur la voie express et Jack comprit qu'il se dirigeait vers leur base – les bureaux de Fortress Defense.

— Qu'ils aient encore besoin d'elle est important, dit Wyatt. Cela signifie qu'ils lui laisseront la vie sauve jusqu'à ce qu'elle puisse leur donner ce qu'ils espèrent d'elle. Ce qui nous laisse du temps pour la retrouver.

Jack serra les poings.

— Nous cherchions la clé USB que son frère lui avait offerte. D'après Maggie, Katlin gardait toutes les données concernant son enquête sur cette clé. Je parie que ses ravisseurs aimeraient, eux aussi, mettre la main dessus. Ils nous ont probablement entendus en parler. Maintenant que Rosch sait qu'elle a réuni des preuves contre lui, il ne peut plus se contenter de la tuer. Il doit d'abord retrouver cette clé et détruire son contenu.

— Maggie ? demanda Wyatt. L'amie qui travaille avec elle au journal ?

— Et qui a, elle aussi, été enlevée aujourd'hui, oui. Si nous récupérons cette clé USB et que quelqu'un de la police accepte de nous confier l'ordinateur, nous pourrions peut-être l'utiliser pour communiquer avec celui qui écoute. Et lui proposer un marché. Les informations qu'il veut en échange des deux femmes.

Wyatt reporta son attention sur la route.

— Très bien. Nous avons un plan.

— Compris, approuva Sawyer. Je vais en parler à Reihl et lui demander si elle est d'accord pour nous aider.

Jack se figea.

— Reihl est là ?

— Ouais, répondit Sawyer. Je pense que nous pouvons lui faire confiance.

— Je partage cet avis, dit Wyatt.

Jack espéra qu'ils avaient raison. Parce que Reihl était devenue leur seul espoir.

Il devait retrouver Katlin et la protéger comme il l'avait promis à Griffin. Surtout, il avait besoin de lui dire ce qu'il avait bêtement refusé de s'avouer jusqu'ici.

Il était amoureux d'elle.

Quand Katlin reprit conscience, elle était allongée sur un sol humide, dans le froid et l'obscurité. Des odeurs de terre et de pourriture flottaient dans l'air. Elle avait mal à la tête et des nausées soulevaient son estomac. Où était-elle ?

— Katlin ?

La voix qui l'appelait dans la pénombre était si faible qu'elle douta d'avoir bien entendu.

— Katlin ?

Elle promena les yeux autour d'elle, soulagée de ne pas être seule dans cet endroit étrange et terrifiant.

Le visage ruisselant de larmes de Maggie apparut. Ses cheveux étaient emmêlés et pleins de saletés, ses joues marbrées, ses yeux rouges et gonflés, comme si elle avait beaucoup pleuré. Son chemisier était sale et déchiré. Un profond désespoir assombrissait son regard.

— Maggie ?

Katlin s'ordonna de se redresser. Sa tête lui faisait si mal qu'elle ferma un instant les paupières.

— Où sommes-nous ? demanda-t-elle en passant une main hésitante sur son crâne, à la recherche de sang ou de blessures.

— Dans une cave, répondit Maggie, qui prit place à côté d'elle. Tu as été droguée.

Elle replia les jambes, enroula ses bras autour et posa le menton sur les genoux.

— Je les ai entendus plaisanter à ce sujet, poursuivit-elle. Et j'ai vu l'un des gars porter l'uniforme du personnel de l'Acropole, ajouta-t-elle tristement. Tu as toujours aimé ce restaurant. Lorsqu'ils t'ont déposée ici, tu étais si pâle que je t'ai crue morte.

— En tout cas, je suis contente de t'avoir retrouvée, dit Katlin avec un faible sourire. Quelqu'un t'a enlevée sur le parking.

— Et m'a assommée avec la crosse de son pistolet quand je me suis débattue. Je ne connaissais pas ce type et je ne l'ai pas revu depuis qu'il m'a enfermée ici. Quelqu'un ouvre la porte de temps en temps pour jeter des bouteilles d'eau sur les marches. Parfois, avec une boîte de céréales, mais nos ravisseurs ne franchissent jamais le seuil de cette cave. Je ne sais pas si c'est bon ou mauvais signe.

— Depuis combien de temps suis-je ici ? s'enquit Katlin, luttant pour sortir du brouillard dans lequel elle était plongée.

— Ils t'ont déposée hier soir. Tu étais totalement inerte et livide. Tu tremblais de froid mais il n'y a rien pour se couvrir alors je me suis blottie contre toi pour tenter de te réchauffer un peu.

Katlin enlaça Maggie et posa la tête sur son épaule.

— Merci, merci du fond du cœur. Je suis vraiment désolée de t'avoir entraînée dans cette histoire.

Et aussi d'y avoir entraîné Jack, pensa-t-elle.

Jack et elle avaient été drogués. Maggie et elle avaient été enlevées. Tout était sa faute.

Maggie lui tapota la main.

— Les journalistes sont payés pour ça, non ? dit-elle. Ils sont chargés de chercher et de découvrir la vérité. Pour révéler ensuite ces scoops au monde entier à travers des articles et des reportages. Cela dit, ajouta-t-elle avec un soupir, si nous survivons, je pense changer de spécialité et postuler auprès des magazines consacrés aux mariages.

— Cela vaut mieux, oui, répondit Katlin entre rire et larmes. Maintenant, nous allons sortir d'ici. Ensemble. As-tu une idée de l'endroit où se trouve cette maison ?

— Je crois, oui, répondit Maggie. Nous sommes tout près de là où tu as eu ton accident de voiture, l'autre soir. Lorsque j'ai été conduite ici, j'étais dans les vapes durant une grande partie du trajet. Le coup de crosse sur le crâne m'avait assommée. Mais j'ai ouvert les yeux au moment où nous quittions la voie express et j'ai vu le panneau de sortie. La 19.

— Bravo !

— Peu de filles de notre âge peuvent se vanter d'avoir vécu tant d'aventures. Peut-être le mettrai-je sur mon CV avant de l'envoyer aux magazines des mariages. Qu'en penses-tu ?

— Excellente idée.

Katlin se rendit compte soudain que cette cave lui semblait étrangement familière. Pour tenter de comprendre pourquoi, elle promena les yeux autour d'elle, laissant les vibrations négatives, menaçantes, de ce sous-sol s'infiltrer dans sa tête douloureuse.

Lentement, elle se mit debout. Elle se sentait très faible et elle vacillait sur ses jambes. Des haut-le-cœur l'assaillaient et elle inspira plusieurs fois pour les chasser.

Elle fit quelques pas dans l'espace sombre, humide et bizarrement vide.

— Donald Rosch, dit-elle soudain, ce nom s'imposant à son esprit sans qu'elle sache comment. Donald Rosch est un truand, un caïd, qui tient le chef de la police sous sa coupe. Il utilise Dylan comme levier pour forcer le chef Peterson à regarder ailleurs lorsque sa bande de malfrats mène ses petites activités criminelles. Rosch a, entre autres, organisé un cercle de jeu clandestin, ciblant les étudiants des universités privées, fréquentées par les rejetons de riches familles du coin. Comme le Center College.

Elle plaqua les mains contre ses lèvres pour étouffer un cri de joie.

— Maggie, murmura-t-elle. J'ai retrouvé la mémoire. Je me souviens de tout !

20

Jack arpentait la résidence sécurisée, examinant chaque centimètre carré de la propriété, à l'intérieur comme à l'extérieur de la maison.

Son équipe avait mis au point un plan d'attaque avec l'inspectrice Reihl. Fortress Defense s'était officiellement associée à la jeune inspectrice pour retrouver au plus vite Katlin et Maggie. Cette collaboration aurait dû rassurer Jack mais ce n'était pas le cas. Tant que Katlin ne lui serait pas rendue saine et sauve, rien ne le pourrait.

Pour la dixième fois de la journée, il s'accroupit pour promener les doigts sur les tomettes, là où Katlin et lui s'étaient écroulés après avoir ingéré leurs plats drogués. Le ravisseur de Katlin n'avait laissé aucune trace. Ni empreinte de pas, ni facture ou reçu tombés d'une poche ni aucun des indices qui apparaissaient toujours comme par magie dans les séries policières et dans les films.

Il ferma les paupières, s'efforçant de faire remonter ses souvenirs. Instantanément, il se remémora les odeurs de leur repas, de l'agneau grillé, du thym et de la feta. Et le malaise qui l'avait saisi dès les premières bouchées avalées. Il avait cru que la fatigue ou le stress en étaient la cause. Puis Katlin avait marmonné son nom d'un air hagard. Et très vite, elle s'était évanouie. Il avait tenté de la prendre dans ses bras, de la protéger, mais déjà, lui-même perdait connaissance. Dans un état second, il avait entendu le bruit de la porte d'entrée et celui des pas de l'homme qui venait la chercher. Il avait reconnu son uniforme. Le livreur était revenu. Le livreur était un criminel et Jack ne l'avait compris que trop tard.

Tout en se relevant, il serra les poings, en proie à une froide colère. Il espérait que ses coéquipiers réussiraient à avancer.

Wyatt, Sawyer et Cade s'étaient séparés pour se répartir le travail et fouiller une nouvelle fois le cottage, l'appartement miteux, le bureau et la voiture de Katlin. Pendant ce temps, Reihl passait en revue les images enregistrées par les caméras de surveillance de la *Covington Gazette*, du parking et de l'Acropole. Elle cherchait à identifier le ou les ravisseurs de Katlin et Maggie. L'inspectrice leur avait déjà confirmé que les quatre voitures de patrouille que Jack avait vues à l'extérieur du journal n'étaient pas des vraies. Les prétendus policiers venus interroger l'équipe à propos de Katlin étaient des imposteurs. Voilà d'ailleurs pourquoi Reihl ne les avait pas envoyés tout de suite sur le parking où Maggie venait d'être enlevée. Ils ne faisaient pas partie de ses hommes. Mais l'inspectrice Reihl avait alors eu la certitude que ce que lui racontaient Jack et Katlin depuis le début de cette histoire était vrai et leurs accusations fondées.

Quand la sonnerie de son smartphone se fit entendre, Jack prit l'appel, le cœur serré. Ses coéquipiers avaient prévu de faire un point avec lui par conférence téléphonique et il craignait de mauvaises nouvelles. Voilà près de vingt-quatre heures qu'il avait repris conscience à l'hôpital et avait lancé une vaste opération pour retrouver sa… *sa quoi ?* Katlin n'était pas sa chérie, elle n'était pas à lui. Et il portait l'entière responsabilité de cet état de fait. Elle avait été très claire sur ses intentions. Elle le désirait et avait espéré qu'il partageait ses sentiments. Mais il s'était montré stupide. Il avait préféré nier l'évidence. Certes, Griffin n'aurait pas souhaité que Jack séduise sa sœur pour une aventure sans lendemain. Mais il ne lui aurait jamais interdit de l'aimer, de veiller sur elle, de la chérir. Et vu la façon dont l'idée de la perdre le ravageait, il ne pouvait plus douter de son désir de l'aimer, de la protéger et de la chérir chaque jour de sa vie. Et il se reprochait de ne pas le lui avoir dit.

— J'y suis, dit Sawyer après avoir salué Jack.

— Moi aussi, répondit Cade.

— L'équipe est au complet, conclut Wyatt. Tu tiens le coup, Jack ?

— Tout dépendra de ce que vous avez pour moi.

Le long silence qu'il obtint en réponse fut assourdissant.

— Tiens bon, reprit Wyatt d'un ton encourageant. Nous sommes tous passés par là. Et nous allons t'aider à surmonter cette épreuve.

Depuis qu'ils avaient fondé Fortress Defense, chacun des quatre membres de l'équipe était tombé amoureux. Chaque fois d'une femme qu'il était chargé de protéger et chaque fois, à un moment ou à un autre, chacun d'eux avait cru la perdre. Mais Jack n'aurait jamais imaginé se retrouver dans cette situation. Pas après la mort de Cara. Pas après en avoir eu le cœur brisé. Pas après s'être juré de se tenir à jamais loin de l'amour. Pourtant, il en était là, à se consumer pour une femme qu'il ne connaissait que depuis quelques jours. Et il doutait déjà d'être capable de réussir à vivre sans elle.

— Avez-vous des pistes ? insista-t-il.

— Rien de probant pour le moment, dit Wyatt. Reihl sollicite les entreprises à proximité du parking et du restaurant. Ses hommes étudient les images des caméras de surveillance du quartier pour tenter d'identifier les faux policiers et suivre leurs fausses voitures de patrouille hors de la ville.

Avec un soupir, Jack s'efforça de se ressaisir. S'il se laissait submerger par ses émotions, il n'aiderait en rien Katlin. Il était forcément passé à côté de quelque chose.

— Nous continuons de travailler, poursuivit Wyatt.

Les autres firent écho.

— Ils la garderont en vie jusqu'à ce qu'elle se souvienne

de ce qu'ils veulent savoir. Cela nous laisse du temps, ajouta Sawyer. As-tu une idée de l'endroit où Katlin aurait pu cacher cette clé USB ?

Jack poussa un profond soupir.

— Aucune.

— En tout cas, elle a bien fait de la planquer aussi bien.

Parce que sans cela, elle serait sans doute morte à cette heure-ci.

Comme il levait les yeux sur le drapeau commémoratif de Griffin, posé sur la cheminée, Jack fit une brève prière pour demander en silence à son ami d'intervenir, de le guider.

Cade prit la parole :

— Par hasard, l'un de vous aurait-il dans ses affaires une clé USB avec le logo des Bérets Verts comme celle que nous cherchons ? Ou saurait-il où en dégoter une ? Peut-être pourrions-nous nous servir de l'ordinateur pour contacter les ravisseurs et leur échanger une fausse clé USB contre Katlin et Maggie ? Nous nous coordonnerions alors avec Reihl pour monter une opération pour les récupérer.

Pendant que Sawyer et Wyatt en discutaient, Jack continuait de fixer du regard le drapeau sur la cheminée. Griffin et Katlin étaient très proches, très liés. Et alors qu'elle ne se souvenait pas de son frère, elle avait tenu à emporter ce drapeau avec elle. Pourquoi ? Par instinct ? À cause d'un lien fraternel que même l'amnésie n'avait pas rompu ? Ou pour une autre raison ?

Jack s'approcha lentement de la cheminée.

— Elle disait qu'elle était incapable d'expliquer pourquoi, murmura-t-il, plus pour lui-même que pour ses coéquipiers.

— De quoi parles-tu ? demanda Wyatt. Jack ? Qui était incapable d'expliquer quoi ?

— Katlin, répondit-il en s'emparant du sous-verre. Elle avait retrouvé le drapeau commémoratif de Griffin dans son appartement miteux. Et elle avait tenu à l'emporter en me disant qu'elle ne pouvait pas le laisser là-bas, qu'elle sentait qu'elle devait le prendre, même si elle n'était pas capable d'expliquer pourquoi.

Il retourna le cadre et l'examina sous tous les angles avant de l'ouvrir.

— Et alors, quoi ? lança Wyatt. Tu penses qu'en réalité elle n'avait pas tout oublié ? Qu'elle mentait en se prétendant amnésique ?

— Non, pas du tout.

Avec révérence, Jack passa les doigts sur le verre. Il ferma les paupières, prenant un instant pour se souvenir et pour s'excuser auprès de Griffin, au cas où il ferait erreur. Puis, il glissa la main dans les plis du drapeau jusqu'à ce qu'il sente un petit objet, plat et dur.

Katlin avait confié sa clé USB à son frère, sachant qu'il la protégerait. Et tout avait fonctionné à la perfection.

À moitié étouffée par l'avalanche des débris de mortier et de bois qui jaillissaient du cadre pourri du soupirail, Katlin fut prise d'une quinte de toux. Mais sans se décourager et malgré ses mains en sang, elle se hissa de nouveau sur la pointe des pieds pour continuer à élargir l'ouverture. Il le fallait. Bientôt, la nuit tomberait et elles se retrouveraient dans l'obscurité totale.

Et seules avec les rats, à en croire Maggie.

Katlin détestait les rats.

Maggie lui tendit une bouteille d'eau.

— Accorde-toi une pause.

Épuisée, Katlin s'interrompit pour boire plusieurs rasades et soulager sa gorge avant de se remettre au travail.

— Merci.

Elles devaient à tout prix réussir à s'extraire de cette cave avant que leurs ravisseurs n'y reviennent. Un peu plus tôt, elles les avaient entendus discuter au sous-sol, tout près, mais heureusement, ils n'avaient pas ouvert la porte.

Dès qu'elle avait recouvré ses esprits, il ne lui avait pas fallu longtemps pour comprendre que le soupirail était leur seule chance de s'enfuir. Maggie avait d'ailleurs commencé avant l'arrivée de Katlin à creuser le cadre décrépi autour de la grille à barreaux.

— Je ne comprends toujours pas pourquoi nous sommes enfermées ici, dit Maggie. Je pensais que tu enquêtais sur des fêtes d'étudiants et peut-être aussi sur leurs petits trafics. Et maintenant, tu me parles d'association de malfaiteurs ?

— Il s'agit de malfrats soutenus par le chef de la police du coin, totalement corrompu, précisa Katlin. Ils n'hésiteront pas à me torturer pour que je leur dise ce que je sais.

Et si cela ne suffisait pas, ils s'en prendraient à Maggie. Et les tueraient toutes les deux dès qu'ils auraient obtenu ce qu'ils voulaient.

Pour conjurer sa peur et son désespoir, Katlin se concentra sur la tâche à accomplir. Après s'être attaquée au pourtour du soupirail, elle saisit les barreaux de la grille et tira dessus de toutes ses forces. Quand elle parvint à la desceller, à l'arracher de la pierre, elle tomba en arrière, emportée par son élan.

Maggie la rattrapa au vol et freina sa chute.

— Tu as réussi !

— Maintenant, nous allons pouvoir sortir, dit Katlin, qui se remit aussitôt au travail. Il faut encore élargir un peu l'ouverture et casser la vitre mais le plus dur est fait !

— As-tu des preuves de ce que tu avances à propos du chef de la police ? reprit Maggie qui creusait de son côté.

— Oui, répondit Katlin en essuyant d'un revers de main la sueur sur son visage. Il y a quelques années, le chef de la police Peterson et Donald Rosch étaient parvenus à un « gentlemen's agreement ». Rosch payait Peterson pour qu'il regarde ailleurs lorsque sa bande de truands menait ses petites activités. Racket, vols, détournements de fonds, trafic de drogue et jeux clandestins… Sans parler du reste.

Pendant un moment, tout a bien fonctionné mais Rosch a vite dépassé les bornes, multiplié les crimes. Peterson a exigé plus d'argent en contrepartie de ses efforts. C'est alors que Rosch a eu l'idée de se servir de Dylan pour s'assurer que le chef de la police ne le trahirait pas. Une sorte d'assurance-vie. Il a introduit Dylan dans son cercle de jeu clandestin, l'a traité comme un prince en lui recommandant, bien sûr, de n'en souffler mot à son père. Rosch a ensuite envoyé des photos de Dylan jouant dans le casino illégal à Peterson. Le message était clair. Si Peterson cessait de le protéger, Dylan aurait de graves ennuis. Et comme Rosch le tenait avec Dylan, il a cessé de payer Peterson.

— Oh ! là là, murmura Maggie. C'est terrible.

— Le problème était que Peterson s'était habitué à l'argent que lui versait Rosch et pour ne rien arranger, la baisse brutale de ses revenus a provoqué des interrogations de sa femme. Il a donc fini par aller voir l'avocat pour lequel je travaillais pour tenter de régler le problème en toute discrétion. Leurs discussions étaient protégées par le secret professionnel de l'avocat mais moi, j'écoutais. Bien entendu, à ce stade, j'aurais dû aller trouver la police, dénoncer ces agissements auprès des autorités. Mais voilà, je sentais que j'avais matière à faire un article du tonnerre avec cette histoire.

— Tu as au moins tous les éléments, toutes les preuves.

Katlin continuait à travailler le mortier autour du soupirail, profitant des derniers rayons de lumière. Elles avançaient bien. Bientôt, elles pourraient s'échapper.

— J'avais enregistré les conversations entre l'avocat Fitch et le chef Peterson et j'avais apporté ces enregistrements et tout le dossier à notre rédacteur en chef. Mais il ne voulait pas sortir l'affaire. Il pensait que tout le monde m'accuserait d'avoir trafiqué ces enregistrements. Il s'agit de pratiques malheureusement courantes dans le métier, je ne te l'apprends pas. Bref, pour lui, publier un papier, dénoncer ce scandale avant qu'il soit inattaquable, certifié par des preuves en béton, serait contre-productif. Et je ruinerais ma carrière avant qu'elle ait commencé. De plus, je risquais d'être poursuivie pour avoir enregistré des conversations sans autorisation.

Un bout de ferraille logé dans le mortier taillada brusquement la paume de Katlin qui poussa un cri de douleur. Le sang jaillit et elle pressa deux doigts sur la plaie pour stopper l'écoulement.

— Tu saignes ! cria Maggie, lui attrapant la main pour l'examiner à la lumière du jour qui faiblissait.

— Ce n'est rien, ne t'inquiète pas. La nuit tombe. Il faut accélérer.

— D'accord, dit Maggie. Mais avec quoi pourrions-nous creuser pour aller plus vite ? Il n'y a rien qui puisse nous servir d'outil. Crois-moi, j'ai cherché.

Avec une grimace, Katlin se remit au travail. Des souvenirs remontaient à sa mémoire enfin retrouvée.

Un soir, alors qu'elle était retournée au cabinet d'avocats pour y copier d'autres fichiers, elle avait surpris Fitch faisant entrer Rosch dans son bureau. Au lieu de se contenter de les espionner, elle avait vu l'opportunité de découvrir où était stocké le matériel de jeu entre les soirées casino clandestines. Elle avait donc suivi Rosch lorsqu'il avait quitté le cabinet. Voilà pourquoi elle s'était retrouvée dans le pire quartier de la ville. Quand Rosch était arrivé ici, elle avait inspecté le sous-sol de cette maison à travers les barreaux du soupirail – soupirail qu'elle s'efforçait d'élargir pour pouvoir s'enfuir, maintenant. Mais à l'époque, la cave n'était pas vide comme à présent. Elle était pleine à craquer de tables de bridge, de machines à sous et de roulettes…

— Dès que j'ai compris qu'ils utilisaient cette baraque pour y entreposer leur matériel, j'ai décidé de prendre des photos, dit-elle à Maggie. Pour avoir des preuves. Après avoir tout photographié, j'étais euphorique, tu l'imagines bien. Mais comme j'empruntais la voie express pour rentrer chez moi, j'ai soudain remarqué des phares qui s'approchaient.

Cessant un instant de creuser, elle se tourna vers Maggie.

— Je vais devoir briser la vitre du poing.

— Quoi ? Non ! Ils vont entendre et tu risques de te taillader le poignet et de te vider de ton sang !

— C'est la seule option.

Elle retirait déjà son T-shirt pour l'enrouler autour de sa main afin de la protéger. Elle espérait réussir à casser le verre.

Et ce serait la partie la plus facile. Une fois sorties, elles devraient traverser les bas-fonds de la ville. En pleine nuit, sans voiture, sans téléphone, sans personne pour les aider.

Elles seraient seules avec des tueurs à leurs trousses…

21

Jack, ses coéquipiers et l'inspectrice Reihl étaient réunis en demi-cercle autour du bureau du procureur de district, Martin Weaver. La clé USB ornée du logo des Bérets Verts de Katlin était maintenant branchée sur l'ordinateur de ce dernier. À cette heure de la nuit, le palais de justice était désert et ils avaient conscience d'avoir beaucoup demandé à ce haut fonctionnaire. Mais vu les circonstances et comme personne ne savait plus à qui faire confiance, il avait été décidé de tenir cette entrevue dans son bureau malgré l'heure tardive. En effet, dans l'un des dossiers contenus sur la clé USB, Katlin avait indiqué que Martin Weaver était un représentant du gouvernement fédéral intègre. Reihl lui avait demandé comme une faveur personnelle de retourner au palais de justice alors qu'il venait de rentrer chez lui.

— Qu'en pensez-vous ? demanda finalement l'inspectrice Reihl, les mains appuyées sur la table de travail de Weaver. Ces éléments vous semblent-ils suffisants pour monter un dossier solide, intenter une action en justice et espérer aboutir à des arrestations ?

Weaver eut visiblement du mal à détourner les yeux de l'écran de son ordinateur pour reporter son attention sur le petit groupe.

— Il y a, en tout cas, largement de quoi suspendre Peterson ainsi que plusieurs de ses hommes de leurs fonctions, oui. Et bien sûr, de quoi jeter immédiatement Donald Rosch en prison. Et vous dites que c'est une journaliste débutante qui a mené cette enquête et réuni ces preuves ?

Reihl rejeta ses cheveux en arrière avant d'enfoncer les mains dans les poches de son imperméable.

— Et elle risque de le payer cher si nous n'agissons pas très vite. Nous avons besoin de mandats pour arrêter Peterson, ses hommes et Rosch. Si nous parvenions à les coffrer, ou au moins, à les mettre en fuite, nous aurions un peu de temps devant nous pour localiser Mlle Andrews et la récupérer.

Le procureur passa une main dans ses cheveux poivre et sel tout en opinant d'un air pensif.

— Vous aurez ces mandats. Des têtes vont tomber. L'affaire va provoquer un énorme scandale, les habitants de ce comté seront furieux. Et je les comprends. Un chef de la police corrompu lié au crime organisé, ce n'est pas rien. La réputation de la police locale va en prendre un sacré coup.

— Laissez-moi m'en inquiéter, répliqua Reihl. J'ai seulement besoin de savoir si vous avez ce qu'il vous faut pour poursuivre ces types.

Les yeux fatigués de Weaver revinrent sur l'écran de l'ordinateur sur lequel défilaient les fichiers contenus dans la clé USB de Katlin.

— Il y a beaucoup d'informations sur cette clé. Il me faudra du temps pour les trier.

— Mais vous y arriverez, dit Jack. Non ?

Ils étaient là depuis plus d'une heure, à répondre à des questions et à perdre du temps pendant que Weaver s'absorbait dans la lecture des dossiers de Katlin.

— Chaque minute qui passe expose davantage Katlin et Maggie au danger, ajouta-t-il.

Weaver lâcha un profond soupir.

— Je vais monter un dossier mais je ne peux pas vous garantir la protection de ces deux femmes. Il est difficile de deviner comment Peterson et Rosch réagiront en apprenant l'imminence de leur arrestation. Et compte tenu de l'implication de nombreux policiers dans leurs magouilles, ils seront sans doute au courant avant que l'encre ait séché sur ces mandats.

Il se tourna vers Jack pour ajouter :

— Ils décideront peut-être alors de se débarrasser des deux journalistes avant d'être arrêtés…

Jack se sentit blêmir.

Wyatt posa une main rassurante sur son épaule.

— Nous la retrouverons avant.

— Tu crois ? répliqua Jack, qui commençait à perdre espoir. Nous ne savons toujours pas où elles sont retenues prisonnières.

Weaver déplaça sa souris et cliqua dessus plusieurs fois avant que l'imprimante derrière lui prenne vie.

— Sur ce point, je pense pouvoir vous aider à le découvrir, dit-il.

Il récupéra les feuillets qui sortaient de l'appareil et les étala sur le bureau.

— Rosch possède plusieurs propriétés dans le comté mais il en a trois le long de la rivière, non loin de la sortie où votre amie a eu son accident sur la voie express. Elles sont indiquées par des croix sur cette carte. Si j'étais vous, je commencerais par là.

Jack se pencha pour examiner la carte de plus près. Lorsqu'il était tombé dessus en parcourant les dossiers contenus dans la clé USB à la résidence sécurisée, elle ne lui avait pas paru très importante.

Maintenant, ces petites croix prenaient soudain la couleur de l'espoir.

En proie à un sentiment d'urgence, il se tourna vers Reihl.

— Le mieux est de nous séparer. Mes coéquipiers et moi sommes en mesure d'inspecter deux de ces maisons. Auriez-vous un collègue susceptible de vous accompagner pour fouiller la troisième ?

— Il vous faut quelqu'un de confiance. Et c'est apparemment une denrée rare dans la police du comté, ajouta Sawyer en se dirigeant déjà vers la porte.

Un sourire narquois passa sur le visage de l'inspectrice alors qu'elle tirait son smartphone de sa poche.

— Je connais peut-être quelqu'un…

Jack opina en signe de remerciement et suivit ses coéquipiers vers la sortie.

— Bonne chance et à plus tard.

— Attendez, dit Reihl. Vous n'avez pas le droit de procéder à des arrestations. De plus et surtout, ces criminels sont armés. Pour intervenir, vous aurez besoin du renfort de la police.

Parvenu à la porte, Cade se retourna pour lui sourire.

— Nous sommes également armés et entraînés. Et en mission professionnelle. En cas de problèmes, nous vous préviendrons et nous ne ferons usage de nos armes que pour riposter, si les malfrats nous tirent dessus. Mais avec ou sans votre aide, nous récupérerons ces femmes, inspectrice.

À ces mots, Jack sentit sa poitrine se gonfler de fierté et un regain d'espoir le souleva.

Reihl hocha la tête, composa un numéro et pressa son téléphone contre son oreille.

Le procureur Weaver les suivit, les traits tirés.

— Certains jours, je ne trouve plus grand sens à mon travail, dit-il. Des nuits comme celle-ci me rappellent les raisons qui m'ont poussé à m'engager dans cette voie, à l'origine. Et cela me fait du bien. Bonne chance à tous. J'attends de vos nouvelles.

Jack lui tendit la main.

— Merci de votre confiance, dit-il avant de s'élancer vers le parking.

Si Katlin était dans l'une des propriétés notées sur cette carte, il la trouverait.

Ce soir.

Quand Katlin retira son T-shirt à manches longues, le froid glacial qui régnait dans la cave la fit frissonner. Sa main saignait. L'entaille était plus profonde qu'elle ne l'avait pensé.

— Peut-être faut-il chercher un autre moyen, dit Maggie, manifestement réticente à la laisser faire.

— Ne t'inquiète pas. Tiens-moi bien, c'est tout ce dont j'ai besoin.

Katlin enroula le vêtement autour de son poing fermé. Elle s'était assise sur les épaules de Maggie afin d'être en hauteur et de bénéficier d'un meilleur angle pour briser le verre.

— Prête ?

Des éclats de voix s'élevèrent soudain dans la maison au-dessus de leurs têtes, suivis de bruits de pas. Elles comprirent que des hommes descendaient au sous-sol.

Katlin retint son souffle, figée, à la vue du rai de lumière sous la porte.

Maggie resserra les doigts sur les mollets de Katlin.

— Vite, il faut nous dépêcher ! murmura-t-elle.

Levant le poing, Katlin frappa la vitre avec force. Un jour, Griffin, en grand frère responsable, lui avait montré comment neutraliser un éventuel agresseur. Elle espérait que la vieille vitre était plus fragile qu'une mâchoire humaine.

Le verre explosa sous l'impact, retombant en pluie, en partie sur les cheveux et les épaules de Maggie, en partie à l'extérieur.

Maggie la souleva et la poussa à travers le soupirail. Katlin atterrit sur l'herbe et grimaça de douleur en sentant des éclats de verre griffer son ventre, ses bras et ses cuisses.

— Vas-y ! cria Maggie. Ils arrivent ! Fonce !

La porte s'ouvrit à toute volée et une voix masculine retentit :

— Que se passe-t-il ici ?

— Vas-y ! répéta Maggie avec force. Cours ! Enfuis-toi !

Katlin se retourna.

— Pas sans toi.

Elles échangèrent un regard fervent alors qu'une lumière aveuglante inondait la pièce. Deux hommes descendirent la volée de marches et se précipitèrent vers elles.

Allongée sur le ventre, Katlin tendit les bras à Maggie.

— Prends mes mains et grimpe me rejoindre. Dépêche-toi.

Maggie réussit à passer la tête et les épaules par le soupirail tandis que ses jambes battaient dans le vide derrière elle.

Comprenant ce qu'elles étaient en train de faire, les deux types traversèrent la cave en jurant.

Ils saisirent Maggie par les pieds et la tirèrent en arrière.

— J'en tiens une, grommela l'un d'eux.

— Non ! répliqua Katlin.

Tenant son amie d'une main, elle chercha à tâtons une grosse pierre de l'autre. Elle s'en empara et s'en servit pour frapper l'agresseur de Maggie avec force.

Avec un cri de douleur, il lâcha Maggie pour souffler sur ses doigts meurtris.

— Elles sont en train de s'enfuir ! hurla-t-il à son comparse. File dehors pour les rattraper !

Des bruits de pas résonnèrent dans l'escalier.

Katlin attrapa Maggie par la ceinture de son pantalon et réussit à l'extraire du soupirail.

Elle prit sa main.

— Allons-y.

Ensemble, elles franchirent la grille du jardin au pas de course et se retrouvèrent dans une rue sombre et étroite. Lorsque des phares jaillirent devant elles, déchirant la nuit, elles se cachèrent derrière une benne à ordures, le cœur battant.

Derrière elles, elles entendirent la porte de la maison s'ouvrir et virent les deux hommes faire irruption sur le perron, l'arme au poing.

Un instant plus tard, un grand SUV noir passa devant elles telle une fusée. Il entra en trombe dans la propriété, fonçant sur la pelouse mal entretenue. Dès qu'il s'arrêta, les portières du véhicule s'ouvrirent et des hommes vêtus de noir en bondirent. Ils prirent position autour de la bâtisse. Ils semblaient lourdement armés.

— D'autres malfrats, tu crois ?

— Je n'en sais rien, répondit Katlin. Et je ne veux pas le savoir. Ne restons pas là. Filons.

Si elle était consciente de la nécessité de fuir au plus vite, Katlin se sentait terriblement faible. Prise de vertiges, elle doutait d'être capable d'aller très loin.

Pourtant, il leur fallait s'éloigner de cette meute d'hommes armés.

— Tu saignes, s'écria Maggie. Oh ! mon Dieu, tu es couverte de sang. Comment t'es-tu blessée ?

Avant que Katlin puisse répondre, des coups de feu retentirent derrière elles.

Incapable d'en supporter davantage, Katlin sentit ses jambes se dérober et elle s'écroula.

— Non, non, non, gémit Maggie, catastrophée, s'efforçant de la relever. Il ne faut pas nous arrêter maintenant. Tu as besoin d'aller à hôpital.

Katlin se redressa et s'appuya sur son amie.

Maggie lui sourit d'un air encourageant.

— Tu peux le faire ! Tu vas le faire !

Elle entraîna Katlin tandis que, derrière elles, une fusillade faisait rage sur la pelouse.

— Peut-être allons-nous trouver quelqu'un pour nous prêter son téléphone, dit Maggie. Ou mieux, peut-être acceptera-t-il de nous conduire loin d'ici. Ou encore mieux, peut-être aurons-nous la chance de croiser une voiture de patrouille.

Katlin avait perdu beaucoup de sang et se sentait de plus en plus mal. Mais dans un dernier sursaut de lucidité, elle cria :

— Non ! Il ne faut surtout pas demander l'aide de la police. Nous risquerions de nous jeter dans la gueule du loup…

Le faisceau d'une lampe torche se posa soudain sur elles

et elle poussa un cri de terreur en voyant un homme vêtu de noir sortir de l'ombre et se mettre en travers de leur chemin.

Il tendit les mains vers Katlin, qui s'effondrait lourdement sur le trottoir.

Elle n'avait jamais nourri autant de regrets. Elle allait sans doute mourir et elle se reprochait d'avoir choisi la mauvaise voie, d'avoir pris les mauvaises décisions.

D'avoir mis Maggie en danger.

Et de ne jamais avoir dit à Jack Hale qu'elle l'aimait, se dit-elle avant de perdre connaissance.

22

Le cœur de Jack se serra en voyant Katlin s'écrouler sans connaissance devant lui. Il s'avança dans l'obscurité, maudissant les voyous qui avaient brisé les ampoules des réverbères pour pouvoir mener leurs petits trafics en toute impunité. Et la municipalité qui ne les avait pas remplacées.

Maggie pliait sous le poids de Katlin en essayant de la relever, mais elle se redressa pour faire face à Jack, une expression féroce et déterminée sur les traits.

— Laissez-la tranquille !

— Je la tiens, dit-il à voix basse. Tout va bien, Maggie, ajouta-t-il en retirant sa cagoule noire pour lui montrer son visage. Me reconnais-tu ? Je suis Jack. Vous êtes sauvées. Nous sommes là pour vous ramener à la maison.

Les lèvres de Maggie se mirent à trembler et elle laissa échapper un petit sanglot. Ses yeux brillaient de peur, ses cheveux étaient sales, ses joues striées de larmes.

— Jack ? répéta-t-elle comme si elle ne parvenait pas à y croire.

Il hocha la tête pour le lui confirmer.

— Mon équipe est arrivée, les renforts sont en route. Mais ne restons pas là. Allons-y.

Sans perdre de temps, il souleva Katlin. Tout en marchant, il la berçait contre lui. D'épais nuages recouvraient le ciel, masquant la lune et les étoiles.

Tant mieux, pensa-t-il. Dans l'obscurité, leurs poursuivants auraient davantage de difficultés à les repérer.

— Restons dans l'ombre, dit-il. Je ne sais pas combien d'hommes de Rosch sont là ni s'ils accepteront facilement de se rendre. Vu ce qu'ils risquent, j'en doute.

Ils repartirent dans la direction par laquelle il était venu. À intervalles réguliers, il examinait Katlin. Il remarqua qu'elle saignait abondamment, que sa respiration était hachée et sa peau froide au toucher. Plus inquiétant encore, il y avait des taches sombres sur son T-shirt, ses mains et son bras. Il espérait qu'elle ne souffrait que de déshydratation, de fatigue et de peur. Mais il craignait quelque chose de plus grave.

— Tu es blessée ? demanda-t-il à Maggie.

— Moi, non, mais Katlin a dû casser une vitre avec les mains et s'allonger sur des éclats de verre. Son ventre, ses bras et ses jambes sont tailladés. Il faut la conduire sans tarder à l'hôpital.

La gorge de Jack se serra. Il changea de trajectoire pour se diriger vers l'un des rares réverbères allumés. Il fit signe à Maggie de le suivre.

D'autres coups de feu à proximité le poussèrent à hâter le pas mais lorsqu'il put enfin voir Katlin à la lumière, il se sentit blêmir.

Bouleversée, Maggie explosa en sanglots en découvrant à son tour le corps de Katlin. Une profonde entaille sur son avant-bras saignait et une myriade de coupures zébrait la peau de son ventre, de ses cuisses.

— Prends mon téléphone, ordonna-t-il à Maggie. L'appareil est dans la poche arrière droite de mon pantalon. Appelle les secours. Et maintenant, il va falloir courir.

Dès qu'elle s'empara de son smartphone, Jack s'élança en avant.

Maggie lui emboîta le pas tout en exposant la situation au dispatcher.

— Mon amie a dû briser une vitre à mains nues pour

nous sauver, expliqua-t-elle à son interlocuteur. Un homme m'a attrapé le pied et elle l'a frappé à l'aide d'une pierre. Elle lui a sans doute cassé plusieurs doigts. Elle nous a sauvé la vie mais maintenant, elle risque de mourir !

Le dernier mot faillit mettre Jack à genoux. Le visage de Katlin était aussi livide que le clair de lune. La perdre le tuerait. Il n'était pas question de laisser une telle catastrophe se produire.

Le hurlement des sirènes dans la nuit le réconforta un peu. Les secours n'étaient plus très loin.

En les voyant, Cade bondit du SUV et piqua un sprint vers Jack et Maggie.

— Que s'est-il passé ? hurla-t-il.

Jack ouvrit la bouche pour répondre mais les mots ne vinrent pas. Submergé par une intense émotion, il sentit des larmes brûler ses yeux.

Il ne pouvait pas la perdre.

Des coups de feu retentirent dans la nuit. Plusieurs malfrats étaient sortis de la maison et tiraient tous azimuts, obligeant Wyatt et Sawyer à riposter.

Jack et Cade avaient deviné que Katlin et Maggie avaient été enfermées à l'intérieur et que ces hommes étaient chargés de les surveiller. Ils s'étaient donc garés dans la ruelle, en retrait, pour préparer une extraction en catimini. Cade était resté au volant, prêt à fuir au plus vite dès que Jack aurait récupéré les deux femmes.

Mais ils n'avaient pas prévu que Katlin serait blessée.

Rien n'était censé se dérouler ainsi.

Ils entendirent soudain des crissements de pneus, des claquements de portières et enfin, la voix forte de l'inspectrice Reihl qui criait :

— Police ! Les mains en l'air !

La cavalerie arrivait.

Cade s'élança sur la route, pour faire signe à l'ambulance

de venir les rejoindre dans la ruelle. Fourrant deux doigts dans sa bouche, il émit un sifflement aigu.

— Par ici !

Le véhicule se dirigea vers lui, contournant policiers et voitures de patrouille. Sur la pelouse de la maison, l'inspectrice Reihl menottait déjà les bandits en leur énonçant leurs droits.

Deux infirmières sautèrent de l'ambulance avec une civière.

— Qui est blessé ? demanda la première en regardant Katlin.

— Une femme de vingt-six ans, commença Jack, luttant contre le raz-de-marée émotionnel qui menaçait de l'entraîner. Elle souffre d'une profonde entaille au bras et de plusieurs lacérations sur tout le corps. Elle a perdu beaucoup de sang…

Au bord des larmes, il laissa Maggie compléter le tableau.

Pétrifié et impuissant, il les regarda piquer son bras indemne pour lui poser une perfusion, découper son T-shirt, vérifier ses signes vitaux avant de se mettre à nettoyer ses nombreuses blessures.

Elles chargèrent ensuite Katlin sur un brancard puis firent monter Maggie. Quand l'ambulance s'éloigna avec elles, il eut l'impression qu'elle emportait son cœur.

Katlin se réveilla sous la lumière aveuglante des néons d'un hôpital. Dans un état second, elle entendit plusieurs voix l'appeler par son nom.

— Katlin ? Katlin ?

— Jack ?

Elle voulait demander où elle était, comment allait Maggie, si quelqu'un avait prévenu la police. Mais elle n'était capable de prononcer qu'un seul mot.

Jack.

Elle battit des paupières. Près de sa tête, des machines bipaient en clignotant. Elle comprit qu'elle n'était plus enfermée dans une cave, qu'elle avait réussi à se libérer.

Ses souvenirs revenaient par bribes. Elle se revoyait s'enfuir avec Maggie par le soupirail, elle se rappelait les coups de feu tirés dans la nuit.

Et Jack.

— Elle se réveille, dit quelqu'un, attirant son attention vers le bout de son lit.

Maggie apparut dans son champ de vision. Son amie rayonnait et lui souriait. Près d'elle se tenait Jack.

Il s'approcha d'elle, l'air intensément soulagé.

— Katlin, murmura-t-il d'une voix aussi chaude que le soleil. Comment te sens-tu ?

— Mieux, beaucoup mieux, maintenant.

La façon dont il la dévorait des yeux la fit rougir. Il la dévisageait comme si elle était un trésor inestimable, la plus belle chose qu'il ait jamais vue.

— Je vous connais ? demanda-t-elle d'un ton taquin.

Il sourit.

— Très drôle.

Il caressa ses lèvres des siennes avec tant de tendresse et de respect qu'elle sentit les larmes brûler ses paupières.

Elle prit sa main et entremêla leurs doigts.

— Je t'aime, dit-elle en regardant briller les paillettes d'or dans ses yeux noisette.

Il l'embrassa avec une infinie douceur.

— Je t'aime aussi, Katlin. Je m'en veux de ne pas te l'avoir dit plus tôt.

Comme ils s'enlaçaient avec force, Maggie applaudit à tout rompre et les hommes de Fortress Defense grommelèrent en riant : « Il y a des hôtels pour ça ! »

Après un long et délicieux moment, ils s'écartèrent l'un de l'autre.

Une voix familière s'exclama alors de la porte :

— Katlin !

Le rythme du cœur de Katlin s'accéléra dans sa poitrine

à la vue de deux personnes qu'elle n'attendait pas du tout mais qu'elle fut ravie de voir.

— Maman ? Papa ? balbutia-t-elle, s'efforçant de gérer un trop-plein d'émotions. Que faites-vous ici ?

Ses parents se précipitèrent vers le lit, obligeant Jack à s'écarter.

— Ma petite chérie, dit sa mère, les larmes aux yeux. Je suis vraiment désolée que nous n'ayons pas été là. Dès que Jack nous a appelés, nous avons sauté dans le premier avion, ajouta-t-elle en l'embrassant. Nous avons eu si peur. Et si nous t'avions perdue ?

— Je vais bien, assura Katlin. Tout va bien.

Après la mort tragique de Griffin, un nouveau drame aurait sans doute achevé ses parents, devina-t-elle.

— Jack m'a sauvée, dit-elle en souriant à son héros, qui saluait son père.

Katlin se remémorait ses mots parfaits.

« Je t'aime aussi. Je m'en veux de ne pas te l'avoir dit plus tôt. »

Maggie s'approcha de la mère de Katlin.

— Bonjour, madame, dit-elle avec un large sourire. Katlin s'est blessée en me sauvant la vie. Elle a failli mourir, mais elle va bien, maintenant. Et sachez qu'elle a réussi, toute seule, à démanteler un réseau de jeu clandestin, à faire tomber un caïd et un chef de la police véreux.

La mère de Katlin en resta bouche bée. Son père fronça les sourcils. Tous deux se tournèrent vers leur fille.

— Je n'étais pas seule, j'ai bénéficié d'aide, dit-elle en désignant d'un geste les quatre anciens militaires et sa meilleure amie.

Ses parents considérèrent le petit groupe rassemblé autour du lit de Katlin.

— Vous étiez tous là-bas ?

Ils hochèrent la tête.

Le père et la mère de Katlin semblaient aussi stupéfaits qu'émerveillés.

— Racontez-nous toute l'histoire, dit finalement son père. Nous voulons tout savoir.

Chacun leur expliqua à sa façon les événements de la semaine. Les coéquipiers de Jack parlèrent de fusillades et de la corruption au sein de la police, de l'amnésie de Katlin et de la mort de son patron, l'avocat Fitch, tué par l'un des hommes de main de Rosch. Maggie leur narra son enlèvement et leur évasion. Jack conclut leurs récits en exprimant sa gratitude envers l'inspectrice Reihl, ses hommes et le procureur du district, qui avaient permis l'arrestation des malfrats. Grâce à eux, Katlin pourrait désormais vivre sa vie en toute sécurité et comme elle le souhaitait.

Il caressa son bras des doigts et la regarda dans les yeux. Il baissa la voix et pour elle seule, il ajouta :

— Et j'espère que ce sera avec moi.

Elle lui sourit. Partager la vie de Jack, que pourrait-elle rêver de mieux ?

Ses parents se rapprochèrent.

— Jack ? demanda sa mère avant de regarder tour à tour son mari, sa fille, puis Jack.

— Ce que je viens d'entendre ressemble beaucoup à une demande en mariage, dit son père en croisant les bras. Nous en avons parlé.

— Vous en avez parlé ? s'exclama Katlin.

— Au téléphone, expliqua Jack. Quand j'ai appelé tes parents pour les mettre au courant des événements.

— J'étais partagé, ajouta son père. Je ne savais plus si je devais m'inquiéter ou me réjouir pour toi.

Submergée par un trop-plein d'émotions, Katlin plongea le visage dans ses mains. Elle non plus ne savait plus si elle allait éclater de rire ou fondre en larmes.

Jack s'approcha du lit, posa un genou à terre et lui prit la main.

— Je n'avais pas prévu de faire ma demande à l'hôpital mais pourquoi attendre ? Lorsque tu as été enlevée, je m'en suis beaucoup voulu de ne t'avoir jamais dit que je t'aimais. Je m'étais promis alors de ne plus attendre pour te dire ce que je ressentais…

Sa voix se brisa et il eut besoin d'un instant pour se ressaisir et pouvoir continuer.

— Katlin Andrews, tu es la femme la plus féroce, la plus intelligente et la plus belle que j'aie jamais connue. Je ne veux plus vivre sans toi.

La gorge serrée, Katlin sentit ses yeux se remplir de larmes.

— Jack, mon amour, je…

Mais Jack n'avait pas fini.

— Ce soir-là, la nuit de notre rencontre, tu m'avais appelé pour me demander de te protéger, poursuivit-il. Si tu acceptes de m'épouser et de faire de moi l'homme le plus heureux de la Terre, je te promets de consacrer mon existence non seulement à te protéger mais surtout, à te rendre heureuse.

Katlin pleurait sans retenue, à présent.

Jack se leva et s'approcha d'elle.

— Katlin, implora-t-il. Épouse-moi.

Incapable de prononcer un mot, elle hocha la tête.

Il caressa sa joue et l'embrassa.

— J'ai besoin de t'entendre accepter pour y croire.

Elle rit à travers ses larmes.

— Oui. Oui, Jack, je serai ta femme.

De nouveau, il la prit dans ses bras et captura ses lèvres pour un baiser passionné.

Et l'assistance laissa exploser sa joie.

Katlin n'avait jamais été plus heureuse.

Elle aimait Jack et il l'aimait.

Et ils passeraient le reste de leur très longue vie ensemble.

Que demander de plus ?

Vous avez aimé ce roman ? Retrouvez en numérique les autres titres de votre série « Gardes du corps en alerte » !

1. *Maggie est en danger*
2. *Opération : bébé menacé*
3. *Une apparence à haut risque*
4. *Un ange gardien pour Katlin*

JULIE MILLER

Proximité risquée

Traduction française de
CATHERINE VALLEROY

BLACK ROSE

HARLEQUIN

Titre original :
TARGET ON HER BACK

1

— Lâchez-moi, s'il vous plaît.

Virginia Brennan – Gigi – tenta d'arracher son bras à l'homme aux cheveux blancs. Cela n'eut pas d'autre effet que de redoubler la force avec laquelle il la tenait.

— Où est Lombard ?

Le fort accent d'Evgeni Zajac lui rappelait Pavel Chekov dans *Star Trek*. Sauf qu'il n'était ni beau, ni jeune, ni héroïque.

— Je ne sais pas, docteur Zajac. Mais me brutaliser ne vous servira à rien.

Plaquée comme elle l'était contre le mur de la salle de bal de l'hôtel Muehlebach, les conversations et la musique de chambre en arrière-plan lui paraissaient bizarrement discordantes.

— Vous ne pouvez pas le cacher, lança le chercheur.

— Mais je ne le cache pas !

Elle le repoussa de la main, maudissant en silence un couple qui venait de tourner la tête pour ne pas voir ce cher Evgeni se conduire comme une brute. Mais Zajac les avait vus aussi, et voulant peut-être préserver sa réputation auprès des généreux donateurs qui soutenaient leurs recherches, il la relâcha.

Gigi désigna le couloir des toilettes, où elle avait aperçu pour la dernière fois son mentor.

— Je vous ai vus vous disputer il y a un moment. Mais j'ignore où il est maintenant.

Elle voulait aussi retrouver Ian, afin de quitter cette réception cauchemardesque et rentrer chez elle. Au prix d'un gros effort, elle plaqua un sourire sur son visage.

— Je le cherche aussi. J'espérais que vous me diriez où il est.

L'accent de Zajac se faisait de plus en plus guttural à mesure qu'il s'échauffait.

— Il a peur de moi, il ne veut pas se montrer.

Il grommela quelque chose en lukin, dans lequel elle ne saisit que « années de recherche », « trahison » et « étrangler ».

— Je ne comprends pas ce que vous dites, dit-elle, pour calmer la fureur du vieil homme. Si vous me répétez ça plus lentement…

Evgeni Zajac étant professeur associé dans l'équipe de recherche qu'elle dirigeait pour Ian, elle savait qu'elle devait maintenir de bonnes relations avec lui. L'université du Lukinbourg et Zajac avaient fourni les matériaux bruts et les idées préliminaires dont Ian et son équipe avaient tiré une technologie de pointe. Satisfaire l'ego surdimensionné des deux hommes faisait partie de ses tâches de jeune prodige de l'école d'ingénierie et de technologie de l'université Williams. Mais pour l'heure, elle avait ses propres problèmes.

— Je suppose que vous n'auriez pas vingt dollars à me prêter ? J'ai besoin de…

— Où est Hana ?

Agitant la main d'un air vague, Evgeni pivota, en quête de sa femme qui lui tenait aussi lieu de traductrice. Il rentra à grands pas dans la salle de réception, maudissant son épouse, Ian et sans doute l'ensemble du continent nord-américain.

Gigi avait déjà été prise à partie par des collègues mal embouchés, mais jamais dans une langue étrangère. Compte tenu du fait qu'elle ne voulait pas venir à cette soirée et qu'elle était restée plus longtemps que Ian le lui avait promis, elle décida qu'elle n'avait pas besoin de courir après Zajac pour s'excuser et tenter d'améliorer les relations internationales.

Agrippant le badge suspendu à son cou, elle survola du regard la salle bondée. Elle pouvait demander à Gary de lui prêter l'argent d'un taxi. Peut-être pourrait-il même en appeler un pour elle. Combien de fois son collègue lui avait-il dit qu'il aimerait se rapprocher d'elle ? Aussi souvent qu'il l'avait coincée dans son bureau ou le sien, envahissant son espace personnel sous prétexte d'une question de travail. Elle n'était pas douée pour flirter, et les invitations répétées de Gary avaient fini par la rendre méfiante. Non, ce n'était pas une bonne idée. Le connaissant, elle devrait payer d'une manière ou d'une autre le service qu'elle lui demanderait. En outre, elle ne voyait nulle part sa tête blonde entre les vitrines exposant les réalisations de Ian, Evgeni et toute l'équipe.

La perspective de s'aventurer dans la salle pour demander l'aide de quelqu'un la rendait malade. Elle était venue avec Ian, et maintenant il avait disparu. Il lui fallait trouver un moyen de rentrer chez elle.

S'éloignant de la foule, elle alla reprendre au vestiaire son vieux cardigan ivoire. En l'enfilant par-dessus sa robe noire, elle eut une brève pensée pour sa mère qui l'avait tricoté. Puis elle prit l'escalator menant au rez-de-chaussée. Devant les portes vitrées donnant sur Wyandotte Street, elle poussa un soupir de lassitude. Il pleuvait, bien sûr. Le trottoir luisait d'humidité, reflétant les feux des voitures, l'hôtel et la place municipale. Même si le temps avait été meilleur, l'université était de toute façon trop loin pour qu'elle y aille à pied, surtout dans ces escarpins qui lui pinçaient les orteils.

Réfléchis, Gigi.

Retourner à la réception et supplier qu'on l'aide était inenvisageable.

Réfléchir était ce qu'elle faisait de mieux quand elle n'était pas submergée par les émotions ou les contacts avec autrui et, en voyant un bus décharger des passagers au coin de la Douzième et de Wyandotte, elle sut quoi faire.

Retournant son badge universitaire, elle poussa un soupir, cette fois de soulagement. Sa carte de bus était là, sous le plastique transparent. Lanière en main, elle sortit dans la froidure de cette pluvieuse nuit d'automne, traversa la rue en courant entre les flaques et tapa à la porte du bus.

Vingt minutes plus tard, ayant épuisé jusqu'à sa dernière miette d'énergie, elle était de retour sur le campus. Elle avait froid, elle était mouillée et fatiguée. Mais il n'était pas encore question de rentrer.

Elle s'éclaircit la gorge afin de réveiller l'agent de sécurité.

— Monsieur Galbreath ? répéta-t-elle en resserrant son cardigan autour d'elle.

Il faisait plus froid à l'intérieur qu'à l'extérieur, en raison de l'air conditionné. Et puis ses pieds étaient humides dans ses souliers définitivement gâtés.

— Jerome ?

Un ronflement sonore lui répondit. Le gentleman à la peau d'ébène et aux cheveux poivre et sel s'était endormi sur son bureau. Elle avait bien son badge pour pénétrer dans le laboratoire du deuxième étage, mais si Jerome ne l'enregistrait pas au préalable, elle déclencherait l'alarme en ouvrant la porte.

La dernière chose dont elle avait envie, c'était que la sécurité du campus ou la police s'abattent sur elle et lui demandent ce qu'elle faisait là, un vendredi soir, dans cette tenue ridiculement courte. Gigi détestait qu'on s'abatte sur elle, qu'il s'agisse d'oiseaux, d'insectes ou de gens.

La soirée avait été une torture. Elle avait accompli la tâche que l'université attendait d'elle, mais elle avait besoin de silence et de solitude pour détendre ses nerfs en pelote. Ce qui signifiait se mettre en pyjama et boire une tasse de thé avec un livre ou un film.

Sauf qu'elle ne pouvait pas rentrer chez elle.

Elle se sentait stupide d'avoir laissé ses affaires dans son sac à dos, tout ça pour assister à cette prétentieuse réception à l'hôtel Muehlebach.

« Venez, Gigi, lui avait dit le Dr Lombard. Mettez une jolie robe. Prenez la limousine avec moi et buvons du champagne. C'est l'université qui régale. Vous méritez de vous amuser un peu pour fêter notre succès. Vous avez bien une robe de soirée, non ? »

Euh... Non.

Mais ce qu'il voulait vraiment, c'était qu'elle explique leurs recherches aux invités pendant qu'il cajolait les donateurs et les dignitaires du Lunkinbourg. Il fallait tout faire pour que l'événement soit une réussite.

Cela avait toujours été sa kryptonite : qu'on ait besoin d'elle. Comme la plupart des gens remarquaient à peine sa personnalité timide et studieuse, l'idée d'être nécessaire à quelqu'un était aussi attrayante qu'inconnue. Elle s'était plus d'une fois laissé harponner par de tels propos. Avec son quotient intellectuel, c'était une leçon qu'elle aurait déjà dû retenir.

Une leçon qui ne l'aurait pas laissée seule au centre-ville dans le noir.

Elle manifestait d'ordinaire un soutien enthousiaste aux recherches de Ian Lombard sur les composants numériques et les applications de consommation énergétique. Quant aux investisseurs lukinbourgeois, ils étaient prêts à financer ces recherches parce que cela fournissait un débouché aux matériaux produits dans leur pays. Gigi était au fait des manières compassées du milieu universitaire et savait aplanir les choses pour son brillant et volage patron. Et bien qu'elle n'ait pas compris le Dr Zajac, elle parlait quelques mots de lukin et pouvait communiquer de façon rudimentaire avec leurs invités. Elle était fière du travail du Dr Lombard – du sien aussi, puisqu'elle était son bras droit depuis deux ans.

Elle s'était chargée d'un de ses cours pour lui permettre d'avancer dans ses recherches.

Mais arroser leur succès ? Se constituer un carnet d'adresses ? Ce pensum allait aussi bien au Pr Virginia Brennan que la robe empruntée à sa sœur, à savoir pas du tout. Tammy avait eu beau lui répéter qu'elle ne pouvait pas se tromper avec une petite robe noire, celle-ci était trop courte pour son confort et pendait sur elle comme un oripeau.

Et sa bonne volonté s'était évanouie dès qu'elle avait compris que Ian Lombard était parti sans elle. Il avait besoin d'elle, en effet, pour couvrir son absence inexplicable et représenter le département pendant qu'il… Quoi ? Rentrait chez lui prendre une bonne nuit de sommeil ? Parlait à son épouse qui faisait des recherches sur Ibsen en Scandinavie ? Rencontrait en catimini l'une de ces étudiantes ingénues avec lesquelles il aimait flirter pendant que ladite épouse était à l'étranger ?

La raison n'avait pas d'importance. Partir, c'était partir. Lombard avait profité de sa faiblesse. Elle aurait pu demander à sa sœur de venir la chercher, mais Tammy était à un séminaire d'enseignants à Las Vegas.

Gigi était donc seule. Rien de neuf. Elle aurait dû y être habituée depuis le temps.

Elle avait réussi à revenir à l'université, où sa voiture était garée. Mais elle ne pouvait aller plus loin sans ses clés. Et sans réussir à réveiller M. Galbreath.

Elle était adulte et responsable. C'était elle qui avait gagné leur vie, à Tammy et à elle, quand leurs parents étaient morts dans un accident de voiture. C'était elle qui avait mis un toit sur leurs têtes et du pain sur la table.

Alors qu'importait qu'elle s'absorbe tellement dans son travail, au point de perdre la notion du temps ?

Qu'importait qu'elle bafouille comme une idiote ou s'effondre quand ses nerfs la lâchaient ?

Elle avait obtenu un doctorat à vingt-quatre ans, soit trois ans plus tôt. Elle avait été choisie pour faire partie de l'équipe de Lombard et participer à un programme de recherche avec des applications dans l'armement, les sciences de l'environnement, la médecine et les modèles d'efficience. Tout cela promettait beaucoup d'argent. Pas seulement à cause de financements impressionnants, mais aussi parce que le prestige qui leur était attaché lui permettrait d'intégrer le MIT ou Harvard, ou au moins de diriger son propre programme à Kansas City. Avec un CV comme celui-là, elle devrait être capable de se débrouiller.

Gigi ajusta ses lunettes sur son nez et se demanda si elle arriverait à retirer la tablette coincée sous les bras de Jerome. Elle renonça néanmoins à cette idée, car l'agent de sécurité était armé. Si elle le réveillait en sursaut, comment réagirait-il ?

Elle tambourina donc sur le comptoir. Le voyant remuer, elle lui toucha le bras.

— Jerome ?

Elle recula d'un pas en l'entendant pousser un profond soupir. Posant les mains sur le bureau, il se redressa et la considéra en clignant des yeux.

— Professeur Brennan ?

Il saisit un mug contenant encore du café près de lui et le contempla, les sourcils froncés.

— Ce café ne m'a pas fait du bien. Je me traîne, ce soir. Vous avez l'air d'être passée sous une averse.

— C'est vrai. Heureusement, elle n'a pas duré longtemps.

Elle décolla une boucle de cheveux humides de sa joue et tenta de la réinsérer dans son chignon bas.

— Mais je vais sécher.

Il lui sourit avant de fermer les yeux et se frotter la tempe.

— J'ai du mal à rester réveillé.

Gigi se pencha par-dessus le comptoir.

— Vous vous sentez bien ?

— J'ai un sacré mal de tête. J'ai peut-être attrapé quelque chose.

C'était la physique appliquée que Gigi avait étudiée, pas la médecine, mais elle voyait bien que quelque chose n'allait pas. Depuis aussi longtemps qu'elle le connaissait, Jerome Galbreath ne s'était jamais endormi au travail.

— J'ai quelques comprimés d'ibuprofène dans mon bureau. Ça vous aiderait ?

— Peut-être. Merci.

L'air toujours désorienté, Jerome examina la trace que l'angle de la tablette avait laissée sur sa main, avant de secouer la tête.

— J'ai dormi combien de temps ?

— Je ne suis là que depuis quelques minutes. Les vendredis soir sont plutôt calmes. J'imagine que c'est ennuyeux.

Il secoua la tête, repoussant cette spéculation.

— Je n'ai pas somnolé, je me suis vraiment endormi. Je suis désolé.

Il ralluma la tablette et afficha l'écran du personnel. Le laboratoire où elle travaillait, au deuxième étage, abritait des équipements et des appareils très onéreux. Seule une poignée de professeurs et d'employés détenaient des cartes d'accès aux bureaux et au laboratoire lui-même, et l'université gardait soigneusement trace de tous ceux qui entraient et sortaient du bâtiment. Galbreath se leva et posa la tablette sur le comptoir pour que Gigi puisse s'enregistrer. Puis, en continuant de se masser la tempe, il lui offrit son sourire habituel.

— Il est drôlement tard pour que vous soyez ici.

— J'ai laissé mon sac dans mon bureau avant d'aller à la réception.

Si le Dr Lombard n'avait pas été si pressé de s'y montrer, elle se serait peut-être souvenue de prendre la pochette de soirée de Tammy et d'y glisser quelques objets indispensables. Comme ses clés de voiture et son téléphone.

— Vous avez votre carte d'accès ?

Gigi tira la lanière violette et blanche du devant de sa robe et éleva son badge.

— La voilà.

— Pas vraiment assortie à votre tenue, plaisanta Jerome.

— Je ne suis pas la gravure de mode de la famille.

Mais en faisant défiler les noms sur l'écran pour trouver le sien, elle fronça les sourcils.

— Le Dr Lombard est ici ?

Il ne pouvait pas être encore en train de travailler. À moins que la dispute dont elle avait été témoin entre le Dr Zajac et lui l'ait poussé à retourner au labo pour… quoi ? Vérifier une théorie ou montrer la preuve d'un brevet ? Corriger une erreur ou examiner un défaut dans leur développement de produit ?

L'agent de sécurité lui prit la tablette et fronça à son tour les sourcils.

— J'ai dû oublier d'enregistrer son départ.

— Mais il était là ? voulut clarifier Gigi. Quand ?

— Il était en réunion quand j'ai pris mon poste à 21 heures. Il y avait un message sur mon bureau, disant de ne pas le déranger.

Il tapa un numéro sur son téléphone avant de lui tendre un morceau de papier plié.

— Je croyais qu'il avait cette réception avec les investisseurs étrangers.

Gigi hocha la tête, parcourant le bref message dactylographié.

— J'y étais avec lui. Pendant quelque temps.

Jerome,

Réunion privée dans mon bureau ce soir.
Pas de visiteurs, pas d'appels.
Je verrouillerai la porte.

Dr Lombard

Une réunion privée ? Alors qu'il aurait dû être avec leurs invités ? Elle était le bras droit de Ian. Pourquoi n'avait-elle rien su de cette réunion ? Peut-être devait-elle reconsidérer l'hypothèse d'une jeune et jolie étudiante.

— Vous n'avez vu personne avec lui ?

Bien que le labo ne soit guère un lieu propice à un rendez-vous romantique, Ian avait un canapé en cuir dans son bureau.

— Une femme, peut-être ?

— Je ne l'ai même pas vu lui. C'est sans doute ma faute.

Jerome grommela quelque chose sur le fait qu'il n'était pas assez vieux pour piquer du nez et raccrocha le téléphone.

— Ça ne répond pas dans son bureau.

Gigi avait achevé de s'enregistrer. Jerome lui fit signe de passer et accrocha une chaîne allant de son bureau au mur pour interdire l'accès au bâtiment en son absence.

— Je vais vous accompagner pour m'assurer qu'il est parti. Il est temps que je fasse ma ronde, de toute façon.

Jerome ouvrit l'ascenseur et la fit passer devant lui. Au deuxième étage, les portes s'ouvrirent sur un couloir plongé dans l'obscurité. Seules les lampes de secours jetaient une lueur jaune sur les dalles de marbre blanc. Devant eux s'étendait une rangée de labos et de bureaux vitrés du sol au plafond, protégés par des serrures à cartes. Cette impressionnante façade permettait aux étudiants et aux visiteurs de jeter un coup d'œil sans perturber l'atmosphère stérile des locaux où Gigi, Ian, les professeurs associés et les diplômés de fraîche date travaillaient. Cet étalage de haute technologie était destiné à inspirer les étudiants dont les salles de cours étaient situées de l'autre côté du couloir, de même qu'à inciter les investisseurs étrangers à financer l'université et ses programmes de recherche.

Mais ce soir, loin de paraître inspirant ou même familier aux yeux de Gigi, le labo semblait rempli d'ombres. Les tables et les équipements prenaient l'allure menaçante de prédateurs attendant qu'une proie inconsciente vienne leur servir de dîner. Il ne manquait plus que les voyants se mettent à clignoter comme des yeux pour que le cauchemar soit complet.

Gigi sursauta en sentant la main de Jerome lui effleurer le bras.

— Désolé.

Repoussant ses excuses, elle sortit de l'ascenseur.

— C'est ma faute. Je me laisse emporter par mon imagination. Cet endroit est sinistre le soir.

Elle suivit Jerome, qui détacha une torche de sa ceinture et, l'ayant allumée, la dirigea sur la paroi vitrée.

— Il fait un noir d'encre, là-dedans, remarqua-t-il. D'ici, je n'arrive pas à voir si la porte du Dr Lombard est ouverte, mais une chose est sûre, rien n'est allumé.

Gigi fit glisser sa carte dans la serrure magnétique, sans résultat.

— C'est bizarre.

Elle repensa aux prédateurs aux aguets, mais voyant que sa carte échouait une seconde fois, elle tapa le code de forçage et poussa la porte.

Elle resta sur le seuil de la salle et attrapa le bras de Jerome qui y pénétrait. Il y avait quelque chose de bizarre.

— Il devrait y avoir des lumières allumées. Des voyants de régulation. Des tests en cours.

Jerome hocha la tête et voulut actionner l'interrupteur près de la porte. Rien. Il se dirigea vers la table la plus proche et poussa le bouton d'une lampe. Pas d'électricité.

— Vous pensez que les plombs ont sauté ?

Gigi le regarda.

— Les plombs n'existent plus. Le labo et les bureaux sont raccordés à un système autonome commandé par ordinateur.

Voyant son regard vide, elle comprit qu'elle s'était méprise sur le sens de sa remarque.

— C'était une façon de parler, professeur.

— Oui, bien sûr.

Son agitation laissa place à l'inquiétude. Ces équipements valaient plusieurs millions de dollars.

— Le labo a ses propres disjoncteurs. Une surcharge quelconque a dû provoquer un court-circuit. Autrement les protocoles de secours se seraient mis en route.

Elle secoua la tête.

— Il n'y a rien qui marche ici.

— Prenez ça.

Jerome lui tendit sa torche.

— J'ai une lampe sur mon téléphone. Je vais descendre au sous-sol et vérifier les disjoncteurs. Ça ira pour vous, toute seule ici ?

Gigi hocha la tête en orientant le faisceau de la lampe vers la porte de son bureau.

— Tout ce dont j'ai besoin se trouve dans mon sac à dos.

Jerome hésita un instant et survola l'obscurité qui les entourait, y compris la porte fermée de Ian.

— Apparemment, le Dr Lombard est bien parti. Pourquoi ne l'a-t-il pas signalé en bas ?

— Il ne voulait peut-être pas vous réveiller.

Gigi lui adressa des excuses silencieuses.

— Vous dormiez vraiment sur votre tablette.

— J'ai fait les nuits pendant vingt ans dans la police avant de prendre ce poste et je ne me suis jamais endormi. Pas comme ça.

Il plissa les yeux en réfléchissant à cette idée.

— Vous trouverez votre chemin pour redescendre ? Quand j'aurai fait repartir le système, je veux retourner renifler mon café.

— Renifler votre café ?

Elle dirigea le faisceau de la torche sur le visage de son compagnon. Il cligna des yeux et les abrita de la main.

— Désolée. Votre mal de tête.

— Oui.

Il laissa retomber sa main.

— Appelons cela une intuition de vieux policier.

Gigi feignit de comprendre de quoi il parlait, mais d'autres choses la préoccupaient.

— Allez-y. Dès que j'aurai mis la main sur mon sac et mes clés, je rentrerai chez moi.

— D'accord.

Un sourire adoucit le visage du vieil homme.

— N'oubliez pas de me faire signe avant de partir. Je n'aime pas perdre la trace des gens.

— Je vous apporterai l'ibuprofène en même temps.

Elle fit quelques pas en direction de son bureau, mais s'arrêta quand la remarque de Jerome prit enfin son sens.

— Attendez… Vous pensez qu'on a drogué votre café ?

Le temps qu'elle retourne sur ses pas, Jerome était déjà entré dans l'ascenseur. Gigi secoua la tête, songeant qu'un mystère en soulevait un autre.

Pourquoi droguer cet adorable vieux monsieur ?

Peut-être était-elle trop épuisée par les mondanités de la soirée pour comprendre quoi que ce soit. Éclairant la porte de son bureau, elle se fraya un passage dans le labyrinthe des machines pour pénétrer dans son domaine. Instinctivement, elle poussa l'interrupteur près de la porte et se maudit en silence pour sa stupidité. Elle alla prendre son sac à dos, ouvrit le tiroir central de son bureau et y prit le flacon de comprimés pour Jerome. Puis elle éteignit la torche et alluma la lampe de son téléphone. Enfin elle passa une bretelle du sac sur son épaule et sortit de la pièce.

Un tintement métallique la figea soudain. Les prédateurs s'étaient-ils réveillés ?

— Stupide imagination, marmonna-t-elle.

Elle balaya le labo avec la lampe, bien qu'elle ne soit pas assez puissante pour éclairer les recoins. Elle avait entendu un bruit, puis plus rien. Y avait-il quelqu'un ?

— Jerome ?

Impossible qu'il soit revenu du sous-sol en un temps aussi court.

Elle ferma étroitement les yeux, comme si cela pouvait affûter son ouïe. Y avait-il quelqu'un qui respirait ? Qui haletait même ? Elle rouvrit les yeux. La seule chose qu'elle entendait, c'était son pouls battant dans ses oreilles. Mais elle n'était pas seule.

— Ian ? Vous êtes là ?

Refermant la porte de son bureau, elle se tourna vers celui de Ian. Elle avait fait cinq pas quand elle heurta le coin d'un chariot, sorti de son alignement. Ignorant la douleur, elle le remit en place et le contourna.

— Ian ?

Était-ce cela qu'elle avait entendu ? Le chariot heurtant une table ? Elle connaissait assez la physique pour savoir qu'un chariot ne se déplaçait pas tout seul. Avaient-ils été cambriolés ?

Était-ce pour cela qu'on avait drogué Jerome ? Que la lumière était en panne ? Elle pressa le pas, veillant à ne rien heurter d'autre. Rien ne semblait manquer. Néanmoins, elle voyait bien Ian et sa dernière conquête heurter les tables et les chariots dans leur hâte à se déshabiller. Du moins était-ce ainsi qu'elle imaginait une rencontre de ce genre, deux personnes passionnées perdant la notion du temps et de l'espace, se cognant partout, riant, se caressant…

Gigi écarta ces pensées inopportunes et se concentra sur les faits. Un rendez-vous clandestin n'exigeait pas d'actionner le disjoncteur ou de droguer un agent de sécurité, qui n'aurait eu aucune raison de questionner Ian sur sa présence, avec ou sans invitée.

— Ian ? Je suis désolée d'interrompre votre réunion, mais si vous êtes ici, répondez-moi.

Elle sentit du verre crisser sous ses chaussures et fit halte. Son bref instant d'irritation fut vite chassé par une peur glaçante.

— Ian ?

Quelque chose n'allait pas. Ian avait certes un faible pour les jolis minois, mais sa fierté professionnelle et son souci de l'ordre passaient avant tout. Quelque chose de très vilain était arrivé.

— Ian !

Elle faillit glisser sur une substance collante et se rattrapa à une table à proximité. Elle retira son pied avec une grimace de dégoût et se redressa. Tout ça ne présageait rien de bon.

Elle tourna sa lampe en direction du sol. Un épais liquide brun était comme coagulé au centre d'une flaque rouge. Avait-on renversé un produit chimique ? Elle ne pouvait identifier la légère odeur âcre qui lui piquait le nez. Le labo était dans un état impeccable quand elle était partie à la réception. Ian n'aurait jamais permis un tel désordre.

— Docteur Lombard ? Vous êtes là ?

Tout à coup, les lumières se rallumèrent, l'aveuglant momentanément. À présent, les dégâts se voyaient très clairement. Elle venait de marcher sur des éclats de verre teintés de… sang !

Elle retint une exclamation de terreur.

— Oh, mon Dieu ! Jerome ! cria-t-elle de toutes ses forces. Nous avons été cambriolés !

Comme si le son de sa voix pouvait transpercer les poutres d'acier et les blocs de ciment ! Inutile d'attendre qu'il vienne à sa rescousse. Il y avait eu une lutte ici. Et quelqu'un avait été blessé.

— Docteur Lombard !

Une fraction de seconde, elle espéra que celui à qui appartenait cette traînée de sang était allé à l'hôpital. Mais elle entendit alors des bruits en provenance du bureau de Ian. Quelque chose tombait sur le sol. Des grognements, des jurons, une autre chute.

— Ian !

Gigi composa le 911 et contourna le sang pour entrer dans le bureau.

— Ian ? Vous êtes là ? Vous allez bien ?

Mais ce n'était pas le cas. Dès qu'elle eut poussé la porte, elle laissa tomber son sac à terre afin de courir s'agenouiller près de son patron.

— Oh, mon Dieu ! Que s'est-il passé ?

Ignorant ses efforts pour l'allonger, Ian Lombard jeta un bras en avant et renversa une pile de livres sur le bureau. Il cria quand ceux-ci tombèrent sur son ventre puis sur le sol. Un bloc-notes reposait près de lui, froissé et taché de sang, au point que les chiffres et les symboles disparaissaient. Il repoussa les mains de Gigi et leva à nouveau son bras en direction du bureau, faisant tomber encore des choses.

— Ian, arrêtez ! Ne bougez pas.

Elle le repoussa sur le dos, essayant de ne pas béer devant les blessures qui teintaient de sang les plis de sa chemise de smoking. Il était gravement blessé, peut-être en train de mourir.

— Que voulez-vous ?

— Stylo, marmonna-t-il, en crachant du sang sur la première syllabe. Trouvez… finir…

Le dispatcher du 911 lui posait des questions. Les ignorant, elle prit sur le bureau un stylo qu'elle pressa dans la main de Ian, puis s'empara d'un jeté en velours sur le canapé, qu'elle bouchonna pour l'appliquer sur ses blessures les plus graves. Ian était faible, mais il se débattait, déterminé à gribouiller quelque chose sur le papier à côté de lui.

Gigi pressa la touche haut-parleur de son téléphone et posa celui-ci sur le bureau, afin d'avoir les mains libres pour étancher le sang de ses blessures. Elles étaient si nombreuses. Et il y avait tant de sang.

— Ian ? Restez avec moi.

— Madame ?

La voix du dispatcher était plus forte à présent.

— Racontez-moi ce qui s'est passé. Est-ce que ça va ?

Repoussant ses lunettes pour les empêcher de tomber sur son nez, Gigi se pencha sur Ian et cria au dispatcher :

— Moi ça va. C'est mon patron…

Elle ravala sa panique. Il fallait qu'elle fasse preuve de logique.

— Il y a eu un cambriolage au laboratoire de technologie de l'université Williams. Mon patron, Ian Lombard, a été poignardé. Il saigne beaucoup.

Tant de sang. Elle voyait maintenant que la flaque dans laquelle elle avait marché était devenue une traînée de petites gouttes rouges en travers du tapis, puis une trace qui menait jusqu'au bureau de Ian. Il avait dû être attaqué dans le laboratoire, puis s'était traîné dans son bureau pour appeler au secours, échapper à son meurtrier, ou…

— Bon sang, Ian, cessez de tripoter ce papier.

— J'ai envoyé une ambulance et une voiture de police à votre adresse. Madame ? J'ai besoin de connaître votre nom. Vous pouvez me le dire ?

— Virginia Brennan. Mes amis m'appellent…

Elle suspendit cette phrase inutile et essuya la sueur sur le front de Ian avant de recommencer à comprimer ses blessures. Non qu'elle arrive à le faire pour toutes. Mais elle devait essayer.

— Professeur Virginia Brennan. Je travaille avec le Dr Lombard. Dépêchez-vous, je vous en prie.

Du sang tachait ses lèvres à présent, coulant de sa bouche tandis qu'il essayait de parler.

— Le coffre…

— Qui vous a fait ça ?

Gigi essayait de déchiffrer son bafouillage. Au moins, il avait cessé d'écrire.

— Il a été poignardé à de multiples reprises, indiqua-t-elle au dispatcher. À la poitrine et à l'abdomen. Il perd beaucoup de sang.

— La victime est-elle consciente ? En état de réagir ?

— Devez finir… le travail, dit Ian dans un râle. Allez…

— Je ne vais nulle part, promit-elle avant de répondre au dispatcher : il est conscient mais incohérent. Ian, je ne comprends…

Avec un gargouillement étranglé, il saisit ses longs cheveux et rapprocha sa tête pour murmurer à son oreille.

— Finissez-la…

— Finir quoi ? De quoi parlez-vous ?

Il fit rouler sa tête d'un côté et de l'autre.

— Passé un accord… Pas pu… Désolé…

— Désolé de quoi ? Quel accord ?

Sa vie était en train de s'écouler sous ses yeux.

— Mon prix d'excellence…

Ses yeux larmoyants essayaient de rester ouverts.

— Trop… intelligente. Plus intelligente… que… moi.

— Ne parlez pas. Économisez vos forces.

Maudissant son envie de pleurer, elle détacha ses doigts de ses cheveux pour parler au dispatcher.

— Il a trop de blessures. Je ne peux pas stopper les saignements.

— Je pensais qu'elle… ma faute… Vous devez…

— Une ambulance est en chemin.

— Écoutez-moi !

Un liquide rosé moussait sur ses lèvres. Gigi sentit des larmes lui brûler les yeux. Les secours n'arriveraient pas à temps. Où était Jerome ? Où était cette stupide ambulance ?

— Prenez…

Il froissa le papier qu'il avait gribouillé et, dans un effort monumental, posa sa main sur son ventre, effleurant ses doigts tachés de sang.

— Pour vous… Ne vous fiez… à personne.

Elle y jeta un coup d'œil et ne vit rien d'autre que des chiffres et des lettres aléatoires.

— Finissez…

— Finir quoi ?

Gigi survola la pièce d'un regard désespéré.

— Au secours !

— Vous… comprendrez…

— Je comprendrai quoi ?

Comme il continuait d'agiter sa main, elle prit le papier et le fourra dans la poche de son cardigan. Mais les quelques secondes durant lesquelles elle avait cessé de comprimer ses blessures avaient suffi pour qu'il ferme les yeux.

— Non ! Ian !

Elle lui tapota les joues, le pressant de rouvrir les yeux, sans se soucier de se tacher de sang.

— Restez avec moi.

Mais il était parti. Ian Lombard était mort.

Gigi s'assit sur ses talons, fixant ses mains souillées, et sentit les larmes rouler, brûlantes, sur ses joues. Elle entendit quelqu'un courir derrière elle. Les secours, enfin.

— Ici !

Elle tourna la tête et perçut une ombre du coin de l'œil.

— Jerome…

La douleur explosa dans son crâne. Ses lunettes volèrent et elle s'effondra sur le sol, près du mort. La pièce se mit à tourner et l'obscurité l'engloutit.

2

— Et l'honneur de qui défendais-tu, cette fois ?

L'inspecteur Hudson Kramer leva ses jointures endolories pour essuyer le sang sur son menton et lança un regard noir à son coéquipier amusé. Puis il s'éloigna des deux hommes gisant dans une mare sur l'asphalte.

— Rends-toi utile et menotte-les.

Keir Watson avait au moins eu la bonne grâce de croire au partage des torts dans cette bagarre derrière le Shamrock. Le Shamrock étant le bar où Hud avait fait valoir ses charmes auprès d'une jolie blonde. Il s'en était bien sorti pendant environ vingt minutes. Vingt minutes à penser qu'il n'allait pas directement tomber dans la catégorie « amis » et qu'elle dirait peut-être oui s'il lui proposait un rendez-vous et lui donnait un baiser d'au revoir. Vingt minutes à rire et plaisanter avec elle, jusqu'à ce que MM. Stupide décident que se soûler, chahuter, et s'en prendre à tout ce qui portait jupon les aiderait à ne pas se coucher tout seuls ce soir-là.

Dans un premier temps, Hud s'était contenté de laisser le barman gérer les deux importuns – un bar fréquenté par les flics avait rarement besoin d'un videur. Mais Stupide et Stupide s'étaient approchés de leur table en vacillant et s'étaient assis de chaque côté de Ricki. Hud avait poliment demandé aux ivrognes de partir. La politesse n'ayant eu aucun effet sur leurs cerveaux imbibés de bière, quand l'un d'eux avait posé son bras sur les épaules d'une Ricki effarée, il s'était interposé.

— Je leur ai dit que j'étais flic, assura Hud en remettant sur ses pieds le type qui lui avait balancé un coup de poing.

Bien que son apparence et son comportement soient à l'opposé des siens, Keir Watson était comme un frère pour lui. En fait tout le clan Watson lui donnait l'impression d'avoir une famille, maintenant que son frère et ses sœurs avaient pris leur envol loin de Kansas City. Il prit donc un malin plaisir à enlever d'une chiquenaude une poussière sur l'élégant costume de son équipier, avant de sortir ses propres menottes de la poche arrière de son jean et de les faire claquer sur les poignets du malabar dépourvu de cervelle.

— J'ai escorté ces gentlemen jusqu'à la porte de service, je leur ai offert d'appeler un taxi, je les ai avertis que je les citerais à comparaître pour ivresse et désordre…

Il referma la menotte autour du poignet de Stupide, sans la serrer trop fort. Puis il plongea le regard dans les yeux vagues du jeune homme pour s'assurer qu'il comprenait qu'il partait en promenade.

— Ensuite, ce crétin s'est imaginé que ce serait une bonne idée de me balancer un coup de poing.

Hud avait cessé de grandir quand il avait atteint un mètre soixante-quinze. Malgré cette taille, la pratique des arts martiaux et de la musculation lui donnait souvent l'avantage sur des adversaires plus grands. En outre, nul besoin d'être très malin pour river leur clou à ces deux-là.

— Mais pour quelle raison les as-tu escortés hors du bar ?

Keir, qui les suivait, lui et son prisonnier, essayait de le faire sortir de ses gonds. Ils se dirigèrent vers le bout de la ruelle où un agent devait les rejoindre avec une voiture de patrouille pour conduire les deux délinquants au commissariat.

— Je suis sûr qu'il y avait une femme quelque part.

— Rassure-toi, Keir. Le barman voulait les expulser et ils se sont un peu renfrognés. Quand je leur ai demandé leurs permis de conduire, ils ont commencé à faire du grabuge. Je ne comptais pas…

Hud ravala un juron en voyant son prisonnier partir en biais et aller vomir ses tripes derrière une rangée de poubelles renversées.

— Ça va, mon vieux ? Tu te sens mieux ?

— Oui, reconnut Stupide d'une voix traînante.

Un peu plus sobre, il essaya de s'orienter.

— Où est Danny ? Il n'est pas parti avec la blonde, si ?

Danny devait être son acolyte. Il se redressa en entendant son nom.

— Quelle blonde ? J'ai pris son numéro ?

Keir se mit à rire.

— Je savais qu'il y avait une blonde dans l'histoire. Maintenant, ce petit épisode a du sens.

Il adressa un grand sourire à Hud.

— Ils ont dit des grossièretés et tu t'es offusqué. Quand tu leur as demandé de partir, ils n'ont pas coopéré. Alors tu les as encouragés à partir. C'est à peu près ça ?

Hudson grommela quelque chose dans sa barbe. Au sortir de la ruelle, ils marchèrent vers le cercle lumineux d'un lampadaire pour attendre la voiture de patrouille.

— Quel est le nom de ton ami, Danny ? demanda Keir.

— Kyle.

Danny trébucha en essayant de pivoter et dévisagea l'inspecteur en costume et cravate.

— Vous êtes qui ?

— La police, Danny. Inspecteurs Watson et Kramer. Tu te souviens ?

La patience que Keir mettait à expliquer la situation aux deux hommes, alors qu'ils ne se souviendraient probablement de rien, suscita des hochements de tête de la part de Hud.

— Vous allez tous les deux passer la nuit en prison. Ça, vous l'avez compris, non ?

— Je suis soûl ? demanda Kyle en vacillant devant Hud.

— Absolument, l'assura celui-ci.

Quand ils atteignirent le lampadaire, il fit tourner le jeune homme afin de l'asseoir sur une barrière en ciment.

— Tu auras quelques courbatures demain. J'ai dû te tordre le bras et te mettre par terre pour que tu arrêtes de me frapper.

— Je vous ai frappé ?

— Un coup de chance, admit Hud.

— Et Danny vous a frappé ?

— J'en doute, répondit Keir, en aidant Danny à s'asseoir avant qu'il tombe.

— Il aura aussi un peu mal. Il a trébuché sur nous et s'est étalé sur l'asphalte avant que je puisse l'attraper.

Kyle hocha la tête d'un air compréhensif. Hud lui tapota gentiment la joue pour l'obliger à garder les yeux ouverts.

— Ne parle plus jamais comme ça à une dame. Ne la touche pas avant qu'elle te le permette. Et ne bois pas au point de ne pas pouvoir te souvenir de ton nom. Et ne prends surtout pas le volant quand tu es dans cet état.

Hud passa la main derrière le jeune homme et tira son portefeuille de la poche de son jean.

— Essayons encore une fois. Je suis l'inspecteur Kramer, de la police de Kansas City. Je vais vérifier votre permis. Vous êtes en possession d'une arme, d'un objet contondant, de drogue ?

— Je ne crois pas, répondit Kyle, pendant que Hud lisait son nom. Vous allez m'arrêter ?

— Parce que tu es un abruti ?

Il fourra le portefeuille dans la poche poitrine de Kyle, tandis que deux agents en uniforme descendaient de leur voiture.

— Tu ne vaux pas la paperasse à remplir. Contente-toi d'être à l'abri. Et réfléchis un peu plus la prochaine fois que tu boiras.

Après que les agents eurent embarqué les deux ivrognes, Keir retourna dans la ruelle avec lui.

— Donc tu as fait sortir ces deux idiots du bar. Qu'est-ce que tu as fait de la jolie blonde qu'ils ennuyaient ?

Hud se remit à jurer.

— Ricki. Je l'ai laissée toute seule.

Il vérifia sa montre en se dirigeant vers la porte de service du Shamrock.

— Je suis resté absent vingt-cinq minutes. Ça ira ?

Du coin de l'œil, il vit Keir hocher la tête. Le temps qu'il atteigne le bar et qu'il localise la table où il avait laissé Ricki, il n'y avait plus de raison de se presser. La seule chose qu'il pouvait câliner, c'était son vieux blouson de cuir. Un rapide survol du reste des clients assis ou en train de jouer au billard lui indiqua que son « rendez-vous » avait disparu.

Il se tourna vers le barman barbu, espérant qu'il lui dirait qu'elle venait de se rendre aux toilettes. Jesse Valentine lui adressa une grimace d'excuse.

— Désolé, mon vieux. Elle a passé un appel dès que tu es sorti avec les frères LaGaffe. Un type a surgi cinq minutes après et elle est partie avec lui.

Posant les mains sur les hanches, Hud inclina le visage en direction du plafond en aluminium et laissa le découragement l'envahir. Il avait plus d'une fois répondu à l'appel de ses sœurs ou d'autres femmes pour les tirer de situations désagréables. L'ironie d'être celui qu'on fuyait ne lui échappait pas.

Il sursauta quand son équipier lui posa une main sur l'épaule et l'entraîna vers le bar. Keir demanda un verre d'eau glacée, y trempa son mouchoir et le tendit à Hud pour qu'il le presse sur sa bouche.

— Tout va bien ?

— Tu sais, j'ai renoncé aux meilleures années de ma jeunesse pour élever mon frère et mes sœurs.

Hud se percha sur un tabouret et tamponna sa lèvre fendue avec le mouchoir.

— Je ne l'ai pas regretté une seconde. Nous avions besoin les uns des autres après la mort de papa et maman. Je voulais que la famille reste unie, à n'importe quel prix. Ils se sont fiancés ou mariés, ils ont fondé des familles, et maintenant que je suis disponible et prêt à l'action, je n'arrive pas à trouver une ouverture.

— Prêt à l'action ? Sérieusement ?

Keir prit le tabouret voisin mais refusa l'offre de boisson de Jesse.

— Ne me dis pas que tu as utilisé cette expression ?

— Ne me juge pas.

— Tu n'as aucune tactique, mon ami.

— Tu m'en diras tant.

— Sérieusement, mon vieux.

Keir lui tapa sur l'épaule pour adoucir ses paroles.

— Si elle t'a laissé tomber parce que tu t'occupais de ces gars, elle n'est pas digne de toi.

Piètre réconfort. La solitude était la solitude. Et Hud avait passé bien trop de soirées seul ou avec une femme indigne de lui.

Cependant, le fait que Keir soit sorti par une soirée pluvieuse et ne boive pas éveilla les soupçons de Hud. Son humeur maussade s'en trouva un peu apaisée. Ce n'était pas une coïncidence si son équipier était venu le chercher au Shamrock. Il devait avoir quelque chose sur le feu, surtout qu'une épouse et une petite fille splendides l'attendaient à la maison. Hud sortit son portefeuille et demanda à Jesse combien il devait pour les bières tièdes à sa table.

— C'est pour la maison, lui assura le barman en refusant son argent. Merci d'avoir dégagé la racaille.

Il y avait pas mal de choses qu'il aurait préféré faire plutôt que de travailler ce soir-là, et toutes avaient à voir avec le genre féminin. Mais comme il n'y avait aucune femme dans les parages, il tourna son attention vers son équipier. S'il avait eu un problème familial, Keir en aurait parlé immédiatement.

C'était donc le boulot. Hud se leva et empocha le mouchoir souillé de Keir avant de se diriger vers sa table.

— Pourquoi n'es-tu pas chez toi avec Kenna à faire les yeux doux au nouveau bébé ? Je sais que tu ne t'es pas seulement arrêté pour me prêter main-forte.

Keir lui emboîta le pas.

— Le nouveau bébé a déjà six mois, et tu n'as pas rendu visite à ta filleule depuis deux semaines, oncle Hud.

Son humeur s'éclaira à la pensée de la petite fille. Hud sourit en fourrant les pans de sa chemise dans son pantalon et en réajustant le holster qui pendait à sa ceinture.

— Les yeux de Lilly sont toujours aussi bleus que le ciel ?

— Ça, c'est une réplique que tu peux utiliser, le taquina Keir. Elle est aussi belle que sa mère. Et tout aussi têtue.

Hud se représenta la femme de Keir, avocate criminelle devenue procureure qui s'était attiré le surnom mérité de « Terminator », et se mit à rire.

— J'imagine. Hé, si Kenna et toi vous avez besoin d'une soirée en tête à tête, il suffit d'appeler oncle Hud et je serai ravi de garder ce petit ange.

— Je te prendrai bientôt au mot, dit Keir. Mais pas ce soir.

— Faut-il comprendre que nous avons une affaire ?

Keir hocha la tête.

— Un meurtre. Un des professeurs de l'université Williams a été retrouvé mort dans son labo. Multiples coups de couteau. L'équipe B est à court d'effectifs, et la victime est suffisamment en vue pour que le capitaine nous ait ordonné de démarrer l'enquête aussitôt que possible.

— En vue ?

Hud enfila son blouson, repoussant ses réflexions sur sa vie privée.

— C'est peut-être lié à cet attentat à la bombe en centre-ville l'été dernier.

— Avec la famille royale du Lukinbourg ?

Keir hocha la tête.

— Le labo du professeur est financé par le gouvernement lukinbourgeois. Je ne sais pas si les deux incidents sont liés, mais le capitaine Hendricks veut qu'on fasse des recherches. Tu es d'attaque ?

— Aucune chance que je rentre chez moi ronfler dans mon fauteuil, regarder la télé et pleurer sur mon sort.

— Brave type. Je prends le volant.

Keir boutonna son blouson et se dirigea vers la porte.

Hud jeta un pourboire sur la table et suivit son coéquipier dans la nuit.

— Ça marche pour moi.

Il y avait abondance d'indices sur la scène de crime. Mais c'était à Hud, Keir et au labo de la police de leur donner du sens.

Pendant que le médecin légiste faisait rouler la civière transportant la victime dans l'ascenseur, Hud enfila une paire de surchaussures sur ses bottes et s'accroupit pour examiner le verre brisé et les papiers éparpillés autour d'une flaque de sang dans le bureau de Ian Lombard. Visiblement, il y avait eu lutte dans le laboratoire. À en juger par les traces de sang, Lombard avait été poignardé à de nombreuses reprises avant de se traîner dans son bureau.

Mais pourquoi ? Pour atteindre le téléphone ? Il y avait des tas d'empreintes et de taches de sang sur le bureau, mais aucune sur l'appareil lui-même. Même s'il n'y avait aucune preuve qu'il ait téléphoné, Hud prit note de demander le relevé des appels de Lombard. Faute d'autre chose, un appel précédent leur donnerait peut-être un indice sur celui ou celle qu'il avait rencontré sur le campus en dehors des heures de travail.

L'homme devait attendre de la compagnie, parce qu'il y avait deux verres et une coûteuse bouteille de whisky sur la petite table devant le canapé. La bouteille était encore scellée, indiquant que Lombard et son invité n'étaient pas encore passés aux libations. Son meurtrier était-il venu faire affaire avec lui ? Lui avait-il offert de l'argent ou avait-il exigé les résultats de ses recherches ? Le meurtre était l'une des manières de résoudre un désaccord sur les termes – ou de s'assurer d'un accord avant que les termes puissent être changés.

Et si la victime n'avait pas essayé d'atteindre le téléphone pour appeler les secours, alors que cherchait-elle ? Pourquoi ne pas utiliser son téléphone portable pour appeler le 911 ? Pourquoi ne pas ramper jusqu'à la porte et hurler à l'agent de sécurité au rez-de-chaussée de lui venir en aide ? Ou déclencher l'alarme ? Le gardien avait indiqué qu'ouvrir n'importe quelle porte sans une carte d'accès et un code déclenchait une alarme sur son pupitre et au bureau de la sécurité du campus. Et pourquoi l'agent n'avait-il pas réagi à une bagarre de cette ampleur, pour commencer ? Il aurait fallu qu'il soit sourd pour ne pas entendre le bruit du verre brisé et des meubles renversés.

Hud contempla une tache rectangulaire dans la flaque de sang. Sur une intuition, il sortit son téléphone et le tint au-dessus de la tache, confirmant ses soupçons. Il prit une photo.

Keir apparut dans le couloir et fit halte pour enfiler ses surchaussures.

— Tu as trouvé quelque chose ?

— Le téléphone de Lombard a disparu, non ?

Son équipier traversa la salle.

— Le médecin légiste ne l'a pas trouvé sur lui. Seulement son portefeuille, sa montre et un étui à lunettes. Il avait aussi une liasse de billets, donc je pense qu'on peut écarter le vol. Bien que j'ignore à quoi servent la moitié de ces machines. Quelque chose pourrait manquer. Il va falloir parler à quelqu'un de l'équipe.

Hud désigna le coffre-fort ouvert et le classeur dans un coin.

— Ces tiroirs ne contiennent rien d'autre que des dossiers personnels. Le coffre-fort a été fouillé, mais le type a laissé une boîte de cailloux.

— Une boîte de cailloux ?

Hud avait eu aussi son moment de scepticisme, jusqu'à ce qu'il ouvre la boîte et lise l'emballage.

— Des cailloux d'or. L'université les fait venir du Lukinbourg. Ils valent plus de douze mille dollars. Apparemment, ils en font un truc scientifique.

Keir laissa échapper un sifflement.

— Donc, il ne s'agit pas d'un cambriolage. Soit le type connaissait la combinaison du coffre, soit Lombard l'a ouvert avant d'être tué.

— Ou bien on l'a forcé à l'ouvrir. Le type n'a peut-être pas trouvé ce qu'il cherchait et il a perdu son calme.

— Ça pourrait être de l'espionnage industriel ?

— C'est possible. Il faut vérifier l'ordinateur de Lombard, et élargir la recherche à d'éventuelles clés USB.

Hud se releva.

— Regarde cette marque. Elle est de la même taille que mon téléphone.

— Tu penses que le tueur a volé le téléphone de Lombard ? Est-ce qu'il aurait une mémoire assez importante pour stocker ses données ?

— Je ne m'y connais pas assez pour te répondre. Mais il pourrait contenir un contact identifiant le meurtrier, ou quelque chose d'autre, comme une photo ou un texto.

Se déplaçant vers l'endroit où le Dr Lombard était mort, Hud désigna une seconde tache, beaucoup plus petite, à plusieurs mètres de là où on avait trouvé le corps.

— Qu'est-ce que tu penses de ça ? Je me demande si le meurtrier a aussi été blessé. Ça arrive souvent avec les couteaux. On va peut-être trouver de l'ADN.

Keir vérifia ses notes.

— L'agent de sécurité semble penser que c'est celui du témoin.

— On a un témoin ?

Leur travail serait grandement facilité s'ils pouvaient avoir une description de ce qui s'était passé.

Mais le soupir las de Keir lui fit écarter immédiatement l'idée de facilité. Apparemment, rien n'allait se passer comme prévu ce soir.

— Un membre du labo a trouvé Lombard avant qu'il meure, a appelé le 911 et essayé d'administrer les premiers secours.

— Des déclarations de la victime ?

— Je ne lui ai pas encore parlé. Les ambulances l'examinent. Un coup à la tête. Elle a de la chance de ne pas y être restée, en faisant irruption comme ça sur la scène de crime.

Elle. L'appréhension noua l'estomac de Hud.

— Je n'ai pas une chance phénoménale avec les femmes, ces derniers temps. Pourquoi tu ne te charges pas de l'interroger ? Je reste ici pour voir si je peux trouver l'arme dont s'est servi le meurtrier.

— À moins qu'il l'ait emportée avec lui.

Hud hocha la tête à cette possibilité. Si le meurtrier avait la tête assez claire pour prendre le téléphone de la victime, il n'avait sûrement pas oublié l'arme du crime.

— Ça ne veut pas dire que je ne vais pas essayer.

Keir empocha son calepin.

— Il faut que je termine avec l'agent Galbreath. Je lui fais expliquer le système de sécurité. Une grande partie est informatisée, apparemment. Il m'a montré le disjoncteur, au sous-sol.

— Donnez-moi un revolver et un bon chien de garde plutôt que ce galimatias high-tech, marmonna Hud. C'est bien trop facile de pirater ou contourner un système et de supprimer les traces de ce qui a été fait. Je déteste tous ces nano-bits qui se faufilent dans mon dos.

— On est dans une école de technologie, lui rappela Keir avec un sourire ironique. Tout le monde n'est pas aussi dépassé que tu l'es, mon ami.

— Est-ce que je t'ai demandé d'aller te faire voir récemment ?

— Pas depuis une heure.

Avec une mimique exagérée, Hud feignit de taper ce rappel sur son téléphone.

— Je vais examiner les manières de provoquer un court-circuit pendant que je suis ici.

— Notre témoin peut peut-être nous éclairer là-dessus. En plus de nous faire la liste de ce qui manque.

Keir recula dans le couloir.

— Je lui parlerai dès que j'en aurai fini avec Galbreath et que les ambulanciers l'auront relâchée.

Il hésita un instant, comme pour ajouter quelque chose.

— Quoi ?

— Tu sais que je te taquinais au Shamrock, tout à l'heure. Ne renonce pas à l'idée de trouver la femme idéale. En dehors de mon père, tu es le baby-sitter à qui Kenna fait le plus confiance. Et regarde Millie – elle t'a pratiquement adopté tellement elle te trouve parfait.

Une femme mariée, un bébé et une belle-mère. Oui, Hud avait un réel succès avec les femmes, tant qu'elles étaient prises, avaient moins de deux ans ou plus de soixante-dix ans.

— Pas la peine de te mettre martel en tête parce que le témoin est une femme. Tu ne peux rien gâcher en lui parlant.

— Pas ce soir.

Hud lissa ses cheveux en arrière, puis les hérissa de nouveau en secouant la tête. Son cœur et son ego avaient pris trop de coups ces derniers temps pour qu'il se croie encore capable de ne pas effrayer une femme fragile.

— Je t'en devrai une bonne si tu l'interroges pour moi.

Keir considéra ce marché un instant, puis hocha la tête.

— Je vais demander à un des agents de la retenir jusqu'à

ce que j'en aie fini avec Galbreath. Il est retraité du KCPD, alors son témoignage devrait être fiable. Mais…

Mais n'était pas un mot encourageant.

— Mais quoi ?

— Galbreath prétend qu'il a été drogué. Il jure que personne n'aurait pu entrer ou sortir du labo et du bureau de Lombard sans une carte d'accès et un code, même avec l'électricité en panne. Je vais lui demander de faire un test. Pour voir s'il a quelque chose dans les veines.

Soulagé de pouvoir se concentrer sur l'affaire et non sur ses propres défauts, Hud poussa un soupir mesuré.

— Ça expliquerait pourquoi il n'a rien vu ni entendu. Lombard devait connaître son meurtrier s'il lui a prêté une carte ou l'a amené avec lui. Ça m'a tout l'air d'une préméditation si le meurtrier savait comment éliminer le gardien et contourner le système de sécurité.

Il survola du regard le laboratoire saccagé et secoua la tête.

— Ce bazar ressemble tout de même à un différend qui a dérapé. Ça paraît impulsif, pas planifié.

— C'est peut-être sa manière de se justifier de s'être endormi à son poste. Je vais le serrer un peu, voir s'il avoue quelque chose.

Keir fit halte sur le seuil de la pièce et se retourna.

— Ça ira pour toi ici, tout seul ?

N'était-ce pas l'ironie de la situation ? Hud émit un rire sarcastique et fit signe à son équipier de s'en aller.

— Je me débrouillerai.

— Le médecin légiste va réaliser une autopsie complète, mais il dit que la victime est probablement morte soit par suite du nombre de blessures, soit parce que l'une d'elles a sectionné une artère. Il pense que nous devons chercher quelque chose de long, de pointu et de dentelé. Sans doute pas un vrai couteau.

Hud s'était fait la même réflexion. Il cherchait une arme

opportuniste. Malheureusement, le laboratoire recelait un tas de possibilités.

— Je t'envoie les gars de la scientifique ?

Hud hocha la tête, déjà absorbé par autre chose.

— Oui. Il nous faut une équipe pour organiser ce bazar.

Keir descendit à la rencontre du gardien, qui attendait en bas avec les agents en uniforme. Pendant ce temps, Hud s'accroupit pour prendre une photo des débris de verre provenant de vases à bec et de vitres fracassées. Un morceau de verre plus gros aurait pu servir au crime. Il demanderait aux techniciens de les ramasser et de les catégoriser pour voir s'il en manquait.

Il se déplaça vers un étroit tube en acier qui sortait de sous un chariot métallique. Un bec Bunsen. Il avait une forme cylindrique avec un bord strié qui pouvait correspondre à une des blessures si le meurtrier avait eu assez de force pour percer la peau avec l'extrémité émoussée. Les gouttes de sang éparpillées sur les débris de l'armoire et les plateaux métalliques étaient des gouttelettes de projection, et n'indiquaient pas que ces objets étaient l'arme du crime. Mais il y avait des dizaines de possibilités éparpillées à travers le labo. Des ciseaux. Des pinces géantes. Même les poignées de certains équipements pouvaient avoir été cassées et utilisées.

Hud photographiait une bonne vieille boîte à outils ouverte à même le sol près d'une armoire quand il entendit quelqu'un s'éclaircir la gorge à l'entrée de la pièce.

— Bon. J'avais besoin de renforts, dit-il sans lever les yeux. Je ne fais que prendre des photos, je n'ai touché à rien. J'aurai terminé mon examen préliminaire dans quelques minutes.

Il s'agenouilla pour compter le nombre de tournevis sur le plateau de la boîte.

— La première chose que nous devons trouver est l'arme du crime. Vous pouvez commencer dans le bureau.

— D'accord, répondit une voix douce.

Il entendit des pas légers, comme si le technicien faisait le tour des débris au sol.

D'accord ? Aucune récrimination sur le fait que les inspecteurs dérangeaient les indices et donnaient des ordres ? Aucune plainte parce que le médecin légiste prenait son temps et que les plans pour la soirée tombaient à l'eau ?

Hud tourna la tête vers cette réponse inattendue.

De son point de vue, tout ce qu'il vit fut une paire d'escarpins noirs. Il fronça les sourcils. Quelle technicienne de scène de crime venait travailler avec des pompes pareilles ? Il s'assit sur ses talons.

— Où sont vos surchaussures ?

Les escarpins s'immobilisèrent.

— Mes surchaussures ?

Avec la moitié du laboratoire et une table entre eux, sa vision de la femme ne s'était pas beaucoup améliorée. Et pourtant, le paysage avait pris un tour plus intéressant.

À travers les pieds de la table, il voyait maintenant de longues jambes nues prolonger les escarpins. Une peau crémeuse, des mollets musclés, de petites fossettes aux genoux. Son regard s'aventura quelques centimètres plus haut, et il distingua l'ourlet d'un tissu noir miroitant. Pour un homme de petite taille, il n'avait jamais eu de problème à admirer de longues jambes et…

Il y avait une tache de sang sur sa cuisse gauche. Une auréole pourpre s'étalait sur les sequins au-dessus de la tache. Cette observation lui fit l'effet d'une douche froide. Ce n'était pas le sien, espéra-t-il.

— Madame, vous avez l'autorisation d'être ici ?

— L'agent en bas m'a dit que les inspecteurs voulaient me parler.

— Ah, bien sûr.

Hud rempocha son téléphone et se leva.

— Ne bougez pas.

Sa fascination initiale pour ces jambes sexy se teinta

d'inquiétude et de colère. Ce devait être le témoin, la femme qui avait trouvé Ian Lombard et avait essayé de le sauver. D'une manière ou d'une autre, elle n'avait pas réussi à entrer en contact avec Keir.

En se redressant, il finit d'examiner son apparence. Le cardigan crème qu'elle portait était déformé et taché de sang. Elle croisait étroitement les bras par-dessus. Les manches roulées étaient aussi ensanglantées. Elle tenait une poche de glace entre ses doigts.

Le regard de Hud atteignit finalement une longue mèche de cheveux rouge brique, en travers de sa poitrine. Puis il vit un cou de cygne, un menton légèrement pointé en avant, des lunettes abritant des yeux gris tourterelle, et… Les vestiges de sa concupiscence s'évanouirent quand il la reconnut dans un éclair de lucidité. Il se sentit embarrassé de l'avoir reluquée ainsi.

Cette femme était un fort en thème. Elle était affreusement timide, trop compliquée pour lui, et à l'opposé du profil féminin dont il aurait dû s'enticher. Et elle n'avait absolument aucune raison de se montrer ainsi, couverte de sang, sur une scène de crime.

— Qu'est-ce que vous faites ici ?

Gigi Brennan n'était vraiment pas la personne qu'il s'attendait à voir.

3

Malgré le mal de tête qui lui enserrait les tempes, Gigi reconnut immédiatement la mâchoire carrée et la musculature impressionnante de l'inspecteur Hudson Kramer. Son charmant accent des Ozark et ses chauds yeux bruns alimentaient ses fantasmes depuis deux ans. Il lui avait donné son premier et unique baiser d'adulte le soir où ils s'étaient rencontrés.

Certainement provoqués par la bosse grosse comme un œuf qu'elle avait sur la nuque, des points lumineux dansaient devant ses yeux et jetaient une sorte de voile transparent sur l'inspecteur. Il traversa vivement la salle et la prit par le coude pour l'escorter dans le couloir, où la lumière était moins vive. Mais même si ses yeux lui jouaient des tours, la fermeté de sa poigne, l'odeur et le bruit du cuir souple qui bruissait à chacun de ses pas étaient imprimés dans sa mémoire.

— Descendons, lui ordonna-t-il en l'entraînant avec lui.

Il l'accompagna jusque dans le hall, où il fit halte près du pupitre de Jerome. Puis il marmonna un juron, ne trouvant manifestement pas ce qu'il cherchait.

Elle survola le hall du regard avec lui, notant les agents en uniforme et les agents de sécurité postés des deux côtés des portes. Ceux qui étaient à l'intérieur bavardaient ou communiquaient par radio, tandis qu'à l'extérieur, les autres tentaient de contenir une foule grandissante d'étudiants, de reporters, d'ambulances et de voitures de police.

— Vous avez perdu quelqu'un ? demanda-t-elle dans un murmure.

— Mon équipier, grommela-t-il.

Gigi était sur le point de proposer de revenir à un meilleur moment, quand un faisceau lumineux se braqua sur ses yeux. La douleur lui transperça le crâne et elle dut fermer les paupières.

— Maudits reporters. Nous ne savons pas encore ce qui s'est passé, et ils sont déjà là comme des vautours.

L'inspecteur Kramer la poussa vers un petit arbre en pot dans un coin du hall.

— Désolé. C'est vous le témoin qui a trouvé Lombard ?

— Oui.

La douleur oculaire lui avait un peu coupé le souffle, de même que la montée et la descente de l'escalier. À moins que l'essoufflement soit sa réaction habituelle quand elle pensait à Hudson Kramer.

— Keir doit être encore en bas avec Galbreath.

Kramer survola une fois de plus le hall avant de pousser un soupir et de sortir le badge qui pendait à une chaîne autour de son cou.

— Professeur Brennan ? Je ne sais pas si vous vous souvenez de moi. Je suis l'inspecteur Hudson Kramer. Nous nous sommes rencontrés au Shamrock. Nous avons joué au billard.

Gigi n'avait pas besoin de son badge pour se rappeler ses cheveux en pétard et son sourire taquin.

— Je sais qui vous êtes, inspecteur. Vous vous intéressiez à ma sœur, Tammy, ce soir-là. Mais elle a préféré l'homme qui vous accompagnait, alors vous avez fini par passer la soirée avec moi.

Elle remonta ses lunettes sur son nez, un tic ancien qui faisait surface chaque fois qu'elle se sentait mal à l'aise. Elle doutait qu'il se souvienne de ce soir-là aussi clairement qu'elle – peu de gens étaient aussi observateurs qu'elle l'était.

— Vous avez été assez gentil pour ne pas me planter là quand Tammy est partie avec votre ami. C'était votre équipier, non ?

— Il l'est toujours.

Le sourire taquin réapparut, dissipant la tension qui émanait de lui.

— Keir a rencontré ce soir-là la femme qu'il a épousée par la suite… Après s'être rendu compte que rien n'allait se passer avec votre sœur.

Comme Tammy n'avait jamais reparlé de Keir, Gigi supposait que sa sœur ne s'était pas sentie attirée par lui. Pas comme elle, Gigi, qui avait été fascinée par Hudson.

— Tammy m'a dit que c'était un gentleman. Ce qui la changeait des hommes avec qui elle sortait habituellement. Je suis ravie que ça ait marché pour lui. Et je suis désolée que vous vous soyez retrouvé coincé avec moi.

— Coincé n'est pas le mot que j'utiliserais. Ça ne m'a pas dérangé de vous raccompagner chez vous.

Quand ils étaient arrivés à son bungalow, il l'avait accompagnée à sa porte et, après une brève hésitation, s'était penché pour lui donner un baiser.

Il avait plongé les doigts dans ses cheveux pour rapprocher sa bouche de la sienne. Sa barbe naissante lui avait chatouillé les lèvres. Sa chaleur avait réchauffé sa bouche. Sa façon de la tenir avait quelque chose de légèrement possessif. Elle avait à peine surmonté un sursaut instinctif et entrouvert les lèvres pour lui rendre son baiser que ses hanches avaient heurté les siennes et qu'elle s'était retrouvée plaquée contre la porte en chêne. Sa langue s'était introduite entre ses lèvres et s'était enroulée autour de la sienne.

Elle avait senti l'acidité de la bière sur sa langue et la fermeté de muscles durs tout le long de son corps. Ses petits seins s'étaient alourdis de la friction que sa poitrine exerçait sur elle. Elle aurait voulu imiter tout ce que sa bouche faisait à la sienne, explorer ses cheveux soyeux et sa mâchoire râpeuse, mais à peine avait-elle découvert tous ces goûts, ces sensations, ces parfums, qu'il avait reculé. Il avait souri, détaché ses doigts du coton de sa chemise et lui avait poliment souhaité bonne nuit. Même si elle était passée à côté de ce baiser, Gigi se rappelait encore le contact de ses lèvres chaudes et fermes. Elle se souvenait des picotements de son corps, du désir qui s'était rué dans sa tête comme un train lancé à pleine vitesse.

Apparemment, aucun train n'avait déraillé de manière mémorable pour Hudson. Il ne se souvenait sans doute pas de ce baiser.

— Vous vous êtes révélée une très bonne joueuse. J'ai passé une bonne soirée.

Pas assez, cependant, pour la rappeler. Mais elle ne l'avait pas fait non plus. Gigi baissa la tête et ramena une longue mèche de cheveux derrière son oreille. Ce contact était un autre truc qu'elle utilisait pour orienter ses pensées vers quelque chose de plus confortable que ses hormones et ses émotions.

— Vous m'avez montré comment jouer et j'apprends vite. Il ne s'agit que de géométrie et de physique de base. Une fois qu'on sait quel angle adopter et quelle vitesse imprimer à la boule, les coups sont faciles.

Et voilà, encore ce regard vide, comme si elle avait dit quelque chose d'incompréhensible.

Ensuite venait le sourire poli. Les hommes gentils souriaient toujours avant de partir. Les butors se contentaient de lever les yeux au ciel ou, pire, disaient à leurs amis de ne pas s'approcher de Mme l'Intello.

Mais la réaction habituelle s'arrêta là, car l'inspecteur Kramer se mit à rire. C'était un son riche et robuste, qui résonna dans sa poitrine.

— Rappelez-moi de vous utiliser comme arme secrète la prochaine fois qu'un crétin me défiera au billard. Pour une fois, je ne perdrai pas mon argent.

Le rire s'arrêta aussi vite qu'il avait commencé, et Hudson lui jeta un regard inquisiteur, qui lui fit baisser les yeux.

— Vous avez pris un bon coup sur la tête, pas vrai ? La lumière vous faisait mal ?

Elle ne s'était pas rendu compte qu'elle plissait les yeux avant qu'il le mentionne.

— Un peu.

— Bon. J'allais laisser Keir s'occuper des interrogatoires, mais comme il est occupé, trouvons un endroit tranquille pour que je vous pose quelques questions.

Ses doigts enveloppèrent son coude, plus gentiment cette fois. Il ordonna à l'un des agents de leur garantir un peu de tranquillité, puis poussa la porte vitrée. Après avoir brièvement survolé du regard les badauds et les journalistes rassemblés derrière un ruban jaune, il la fit obliquer vers un petit recoin de verdure avec des bancs.

— C'est humide dehors. Ça vous ennuie ?

Elle serait allée n'importe où, du moment que cela l'éloignait des lumières, des reporters, des membres de la faculté et des étudiants curieux. Elle secoua la tête.

Intercalant une rangée de buissons et un chêne des marais entre eux et la foule, il l'entraîna vers un banc métallique.

— Vous avez l'air morte de fatigue.

— Pas aussi morte que le Dr Lombard.

Il rit à nouveau.

— Vous êtes drôle, professeur. Oh…

Son rire cessa brusquement.

— Vous ne plaisantiez pas. Désolé.

— Si, c'était humoristique, avoua-t-elle. Je suppose que je voulais souligner l'évidence.

Il tira un bandana bleu de la poche arrière de son jean et essuya le métal avant de la faire asseoir.

— C'est un peu froid, mais nous le réchaufferons bien assez vite.

Le *réchauffer* ? Ses neurones devaient avoir des ratés.

Il n'était sûrement pas en train de dire… qu'il ferait… Maintenant ? Avec elle ?

— Lombard et vous, vous étiez proches ? demanda-t-il en tapotant le banc près de lui.

Des ratés, aucun doute. Surmontant sa confusion, Gigi se laissa tomber sur le banc. L'inspecteur voulait l'interroger sur le meurtre de Ian, pas échanger de la chaleur corporelle. Peut-être avait-elle effectivement une commotion.

Hudson s'adossa au banc, espérant sans doute l'inciter à se détendre.

Mais se tenir raide comme un piquet et serrer son cardigan autour d'elle semblait être la seule chose dont elle était capable. Ce n'était pas tant Hudson que ses propres réactions vis-à-vis de lui qui la rendaient nerveuse. C'était une chose de nourrir des fantasmes à propos d'un homme sensuel et sexy, à l'opposé des intellectuels raffinés et égoïstes avec lesquels elle passait son temps, c'en était une autre de tenir une conversation pertinente avec l'homme en question. Surtout quand sa tête lui faisait mal et qu'elle se ressentait de ce qu'elle avait traversé.

— Ian était mon patron. Mon mentor. Et un ami aussi, je suppose. Nous formions une bonne équipe. Il avait les idées, et j'avais la patience de les mettre en application. Je repérais les erreurs dans ses calculs et je retravaillais les éléments pour compléter les prototypes qu'il concevait.

— Donc il était l'artiste et vous la choriste. Mais votre travail à tous deux était nécessaire pour produire le disque.

— C'est une bonne analogie. Il me fichait la paix, contrairement à d'autres chercheurs. Ian m'a engagée pour diriger son équipe de recherche, faire le lien avec les professeurs associés du Lukinbourg et gérer les employés de la faculté.

— Vous êtes plutôt jeune pour toutes ces responsabilités, non ?

Gigi haussa les épaules. Elle avait toujours été la plus jeune – à l'école, dans la recherche, dans la vie.

— Je suis un bourreau de travail. Et je suis… intelligente.

— Je m'en souviens.

Un sourire vint souligner les rides autour de ses yeux.

— Quand nous nous sommes rencontrés, vous m'avez dit que vous aviez déjà obtenu votre doctorat. Que vous l'auriez achevé un an plus tôt si vous n'aviez pas dû vous occuper de votre sœur après la mort de vos parents. Ça m'a rappelé ma propre situation avec mon frère et mes sœurs. Vous et moi étions des orphelins chargés de famille. Ça nous a donné un sujet de conversation.

Ce fut alors qu'elle réalisa qu'elle avait parlé à Hudson Kramer d'autre chose que de travail. Même si elle avait hésité sur la boisson à commander et ne savait pas jouer au billard, il lui avait donné le sentiment qu'il comprenait ce qu'elle disait. Plus les heures passaient, plus elle s'était rendu compte qu'elle retrouvait sa langue avec cet homme. Elle avait admiré sa loyauté envers sa famille et s'était sentie honorée qu'il lui parle d'un sujet aussi personnel. Cela lui avait facilité les choses pour qu'elle s'ouvre à son tour. Apparemment, il avait encore le don de la pousser à se confier.

— L'enseignement n'est pas vraiment mon fort. Je n'ai pas eu de recommandations extraordinaires de l'école où j'ai fait ma thèse de doctorat. Mais je suis vraiment bonne au labo. Ian l'a compris et il m'a donné une chance de travailler ici sur des recherches révolutionnaires, de mettre mon nom sous le sien sur quelques articles que nous avons publiés.

Ian Lombard avait peut-être fait plus pour elle qu'elle ne s'en rendait compte.

— Sous sa direction, j'ai amélioré mes compétences d'enseignante. Je me débrouille mieux avec de petites classes maintenant.

— Vous êtes nerveuse quand vous faites face à une foule de gens ?

— Je suis nerveuse face à n'importe qui. Mais vous le savez déjà. Ce soir-là, au Shamrock, vous espériez que

Tammy vous choisirait. C'est elle, la fille sociable. Elle est toujours à l'aise, que ce soit avec des amis ou dans une salle pleine d'inconnus.

Gigi pressa la poche à glace ramollie, surprise de s'apercevoir qu'elle la tenait toujours. Elle glissa un regard à Hudson, se demandant si cette conversation avait plus de sens pour lui que pour elle.

— Vous saviez que des études ont montré que parler en public cause plus de stress chez certains qu'un divorce ou le décès d'un proche ?

— Je ne savais pas…

Pas plus qu'il ne comprenait pourquoi elle soulignait ce fait – à en juger par son sourcil levé.

— Là…

Lui prenant la poche de glace des mains, il l'appliqua sur son crâne, au-dessous de son chignon défait. Il guida ses doigts pour qu'elle puisse la tenir en place.

— Ça ne sert à rien sur vos genoux.

Il se pencha en avant, posant les coudes sur ses genoux. Essayait-il de se faire plus petit, moins menaçant ? Elle était peut-être plus grande que lui d'un ou deux centimètres, mais il ne pouvait pas supprimer la largeur de ses épaules, la force de ses bras musclés et l'arme qui faisait une bosse à sa taille. Son accent était charmant, son regard indulgent, mais physiquement, il ressemblait à un paquet de dynamite. Elle était en train d'analyser pourquoi son pouls s'emballait comme ça quand il se tourna vers elle et dit :

— Vous me parlez normalement, à moi.

Alarmée d'être surprise en train de le contempler, Gigi le regarda droit dans les yeux. Elle les détourna tout aussi vite, fourrant sa main libre dans la poche de son cardigan pour tripoter des fils de laine – encore un truc pour court-circuiter sa panique et donner une soupape à sa timidité. Maintenant elle pouvait se concentrer sur la raison pour laquelle ils parlaient.

— Cette conversation a un but. Si on me donne une tâche, je l'effectue. Vous avez besoin d'informations sur Ian, sur ce que j'ai vu au labo. Sur ce que je sais de son emploi du temps de ce soir. Si j'ai reconnu la personne qui m'a frappée. Les détails. Je suis douée pour les détails.

— J'aimerais savoir tout cela, si vous y êtes prête.

Il tira un calepin et un stylo de son blouson, tourna plusieurs pages couvertes de notes et d'un schéma grossier du laboratoire et du bureau de Ian.

— Racontez-moi ce qui s'est passé. Comme vous vous en souvenez.

Pendant plusieurs minutes, Hudson prit des notes tandis que Gigi lui racontait la réception, son trajet en bus jusqu'au campus, sa découverte de Jerome endormi. Elle mentionna la panne d'électricité et expliqua comment elle avait découvert Ian dans son bureau et avait tenté de le sauver. Hudson gardait les coudes plantés sur ses genoux, penché en avant, si bien qu'elle parlait à sa nuque, plantée d'épais cheveux bruns.

Elle vit avec curiosité qu'il soulignait deux fois les mots « encore vivant » avant de demander :

— Lombard a dit au gardien qu'il recevait quelqu'un. Savez-vous si c'était un homme ou une femme ? Il y avait deux verres posés sur la petite table dans son bureau.

Gigi se repassa mentalement les images de tout ce qui s'était passé. Dans une sorte de brouillard elle revit ce dont il parlait.

— Des verres en cristal taillé. Avec une bouteille de whisky. Une marque très chère. Ian avait des goûts de luxe.

Hudson souriait quand il lui fit face.

— Vous remarquez effectivement les détails.

Se moquait-il de sa tendance obsessionnelle à l'observation ?

— N'est-ce pas ce que font les témoins ?

— Pas nécessairement.

Il se redressa et se tourna vers elle. Gigi sursauta intérieurement quand son genou effleura le sien, mais réprima vivement l'envie de s'éloigner. Il n'avait sans doute pas remarqué ce contact involontaire. Et il n'avait pas réagi comme s'il avait aussi senti une décharge électrique. Il l'aurait trouvée grossière ou arrogante. Ce ne serait pas la première fois qu'un homme interpréterait sa nervosité à rebours.

— Vous seriez surprise de savoir combien le choc et l'émotion peuvent affecter la manière dont une personne se rappelle ce qu'elle a vu.

— Ce que je dis n'est pas assez précis ?

Peut-être pensait-il que quelque chose n'allait pas chez elle. Il fallait qu'il comprenne que ses compétences sociales tombaient en panne quand elle était avec un homme qui l'attirait. Mais personne ne pouvait remettre en question son intellect.

— Je ne fais pas d'erreurs habituellement. Pas avec…

— Les détails, finit-il pour elle.

Il eut un petit rire de gorge.

— Votre mémoire m'inspire davantage de confiance que celle de beaucoup, professeur. Maintenant, dites-moi : le Dr Lombard a-t-il quitté la réception pour rencontrer quelqu'un ?

— Il ne m'a rien dit. Mais…

Voyant qu'elle ne finissait pas sa phrase, Hudon pencha la tête pour la regarder dans les yeux.

— Mais ?

Bonté divine. Ses yeux n'étaient pas seulement marron. Ils avaient des éclats de miel et de cannelle et même des reflets de mousse. Des yeux noisette. Pourquoi ne l'avait-elle pas remarqué avant ?

— Professeur ?

Bien sûr. Gigi cligna des yeux pour revenir à la conversation. Il ne s'agissait pas d'une expérience sur les variations de la couleur de l'iris chez l'homme adulte. Il était inspecteur et elle était témoin. *Réponds à la question, déjà.*

Gigi remua légèrement, en sorte de rompre le contact avec son genou et son regard.

— Ian a eu une dispute avec l'un des professeurs associés, Evgeni Zajac, de l'université Saint Feodor au Lukinbourg. Je ne sais pas de quoi il s'agissait, en dehors du fait que le Dr Zajac l'accusait de quelque chose. Evgeni ne parle pas très bien anglais, alors je suis étonnée que ça ait duré aussi longtemps. J'ignore où était son épouse, Hana Nowak, qui est aussi sa traductrice.

Elle frotta les bleus qu'Evgeni avait laissés sur son bras.

— Evgeni pensait que Ian lui cachait quelque chose. Leur dispute a peut-être exaspéré Ian et c'est pour ça qu'il m'a oubliée…

— Il vous a oubliée ?

Il lui demanda d'épeler le nom de Zajac avant qu'elle réponde.

— J'étais venue avec lui en voiture à la réception. C'est comme ça qu'il m'a persuadée d'y aller

— En vous promettant que vous ne seriez pas seule avec tous ces gens.

Gigi approuva d'un signe de tête.

— Puis il est parti sans vous. D'où le bus.

Hudson arqua à nouveau un sourcil noir.

— Même moi, j'ai eu des rendez-vous amoureux plus sympa, c'est dire.

— Ce n'était pas un rendez-vous amoureux, corrigea-t-elle hâtivement. Je n'étais pas son type.

Le sourcil haussé s'aplatit et se fronça.

— Lombard avait un type ?

Lasse de tenir la poche de glace fondue, Gigi la posa sur le banc à côté d'elle et fourra ses doigts froids dans la poche de son cardigan, les enroulant autour de son portable. Elle se sentait coupable de penser ne serait-ce qu'un peu de mal du mort. Bien qu'il se soit toujours montré bienveillant et encourageant avec elle, Ian Lombard avait deux défauts majeurs : un ego à la mesure de son QI et un fort penchant pour les jolies filles.

Hudson effleura le dos de ses doigts de son stylo, à travers les mailles de son cardigan, interrompant son débat intérieur. Ce contact la força à le regarder une fois encore dans les yeux.

— Vous avez froid ? demanda-t-il. Vous voulez qu'on retourne à l'intérieur ?

Elle secoua la tête, se demandant s'il avait remarqué la manière dont elle touchait ses lunettes, ses vêtements ou ses cheveux pour interrompre un fil de pensée désagréable.

— C'est une habitude. Ça me calme. Je déteste les vêtements qui n'ont pas de poches.

— Moi aussi.

Avec une ombre de sourire au coin des yeux, il ajouta :

— Dites-moi quel était le type de Lombard, et en quoi une rouquine tout en jambes comme vous ne lui correspondait pas.

Une rouquine tout en jambes ? Était-ce un compliment ? Non. Elle réprima l'élan d'anticipation qui montait en elle. C'était simplement un constat. Elle avait effectivement de longues jambes et des cheveux auburn, et c'était agréable de voir qu'il avait remarqué quelques détails chez elle. C'était étonnamment facile de parler avec Hudson Kramer.

— Le Dr Lombard…

Y avait-il une façon polie de le dire ?

— Il est… Il était marié. Mais il avait des yeux baladeurs. Il flirtait avec certaines étudiantes. Il les recevait dans son bureau pour… les conseiller. Parfois, après les heures de cours.

— Il les aimait jeunes.

— Et blondes. Et potelées. Il m'a même interrogée sur Tammy, après qu'elle est passée une fois me prendre à l'heure du déjeuner.

C'était la première fois qu'elle avait expliqué la notion de harcèlement sexuel à Ian, en précisant que sa sœur et les étudiantes lui étaient interdites.

— Cela aurait pu lui valoir des ennemis. Est-il allé plus loin que le flirt ?

— Je ne pourrais pas le dire avec certitude, avoua-t-elle. Ça n'est jamais arrivé avec moi. Il disait que j'avais trop d'importance pour lui en tant qu'assistante.

Cela avait été l'une des rares fois où elle avait été ravie d'être une femme effacée.

— Il a été réprimandé par l'université. Menacé de poursuites pour harcèlement sexuel. Je me disais qu'il avait arrêté ses batifolages. Je n'avais pas entendu parler de plaintes ou de rumeurs récemment.

— Un joueur sera toujours un joueur. Mais vous ne connaissez personne qui lui garde une dent à cause de ça ? Un parent en colère ? Un mari ? Un petit ami ? Les victimes elles-mêmes ?

Gigi fit signe que non.

— Sa femme le menaçait de divorcer. Mais ils suivaient une thérapie de couple. Elle est à l'étranger, de toute façon, donc ça ne pourrait pas être elle.

L'inspecteur Kramer grogna comme si cela ne lui donnait pas forcément un alibi.

— Quel est son nom ?

— Doris Lombard. Elle est professeur d'art théâtral ici. Elle est en congé sabbatique en Norvège ce semestre.

— Admettons que Zajac n'ait pas suivi votre patron pour terminer la dispute et qu'aucune étudiante mécontente ne se soit offusquée d'être tripotée par son professeur...

Il tourna une nouvelle page de son calepin.

— Savez-vous s'il avait des conflits avec d'autres gens ?

— Comme qui ?

— N'importe qui. Dans le domaine personnel ou professionnel.

Elle ne voyait personne, mais elle savait que Ian n'était pas unanimement aimé.

— Il y a beaucoup de compétition dans le monde académique – pour les subventions, les postes, les financements. Il y a aussi beaucoup d'ego qui entrent en jeu quand il s'agit de ce genre de sommes.

— De quelles sommes parlons-nous ?

Gigi se remémora certains des montants dont se vantait Ian – des chiffres qui semblaient avoir poussé sa femme à fermer les yeux sur ses frasques.

— Des centaines de milliers de dollars. Des millions. Pas seulement pour l'université, mais pour ceux qui détiennent les brevets. Parfois des entreprises ou d'anciens élèves financent des bourses pour la recherche ou un programme d'enseignement en sus du financement de l'université.

— Quelqu'un pensait-il que Lombard lui avait volé son brevet ? Ou qu'il s'était attribué le crédit d'une recherche qui ne lui appartenait pas ?

Tout en revoyant mentalement une liste de collègues et de rivaux, Gigi faillit manquer un bruissement des feuilles mortes mouillées derrière elle. Avant qu'elle puisse se retourner pour voir qui approchait, Hudson sauta sur ses pieds.

— Arrêtez-vous.

Il écarta le pan de son blouson, exposant son badge, et posa la main sur la crosse de son arme.

— C'est une scène de crime et vous empiétez dessus.

Gigi se leva, reconnaissant l'odeur désagréable d'une certaine eau de Cologne.

Elle n'avait vraiment pas besoin de ça ce soir.

4

— Gigi ? Chérie, je viens d'apprendre la nouvelle. Ma pauvre…

Chérie ? De grande taille, avec une barbe blonde bien taillée et des lunettes cerclées de métal, l'homme se précipita vers Gigi et la serra dans ses bras.

— Je ne peux pas croire qu'on a tué Ian. Mais où va le monde ?

— Gary…

L'eau qui dégouttait de la chevelure de son collègue lui coula dans le cou. La joue pressée inconfortablement sur le tweed rugueux de sa veste, elle remua pour s'écarter.

— Je n'ai pas besoin de réconfort…

— J'ai toujours dit qu'il fallait que tu diriges ce programme. Toi ou moi.

Ignorant ses protestations, il secoua la tête, l'aspergeant encore de gouttes.

— Ian était le cocher et toi le cheval de trait. Tu lui as sauvé la mise plus d'une fois.

— Gary !

Elle avait dégagé une main pour le repousser, quand une seconde main, plus grosse que la sienne, la libéra.

Gigi recula pour essuyer l'humidité sur sa peau et l'épaule de Hudson apparut dans l'espace entre eux. Il exhiba son badge.

— Inspecteur Kramer, KCPD. Nous sommes au beau milieu d'une conversation. Affaire de police.

— La police ?

L'air désorienté, Gary se frotta le poignet et fixa tour à tour le badge, Hudson, puis Gigi.

— Où étais-tu quand Ian a été tué ? Tu veux que j'appelle un avocat ?

— Non…

— Ils ne te soupçonnent pas, tout de même ?

— Je ne pense pas que…

— Non, en effet, déclara Hudson avec emphase. C'est un témoin, pas une suspecte. Je vais vous demander de partir immédiatement, monsieur.

— Que s'est-il passé ? demanda Gary, sourd à la fois à la requête de Kramer et à la détresse de Gigi.

L'image des blessures, des vêtements et de la peau lacérés de Ian était gravée dans le cerveau de Gigi.

— Il a reçu des coups de couteau. Plusieurs.

— Quelle horreur !

Les yeux bleus de Gary descendirent sur son cardigan dont elle ajustait les manches.

— Oh ! mon Dieu. Tu es blessée ?

Il contourna Hudson.

— Ce n'est pas mon sang.

Mais il lui tendait déjà les bras. Elle tenta de reculer, mais ses jambes heurtèrent le banc derrière elle.

— Ne…

Un mur de cuir brun emplit son champ visuel quand Hud s'interposa entre eux.

— D'accord, mon vieux. La prochaine fois, je ne vous le demanderai pas gentiment. Elle vous dit de reculer.

— Je travaille ici. Nous sommes amis, insista Gary, en jetant un bref coup d'œil à Hudson. Plus que des amis. Dis-lui, chérie.

Le terme la fit frissonner.

— Arrête de m'appeler comme ça.

— Nous sommes sortis ensemble plusieurs fois…

— Une fois.

— Quel est votre nom, monsieur ? intervint Hudson.

— À qui la faute ?

— Votre nom.

Le regard de l'homme sautillait de l'un à l'autre, comme s'il ne comprenait pas pourquoi Hudson l'interrompait.

— Gary Haack. *Professeur* Gary Haack.

Il avait souligné son titre, comme il avait souligné sa fortune et tout ce qui faisait de lui un bon parti quand il l'avait invitée à dîner.

— J'appartiens au département d'ingénierie. Je dirige l'équipe de recherche de Lombard. Avec Gigi, compléta-t-il, soit parce qu'il y avait pensé après coup, soit parce que cela expliquait ses prétentions sur elle.

— Dis-lui, chérie.

— Vos papiers.

Les yeux de Gary s'arrêtèrent sur Hudson et il leva le menton d'un air arrogant.

— Je ne suis pas un criminel. Je suis ici pour soutenir Mlle Brennan.

— *Professeur* Brennan, corrigea Hud. Et elle n'est pas votre chérie.

Gigi sentit son cœur se réchauffer. Elle avait pris l'habitude de se défendre toute seule des attentions inopportunes de Gary. Elle avait pris l'habitude de faire beaucoup de choses toute seule. Était-il étonnant qu'elle voie Hudson comme une sorte de champion après une soirée à jouer au billard et un baiser maladroit mais mémorable ? Il attendait toujours, sans laisser à Gary la moindre illusion sur ses droits.

— Papiers.

En grommelant, Gary tira son portefeuille de sa poche et tendit son permis de conduire à Hudson.

— Voilà. Si vous ne m'autorisez pas à la réconforter, laissez-moi au moins faire mon boulot.

Hud nota les informations en posant un regard aigu sur Gary, qui s'était penché vers Gigi pour lui parler.

— Il faut anticiper et contrôler les conséquences. Les investisseurs sont-ils au courant ? Ils savent que nous pouvons continuer le travail de Ian sans lui, n'est-ce pas ?

Les investisseurs étaient la dernière chose qu'elle avait à l'esprit. Gigi croisa les bras, perturbée par ce changement de sujet.

— Je ne sais pas. Il y a des journalistes ici, mais je ne pense pas qu'ils aient déjà diffusé quoi que ce soit. Pourquoi n'es-tu pas à la réception ? Et pourquoi tes cheveux sont-ils humides et pas tes vêtements ?

Il lui avait toujours été plus facile d'analyser les détails que de traiter ses propres émotions.

Gary ajusta ses lunettes et lissa ses cheveux mouillés.

— Je vais leur faire une déclaration. Je représenterai le département, étant donné que tu n'y es sûrement pas prête. Quant à la réception, en dehors de l'ambassadeur Poveda, le Dr Zajac et le reste des représentants du Lukinbourg se sont retirés une fois Ian parti.

Gary fit une pause, la main sur le nœud de sa cravate.

— En parlant de lui… Voilà Zajac.

Gigi aperçut effectivement la chevelure blanche d'Evgeni, teintée de manière psychédélique par le gyrophare d'une voiture de police. Pendant que sa belle et jeune épouse traduisait patiemment ce qu'il disait à un agent de police, il gesticulait, pointant le bâtiment, la foule rassemblée derrière le ruban jaune, et finalement Gigi elle-même. Quand ses yeux se furent fixés sur elle, il se dirigea vers eux à grandes enjambées. Peut-être ne pouvait-il pas entrer dans le bâtiment, mais rien ne l'empêchait de traverser la pelouse pour venir lui parler.

— Gary ! Gigi !

Gigi ferma les yeux, assaillie par un vertige nauséeux à l'idée d'affronter à nouveau des gens. Sentant le sol se dérober sous ses pieds, elle agrippa la chose la plus solide à proximité et se rendit compte qu'elle avait empoigné le cuir du blouson de Hudson. Soudain, elle sentit une main chaude recouvrir ses doigts crispés.

— Ça va ?

Elle rouvrit les paupières et vit les yeux de Hudson fixés sur les siens. Avant qu'elle puisse expliquer qu'elle ne se sentait pas bien, Evgeni et sa femme les avaient rejoints. Le Dr Zajac prit la parole.

— Pouvons-nous pénétrer dans le laboratoire ? Notre travail est-il en sécurité ?

Sans parler de s'excuser, il ne fit aucune mention de la manière dont il l'avait traitée à la réception.

— Nos travaux classifiés ont-ils été volés ou détruits ? L'or ?

— Nous n'en savons rien pour le moment, répondit Gary. Gigi a été témoin…

— Témoin ?

Les yeux de Hana Nowak se tournèrent vers elle, remplis de pitié. Son accent était beaucoup moins prononcé que celui de son mari.

— Vous étiez là quand Ian est mort ?

— … Mais je n'ai pas pu échanger deux mots avec elle, continuait Gary.

Evgeni demanda une traduction à sa femme.

— Hé !

La voix de Hudson s'éleva au-dessus des leurs. Gary, Hana et le Dr Zajac se tournèrent vers lui.

— Nous ne sommes pas à un cocktail. Vous devez tous partir.

Hana fut la première à réagir.

— Bien sûr. Vous devez faire votre travail.

Elle tira le bras de son mari.

— Ev, tu ne vois pas que Gigi est en deuil ? L'heure est aux condoléances, pas au travail. Je suis navrée, ma chère.

Hana se pencha au-dessus du banc pour donner une accolade à Gigi. Bien que sa position fût maladroite, son chagrin semblait authentique. Gigi la serra légèrement dans ses bras et l'entendit renifler.

— Je sais que Ian était un ami cher. C'était un grand homme. Je suis désolée pour vous, ajouta-t-elle en retenant ses larmes.

Après avoir reculé, elle prit un mouchoir dans la poche de son mari et se tamponna le nez.

— Merci, Hana.

Les longs cheveux noirs de l'épouse d'Evgeni retombaient en une queue-de-cheval humide dans son dos. Elle avait aussi essuyé l'averse. Sauf que ses cheveux à elle étaient lisses et brillants comme des brins d'obsidienne, tandis que le chignon de Gigi s'effondrait et que des mèches frisaient sur ses tempes.

Hana passa un bras sous celui de son mari.

— Evgeni vous présente ses condoléances.

La voyant tourner un regard réprobateur vers lui, l'interpellé haussa les épaules.

— Bien sûr. C'est une tragédie de perdre un cerveau comme celui de Ian.

Il adressa alors à sa femme quelques mots dans leur langue. Hana écarquilla les yeux avant de répéter ses paroles en anglais.

— Quelqu'un a-t-il annoncé la nouvelle à Doris ? Evgeni pense que c'est sa femme qui devrait s'occuper des obsèques et donner son autorisation pour procéder à une autopsie.

— Un crime a été commis, madame, expliqua Hud. Mme Lombard n'a pas son mot à dire concernant l'autopsie. Le médecin légiste s'en occupera. Et oui, la police va contacter Mme Lombard, et l'informer des circonstances de la mort de son mari.

— Pauvre Doris, commenta Hana.

Evgeni marmonna quelque chose à propos des défauts de Ian en tant que mari, et Hana lui secoua le bras, les joues rougies par l'embarras.

— Il n'est pas bon de dire du mal des morts.

Elle s'excusa auprès des autres tandis que son mari continuait à grommeler.

— Vous n'aimiez pas Ian Lombard ? demanda Hud, en rendant finalement son permis à Gary.

— Aucun de nous ne l'aimait, répondit Gary.

Zajac approuva de la tête.

— Ian était un homme brillant, mais c'était un collègue détestable, poursuivit Gary.

Il désigna Gigi du doigt.

— Demandez-lui. Elle nettoyait derrière lui plus souvent qu'il ne le méritait.

— Ne dis rien de semblable aux journalistes, je t'en prie, le supplia Gigi. Ian avait mauvais caractère, mais il a toujours été bon pour moi, comme un second père.

Gary leva les yeux au ciel avec un soupir impatient.

— Tu étais son bien le plus précieux. L'enfant prodige qu'il avait découverte et qui lui donnait l'air meilleur que ce qu'il était.

Même si son ton semblait plein de sollicitude, son choix de mots mit Gigi mal à l'aise.

— C'est ça que tu veux que je leur dise ? Que vous étiez proches tous les deux ?

— Je ne veux pas que tu parles du tout de moi. Et je ne veux pas t'entendre salir la réputation de Ian. Ce serait une tache sur l'université. Sur le programme. Sur nous tous.

Evgeni marmonna un mot dont elle savait que c'était un juron lukin.

— Ev ! le gronda Hana. Ce que dit Gigi est tout à fait sensé. Nous ne devrions pas parler du comportement de Ian alors que nous sommes sur le point d'obtenir le financement de ton projet.

— Notre projet, corrigea Gary. Nous venons de perdre un égocentrique pathologique, je n'ai pas l'intention de le remplacer par un autre.

— Personne ne dira rien aux journalistes tant que la police n'aura pas fait de déclaration officielle.

Hudson mit fin à la conversation.

— Je dois finir d'interroger le Pr Brennan sans que vous la perturbiez.

Il désigna une femme brune en uniforme, qui se tenait près des portes vitrées.

— Allez voir cet agent et donnez-lui vos noms. Ensuite, vous attendrez dans le hall. Comme vous connaissiez la victime, mon équipier et moi aurons quelques questions à vous poser.

Evgeni jura en entendant cela.

— Je n'en ferai rien. Je n'ai pas quitté mon pays pour être traité comme un criminel. Je vais demander l'immunité diplomatique.

— À vous de voir, monsieur. Mais je vais quand même vous demander de quitter la scène de crime.

Hana s'excusa pour l'emportement de son mari et l'entraîna à distance.

— Bien sûr, inspecteur.

Le couple prit la direction du parking.

— Viens, *dorogoy*. Nous allons nous rendre à l'ambassade lukinbourgeoise les informer de ce qui s'est passé. Ils voudront être au courant de la mort tragique de notre hôte estimé.

Alors que la tension commençait à se dissiper, Gary se redressa de toute sa hauteur, sans nul doute pour reprendre le contrôle de la conversation.

— Je ne quitte pas Gigi.

Ignorant les instructions de Hud, il le contourna pour saisir le bras de Gigi.

— Elle ne supporte pas bien les…

— Gary, s'il te plaît…

— Je crois que c'est le moment pour vous d'y aller, intervint Hudson en le repoussant à bout de bras.

— Elle a besoin de moi.

Comme Gary tendait à nouveau la main, Hud attrapa ses doigts, le fit tourner sur lui-même et lui tordit le bras dans le dos.

— Dernier avertissement. La prochaine fois, je vous arrête pour interférence dans une enquête de police.

Gary poussa un glapissement de protestation mais ne se débattit pas.

— J'aurai votre badge pour ça.

— Allez-y, le défia Hud, signalez-moi.

Gary lui jeta un regard de mépris par-dessus son épaule. Il faisait quinze centimètres de plus que l'inspecteur, mais Gigi n'avait aucun doute quant au vainqueur si cela tournait à l'affrontement physique. Et si le fait que Hud la défende lui procurait une sensation de chaud réconfort, il y avait déjà eu bien trop de violence ce soir.

— Fais ce qu'il te dit, s'il te plaît.

Après lui avoir jeté un regard blessé, Gary agita la main en signe de reddition.

— Très bien. Je le fais pour toi.

Quand Hud l'eut relâché, Gary tira sur sa veste et se frotta l'épaule.

— Au cas où tu ne t'en rendrais pas compte, je voulais t'aider. Je pensais qu'un visage familier serait le bienvenu.

Il jeta un regard accusateur à Hud.

— Vous savez qu'elle ne se sent pas bien en compagnie des gens, n'est-ce pas ?

— Vous compris, apparemment.

— Comment osez-vous ? lança Gary avec arrogance. Je suis un membre respectable de cette faculté…

Hudson sortit ses menottes. Mais Gary ne recula pas.

— Je veux l'entendre de sa bouche. Je ne l'abandonnerai pas.

— Vas-y, le supplia Gigi.

Elle était tendue au point de ne plus pouvoir soutenir le regard scrutateur de Gary.

— S'il te plaît.

Hud prit une profonde inspiration qui élargit encore ses épaules.

— Ça veut dire que vous partez.

Gary lâcha un ricanement suffisant.

— Je crois que je vais aller parler à cette policière.

— Je parie que c'est ce que vous allez faire.

Semblant comprendre qu'il s'agissait d'un ordre, Gary prit la direction opposée à celle d'Hana et Evgeni. En passant près de Gigi, il leva le pouce et le petit doigt pour mimer un appel et articula en silence « appelle-moi ».

Jamais. Plutôt tout affronter toute seule que de se laisser ligoter par Gary en échange de son réconfort.

— Vous avez des amis intéressants.

Hud se tourna à demi vers elle, et elle se rendit compte à cet instant qu'elle tenait toujours la manche de son blouson.

— Ça va ?

Aussi gênée par ses émotions que par la liberté qu'elle avait prise de s'agripper à lui, elle lâcha le bras de Hud et s'effondra sur le banc.

— Désolée, s'excusa-t-elle. Je crois que j'ai eu une sorte d'absence. Je n'ai pas froissé votre blouson j'espère ?

— Impossible. Ce cuir est aussi dur que moi.

Il replaça ses menottes dans sa poche et s'assit à ses côtés.

— Vous n'avez pas répondu à ma question.

— Euh…

Sans vraiment comprendre ce que Hudson lui disait, Gigi se dévissa le cou pour voir Gary parler à la policière dans le hall. Pourquoi se tenait-il de façon à la surveiller à travers la vitre ? Son regard d'un bleu perçant exprimait-il de l'inquiétude ou une exigence d'allégeance de sa part ?

Il devait être plus de minuit, désormais. La température baissait. Elle avait beau s'entourer de ses bras, elle n'arrivait pas à stopper ses frissons.

Puis le bout d'un doigt chaud et calleux se posa sous son menton. Hudson fit tourner son visage vers lui.

— Regardez-moi, G[1]. Ils ne vous ennuieront plus ce soir.

Il bougea le pouce sous son menton, transformant un contact pratique en une sorte de caresse. Elle sentit l'étau qui lui enserrait la poitrine se relâcher et le malaise qui s'était emparé d'elle se dissiper. Le timbre rauque de sa voix et le choix des mots l'avaient tirée de sa panique.

— G ?

Il rit doucement en retirant sa main.

— C'est la moitié de Gigi. Je suis paresseux.

— Gigi est déjà un diminutif de Virginia.

— Alors je suis vraiment paresseux.

Elle se détendit devant cette manifestation d'autodérision.

— C'est un peu bêbête.

— C'est assez bêbête pour vous faire sourire. Je préfère cet air.

— Par rapport à quoi ?

— À votre air quand vous avez peur de quelque chose.

Il regarda les portes vitrées du hall.

— Ou de quelqu'un.

— Gary ?

Elle jeta un coup d'œil à son collègue, qui lui tourna le dos dès qu'il vit qu'il avait aussi attiré l'attention de Hud.

— Je n'ai pas peur de lui.

Elle se frotta distraitement le bras, là où Evgeni avait laissé ses marques.

— Ou de n'importe lequel d'entre eux. Je les vois tous les jours au travail. Je… leur fais confiance.

Alors même que ces mots sortaient de sa bouche, elle

1. En anglais, la lettre « g » se prononce « dji ».

révisa son opinion. Elle leur faisait confiance avant ce soir. Mais quelque chose avait changé, qui avait mené à la mort de Ian. Les ego. Les secrets. Les conflits. L'argent. Quelque chose qu'elle ne comprenait pas encore.

Hudson eut l'air sceptique.

— Vous ne vouliez pas que Haack vous touche. Ni qu'il insinue que vous étiez plus que des amis. Ou qu'il parle de vous à la presse.

Gigi ne savait pas comment expliquer pourquoi elle ne voulait pas qu'un homme aussi beau et accompli que Gary lui prête attention. Elle n'avait presque aucune expérience des hommes, mais était certaine qu'il y avait mieux à en tirer que la conversation guindée et la séance de pelotage endurées lors de son unique soirée avec Gary.

— Ça ne me dérange pas de travailler avec lui. Il est doué dans son travail. Les étudiants l'adorent. Il se charge de l'ingénierie de notre projet technologique, tandis que j'assure les recherches en physique. En tant que co-assistante du projet de recherche du Dr Lombard, il n'y avait aucun obstacle à ce que je sorte avec lui. Nous avons passé une soirée ensemble. Depuis, il m'a redemandé plusieurs fois de sortir avec lui, mais…

— Mais ?

— Je ne veux pas.

— Vous ne voulez pas sortir avec Haack ?

— À l'adolescence, j'ai raté mon apprentissage de la sexualité parce que je passais mon temps à étudier. Puis j'ai dû m'occuper de Tammy, et maintenant je travaille. Je devrais être flattée qu'un homme avec la réputation de Gary veuille avoir une relation avec moi. Mais je n'arrive pas à décider s'il m'aime vraiment ou si je suis seulement le type de femme qu'il croit devoir aimer. Je ne ressens rien envers lui. Si je dois me contenter d'une relation comme celle-là, alors je préfère rester vierge jusqu'à ma mort.

Hudson éclata de rire devant cette réponse.

— Virginia Brennan, vous êtes une femme unique. Vous n'avez pas votre langue dans votre poche, n'est-ce pas ?

Gigi n'avait jamais réagi au son d'un rire masculin. Mais elle aimait celui de Hudson Kramer. Il était musical, profond, authentique et facile à aimer, comme son propriétaire. Ce bruit lui donnait des fourmillements, comme quand il avait caressé son menton. Et comment ses yeux pouvaient-ils passer d'une dureté de loup à cette expression de tendresse ?

Bon sang, ce n'était pas un fantasme. Elle était attirée par cet homme pour de bon.

— G ?

Quand elle s'aperçut qu'il avait cessé de rire, elle ajusta ses lunettes pour masquer le fait qu'elle le dévisageait d'un air béat. Elle se mettait dans l'embarras avec ce stupide béguin. Venait-elle d'avouer qu'elle n'avait jamais couché avec un homme ? Les yeux de Hudson n'avaient aucune importance. Son rire ne signifiait pas qu'il la trouvait drôle – il la mettait simplement à l'aise pour qu'elle réponde à ses questions. Il avait sans doute rendez-vous plus tard avec une femme torride. Elle se rappela qu'il n'y avait rien de spécialement protecteur dans le fait d'éloigner le Dr Zajac et sa femme ou de forcer Gary à la laisser tranquille. Il s'agissait seulement de considérations pratiques. L'inspecteur Kramer devait enquêter sur un meurtre, et il ne voulait pas être interrompu pendant qu'il interrogeait un témoin.

— Je suis désolée. Ce coup sur la tête semble avoir affecté ma concentration. Normalement, je ne suis pas aussi distraite.

C'était vrai. Bien qu'elle ne passe pas en général autant de temps avec un homme si… distrayant.

— Vous vouliez me poser d'autres questions ?

Il serra les lèvres, comme s'il n'aimait pas sa réponse.

— Juste une. Vous avez vu qui vous a frappée ?

— Je vous l'aurais dit tout de suite si j'avais vu le meurtrier.

— Je ne parlais pas du meurtrier de Lombard.

— N'est-ce pas la même personne ?

— Pas nécessairement. Lombard était déjà mourant quand vous l'avez trouvé. Ensuite vous avez subi cette agression. De quoi vous rappelez-vous avant de perdre conscience ? Vous êtes la spécialiste des détails. Des odeurs ? Des bruits ? N'importe quoi qui puisse constituer un indice.

Tout n'était donc pas charmant ou sexy chez Hudson Kramer. Ou distrayant. Ce ton mordant révélait l'irritation du policier.

Gigi ferma les yeux et se rejoua les images floues que lui présentait sa mémoire. Il y avait eu une ombre en mouvement à la limite de son champ visuel.

— Noir…

— C'était un homme noir ?

— Non. Je ne sais pas. Je n'ai pas vu son visage. J'étais agenouillée sur le sol, près de Ian. Je n'ai pas eu le temps de lever les yeux.

Le son du souffle laborieux de Ian et de sa propre respiration laissait place à des pas précipités.

— J'ai entendu le crissement du verre d'abord.

— Il y avait beaucoup de verre cassé sur la scène de crime. Votre agresseur n'a sans doute pas pu éviter de marcher dessus. Et ensuite ?

— Ensuite j'ai vu du noir. Qui se ruait sur moi. Qui m'enveloppait, d'une certaine façon. Juste une impression avant que la douleur explose à l'arrière de mon crâne. Des chaussures noires ? Un pantalon noir ? Une ombre ?

Elle secoua la tête, consciente que cette vague description n'était pas d'une grande utilité.

— Mes lunettes ont volé en l'air et j'ai dû m'évanouir. Rien n'est clair.

— Vous avez senti quelque chose ?

— Une odeur âcre. Boisée. Un produit chimique ? Une eau de Cologne ?

Gigi rouvrit les yeux.

— De l'alcool.

— De l'alcool à 90° ? Un liquide du labo ou de l'équipe de nettoyage ?

Gigi secoua la tête.

— Non, le genre d'alcool qu'on boit.

— Il y avait une bouteille de whisky dans le bureau de Lombard. Mais elle était pleine, encore fermée.

— Je le sens encore.

Elle remonta la manche de son cardigan et la porta à son nez.

— Je le sens sur moi. C'est le sang qui est sur moi.

— L'arme du crime avait une forme cylindrique et pointue, dit Hudson.

Il écrivit quelque chose sur son calepin et l'entoura trois fois.

— Comme le col cassé d'une bouteille de whisky. Quelqu'un a pu remplacer la bouteille et emporter l'ancienne.

Il sourit, éclair blanc au milieu de son visage ombré par une barbe naissante.

— Vous êtes vraiment douée pour les détails.

Il fourra son calepin et son stylo dans son blouson. L'interrogatoire était terminé.

— Je vous ai été utile ?

— Grandement, G.

Il tendit la main, forçant Gigi à décroiser les bras pour la prendre. Sa paume était chaude, ferme, douce. Il la relâcha dès qu'elle fut debout.

— Je pense que vous avez répondu à assez de questions pour ce soir. Nous avons fini. À moins que vous ne pensiez à autre chose, ou que vous vous rappeliez une déclaration de Lombard avant qu'il meure.

— Comme « c'est Untel qui m'a tué » ?

Il sourit.

— Je n'ai jamais eu cette chance. Il y a quelqu'un qui peut vous ramener chez vous ?

Il pencha la tête vers le bâtiment, indiquant que Gary les observait à nouveau.

— En dehors de M. Je-ne-connais-pas-les-limites ? Ou du Dr Furieux et de Mme J'encaisse ?

Elle secoua la tête, incapable de dissimuler un sourire.

— C'est moi qu'on appelle en général pour cette sorte de choses. Je suis la conductrice attitrée pour les soirées entre filles. Et quand il y a une panne, c'est moi qui suis disponible pour raccompagner.

— Voir mourir quelqu'un qui a joué un grand rôle dans votre vie est bien plus dur que d'aider une amie qui a crevé. Si cela ne vous a pas encore atteinte, ce sera bientôt le cas.

Elle se raidit en le sentant poser une main au creux de ses reins et l'entraîner vers le trottoir.

— Et votre sœur ?

— Elle est partie quelques jours. Tout ira bien, Hudson…

Elle s'arrêta et le dévisagea, pour rompre ce contact poli. Il fallait qu'elle se rappelle qu'il ne se passait rien entre eux, du moins de son côté à lui.

— Je veux dire inspecteur Kramer.

— Hudson ou Hud suffit.

Elle ne comprenait pas comment il pouvait se montrer aussi amical une minute et la regarder d'un air sévère la suivante.

— Vous avez été blessée à la tête. Je vais emprunter la Camaro de mon équipier et vous reconduire chez vous.

Pour qu'elle puisse revivre cet étrange baiser de deux ans auparavant ? *Non merci.*

— La secouriste m'a autorisée à rentrer chez moi. Le saignement s'est arrêté et je n'ai pas besoin de points de suture. Mes pupilles se contractent comme il faut. Elle m'a dit de surveiller les symptômes de commotion. Il faut que j'aille tout de suite aux urgences si j'ai des vertiges ou des nausées, ou si mon mal de tête s'aggrave.

— Ça ne me dit rien qui vaille. Laissez-moi aller chercher les clés de Keir.

— Ce n'est pas nécessaire.

Cette fois, ce fut elle qui tendit la main vers lui. Pendant une fraction de seconde, elle se demanda si toucher l'homme serait aussi addictif qu'empoigner le cuir de son blouson.

— Ma voiture est là. Mes affaires sont dans mon sac à dos. Mes clés y sont aussi. Dès que je les aurai, je pourrai conduire moi-même. Tout ira bien.

— Il vaudrait mieux.

Il lui décocha un clin d'œil amical, et elle sentit une vague de chaleur l'envahir. Fantasme ou non, Hudson Kramer était vraiment un type gentil. Comment aurait-elle pu ne pas sourire quand il était si prévenant avec elle ?

— Laissez-moi aller chercher votre sac, j'en ai pour une seconde.

Elle souriait toujours quand il revint et lui passa la bretelle du sac sur l'épaule.

— Le Pr Haack a réclamé un avocat dès que mon équipier a commencé à l'interroger, alors nous avons dû le laisser partir. Il a dit qu'il viendrait demain au commissariat faire une déposition. Dans l'intervalle, s'il vous embête encore, vous m'appelez, d'accord ?

Aussi tentante que soit la perspective de laisser Hud s'interposer entre elle et les désagréments de son monde, Gigi savait qu'elle devait s'en remettre à ses propres ressources. Elle décrocha ses clés de leur sangle et agita la main en signe d'au revoir en reculant vers le parking.

— Merci. Pour tout. S'il vous plaît, attrapez celui qui a fait ça à Ian.

— Je le ferai.

Elle hésita en le voyant lui emboîter le pas.

— Je vous ai dit que vous n'aviez pas besoin…

— Ne finissez pas cette phrase. Vous n'allez pas reprendre votre voiture toute seule dans le noir. Surtout après tout ce que vous avez traversé.

Peut-être parce qu'il pensait qu'elle allait protester, il posa une main au creux de ses reins pour la guider. Bien qu'elle ne veuille pas accorder trop d'importance à cette galanterie,

Gigi fut tout de même soulagée d'être escortée jusqu'à sa voiture. Après tout, il y avait un meurtrier en liberté sur le campus, et il pouvait se dire qu'elle avait vu quelque chose de significatif. Ou Gary ou le Dr Zajac pouvaient lui courir après pour avoir une petite conversation avec elle. En outre, Hud avait raison. Le chagrin d'avoir vu son mentor mourir de si violente manière allait la rattraper à un moment ou un autre. Et il y avait vraiment quelque chose de protecteur et d'apaisant dans sa présence musclée auprès d'elle. Personne ne pouvait lui reprocher de ralentir le pas un tout petit peu pour en profiter plus longtemps.

Quand ils eurent atteint la voiture, Hud recula pour lui tenir la portière tandis qu'elle s'asseyait au volant.

— Je vous appellerai demain pour m'assurer que tout va bien. Mon équipier et moi aurons probablement d'autres questions à vous poser. Vous pourriez vous rappeler quelque chose d'important quand le choc sera passé et que vous vous serez reposée.

L'impression que quelqu'un se souciait de son bien-être s'évanouit. Hudson Kramer était un homme gentil, certes, mais il s'inquiétait plus de la résolution du meurtre que de savoir si elle avait quelqu'un pour prendre soin d'elle. Elle tendit la main vers la poignée de la portière.

— Bonne nuit, inspecteur.

Il contourna la portière pour se pencher vers elle.

— Je pensais que nous étions d'accord pour Hud ?

Soudain, l'heure tardive et le tourbillon d'émotions qu'elle avait enduré la frappèrent. Des larmes lui piquèrent les yeux et elle passa les doigts sous ses lunettes pour les essuyer. Elle ne mentait pas en disant :

— Je crois que j'ai supporté tout le stress que je pouvais. Je suis vraiment fatiguée. Je veux juste rentrer chez moi.

Il l'observa un instant avant de se redresser.

— D'accord, G.

Il referma la portière pendant qu'elle démarrait.

— Ça marche pour moi.

La confusion que suscitaient chez elle les plaisanteries la força à baisser sa vitre.

— Qu'est-ce qui marche pour vous ?

Il sourit, comme si la question l'amusait.

— Ça me paraît un bon plan que vous rentriez chez vous et vous reposiez.

— Ce que j'ai dit « marche » pour vous parce que vous approuvez mon plan ?

— J'imagine.

Il haussa les épaules.

— J'ai l'habitude de dire ça. C'est une façon de faire savoir que j'approuve. C'était bon de vous revoir. J'aurais préféré que ce soit dans de meilleures circonstances.

— Moi aussi.

Il recula quand elle passa la marche arrière.

— Bonne nuit, G.

— Bonne nuit, Hud.

Gigi se dirigea vers la sortie. Elle observa Hudson dans le rétroviseur jusqu'à ce qu'il se détourne et reprenne la direction du bâtiment.

Hudson Kramer était sportif et extraverti, alors qu'elle était intellectuelle et trop introvertie pour son propre bien. Aucune intersection possible entre leurs axes. Pourtant, malgré leurs différences, il s'était montré gentil avec elle. Il était patient et ne lui donnait pas l'impression, comme la plupart des hommes, d'être empotée et incapable.

De qui se moquait-elle ? C'était elle-même qui se voyait ainsi. Une aide psychologique au lycée, une formation à l'affirmation de soi durant ses études et des conseils répétés de Ian et de sa sœur n'avaient pas réussi à lui donner davantage confiance en elle. Cela ne lui avait procuré que des stratégies pour gérer sa timidité et son anxiété sociale.

Le travail la mettait à l'aise. De même que s'absorber dans un projet en cours. Elle avait pu gérer à la fois l'éducation de sa sœur, l'obtention de plusieurs diplômes et un emploi. Elle dirigeait efficacement une équipe de recherche et gagnait un bon salaire, qui lui avait permis non seulement d'acheter une maison dans un joli quartier, mais de l'agencer à son goût. Elle pouvait s'adresser aux personnes les plus connues quand il s'agissait de son domaine. Mais les interactions sociales ? Les fêtes ? Les hommes qui l'attiraient ? Sans parler de baisers dont personne d'autre qu'elle ne se souvenait. Elle aurait pu tout aussi bien enfiler une tenue de camouflage et disparaître derrière une plante en pot.

5

Le trajet lui prit dix minutes de plus que d'habitude en raison de travaux qui obligeaient les voitures à rouler sur une seule file. En quittant Rockhill Road pour s'engager dans Main Street, elle avait eu la certitude qu'on la suivait. Durant un bref instant, elle s'était sentie heureuse, avant d'éprouver une pointe de culpabilité à l'idée que Hudson Kramer s'assurait qu'elle arrivait sans encombre chez elle.

Puis elle s'était souvenue qu'il avait parlé d'emprunter la Camaro de son équipier. Ce véhicule était bien trop gros pour correspondre à une voiture de sport. Elle ne s'y connaissait pas beaucoup en voitures, mais elle supposait que c'était un SUV qui se profilait dans son rétroviseur. À chaque virage que le véhicule noir prenait derrière elle, elle agrippait plus fort le volant.

Mais quand elle tourna dans le quartier historique du musée d'art Nelson-Atkins, la voiture la doubla. Elle poussa un soupir de soulagement et sentit les derniers vestiges de son énergie s'évanouir avec sa paranoïa.

Désormais en terrain connu, elle contourna machinalement Gillham Park jusqu'à la rue où elle vivait. Les voitures garées des deux côtés de la rue n'avaient rien d'étrange, étant donné que les maisons se touchaient pour la plupart et que seules quelques-unes, dont la sienne, possédaient une allée. Cette rue était son refuge, encore plus aujourd'hui, le stress, l'anxiété et le chagrin l'ayant épuisée jusqu'à l'os.

Elle recommençait sans cesse la liste de ce qu'elle devrait faire les jours prochains. L'inventaire du laboratoire et du bureau de Ian – avait-on volé quelque chose ? Certains équipements devaient-ils être remplacés ou réparés ? Gary avait raison à propos d'une chose, les investisseurs lukinbourgeois devaient être mis au courant. Mais elle devrait d'abord rassembler l'équipe pour leur annoncer la mort de Ian. Il faudrait qu'elle fasse une déposition au commissariat. Elle devait prévoir une réunion avec le doyen de la faculté pour parler de la poursuite des recherches de Ian. Devait-elle inclure le Dr Zajac dans cette réunion ? Gary ? Qui se chargerait de remettre le labo en état ? Et que pouvait-elle se rappeler d'autre qui aiderait Hud et son collègue à trouver le meurtrier de Ian ? Il y avait forcément quelque chose de plus utile que l'odeur du whisky et une ombre…

— Qu'est-ce que… ?

Elle freina à fond quand un SUV noir surgit de son allée, manquant accrocher son pare-chocs avant. Elle klaxonna, mais le bruit fut noyé par le hurlement des pneus de l'autre véhicule. Une fraction de seconde, elle revécut son agression au labo. Avant qu'elle puisse avoir un véritable aperçu de la silhouette du conducteur à travers le pare-brise, le SUV arracha son rétroviseur extérieur, érafla sa portière et fila vers le carrefour à toute allure sans allumer ses phares.

— Arrêtez-vous ! Vous… Abruti !

Le cœur battant, elle inspira plusieurs fois à fond et repensa instantanément au véhicule qui l'avait suivie dans le centre. Mais le SUV avait disparu. Il n'aurait pas pu faire demi-tour quelque part et la précéder chez elle, si ?

D'où venait ce SUV ? Avec toutes les voitures garées, elle ne l'avait pas vu. Somnolait-elle ? S'était-elle trop absorbée dans ses pensées pour remarquer un véhicule dans son allée ? Le timing de l'incident était tout de même perturbant. Et le conducteur ne s'était pas arrêté, si bien qu'elle devrait payer elle-même son rétroviseur arraché.

Pendant quelques secondes, elle envisagea de faire demi-tour et de suivre le SUV pour noter au moins son immatriculation. Mais le rugissement de son moteur s'évanouissait dans la nuit, et elle doutait de pouvoir le rattraper.

Elle frotta sa poitrine, là où la ceinture l'avait plaquée sur son siège, et se força à respirer profondément, tout en se promettant de vérifier portes et fenêtres pour s'assurer qu'il n'y avait pas eu d'effraction chez elle. Galvanisée comme par un électrochoc, elle lâcha la pédale de frein et s'engagea dans son allée.

Ses phares éclairèrent l'arrière de la Volkswagen jaune de Tammy. Était-ce la raison pour laquelle le SUV se trouvait là ? Elle avait conduit Tammy à l'aéroport le mercredi. Mais sa voiture étant là, l'un des soupirants de sa sœur avait-il pensé qu'elle était chez elle ? Mais quel homme n'aurait pas appelé ou envoyé un texto avant de venir ? Quelqu'un de soûl ? D'obsédé ? Quelqu'un dont elle n'avait pas envie qu'il sorte avec sa sœur. Gigi se surprit néanmoins à souhaiter qu'elle ait effectivement interrompu une rencontre coquine et que sa sœur soit à la maison. Un visage familier l'aurait réconfortée ce soir. De même qu'un câlin.

Elle s'arrêta derrière la Volkswagen, décolla les doigts du volant et ouvrit sa portière. Elle saisit le rétroviseur qui ne tenait plus que par quelques fils et secoua la tête devant les dégâts à la peinture et la carrosserie. Même si elle était spécialiste de la technologie, les réparations automobiles n'étaient pas dans ses cordes. Il faudrait ajouter une visite à son assureur et au garage à sa liste de choses à faire.

— Virginia ? C'est vous ?

La lumière s'alluma sur le porche voisin et une voix fêlée l'appela. Gigi regarda par-dessus sa voiture et vit sa voisine, Kelly Allan, sortir en robe de chambre. Son loulou de Poméranie dans les bras, la vieille dame descendit les marches de son perron aussi vite que le lui permettaient ses genoux arthritiques.

— Mon Dieu ! Vous allez bien ? J'ai tout vu, si vous avez besoin d'un témoin. Vous avez de la chance qu'il ne vous ait pas tuée. Heureusement qu'Izzy avait déjà fini son pipi.

Elle regarda le carrefour où la voiture noire avait disparu.

— Ni les hommes ni les bêtes ne sont en sécurité dans ce quartier, désormais.

Des mèches grises auréolaient sa tête d'argent dans la lumière du porche. Gigi soupçonnait qu'il n'y avait rien de fortuit dans cette rencontre tardive. Mlle Allan posa son petit chien sur l'herbe et traversa le jardin tandis que Gigi verrouillait sa voiture et en faisait le tour pour saluer sa voisine.

— J'espère que le bruit ne vous a pas effrayée. Je ne l'ai pas vu avant qu'il soit sur moi. Il aurait dû avoir ses phares. Bien sûr, il est minuit passé, le conducteur ne s'attendait sans doute pas à croiser quelqu'un. Je suis sûre que tout va bien, maintenant, assura-t-elle à la frêle vieille dame. Que faites-vous debout si tard ?

Sa voisine tira sur la laisse qu'elle tenait.

— L'apprentissage de la propreté pour cette petite bête. Quand Izzy dit qu'elle doit y aller, nous y allons.

Gigi posa un regard dubitatif sur le loulou de Poméranie, qui n'était plus un chiot depuis longtemps. La chienne fouillait les feuilles rouges tombées du cornouiller, sans doute sur les traces d'un écureuil ou d'un rongeur. Connaissant les excentricités de Mlle Allan, elle songea que cette sortie en robe de chambre avait sans doute bien plus à voir avec son goût pour les commérages qu'avec un besoin urgent de sa chienne.

— Vous ne devriez pas sortir seule à cette heure-ci.

— Ne m'en parlez pas. Du temps de mes parents, c'était un quartier tranquille.

Mlle Allan agita ses mains manucurées en l'air.

— Maintenant, des voitures bizarres se garent au milieu de la nuit. Ou font lentement le tour du pâté de maisons pour repérer les maisons les plus faciles à cambrioler.

Elle baissa la voix jusqu'au murmure.

— Je croyais que c'était un des soupirants de Tammy, qui se glissait hors de la maison avant que vous rentriez. Je sais qu'elle est adulte maintenant, mais c'est toujours embarrassant d'être interrompue par sa grande sœur quand on distrait un jeune gentleman.

— Tammy est partie quelques jours, mademoiselle Allan.

Le sentiment vague d'alarme qui s'était endormi depuis ses échanges avec Hud revint. Elle regarda son porche illuminé, mais ne vit rien de dérangé.

— Vous dites « qui se glissait hors de la maison » ? Vous l'avez vu chez moi ?

Devait-elle appeler le 911 ?

Au lieu d'expliquer ses mystérieuses remarques, Mlle Allan serra la petite boule de poils sur sa poitrine. Puis elle plissa les yeux en observant la tenue débraillée de Gigi.

— Vous allez bien, ma chère ? Vous avez l'air un peu secouée. Pourquoi vous êtes-vous habillée ainsi ? Vous aviez un rendez-vous ?

Prise de chair de poule, Gigi examina la rue de haut en bas, en quête d'un signe qui puisse expliquer sa sensation inconfortable de faire l'objet d'une surveillance inopportune. C'était la même impression que quand Gary avait épié le reste de sa conversation avec Hud. Avait-il pu arriver ici avant elle ? Savait-elle même quel genre de voiture il conduisait ?

— Mademoiselle Allan, le conducteur était garé dans mon allée ou faisait-il juste demi-tour ?

— Il vous a jetée ? poursuivit la vieille dame comme si Gigi n'avait rien dit. De nos jours, les hommes ne savent pas apprécier une fille tranquille comme vous.

Elle était solitaire et aimait bavarder. Gigi se montrait en général indulgente avec elle, car elle comprenait ce genre d'isolement. Mais si elle ne pouvait obtenir d'information à même de soulager son inquiétude, elle préférait rentrer chez elle et vérifier la maison, appeler la police si nécessaire, puis prendre une douche brûlante et dormir dix heures. Elle battit en retraite derrière sa voiture, se dirigeant vers les marches en pierre de son porche.

— Ce n'était pas un rendez-vous. J'avais un événement professionnel ce soir. Si vous voulez bien m'excuser, j'aimerais savoir si personne n'est entré chez moi.

Elle fit halte en s'apercevant que sa voisine la suivait.

— Vous travaillez trop, Virginia. Je parie que des hommes vous inviteraient à sortir si vous faisiez quelque chose pour vos cheveux. Et que vous montriez votre décolleté.

Mlle Allan lâcha une excuse avant de poser la main sur le bras de Gigi et d'approcher son visage du sien.

— Je suis navrée, ma chère. Je ne voulais pas me montrer indiscrète. Vous savez, vous pourriez acheter un de ces soutiens-gorge avec du gel dans les bonnets. Ça vous donnerait un peu plus de monde au balcon. Les hommes aiment ça.

Son patron avait été assassiné et sa voiture accidentée. Les conseils de sa voisine de quatre-vingt-cinq ans pouvaient difficilement plus mal tomber.

— Merci d'avoir surveillé ma maison, mademoiselle Allan.

La patience de Gigi s'épuisait, de même que son estime d'elle-même et le reste de son énergie. Elle avait eu trop de chocs pour supporter autre chose que la solitude.

— Vous ne voudriez pas qu'Izzy attrape un rhume, avec cet air frais. Bonne nuit.

Elle n'attendit pas ce que sa voisine pouvait avoir à dire d'autre.

— Bonne nuit, ma chère.

Comme rien ne semblait dérangé sur le perron, Gigi se faufila à l'intérieur, poussa le verrou derrière elle et se dirigea vers sa chambre et le salon à l'arrière de la maison. Dans la cuisine, elle glissa un regard entre les rideaux pour s'assurer que Mlle Allan et Izzy étaient en sécurité chez elles, puis elle alluma la lumière et enleva ses chaussures. Ses orteils vibrèrent de contentement d'être délivrés de la prison de ses escarpins, bien que le carrelage froid la fît frissonner. Mais ce n'était peut-être pas seulement le sol qui la glaçait.

Elle posa son sac à dos sur l'îlot de la cuisine et s'assura que le verrou était toujours en place sur la porte de service, avant d'inspecter le reste de la maison, y compris la chambre de Tammy. La moustiquaire de la buanderie était déchirée, mais il ne semblait pas que quelqu'un soit entré. La télévision était toujours dans le salon, l'ordinateur, la console et la chaîne de Tammy à leurs places respectives. S'il y avait eu une tentative de cambriolage, la présence de Mlle Allan ou son arrivée tardive semblait avoir découragé le cambrioleur.

Elle était en sécurité. Seule, mais en sécurité. Et la solitude valait mieux que la compagnie d'un intrus, non ? De même qu'affronter les journalistes, être brutalisée par Zajac ou qualifiée de *chérie* par Gary.

Retournant à la cuisine, elle prit la bouilloire sur la cuisinière. Une bonne tasse de thé chasserait son humeur noire.

Penchée au-dessus de l'évier pour remplir la bouilloire au robinet, elle remarqua pourtant qu'elle avait du sang sur les mains. Un mélange de dégoût et de chagrin lui serra la poitrine et elle posa la bouilloire pour les rincer sous l'eau. Puis, prenant du savon, elle les frictionna jusqu'à en avoir la peau à vif. La secouriste lui avait bien donné une lingette désinfectante, mais elle portait encore la trace des derniers moments de Ian. Augmentant la température de l'eau, elle frotta ses cuticules et se récura les ongles avec une brosse.

Enfin elle se rinça les mains et recommença l'opération de A à Z.

Gigi était très jeune quand elle avait perdu ses parents. Son père était mort sur le coup, mais sa mère avait survécu deux jours à ses blessures avant de succomber. À l'époque, Gigi finissait son mémoire de master, si bien qu'elle avait pu chercher un emploi pour subvenir à ses besoins et ceux de sa sœur. Il y avait eu des dispositions à prendre pour les obsèques, des formalités à n'en plus finir avec l'assurance.

Elle avait refoulé ses émotions, parce que c'était la seule manière pour elle de faire face. Elle était devenue forte parce qu'elle y était obligée. Tammy avait besoin d'elle. Personne d'autre n'allait s'occuper d'elles.

Mais elle était lasse d'être forte et raisonnable, d'affronter les épreuves que la vie semait sur son chemin. Ce n'était pas parce qu'elle y arrivait qu'elle voulait continuer à le faire.

« Si cela ne vous a pas encore atteinte, ce sera bientôt le cas. »

Hud avait raison.

Le choc s'estompait et des pensées irrationnelles commençaient à l'assaillir. Le sentiment de vide qui lui avait permis d'arriver au bout de la soirée était en train de laisser la place au chagrin, à la colère et au désespoir.

Elle tenta de se remémorer les meilleurs instants de la soirée, quand Hana Nowak l'avait serrée dans ses bras, quand sa voisine s'était inquiétée d'elle, quand Hudson s'était interposé entre elle et Gary, l'avait raccompagnée à sa voiture et lui avait donné ce diminutif idiot. Mais la chaleur de sa main, le cuir de son blouson, le timbre rauque de son rire s'étaient évanouis dans sa mémoire. Elle était seule. Elle était effrayée. Elle était perdue. Et il lui semblait qu'aucune dose de logique ou de fantasme ne lui offrirait le réconfort dont elle avait besoin.

Fermant le robinet, Gigi se laissa tomber à terre et laissa couler ses larmes. Davantage que le traumatisme physique de son agression, c'était le traumatisme émotionnel qui avait raison d'elle.

Ian Lombard s'était occupé d'elle. Il lui avait offert un poste qu'elle adorait, l'avait conseillée quand elle avait des difficultés à enseigner. « Vous êtes mon prix d'excellence, Gigi », lui avait-il dit lors d'un hommage que l'université avait rendu à son travail. Ian comptait beaucoup pour elle et il était mort quasiment dans ses bras.

Bien sûr, il avait eu nombre de conflits avec son entourage. Avec sa femme. Avec les membres de l'équipe. Avec les autorités universitaires. Et oui, il l'avait abandonnée à la réception, mais il ne s'était jamais montré méchant avec elle.

Elle se souvint comme il tentait de parler alors que le sang gargouillait dans sa gorge. « Mon prix d'excellence… » Il lui avait témoigné plus d'affection que beaucoup de gens.

Ses membres devinrent lourds, son nez se boucha et les larmes continuèrent de rouler sur ses joues, embuant ses lunettes. Elle s'adossa au placard de l'évier, genoux remontés, et pleura silencieusement jusqu'à ce qu'elle n'ait plus de larmes et qu'elle n'éprouve plus rien. Elle était épuisée. Ses yeux brûlaient. Mais elle pouvait réfléchir… un peu.

D'abord, elle avait besoin d'un mouchoir. Il lui suffisait de se relever pour atteindre le rouleau d'essuie-tout. Mais ses jambes étaient aussi faibles que son cerveau. Combien de fois avait-elle mis un mouchoir dans la poche de son cardigan pour se donner quelque chose à tripoter, pour dissiper sa nervosité à une conférence ou une réunion ? Elle fourra la main dans sa poche gauche. Son téléphone. Dans la poche droite… un mouchoir en papier. Mais son soulagement fut de courte durée. Prise de panique, elle fouilla les deux poches à la fois.

Il lui manquait quelque chose. La note. La note de Ian ! Le bout de papier qu'il lui avait fourré dans la main.

« Finissez-la. »

— Finir quoi ? murmura-t-elle en agrippant le bord de l'évier pour se hisser sur ses jambes.

Vacillant contre le comptoir, elle fouilla son sac à dos et sortit tout sauf son ordinateur. Qu'avait-elle fait de ce bout de papier ? C'était le dernier cadeau que lui avait fait Ian et elle l'avait perdu.

À moins que ce n'ait été un appel au secours. *Finissez-la.*

C'était un message, un message qu'elle seule pouvait comprendre. Un indice quant à son meurtrier ? Un mobile ?

Gigi vérifia ses chaussures et déroula les manches de son

cardigan. Elle tenta de se souvenir des caractères entraperçus. AU NO 3. Ian chiffrait souvent ses notes pour les soustraire aux regards curieux. Mais un homme mourant aurait-il passé ses derniers moments à écrire en code ? Elle secoua la tête. Ce n'étaient pas des lettres aléatoires. Ni un code. AU, c'était « Or », NO 3 « Ion nitrate ». Du nitrate d'or. C'était une formule chimique. Semblable à celle qu'ils avaient utilisée pour développer un accumulateur de grande capacité pour faire tourner des ordinateurs industriels, et que l'on pouvait aussi adapter à des usages médicaux ou militaires. Sauf qu'ils n'avaient pas pu réduire l'accumulateur à la taille voulue en maintenant la fonction de contrôle. La formule que Ian lui avait donnée était légèrement différente. Et certainement incomplète. *Finissez-la.*

Elle devrait se rappeler le reste de la formule ou la développer elle-même, si elle ne pouvait retrouver ce bout de papier.

Elle interrompit ses recherches. Cette formule révolutionnerait l'industrie numérique et vaudrait des millions à celui ou celle qui en tirerait un nouveau processeur. Et peut-être davantage à celui ou celle qui le transformerait en arme et le vendrait au marché noir.

Un mobile. Des millions, voire des milliards de raisons de tuer un homme. Où était ce fichu morceau de papier ?

Elle ouvrit sa trousse de maquillage, vérifia son miroir et regarda dans le flacon d'ibuprofène, même si elle savait qu'elle n'y avait pas mis la note. Elle prit son portefeuille, sépara les billets, tria ses cartes de crédit et son permis de conduire.

Ce dernier était derrière sa carte bancaire, une place inhabituelle. Elle le remit dans la pochette transparente où elle le rangeait normalement. Les cartes qu'elle utilisait pour le carburant et le café sur le campus étaient aussi à la mauvaise place. Hud lui avait dit que la police avait fouillé son sac. Avaient-ils tout rangé au hasard ? Ou était-ce quelqu'un d'autre qui avait fouillé son sac ?

Un frisson parcourut sa colonne vertébrale et elle s'éloigna du comptoir. Fourrant les doigts dans ses cheveux, elle réveilla l'élancement à l'arrière de son crâne.

— Qu'est-ce qui m'arrive ?

Celui qui avait fouillé son sac avait vu son permis de conduire et connaissait son adresse. Si cette personne voulait la formule de Ian, si elle s'était rendu compte qu'elle était incomplète, si elle se disait que Gigi avait compris le mobile du meurtre de Ian…

« Ne vous fiez à personne », l'avait avertie Ian.

Gigi fourra vivement ses affaires dans son sac et le referma. Les raisons ne manquaient pas de fouiller sa maison, de la suivre chez elle et de la voir comme la clé du meurtre.

Délaissant ses escarpins, elle chaussa les tennis tachées d'herbe qu'elle portait habituellement au jardin et sortit. En démarrant sa voiture, elle vit la lumière s'allumer dans la chambre de Mlle Allan. Sa voisine ne manquerait pas de ragots à colporter. Mais il fallait qu'elle parle à Hud. Elle devait lui expliquer ce qui se passait. Il voulait des détails ? Il allait en avoir plein.

Et il l'écouterait. Même s'il pensait qu'elle était folle, il l'écouterait. C'était un type bien. Il pourrait même devenir son ami. Peu importait qu'il ait alimenté ses fantasmes pendant deux ans. Le plus important était qu'elle se sentait en sécurité avec lui.

6

S'abstrayant du bourdonnement familier autour de lui, Hudson fixa le schéma sur son calepin et se demanda ce qui clochait. Le temps filait sans rien apporter d'autre jusque-là qu'un soupçon concernant l'arme du crime.

Ce qui n'allait pas, c'était que Virginia Brennan se tenait en plein milieu. Il ne pouvait imaginer quelqu'un de moins adapté à la violence du crime et de moins équipé pour comprendre les mobiles du meurtre. Elle était trop timide pour affronter le chaos subséquent, trop traumatisée par la perte de son mentor pour supporter la brutalité inévitable de l'enquête.

Mais ce qui n'allait pas chez lui, c'était qu'il ne cessait de penser à cette sculpturale rouquine au lieu de se concentrer sur des indices contradictoires. Certains pointaient dans le sens de la préméditation, tandis que d'autres indiquaient un crime opportuniste suscité par la colère. Trop de suspects avaient un mobile pour tuer Lombard. Et si Keir tentait de déterminer s'ils avaient eu la possibilité d'être au laboratoire en même temps que Lombard, on ne pouvait en éliminer aucun jusqu'à ce que les autres pièces se mettent en place.

Gigi n'avait aucune raison d'être mêlée à une enquête pour meurtre. Et il n'avait aucune raison de ressusciter l'attirance malavisée qui l'avait saisi deux ans auparavant. Compliquée et silencieuse, elle ne pouvait pas être plus mal assortie à un roublard comme lui. À moins que ce ne soit lui qui ait du mal à accepter qu'il lui était mal assorti. Ce serait bien sa chance de s'enticher de quelqu'un qu'il ne pouvait pas avoir. Elle était classe, cultivée et extrêmement savante, et il n'était… rien de tout cela.

Poussant un soupir, Hud leva les yeux de son bureau situé dans la grande salle du 4e commissariat. L'équipe B étant en patrouille, il n'y avait qu'un sergent à l'accueil et une poignée d'inspecteurs et d'agents en uniforme éparpillés dans leurs box. Les bureaux du capitaine et des autres officiers étaient fermés et le resteraient jusqu'au lundi matin. La plupart des hommes et des femmes de service tapaient des rapports, papotaient d'un box à l'autre ou buvaient un café et mangeaient un morceau dans la salle de repos, équivalent nocturne du snack d'après-midi. Quelques-uns, comme son équipier, fixaient leur écran.

Bien qu'il sache se servir d'un ordinateur, Hud était plutôt vieille école et préférait noter à la main ses observations et ses idées. Il aimait la sensation de poser un stylo sur le papier. Cette expérience tactile remontait en quelque sorte le long de son bras pour déclencher des processus de pensée dans son cerveau.

Sauf que ce soir, son cerveau avait des ratés. Au lieu de rapprocher les détails du meurtre, la seule chose qu'il voyait, c'était une cascade de cheveux auburn et des yeux gris tourterelle qui exprimaient de la panique, de la tristesse et, s'il ne se trompait pas, du désir quand il l'avait surprise à le regarder.

Avait-il oublié le charme de rat de bibliothèque avec lequel Gigi Brennan l'avait ferré, deux ans auparavant ? Elle n'avait ni nichons d'enfer, ni joli minois comme sa sœur, ni même allure décontractée. Peut-être était-ce parce qu'elle ne ressemblait à aucune des femmes qu'il avait rencontrées qu'elle lui avait fait si forte impression.

Elle s'était montrée si sérieuse dans son désir d'apprendre les règles du billard, si curieuse de savoir pourquoi il avait choisi une bière en bouteille plutôt qu'une pression. Elle lui avait exposé les avantages et les désavantages des néons au-dessus de la table de billard et expliqué pourquoi les hommes étaient plus attirés par le caractère extraverti de sa sœur que par sa timidité à elle et ses capacités intellectuelles.

Puis elle s'était penchée sur le coin du billard, le derrière en l'air pour mesurer l'angle de son coup, et tout le sang de son cerveau médusé s'était rué dans son aine. Elle avait aussi gagné son admiration éternelle en carambolant les deux bandes avec sa dernière bille et en l'expédiant dans la poche d'angle.

Son sourire victorieux – parce qu'elle avait maîtrisé le jeu, pas parce qu'elle l'avait défait – l'avait frappé avec la même force que dans la soirée, lorsqu'il l'avait délivrée de ses casse-pieds de collègues et l'avait appelée G. Faire sourire Gigi Brennan lui faisait du bien. Cela lui donnait l'impression d'être un homme et non une demi-portion face aux malabars d'un mètre quatre-vingts qui savaient charmer les dames.

Il y avait quelque chose d'adorable dans la manière dont elle le regardait par-dessus ses lunettes. Et ces jambes minces et joliment galbées, mon vieux, elles étaient immenses ! La robe à sequins et le cardigan bouchonné ne lui allaient pas, mais il aurait adoré la voir dans une jupe crayon au-dessus du genou. Avec un corsage qu'il pourrait déboutonner. Ou une blouse blanche de labo et de la lingerie fine en dessous. Il avait le sentiment que Gigi était pleine de surprises sous son apparence introvertie.

Des surprises comme sa réaction à ce baiser deux ans auparavant.

Hud feuilleta machinalement son calepin, l'esprit rempli de souvenirs. Son sang bouillait et ses pensées étaient braquées sur le mauvais sujet. Il avait été un peu abasourdi par la réaction avide de Gigi à son baiser, à la fin de cette soirée imprévue. La sensation enivrante d'être désiré avait conforté son ego et apaisé quelque chose de profondément réprimé en lui. Cela n'avait rien eu de convenu ou de poli. Les mains impatientes de Gigi et sa passion bienvenue avaient éveillé quelque chose en lui aussi.

Pendant vingt secondes, il avait savouré ce qu'elle lui offrait. Il l'avait pressée de donner plus. Et elle l'avait fait. Sa bouche inexpérimentée était chaude, douce et si prête à apprendre. Ses mains avaient parcouru son visage et ses épaules, pinçant sa peau à mesure qu'elle se rapprochait, comme si elle ne pouvait se rassasier de son goût et de son contact.

C'était à la vingt et unième seconde qu'il avait repris ses esprits et s'était souvenu qu'il était censé la raccompagner à la maison, pas se comporter comme un obsédé.

À la vingt-cinquième, il s'était rappelé que le Pr Virginia Brennan – timide et naïve intellectuelle – était bien au-dessus de sa condition de travailleur. C'était une fille de la ville alors qu'il était un péquenaud des Ozark. Elle avait plusieurs diplômes universitaires, tandis qu'il s'était engagé dans la police pour entretenir son frère et ses sœurs. Il avait dû prendre des cours du soir pour devenir inspecteur.

Gigi était intéressante, elle présentait un tas de contradictions qu'il ne comprenait pas. Elle était drôle sans le vouloir et vulnérable sans s'en apercevoir, ce qui éveillait naturellement ses tendances protectrices. En outre, il soupçonnait qu'il lui faudrait être deux fois plus intelligent qu'il n'était pour être à moitié aussi intelligent qu'elle. Il y avait des voyous dans les rues de Nulle Part avec lesquels il avait davantage en commun.

Et pourtant, elle avait transformé ce baiser poli en quelque chose de torride, de brut et de…

Ses fantasmes inutiles et sa frustration fiévreuse le faisaient fumer par les oreilles. Hud empocha son calepin et fit rouler sa chaise à reculons. Il enfila sa veste et tapota la surface du bureau pour attirer l'attention de Keir.

— Hé, je vais faire un tour en voiture pour m'éclaircir les idées. Tu veux quelque chose ?

Keir leva les yeux du rapport préliminaire du légiste.

— Non, ça va.

Il désigna les données sur son écran.

— Tu avais raison à propos de la bouteille de whisky. Niall dit qu'il a trouvé de l'alcool dans plusieurs des blessures.

Le frère de Keir n'avait pas perdu de temps.

— Génial. La seule bouteille sur la scène était scellée et propre. Je parie qu'il va falloir plonger dans toutes les poubelles pour trouver une bouteille cassée. Il ne devrait pas y en avoir tant que ça en ville.

Keir rit du ton narquois de Hud.

— C'est ta piste. C'est toi qui vas plonger.

L'humeur de Hud s'allégea un peu devant les taquineries de son ami.

— Qu'est devenu le travail d'équipe ?

Keir désigna du doigt sa mise parfaite.

— Costume cravate…

Puis il montra Hud.

— Costume de plouc…

Soudain il plissa les yeux, le regard fixé derrière Hud.

— Qu'est-ce qu'elle fait là ?

Hud se retourna, s'attendant à voir la femme, la sœur ou la belle-mère de Keir, chargée d'une urgente mission familiale. Mais ce fut Gigi Brennan qu'il aperçut, debout devant le bureau du sergent, signant un registre et passant un badge de visiteur autour de son cou. Elle portait la même tenue que précédemment, sauf qu'elle avait échangé ses escarpins contre des tennis. Ses pensées vagabondes l'avaient-elles fait surgir comme par magie ?

— Ferme la bouche, Kramer, lui conseilla Keir en se levant. Tu as fini de l'interroger, n'est-ce pas ?

La surprise de Hud fut rapidement remplacée par une méfiance qui lui hérissa les poils de la nuque.

— J'ai pris sa déposition et je l'ai renvoyée chez elle.

Ce cochon de Haack lui avait-il encore imposé ses attentions ? L'urgence de ses mouvements indiquait clairement que quelque chose n'allait pas.

— Elle ne devrait pas être ici.

— Elle vient droit vers toi, mon pote.

Hud fit signe au sergent qui s'apprêtait à le prévenir de l'arrivée de Gigi et alla à sa rencontre. Sans ses talons hauts, il pouvait la regarder dans les yeux – les siens étaient bordés de rouge et braqués sur lui.

— G ? Que faites-vous ici ?

— Vous avez trouvé une note sur la scène de crime ?

Elle avait commencé à parler avant même de l'avoir rejoint.

— Elle était à l'en-tête de Ian à l'université. Écrite à la main. Froissée. Tachée de sang.

— De quoi parlez-vous ?

— Je me suis rappelé quelque chose, dit-elle avec une sorte de frénésie. Une pièce à conviction, je crois. Sauf que je l'ai perdue. Ou qu'on me l'a prise. Ian m'a dit quelque chose d'important avant de…

Son regard sauta de lui à Keir.

— … De mourir.

Elle se tourna d'un côté, puis de l'autre. Les agents et les inspecteurs avaient interrompu leurs conversations et la dévisageaient. Hudson la vit compter mentalement les visages curieux. Ses mains se crispèrent sur les bretelles de son sac à dos et les mots lui manquèrent.

— Euh… Je… Pourquoi y a-t-il tant de gens ici ? On est en pleine nuit.

En réalité, ils étaient à court de personnel, mais c'était inutile d'en parler.

— Kansas City est une grande ville. La police continue à travailler la nuit. Il y a toujours des hommes en service. Les vendredis soir sont particulièrement occupés.

Elle effleura les branches de ses lunettes comme pour les ajuster. Habitude nerveuse ou mécanisme de défense ?

— Pourquoi me regardent-ils ?

— Ne faites pas attention à ces rustres. Nous n'avons pas beaucoup de visiteurs non menottés à cette heure de la nuit.

Il ne voulut pas lui dire que le sang sur son cardigan en avait certainement inquiété certains et tenta une autre plaisanterie.

— Et la seule fois où une dame me rend visite, c'est quand mes sœurs viennent en ville.

— Vous n'avez pas de petite amie ?

— Pas pour le moment. Pas depuis longtemps.

— Pourquoi ?

— Bonne question…

Les femmes prenaient ce qu'elles voulaient, puis le laissaient au bord de la route. Il supposait toutefois que Gigi ne s'intéressait pas à son curriculum sentimental. Le cerveau en panne, elle semblait être la proie de ses nerfs.

— Hé !

Que ses collègues se livrent à leurs commérages habituels ! Gigi était bouleversée et elle était venue le trouver. Les demoiselles en détresse avaient toujours été son talon d'Achille. Il effleura des doigts l'arête de sa mâchoire. La sentant sursauter, il posa une main sur sa nuque. Elle enroula les doigts autour de son poignet, revenant à elle. Dieu qu'il aimait cela chez elle, ce besoin de le toucher et de s'accrocher à lui. Il lui caressa la joue du pouce, notant une rougeur autour de ses yeux.

— Vous avez pleuré. Est-ce que ça va ? Des symptômes de commotion ?

Elle secoua la tête.

— Physiquement, ça va. Mais vous aviez raison. Vous aviez dit que le chagrin viendrait, et c'est ce qui s'est passé.

— Je suis désolé, G.

Elle le lâcha subitement et sortit une liasse de mouchoirs en papier qu'elle agita devant lui.

— Mais je suis contente d'avoir eu cet accès de larmes parce que je cherchais des mouchoirs quand je me suis rappelé cette note.

— Celle que vous avez perdue sur la scène de crime ?

— Celle que Ian m'a donnée.

— Lombard vous a remis une note ?

— Avant de mourir.

Elle fourra les mouchoirs dans sa poche.

— Il n'arrivait pas à parler, alors il a écrit. Il voulait absolument que je la prenne. Je l'ai mise dans la poche de mon cardigan, et maintenant elle n'est plus là. Je ne sais pas si je l'ai perdue ou si on me l'a volée. Quelqu'un a fouillé mon sac. Peut-être que le meurtrier la cherchait. Je sais que la police l'a examiné. C'est pour ça que j'espérais que vous l'auriez.

Hud secoua la tête. Il n'avait pas de doctorat mais il n'était pas stupide. Cette conversation n'était pas très logique. Il prit Gigi par le coude et l'entraîna à l'autre bout de la salle.

— Allons nous installer dans un endroit un peu plus tranquille. Vous pourrez tout me raconter depuis le début.

— Je vous apporte des cafés, offrit Keir en échangeant un signe de tête avec lui.

Son équipier partageait manifestement ses inquiétudes quant à cette visite tardive. Il ignorait quelle pièce à conviction Gigi pensait avoir détenu. Mais le fait qu'elle ne l'ait plus l'inquiétait.

Hud ouvrit la porte de la première pièce vide et conduisit Gigi vers une chaise au bout de la table. Il s'approcha de la fenêtre pour jeter un regard noir aux policiers qui s'étaient déplacés pour les garder en ligne de mire et fit descendre les stores pour ne plus voir leur expression abasourdie. Hudson Kramer, avec une femme ?

— Je vous ai dit de m'appeler si vous vous souveniez de quelque chose. J'aurais pu examiner ce que nous avons rapporté de la scène de crime. Vous n'aviez pas besoin de vous déplacer ici au milieu de la nuit.

— Je n'avais pas votre numéro, répondit Gigi. En outre, il y a ce SUV qui m'a fait peur, et je ne voulais pas rester chez moi.

Hudson serra le poing autour de la cordelette du store.

— Quel SUV ?

— Celui qui m'a foncé dessus. Qui m'a sans doute suivie jusque chez moi.

— Quelqu'un a embouti votre voiture ?

Il la regarda avec inquiétude. Elle avait déjà pris un coup sur la tête.

— Vous avez été blessée ? Qui vous a suivie ?

— Je ne crois pas. Il sortait en marche arrière de mon allée.

— Il était chez vous ?

Hud prit son portable pour appeler une patrouille.

— Vous avez relevé son immatriculation ?

— Il faisait trop noir et il allait trop vite. Il n'avait pas allumé ses phares. Il se contentait de faire demi-tour peut-être. Toutes les maisons n'ont pas une allée, dans ma rue.

— Vous pouvez me décrire la voiture ? Le conducteur ?

— Elle était noire… Avec des vitres teintées. J'ai à peine distingué la silhouette du conducteur.

Elle écarta ses cheveux de son visage et tressaillit, ayant sans doute réveillé la bosse qu'elle avait sur le crâne.

— J'ai pensé que c'était un cambrioleur, mais je crois qu'il a seulement vandalisé une moustiquaire. Et je ne vois pas comment quelqu'un qui me suivait aurait pu arriver avant moi à la maison.

Hudson se sentait de plus en plus furieux envers celui qui terrorisait cette femme. Il tira une chaise au coin de la table et s'assit devant elle.

— Laissez-moi comprendre – une voiture a foncé sur vous ? Vous auriez dû m'appeler aussitôt. Ou appeler le 911.

On vous a suivie depuis le campus ? Vous pensez qu'on a essayé de vous cambrioler…

— Je n'ai trouvé aucun dégât aux serrures ou aux fenêtres pour appuyer cette idée.

— … Qu'on a fouillé votre sac et volé la note de Lombard dans votre poche ? Bon sang, G, un homme a été assassiné. Vous avez été agressée. Les choses comme ça ne sont pas censées arriver à une femme comme vous.

Il n'aurait su dire si c'était la sévérité de son ton, la liste qu'il venait de faire ou le fait qu'il était assis assez près d'elle pour sentir l'odeur de vanille qui s'accrochait à ses vêtements, mais elle sursauta en écarquillant les yeux. Puis elle fourra les mains dans ses poches et s'adossa à son siège.

Oh ! bon sang. La dernière chose dont il avait besoin, c'était qu'elle ait peur de lui.

— Je suis désolé. Je ne voulais pas…

Ses excuses se perdirent dans le vague quand il vit Gigi fixer le tableau blanc sur le mur et se lever. Elle prit un marqueur et commença à écrire – des symboles mathématiques, des chiffres, des lettres – tout en parlant.

— Mon agresseur a dû entendre ce que Ian me disait et il voulait ces informations.

— Que faites-vous ? dit Hudson.

Il se demandait si c'était un autre truc pour vaincre sa nervosité. Une façon de s'occuper les mains, en quelque sorte.

— J'écris tout ce que je me rappelle de la note de Ian.

Hud se leva et fit lentement le tour de la table pour ne pas l'effrayer à nouveau. Repoussant une chaise, il posa une fesse sur la table et croisa les bras.

— Vous pensez que c'est pour cette note que Lombard a été tué ?

— C'est possible.

Elle effaça deux chiffres du dos de la main et les récrivit dans l'ordre inverse. Tout cela ne voulait rien dire pour lui, mais c'était apparemment un langage que Gigi maîtrisait parfaitement. Elle recula d'un pas pour survoler le tableau, avant de pointer la ligne supérieure de son travail.

— Ça fait partie de la formule.

— Quelque chose sur lequel travaillait le laboratoire ?

— Quelque chose de révolutionnaire, si c'est ce que je pense.

— Qui vaut beaucoup d'argent ?

Malgré sa fatigue évidente, son corps vibrait d'énergie. Hud connaissait une poignée de gens d'une intelligence exceptionnelle, mais ce qui se passait dans la tête de Gigi était d'un tout autre ordre. Voir les rouages tourner dans son cerveau et l'intelligence lui sortir par tous les pores procurait une sorte d'excitation.

— Potentiellement, oui. Si l'équation est complète. Il faudrait construire un prototype. Nous avons les matériaux au labo. Si la conception est bonne, ça pourrait valoir une fortune.

— Un prototype de quoi ?

Elle pivota pour le regarder, ses doux yeux brillant d'un feu argenté. Oh oui, sa matière grise chauffait.

— Pensez aux plus gros ordinateurs du monde – ceux qui alimentent les multinationales ou les réseaux sociaux.

Elle dessina un grand cercle avec ses bras.

— Des ordinateurs qui remplissent des entrepôts ou des bunkers souterrains et qui nécessitent leur propre centrale électrique.

Elle tira sur son poignet pour l'obliger à décroiser les bras et plaça le marqueur dans sa main.

— Maintenant réduisez cela à la taille de la paume de votre main.

Il regarda le tableau.

— Ce n'est que ça ? Un ordinateur ?

— Uniquement l'accumulateur du processeur. Ian doit avoir trouvé la solution. Mais je ne peux pas dire s'il a fini l'équation ou pas avant de mourir.

Hud se demanda si elle se rendait compte que ses doigts étaient restés enroulés autour du marqueur et qu'elle lui avait pressé la main avant de reculer pour examiner à nouveau le tableau blanc.

— Je ne sais pas ce que signifie cette série de chiffres. Un numéro de téléphone ? Un numéro de compte bancaire ? Il a peut-être codé le message pour moi.

— En mourant ?

Selon Hud, les mourants prenaient le temps de faire part de leurs regrets ou leurs espoirs, pas de jouer aux communications brouillées.

— Ian était un peu paranoïaque. Je suis devenue assez douée pour déchiffrer ses notes.

Elle frissonna et s'entoura de ses bras.

— Sauf que je n'ai aucune idée de ce que ça veut dire.

— Ça pourrait être un mot de passe, suggéra Hud, essayant de trouver une explication plus raisonnable. Si c'est un numéro de téléphone, il faudrait que ce soit un numéro à l'étranger.

En la voyant le regarder, il lui fit un clin d'œil.

Je sais quelques trucs moi aussi, chérie.

— Trop de chiffres pour que ce soit un numéro de la région.

— Le Dr Zajac et sa femme viennent du Lukinbourg. Ils font régulièrement des allers-retours entre les deux pays.

— Et vous m'avez dit que la femme de Lombard étudiait à l'étranger ce semestre.

Gigi opina. La lueur argentée qui éclairait ses yeux un instant auparavant s'était éteinte.

— Vous pensez qu'il voulait que j'appelle Doris ? Que je lui dise qu'il l'aimait ? Ou qu'il s'excusait pour ses incartades ? Je ne suis pas douée pour les choses comme ça.

— Je pourrais saisir les chiffres et faire une recherche rapide pour voir s'ils correspondent à un numéro de téléphone.

Il nota tout ce qu'elle avait écrit dans son calepin.

Minute. Une partie de la formule ?

Son instinct soudain en alerte, il descendit de la table. Elle avait été suivie ? Sa voiture avait été heurtée ? Impossible que ce soit un hasard.

— Le meurtrier pense peut-être que vous savez quelque chose qu'il n'a pas pu obtenir de Lombard et maintenant il s'en prend à vous.

— À moi ?

Il lui frotta les bras de haut en bas, alarmé par ses tremblements. L'élan d'énergie qui l'avait poussée au tableau se dissipait rapidement. Elle allait s'effondrer.

— Écoutez, je ne veux pas vous faire peur, mais…

— Non. C'est logique.

Elle se laissa tomber sur la chaise la plus proche.

— Ian disait que j'étais plus intelligente que lui, il savait que je pouvais résoudre cette énigme. Il voulait que je complète son travail une dernière fois. Si j'avais accès à ses notes, je pourrais les déchiffrer. Je sais comment son esprit fonctionnait. Je pourrais sans doute même le faire sans ses notes. Si j'avais quelques jours devant moi.

— Quelqu'un d'autre serait-il capable de terminer la formule et de construire le prototype ?

— Sans doute Zajac.

— Le professeur qui a mauvais caractère ?

Gigi hocha la tête.

— Et sa femme ?

— Hana ? Elle est traductrice. Ses seules connaissances en physique et en ingénierie sont de seconde main. Elle transcrit ses notes, assiste aux réunions. Elle connaît le jargon, mais je doute qu'elle puisse appliquer ce qu'elle sait.

Elle serra les lèvres d'un air sérieux.

— S'il avait l'équation devant lui, Gary pourrait construire le prototype.

Hudson essaya de ne pas sourire devant le venin de cette affirmation. Il se demandait ce que Haack avait fait à Gigi pour qu'elle ait si mauvaise opinion de lui. Mais quand il la vit frissonner, son amusement s'évanouit.

Prenant son blouson, il le drapa sur ses épaules. Puis, s'agenouillant devant elle, il referma le vêtement sur son corps mince et continua de lui frotter les bras, lui communiquant sa propre chaleur corporelle afin de lui insuffler un peu d'énergie.

— Courage, G. Nous y arriverons.

Il jeta un coup d'œil au tableau et haussa les épaules.

— Enfin, vous y arriverez. Je m'occuperai des méchants.

— Comme une équipe ? Les muscles et la cervelle ?

— Oui. Je serai les muscles et vous le cérébral. Ça marchera mieux ainsi.

Voyant que cette plaisanterie ne déclenchait aucun sourire, il saisit une longue mèche de cheveux tombée devant ses lunettes et la ramena derrière son oreille. Elle était lisse et soyeuse, et il se souvint du soir où il avait plongé les doigts dans ses cheveux avant de l'embrasser. Ce souvenir déclencha une réaction viscérale chez lui, échauffant son sang alors même qu'il sentait sa peau glacée sous ses doigts. Il posa la main contre son cou, souhaitant avoir le droit de la prendre dans ses bras et de lui montrer que la force musculaire pouvait la protéger dans cette épreuve à la fois physique, mentale et émotionnelle.

— La nuit a été longue pour vous. Vous devriez être chez vous, en train de tremper dans un bain chaud ou de dormir.

— Je n'aime pas les bains. C'est trop long de remplir la baignoire et ma peau se fripe. Les douches sont bien plus efficaces.

Cela n'aida en rien ses hormones à se calmer. Son commentaire focalisa son attention sur sa peau. Il aurait été dommage de faire quelque chose qui marque cette surface lisse et crémeuse. Malgré ses cheveux roux, elle n'avait pas la moindre tache de rousseur sur les joues ou le cou. Sa peau d'albâtre était immaculée…

Il remercia le ciel pour le coup discret frappé à la porte et se releva pour accueillir Keir. Son équipier lui tendit une tasse de café et en posa une autre, avec une poignée de sachets de sucre et de berlingots de crème, devant Gigi.

— J'ai refait du café. Je ne savais pas comment vous aimiez le vôtre.

Inconsciente du regard interrogateur que Keir jetait à son équipier, Gigi souleva le couvercle de son gobelet et y pressa deux berlingots de crème.

— En général, je bois du thé, mais j'avais besoin de quelque chose de plus fort ce soir. Merci.

— Tout le plaisir est pour moi.

Repoussant les pans de sa veste, Keir posa les mains sur les hanches et étudia les inscriptions au tableau.

— Qu'est-ce que c'est ? Nous avons cours de sciences ?

Hud but une gorgée de son café pour réprimer son éclair de désir et revenir à des pensées plus professionnelles.

— C'est peut-être la raison pour laquelle Lombard a été tué.

— Qu'est-ce que ça veut dire ? demanda Keir.

— Ça veut dire que celui qui utiliserait cette formule pourrait construire une arme contrôlable à distance, pirater un satellite ou un réseau de communication depuis son grenier, ou encore faire tourner tout un hôpital depuis l'arrière d'un camion. Ça lui vaudrait un tas d'argent sur le marché légal. Et encore plus sur le marché noir.

Il regarda Gigi, blottie dans son blouson, réchauffant ses doigts autour de sa tasse.

— C'est ça ?

Elle hocha la tête.

— Vous écoutez bien.

Puis, s'adressant à Keir :

— Bien sûr, notre labo n'a pas conçu l'accumulateur pour des applications criminelles, mais c'est un mobile, n'est-ce pas ?

— Un sacré mobile, approuva Keir.

L'information principale ressortant de ce que disait Gigi, c'était qu'elle était en danger, en conclut Hud.

— Lombard a transmis cette information au Pr Brennan et maintenant la note a disparu. Gigi a été agressée sur la scène de crime. Quelqu'un a foncé sur sa voiture ce soir. Et elle pense qu'on l'a suivie chez elle et qu'on a repéré sa maison.

Il fit glisser son calepin sur la table, vers Keir.

— Son adresse est là-dedans. Envoie une patrouille pour ouvrir l'œil jusqu'à ce que j'arrive. Je vais raccompagner Gigi.

— Vraiment ? demanda Gigi en pointant le menton. Mais ma voiture ? Je vais encore être coincée.

— Mais vous ne serez pas seule.

Hud remit le couvercle sur son gobelet en carton, prêt à réfuter ses arguments.

— Pour l'instant, vous avez besoin de dormir. Demain, nous prendrons des photos des dégâts infligés à votre voiture, nous ferons un constat de police et nous l'enverrons à votre assurance. Je connais un mécanicien qui a réparé mon pick-up. Nous lui amènerons votre voiture une fois les papiers réglés.

— Il faut que j'aille au labo demain – enfin aujourd'hui, dans la matinée – pour faire l'inventaire des équipements et parler à l'équipe.

Elle posa la main sur la table et se leva.

— Vous allez perdre votre temps à me reconduire ? Et votre enquête ?

— C'est *vous* l'enquête.

Il ne pensait pas qu'elle ait la force de protester beaucoup, mais il ne voulait pas se disputer avec elle. Il se tourna vers Keir.

— Nous n'avons pas grand-chose, mais je voudrais aussi que tu lances un avis de recherche pour un SUV noir aux vitres teintées. La carrosserie a probablement été rayée par le choc avec la voiture de Gigi.

— C'est comme si c'était fait.

Keir prit une photo de l'adresse avec son téléphone, exécutant le plan de Hud sans poser de questions. Il lui rendit le calepin et prit plusieurs photos du tableau blanc.

— Je vais mettre le dossier à jour pendant ce temps. Le labo a dit que nous aurons les résultats préliminaires cette nuit. Je te tiens au courant.

— Je pense qu'il faut cacher le nom de Gigi aux médias pour l'instant. Même si le meurtrier l'a déjà en ligne de mire, en tant que solution à tout ça, ajouta Hud en désignant le tableau de la main.

— Je suis d'accord. Si tu as besoin d'autre chose, dis-le-moi. Je pourrais envoyer mon frère ou ma sœur monter la garde là-bas si tu as besoin de dormir.

Le frère aîné et la petite sœur de Keir étaient tous deux inspecteurs. Son autre frère était médecin légiste et était sans doute en train de terminer l'autopsie de Ian Lombard.

— Merci. Ça ira pour cette nuit. J'aurai peut-être besoin de quelqu'un plus tard.

— L'un de nous sera là, promit Keir.

Hud tendit la main à Gigi et attendit qu'elle fasse le tour de la table.

— On y va ?

La voyant s'apprêter à lui rendre son blouson, il le tint par le col afin qu'elle puisse glisser les bras dans les manches. Le fait qu'elle ne proteste plus était le signe qu'elle était épuisée.

Keir arrêta Hud avant qu'il sorte.

— Professeur, ça ne vous dérange pas de me laisser une minute avec mon collègue ?

— Appelez-moi Gigi, dit-elle avec un sourire las. Et non, ça ne me dérange pas. Je vais aller aux toilettes.

Hud lui indiqua comment s'y rendre et la regarda disparaître. Une fois qu'ils furent seuls, il se tourna vers Keir.

— Vas-y, débite-moi ton sermon.

Keir ne perdit pas de temps.

— Qu'est-ce que tu fabriques, Hud ? On n'a pas d'ordre

de protection dans cette affaire. Tu ne voulais même pas la rencontrer au départ. Et maintenant tu vas passer la nuit chez elle ? Tu lui promets une protection vingt-quatre heures sur vingt-quatre ? Le capitaine Hendricks veut qu'on résolve l'affaire, pas que tu joues les baby-sitters avec une femme que tu as dans la peau. Ça ne fait même pas vingt-quatre heures qu'on est sur l'affaire.

— Je la connais depuis deux ans. Elle a besoin de moi.

— Ce dont elle a besoin, c'est d'un ou d'une amie.

Sans aucun doute. Mais compte tenu de son anxiété sociale et du fait que sa sœur était absente, Gigi n'avait probablement personne à appeler.

— Eh bien, c'est ce que je serai pour elle. Elle est seule, elle a peur, et je ne pense pas qu'elle comprenne les gens. Ce serait facile de lui faire du mal. Facile pour le meurtrier de la persécuter. Jusqu'à ce qu'on l'arrête, ce gars n'aura de cesse de lui faire cracher ce qu'elle a dans le cerveau.

— Ce n'est pas d'elle que je m'inquiète, répliqua Keir avec une moue. Je t'ai vu faire ça plus d'une centaine de fois. Te précipiter pour sauver la mise à une femme. Lui donner un petit bout de ton cœur parce qu'elle a besoin de toi. Il te reste combien de petits bouts, au juste ?

— Assez pour m'occuper de Gigi et assurer sa sécurité.

Hud fourragea dans ses cheveux et marmonna un juron. Son équipier le connaissait mieux que quiconque. Keir n'était pas le seul inspecteur à voir ce schéma se reproduire.

— Écoute, je sais que je n'ai pas particulièrement de chance avec les femmes. Il est peut-être temps de renoncer à l'idée d'une relation pour toujours. Mais je ne vais pas abandonner comme ça. Pour l'instant, Virginia Brennan a besoin de moi.

— Elle a besoin d'un flic.

— C'est ce que je suis.

Keir considéra cette réponse un instant, puis hocha la tête.

— Et un sacré flic.

Il tendit la main pour serrer celle de Hud et lui pressa l'épaule.

— Quoi qu'il se passe, je te soutiendrai.

Hud hocha la tête.

— Ça marche pour moi.

7

Hud prit une dernière photo de la fenêtre de la buanderie. L'agent en uniforme plaça alors une planche de contreplaqué sur la moustiquaire déchirée.

— J'apprécie votre aide.

— Pas de problème, monsieur.

Hud appela par radio l'autre agent, resté à l'intérieur avec Gigi tandis qu'ils fouillaient le jardin et les environs.

— On fera encore une patrouille avant la relève au matin, ajouta l'agent avant de s'éloigner.

— Merci.

Hud se demanda s'il devait parler à Gigi des traces d'effraction sur la porte de service. Si l'homme n'avait pas réussi à la forcer, alors il avait certainement décidé de briser une vitre. Et s'il avait été à l'intérieur quand Gigi était rentrée… Hud en avait trop vu pour ne pas imaginer ce qui pouvait se passer entre une femme seule et un intrus équipé d'un pied-de-biche et d'un cutter.

Il remua la tête de droite à gauche et se massa le cou, là où la tension s'accumulait. Qu'est-ce qui avait empêché l'homme de pénétrer à l'intérieur ? Quand on était prêt à commettre un meurtre, on n'hésitait pas au moment de casser une vitre. La juxtaposition de ces éléments était aussi étrange que les indices sur la scène du meurtre de Lombard.

Que devait-il lui révéler de son enquête ? Il voulait que Gigi soit consciente du danger qu'elle courait, mais il ne voulait pas la bouleverser au point de l'empêcher de dormir, d'autant plus qu'elle devait tenir une réunion pour informer le personnel dans la matinée.

L'expression perspicace du regard de Gigi quand elle ouvrit la porte mit fin à son débat intérieur.

— Dites-moi ce que vous avez trouvé.

Hud frotta sa barbe naissante et lui adressa un sourire ironique.

— Pas moyen d'enrober les choses avec vous, hein ?

— J'ai besoin de savoir ce qui m'arrive. Je ne fonctionne pas bien quand mes pensées sont embrouillées.

Elle verrouilla la porte avant de le précéder dans la cuisine. La pièce était remplie d'un puissant arôme de café et d'épice, mais ce dernier ne pouvait masquer la senteur de vanille émanant de sa chevelure et de sa peau humides. Elle avait enroulé ses cheveux brique au sommet de son crâne et portait un pantalon de pyjama en flanelle, des chaussettes vert vif et un sweat à capuche gris sur un T-shirt. Elle aurait pu avoir l'air mal fagotée d'une adolescente dans cet accoutrement. Mais tout ce que Hud voyait, c'était un visage adorable auréolé de mèches folles, un cou de cygne et un petit derrière sexy, souligné par la flanelle à carreaux.

Il lui avait conseillé de se coucher pendant qu'il inspectait le jardin, mais elle avait prétexté qu'elle voulait laver son cardigan. Même s'il avait le sentiment qu'elle se débrouillait très bien en temps normal et qu'elle aurait apprécié d'être tranquille chez elle, il ne pouvait lui reprocher de ne pas avoir envie de dormir jusqu'à l'arrestation du meurtrier. À moins qu'elle ait décidé de ne plus prendre de repos avant d'avoir achevé la formule de Lombard, à en juger par le bloc noirci d'équations posé sur le comptoir.

— Hud ?

Dès qu'il croisa son regard, elle ajusta ses lunettes de son geste habituel. Il suspendit son blouson au dossier d'une chaise et rectifia la position de son arme à sa ceinture.

— Vous avez bien eu un intrus. Quelqu'un cherchait à pénétrer dans la maison. Soit les serrures étaient assez solides pour lui barrer le passage, soit il a été interrompu avant d'y arriver. L'agent Cho et moi avons rafistolé la fenêtre.

— Quand nous avons emménagé ici, c'était un quartier tranquille. Nous n'avons jamais eu de cambriolage jusqu'ici.

Elle remplit une assiette de crudités et de biscuits.

— En outre, la voisine a des insomnies et aime garder l'œil sur le quartier. Elle était debout quand je suis arrivée. Il l'a peut-être vue par la fenêtre. Ou bien il a suffi qu'elle allume la lumière pour le chasser.

— Possible.

Il était content de voir une assiette vide sur le comptoir, preuve qu'elle avait mangé. Tirant un tabouret, il s'assit.

— Je ne souscris pas à l'idée d'une coïncidence. Ce n'était pas une tentative de cambriolage ordinaire. Qui que ce soit, il reviendra avec de meilleurs outils. Ou il trouvera un autre moyen de vous atteindre.

— Parce qu'il pense que j'ai le reste de la formule de Ian ?

Hud désigna du menton le bloc.

— Ou il pense qu'il peut vous persuader de finir le travail pour lui.

Gigi posa l'assiette devant lui, lui donnant le choix entre sucré et salé.

— Comment pourrait-il me persuader ? En m'achetant ? Je n'ai pas besoin d'argent. Il ne me tuera pas, à cause de ce qu'il y a dans mon cerveau.

— Vous avez vu ce qu'on a fait à Lombard. Il y a toutes sortes de moyens pour soumettre quelqu'un. La torture, le chantage, les menaces sur les proches…

Elle avait raison, mais mieux valait ne pas minimiser le danger. Il fallait que Gigi reste vigilante.

— Et je préfère ne pas penser à ce qui pourrait vous arriver une fois qu'il aura obtenu ce qu'il veut. Ce n'est pas le genre à laisser un témoin derrière lui.

Gigi pâlit subitement.

— Je vais appeler Tammy et voir si elle peut rester quelques jours de plus à Las Vegas.

— Si elle doit revenir pour le travail, dites-lui d'aller habiter chez une amie. Mais il faut la mettre au courant. Il est plus facile de garder un œil sur l'une de vous que sur les deux.

Gigi tambourina sur le comptoir puis sur le bloc.

— Mais qu'est-ce que je fais dans l'intervalle ? En dehors de résoudre l'équation la plus importante de ma vie ?

Il posa la main sur la sienne pour stopper son agitation. Il n'aurait pas dû accorder trop d'importance à ce pouvoir de persuasion qu'il s'était découvert, mais elle parut se calmer. Quand elle retourna sa main, il ne perdit pas de temps à la prendre.

— Versez-moi une tasse de ce café, et restez vigilante. Je ne serai jamais loin.

Une ombre de sourire vint adoucir sa bouche et elle recula pour prendre une tasse dans le placard.

— Je me suis préparé un thé. Mais j'ai fait du café pour l'agent Cutler quand elle était là. Je ne savais pas ce que vous aimiez. En dehors de la bière. Je n'en ai pas, désolée.

Hud cueillit une petite carotte sur l'assiette devant lui et la mit dans sa bouche.

— Techniquement, je suis en service, alors je ne pourrais pas boire, de toute façon.

— Vous voulez que je vous fasse un sandwich ?

— Un café noir, c'est parfait pour moi.

Après avoir posé un mug de café fumant devant lui, elle mit sa tasse de thé dans le micro-ondes pour le réchauffer et se plaça de l'autre côté de l'îlot.

— Je suis désolée que vous soyez coincé avec moi. Une fois de plus. Vous êtes beau joueur de supporter mes excentricités.

Hud mordit un des biscuits et prit le temps de savourer

la mélasse, le sucre et la cannelle avant de l'avaler et d'en prendre un autre.

— Beau joueur rien du tout. Ils sont fichtrement bons.

Elle écarquilla les yeux.

— Désolé, j'aurais dû le dire plus poliment. Ma mère, Dieu ait son âme, n'a pas vécu assez longtemps pour m'apprendre les bonnes manières. C'est vous qui les avez faits ?

Elle cacha sa rougeur derrière son mug.

— Ma mère à moi tricotait. Mais j'aime faire de la pâtisserie quand je suis stressée.

Elle savait faire des gâteaux en plus d'avoir un cerveau digne d'Einstein et d'être distrayante de toutes sortes de manières ? Il ne se serait jamais douté que le paradis puisse porter des lunettes d'écaille, le pousser à s'excuser pour sa grossièreté, et sache faire des cookies comme sa grand-mère. Keir avait raison : il avait déjà perdu un bout de son cœur.

— Je n'ai jamais regretté de passer du temps avec vous, G.

La rougeur s'intensifia sur son visage, et Gigi se détourna pour ranger les plats dans le lave-vaisselle, essuyer les surfaces et déplacer la boîte contenant les cookies.

— Ça veut dire que vous restez ?

— Au moins jusqu'à ce que j'aie fini mon café.

Comme l'embrasser pour vérifier si ses lèvres étaient aussi douces que la dernière fois aurait été une erreur monumentale en termes d'éthique, il tendit plutôt la main vers la boîte de cookies.

— Et que j'aie mangé quelques-uns de ces cookies. Ou que vous soyez prête à aller au lit.

Les fouets en inox qu'elle rinçait claquèrent contre l'évier.

— Au lit ?

— Pour dormir, G.

Son petit halètement déclencha une violente réaction derrière sa braguette. Elle avait émis le même genre de son rauque quand il avait parlé de réchauffer le banc sur le campus un peu plus tôt. S'il avait été davantage capable de déchiffrer les femmes, il aurait pensé qu'elle avait envie d'autre chose que de protection et d'amitié. Mais il ne faisait sans doute que la choquer avec ses doubles sens involontaires.

— Vous allez dormir ici, lui rappela-t-il, et je serai dehors, dans mon pick-up.

— Bien sûr. Nous avons tous deux besoin de repos avant de retourner au labo.

Ses mouvements paraissaient plus nerveux, plus précipités tandis qu'elle finissait de remettre la cuisine en ordre.

— J'aurai fini dans quelques minutes. Vous pourrez partir.

— Je ne voulais pas dire…

Génial. Maintenant il avait blessé ses sentiments.

— Je resterai aussi longtemps que vous le voudrez.

— Non.

Elle repoussa son offre sans même le regarder.

— Vous avez un travail à effectuer. Vous n'avez pas besoin de me garder comme un bébé. La maison est sûre, maintenant, alors tout ira bien. Muscles et cervelle, vous vous souvenez ? Vous avez des voyous à attraper et moi, j'ai des chiffres à décrypter…

— G.

Il se leva et fit le tour de l'îlot.

— Peut-être devrions-nous parler de ce qui se passe…

— Que se passe-t-il ?

Elle fourra les fouets dans le lave-vaisselle et le referma.

— Il ne se passe rien du tout.

— Vous avez beaucoup d'expérience avec les hommes ?

Poussant une sorte de grognement, elle s'éloigna avant qu'il puisse la toucher.

— Je pense que vous avez peut-être un petit béguin pour moi et que ça vous rend nerveuse.

— Je n'ai pas eu de béguin depuis le lycée. Je suis une adulte, maintenant.

— Je sais.

Il saisit sa main, espérant dissiper cet embarras frénétique qui la faisait fuir.

— Croyez-moi, mademoiselle Tout-en-jambes, je sais.

Au moins, elle l'écoutait à présent. Son regard se braqua sur son visage, essayant de déchiffrer son expression. Il lui caressa les doigts du pouce, espérant lui faire comprendre qu'elle pouvait se détendre. Sa sensibilité, sa timidité, ou quoi que ce soit qui avait causé cette humeur, semblaient se calmer à chacune de ses caresses.

— Peut-être que j'ai un petit béguin pour vous aussi. Je crois qu'il y a une sorte de truc professeur sexy/mauvais élève entre nous.

Elle fronça les sourcils d'un air perplexe.

— Un truc ?

— Oui.

Il se rapprocha d'un demi-pas.

— Je dirais qu'il y a indubitablement un truc.

Les doigts de Gigi tremblèrent sous les siens.

— Comme Ian avec ses étudiantes ?

— Non.

Rien de mieux que le rappel des frasques de son défunt patron pour jeter un froid. Hud se raidit et recula. Mais les doigts de Gigi se resserrèrent autour des siens.

— Parce que vous êtes un adulte aussi ? Et que je n'ai aucun pouvoir sur vous ?

Oh ! elle avait du pouvoir sur lui ! Peut-être était-ce sa propre fascination envers quelqu'un de si différent de lui. Ou l'innocence de Gigi sur le plan social – qui semblait réveiller son côté protecteur. Ou peut-être était-ce le fait qu'elle était seule depuis longtemps comme lui qui le rendait sensible à ses aspirations comme aux siennes. Mais cela n'avait aucun sens d'aimer cette femme, d'avoir envie de la protéger et de l'embrasser pour savoir si l'étincelle qu'il y avait eue entre eux deux était toujours là et s'ils auraient dû prendre le risque de découvrir ce qui se passait.

Hud allait effleurer une mèche de cheveux qui s'était coincée derrière ses lunettes quand son téléphone émit un bip dans sa poche. Il marmonna un juron en entendant un deuxième bip, indicateur d'un long texto. Il lâcha Gigi pour prendre l'appareil. Aucune chance avec les femmes. Il aurait dû se faire imprimer un T-shirt pour commémorer ces contretemps habituels.

— Je ferais mieux de regarder ça.

Gigi s'entoura immédiatement de ses bras et recula d'un pas tandis que Hud lisait le texto de Keir.

— Nous avons eu les résultats du labo pour notre ami Galbreath, dit-il. Keir dit qu'il y avait assez de Phenergan dans ses veines pour assommer un homme deux fois plus grand que lui.

— Pauvre Jerome.

Hud lut à haute voix sa réponse à Keir.

— Et le Phenergan, c'est quoi ?

— À haute dose, c'est un antihistaminique, répondit Gigi avant même qu'il finisse de pianoter. On l'utilise aussi comme somnifère ou comme remède contre le mal des transports.

Hud leva les yeux sur elle, interloqué par l'étendue de ses connaissances. Elle haussa les épaules.

— La physique et l'ingénierie ne sont pas les seules sciences que j'ai étudiées.

— D'accord, professeur Je-sais-tout, vous savez si on peut l'obtenir sans ordonnance ?

— Je suis presque sûre qu'il faut une ordonnance, inspecteur Surnom bidon.

Il apprécia qu'elle l'ait taquiné en retour.

— C'est important ?

La résilience n'était pas un mot assez fort pour décrire la force de cette femme.

— Nous pouvons retrouver les suspects qui ont eu accès à cette substance.

Il tapa l'information pour Keir et envoya le texto.

— Ça va aller pour Jerome ?

— Le rapport de l'hôpital dit qu'il se repose confortablement. Sa femme est avec lui.

Il attendit le pouce levé de Keir et rempocha son téléphone.

— Quelqu'un voulait vraiment le mettre hors d'état de nuire.

— Le meurtrier de Ian ?

— Très probablement.

Il enfila son blouson. Le texto de Keir était le rappel dont il avait besoin pour se concentrer sur l'affaire et non sur la rouquine autour de qui elle tournait. Il n'était pas l'homme qu'il fallait pour enseigner les relations hommes-femmes à Gigi, de toute façon.

— Je crois que nous avons assez travaillé pour aujourd'hui. Si nous ne faisons pas un petit somme, aucun de nous ne vaudra rien plus tard.

— D'accord.

— Vous me raccompagnez ?

Il lui prit la main, ne voulant pas lui laisser croire qu'il partait à cause d'elle.

— Je veux entendre le verrou tourner derrière moi.

Une partie de la tension qui l'habitait retomba quand elle lui emboîta le pas.

— Souvenez-vous, vous avez mon numéro sur votre téléphone. Appelez-moi ou envoyez-moi un texto si vous voyez ou entendez quoi que ce soit de suspect. Ou si vous vous rappelez quelque chose qui pourrait être utile à l'enquête.

Arrivée devant la porte d'entrée, elle la déverrouilla et l'ouvrit en grand. La lumière de l'ampoule du porche les inonda d'un halo jaune. Hud franchit le seuil, puis se retourna pour la rassurer.

— Tout a été vérifié et revérifié. Vous êtes en sécurité chez vous. Je serai devant, pour m'assurer que tout est tranquille dans le quartier. Dans la matinée, je vous conduirai au labo.

Vous ne quittez pas la maison sans que je sois avec vous. Et vous ne laissez entrer personne sauf moi.

— J'ai compris. Je suis prisonnière de ma propre maison. Je vous attends et j'essaie de ne pas avoir peur.

Elle avait récité cela d'une traite. Hud se mit à rire.

— Je ne sais jamais quand vous faites de l'humour ou quand vous êtes sérieuse. Mais vous faites en sorte qu'on vous écoute quand vous avez quelque chose à dire.

— Vous vous souvenez de m'avoir embrassée il y a deux ans ? lança-t-elle soudainement, comme si elle avait lu ses pensées déplacées.

Aucune raison de nier. Il contempla le rectangle lumineux projeté par l'ouverture.

— Juste ici, à la porte. Sous la lumière du porche. Pour un premier baiser, je crains de ne pas m'être montré très chevaleresque.

— Je ne l'ai jamais oublié. Ni vous.

Cet aveu le prit par surprise. Lui avait-on jamais dit quelque chose d'aussi doux ? Mais il avait trop souvent été échaudé pour laisser ce plaisir lui monter à la tête. Il rit doucement.

— En positif, j'espère ?

Gigi parut frappée par l'idée qu'elle ait pu l'offenser.

— Bien sûr. Vous dégagiez une quantité considérable de chaleur corporelle. Vous m'avez donné l'impression d'être féminine et délicate. Pendant quelques secondes, je n'étais plus une grande gigue entourée de gens qui savent mieux ce qu'est la vie. Vous m'avez embrassée comme si j'étais une femme. C'était excitant et séducteur, et quand je me suis appuyée sur vous, vous n'avez pas bougé. Ce genre de force est…

Elle baissa la tête et lui jeta un regard par-dessus ses lunettes.

— … Sexy.

Elle avait murmuré ce mot comme s'il s'agissait d'un secret entre eux – ou qu'elle ne l'avait jamais dit à personne.

Dieu tout-puissant. Il sentit chaque muscle de son corps se tendre. Au temps pour n'avoir pas laissé cette femme se jeter à sa tête. Elle mettait ses émotions sens dessus dessous. Il avait envie de la prendre dans ses bras pour guérir de ce terrible regret.

— Vous avez pensé tout ça pendant que je vous embrassais ?

— Je suis toujours en train de penser. Sauf quand je dors, évidemment. Et même là, parfois…

Elle repoussa ses lunettes sur son nez. Pas étonnant qu'elle ait besoin de ce petit coupe-circuit pour laisser son cerveau se reposer. Il n'avait encore jamais rencontré ce niveau de complication chez une femme.

— J'aimerais m'être mieux comportée de mon côté. Je n'avais pas beaucoup d'expérience. Je n'en ai toujours…

Hud pressa deux doigts sur ses lèvres pour la faire taire.

— Doucement, G. Je dois vous dire que j'ai repensé longtemps à ce baiser, moi aussi.

Elle écarquilla les yeux avant de reculer hors de portée.

— Parce que vous vous sentiez coupable de sacrifier à une convention sociale sans vraiment en avoir envie ?

Euh, non. D'ailleurs il ne pensait pas avoir jamais employé l'expression « convention sociale » et moins encore s'être inquiété de ce qu'on pouvait penser du fait qu'il embrasse une femme consentante. Mais l'honnêteté émotionnelle de Gigi était désarmante.

— Parce que j'avais envie de plus. Vous étiez excitée, et j'ai été surpris d'avoir tellement envie de vous. Alors j'ai reculé.

Elle fourra les mains dans les poches de son sweat-shirt, d'un air tout à la fois prude et réfléchi.

— Vous avez trouvé que j'étais sexy ?

C'était drôle comme elle enregistrait les détails. Hud sourit jusqu'aux oreilles.

— Vous n'êtes pas en train de pêcher les compliments, si ?

Elle secoua la tête comme pour soupeser cette idée plus tard.

— Alors pourquoi vous êtes-vous arrêté ? J'en avais envie. J'avais envie de vous.

— Je le sentais bien. Et croyez-moi, ça représente une sacrée tentation pour un homme.

Il posa l'avant-bras contre le chambranle de la porte et se pencha vers elle comme pour dérober cette conversation aux yeux des voisins.

— Je fais partie des gentils quand même, vous vous rappelez ? Vous l'avez dit vous-même. Je ne voulais pas profiter de votre situation ce soir-là. Nous venions juste de nous rencontrer et ce n'était pas un vrai rendez-vous. Et je savais bien que vous n'étiez pas le genre à flirter pour rien.

— Non. Du moins, je ne le pense pas. Même si je n'ai jamais flirté. Et que je ne suis jamais vraiment sortie avec quelqu'un sérieusement…

Ses joues se colorèrent d'une adorable nuance de rose.

— Ce n'est pas vraiment cool d'avouer cela, n'est-ce pas ?

— J'ai entendu assez de mensonges dans mon métier pour trouver votre honnêteté rafraîchissante.

Il lui toucha les cheveux, s'autorisant enfin à se rappeler leur texture lisse. Il en étudia la couleur avant de coincer une mèche vagabonde derrière son oreille. Puis il recula pour laisser l'air de la nuit refroidir ses ardeurs.

— On dit que les contraires s'attirent, et oui, je suis attiré par vous. Quelque chose se serait peut-être passé cette nuit-là si vous m'aviez invité à entrer. Mais je ne voulais pas que nous ayons des regrets. Il faut avoir quelque chose en commun pour qu'une relation marche.

Il les désigna tour à tour du pouce.

— Haute société, classe ouvrière. Cervelle, muscles. Classe, grande gueule.

Elle imita ses gestes, comprenant son raisonnement même si elle avait du mal à faire abstraction du désir qu'elle ressentait.

— Sociable, introvertie. Expérimenté, naïve.

Elle recula d'un pas et saisit le bord de la porte.

— Donc, nous n'avons aucun point commun sur lequel établir une relation. Et vous ne pensiez pas que je serais d'accord pour une aventure d'une nuit. C'est pourquoi vous avez mis fin au baiser. C'est pour ça que vous ne m'avez pas appelée.

— Mon instinct me disait que c'était ce qu'il fallait faire.

N'avait-elle pas compris le but de son petit discours « nous n'avons rien en commun » ?

— Je suis le type du billard, G. Je ne suis pas invité à des réceptions au Muehlebach comme vous. Les seules initiales qui suivent mon nom, ce sont KCPD. Je ne pense pas que vous auriez dit oui si je vous avais invitée.

— Eh bien, sachez-le, j'aurais accepté. Je suppose que si j'avais été plus sûre de moi c'est moi qui vous aurais appelé. Tammy me dit toujours de prendre les devants et de demander ce que je veux. Je n'ai jamais appliqué cette philosophie en dehors de la salle de classe et du labo.

Elle lui adressa un sourire triste.

— Et maintenant, nous avons le meurtre de Ian pour nous occuper. Que se serait-il passé sinon, hein ?

— Oui. L'occasion était là et nous l'avons ratée. Tout à fait mon genre de chance.

En deux ans, rien n'avait changé. S'il ne s'éloignait pas tout de suite, il ne le ferait jamais.

— Je vous le promets, cette occasion manquée n'affectera pas ma motivation dans cette enquête ni ma volonté de vous protéger.

— Je vous crois.

Peut-être y avait-il encore une chance de sauver cette amitié.

— Bonne nuit, G.

Prêt à descendre les marches du porche, il sentit une main tirer la manche de son blouson. Il se retourna et Gigi avança la main pour l'attirer à elle. Ses lèvres douces se modelèrent sur les siennes, le surprenant par leur chaleur. Son baiser était doux et chaste, courageux pour une femme comme elle, et Hud ne put s'empêcher de réagir à son contact, à ses doigts qui empoignaient son blouson et qui filaient sur sa barbe pour plonger dans ses cheveux.

Il posa les mains sur ses hanches et les glissa sous son sweat-shirt. Ses doigts trouvèrent une bande de peau douce et chaude, et cette découverte lui arracha un grognement de satisfaction. Il se maîtrisa aussi longtemps qu'il put, savourant ces tendres baisers à bouche fermée. Les bras de Gigi s'enroulèrent autour de son cou, ses doigts agrippèrent ses cheveux, chatouillant sa nuque, et elle se pressa contre lui, plaquant ses longues cuisses contre les siennes.

Quant à lui, il poursuivit son exploration paresseuse autour de sa taille, jusqu'à ce qu'il plaque une main sur la peau lisse de son dos et presse son derrière impertinent de l'autre.

Le ronronnement sexy de Gigi l'attirait comme une sirène. Elle voulait davantage, et lui aussi. Il but un soupir d'abandon sur ses lèvres et prit la direction du baiser. D'abord, il taquina l'ourlet de sa bouche puis, quand ses lèvres s'entrouvrirent, il aspira sa lèvre inférieure. Il inspira son odeur de vanille chaude et goûta les épices qui s'attardaient sur sa langue en pénétrant dans sa bouche en vainqueur.

Lui aussi était doué pour remarquer les détails. La peau douce et les cheveux soyeux sous ses doigts. Le goût de cookie à la mélasse et d'avidité féminine contre sa bouche. Le ferme contact d'un sein qui se pressait contre sa poitrine quand elle repoussa les pans de son blouson pour se rapprocher de lui. Malgré ses bonnes résolutions, si Gigi voulait qu'ils se pelotent sur son perron, qu'il soit damné s'il ne s'exécutait pas.

Ils s'embrassèrent encore et encore, alternant les bécots et les baisers profonds. Hud se rendit compte que la lenteur et la douceur étaient aussi enivrantes que les ébats furieux. Un désir vibrant derrière sa braguette voulait emporter ces léchouilles dans un endroit plus discret, où il pourrait dépouiller Gigi de ses vêtements informes et voir jusqu'où elle était prête à aller. Le canapé de son salon. Son lit. Bon sang, il se serait contenté du tapis devant la cheminée, pourvu qu'elle enroule ses jambes splendides autour de lui et le laisse lui montrer combien ce genre de leçon de chimie pouvait être décoiffant.

Mais avant que son bon sens prenne le dessus sur le désir qui le torturait, Gigi s'écarta. Il prit conscience du grognement de frustration qui montait dans sa propre gorge. Mais comme il doutait qu'elle ait jamais pris l'initiative d'un baiser, il ne voulut pas l'effrayer en exigeant davantage.

La relâchant doucement, il remonta le bas de son pyjama pour recouvrir sa peau et posa le front contre le sien. Ses lunettes étaient embuées au point qu'il ne voyait plus ses yeux, aussi observa-t-il ses lèvres roses et gonflées et la peau légèrement irritée autour de sa bouche.

— Bon sang, mademoiselle… Je ne me plains pas, mais c'était quoi, ça ?

— Moi, quand je prends ce que je veux. Au cas où il aurait fallu attendre encore deux ans pour avoir un autre baiser.

Elle respirait fort par le nez et il fut secrètement ravi de découvrir qu'elle avait autant de mal que lui à reprendre son souffle. Il ne l'avait pas déçue, et elle ne l'avait certainement pas déçu non plus. Elle contempla ses doigts, qui lissaient le devant de sa chemise et redressaient le col de son blouson. Soudain ils s'immobilisèrent, et elle lui jeta un regard par-dessus ses lunettes.

— Vous n'avez pas besoin d'être toujours gentil avec moi. Pas si vous n'en avez pas envie. Je sens un lien avec vous, Hud. J'aimerais… Je voudrais que vous…

— Quoi ?

Elle replia les doigts et recula.

— Je vais arrêter de parler. Je vous en ai déjà plus dit ce soir que je n'en ai dit à quiconque en une semaine.

Elle retira ses lunettes et usa de l'ourlet de son T-shirt pour les nettoyer.

— C'est bizarre comme j'arrive à vous parler. Ce n'est

pas le cas en général dans le monde extérieur. Je me sens en sécurité avec vous. Je suis sûre que c'est irritant. J'ai tellement de pensées dans ma tête que je n'arrive pas à tout dire. Parfois, c'est plus facile de me taire jusqu'à ce que je trouve la chose à dire.

Ainsi elle ne s'excusait pas de le désirer. Ni de l'avoir embrassé. Ni d'avouer qu'elle était aussi perdue vis-à-vis de cette attirance qu'il l'était. Il plongea les doigts dans ses cheveux pour encadrer son visage et le rapprocher assez pour qu'elle le voie.

— N'ayez jamais peur de me dire ce que vous pensez.

Elle le jaugea avec intensité avant de lui sourire.

— Merci de ne pas lever les yeux au ciel quand je vous explique tout ça.

— Hein ?

— Croyez-moi, c'est quelque chose. Bonne nuit, Hud.

Elle remit ses lunettes et se retira dans la maison.

— Je vous verrai dans quelques heures.

Il inhala une bouffée d'air automnal.

— Ça marche pour moi.

Il attendit qu'elle ait verrouillé la porte avant de fourrager dans ses cheveux et se tourner vers la rue. Il n'y avait pas l'ombre d'un mouvement dans le quartier. Des voitures garées, des maisons obscures. Était-ce paranoïaque de penser que c'était trop silencieux ? Il monta à bord de son pick-up et prit son téléphone pour envoyer ses photos et ses observations à Keir.

Puis il posa l'appareil sur le tableau de bord et s'adossa à son siège. Une mission de protection, il pouvait s'en accommoder. Mais qu'était-il censé faire du tombereau d'informations que Gigi venait de déverser sur lui ? Elle sentait un lien avec lui. Elle voulait qu'il se comporte en conquérant avec elle. Elle pensait à leur baiser depuis deux ans et n'avait pas pu attendre un instant de plus pour l'embrasser à nouveau. Elle appréciait sa force et le trouvait sexy.

Il n'y avait rien de mal à tout cela. Surtout qu'il sentait aussi un lien. Son sang bouillait encore du désir de ces mains curieuses et avides. Elle était innocente et passionnée, prête à se donner.

Alors pourquoi hésitait-il à assumer ses sentiments envers elle ? Avant d'avoir achevé sa question, il sut la réponse.

Parce qu'il ne voulait pas que son cœur se brise à nouveau. Il ne voulait pas aider Gigi à découvrir la femme qu'elle était – sexy, drôle, intelligente et affectueuse – pour la perdre ensuite au profit d'un autre homme. Il ne voulait pas être son ami dévoué, son filet de sécurité, avant d'être mis au rebut comme un vieux jouet.

Il avait eu la chance d'éveiller quelque chose en elle, quelque chose que son extrême intelligence et sa timidité naturelle avaient freiné. Comme lui, elle s'était occupée de sa petite sœur et avait fait passer les besoins de Tammy avant les siens, ratant des occasions de relations amoureuses. Maintenant, le Pr Virginia Brennan, pourvue d'un doctorat, était une femme libre, établie dans la vie. Elle était adulte et consciente de ses désirs. Et lui était le gentil garçon dont elle voulait attirer l'attention.

Mais Hud ne voulait pas être sa prochaine expérience scientifique. À la manière dont elle s'était abandonnée à leur baiser, il ne doutait pas qu'elle serait tout à fait étonnante au lit. Et aussi compliqués que puissent être ses processus mentaux, il aimait leurs conversations. Elle ne mentait pas et ne feignait pas d'être autre chose que ce qu'elle était. Elle le faisait rire et préparait des cookies dignes de sa grand-mère. Mais une fois qu'elle aurait pris confiance en elle, que se passerait-il ?

Elle s'en irait et trouverait un homme comme Gary Haack ou Ian Lombard, quelqu'un d'instruit et de prospère, un homme avec qui elle aurait beaucoup plus en commun que quelques baisers passionnés.

8

Un fracas dans le jardin voisin tira Hud du texto qu'il envoyait à Keir. Il enregistra le message et descendit rapidement de son véhicule. La porte de Gigi était toujours fermée, ainsi que ses fenêtres, aux rideaux tirés. En dehors d'une lampe qui laissait filtrer une faible lueur entre les volets de la fenêtre de sa chambre, elle avait tout éteint dans la maison et s'était sans doute mise au lit. Quel protecteur il faisait ! Qu'avait-il raté ?

Il tendit l'oreille en direction de craquements et de halètements. Quelqu'un courait dans le jardin voisin.

Posant la main sur la crosse de son arme, Hud traversa la pelouse et se plaqua contre la clôture.

— Police de Kansas City ! cria-t-il en entendant des pas crisser dans les feuilles mortes. Sortez et identifiez-vous !

— Izzy ! Reviens ici, cria la voix fêlée d'une femme.

Un petit chien tourna l'angle de la maison, entraînant sa laisse derrière lui.

La femme, dans un survêtement gris assorti à ses cheveux, le suivit un instant après d'un pas traînant. Bien que Hud n'ait pas tiré son arme, elle leva les mains.

— Ne tirez pas. Arrêtez-le, s'il vous plaît !

Hud posa un pied sur la laisse au moment où le chien filait devant lui. Cet arrêt soudain le renversa, mais le loulou de Poméranie se remit sur ses pattes avec un glapissement aigu. Hud s'agenouilla et lui tendit sa main à renifler, que la boule de poils poussa du museau.

— Du calme, le tigre.

Après avoir reçu un coup de langue amical, il souleva le chien d'une main et le rendit à la femme.

— Ça va, madame ? Vous vous êtes blessée ?

— Je me suis cogné la hanche contre la rampe de la véranda en essayant de l'attraper. Mais je suis trop têtue pour avoir mal.

Soulagé de constater qu'il s'agissait d'une fausse alerte, Hud tira le pan de son blouson sur son arme et sourit.

— C'est un as de l'évasion ?

— On pourrait dire ça.

La remarque était peu crédible, car la femme pressait le chien sur sa poitrine. Puis elle tendit une main arthritique.

— Kelly Allan. Je suis la voisine de Gigi. Et voici Izzy.

Hud la serra gentiment.

— Inspecteur Hudson Kramer.

— Normalement, nous ne serions pas sorties avant une heure, mais quelque chose a attiré son attention. Elle grattait la porte de derrière et elle a filé avant que je puisse attraper sa laisse.

— Vous avez entendu quelque chose ? Attendez ici.

Instantanément sur ses gardes, Hud prit sa torche et contourna la femme pour inspecter son jardin. Un opossum se dandina le long de la clôture avant de disparaître derrière un abri de jardin. Des oiseaux pépiaient, tandis que des créatures nocturnes détalaient avant le lever du jour. Peut-être ne fallait-il pas s'inquiéter. L'homme qui avait essayé de pénétrer chez Gigi n'était pas revenu.

Ou peut-être que si.

Hud se hissa au-dessus de la clôture du fond pour jeter un coup d'œil au chemin derrière la rangée de maisons. Des traces de pneus. Il n'y avait pas de feuilles mortes dedans, donc elles étaient récentes. Il en trouva aussi dans la boue derrière la maison de Gigi. Mais il était impossible de dire si elles avaient été faites quelques minutes auparavant ou la nuit précédente. Il alluma la torche et examina l'allée de gravier vide. Pourquoi avait-il l'impression qu'une atmosphère sinistre entourait Gigi Brennan ? Quelque chose d'important lui échappait, mais il ne voyait pas quoi. Par mesure de précaution, il prit une photo des traces de pneus. S'il pouvait les faire correspondre à un modèle particulier de pneus, il mettrait à jour l'avis de recherche pour le SUV qui avait heurté la voiture de Gigi.

Quand il repassa dans le jardin de la voisine, ni elle ni Izzy ne semblaient alarmées par la présence éventuelle d'un intrus. Il allait faire confiance au chien là-dessus.

— Je ne vois rien pour l'instant, madame. Mais vous aviez un opossum sous votre abri de jardin, apparemment.

— C'est le vieux Sam. Du moment qu'il mange les tiques et les punaises dans le jardin, je le laisse vivre ici. En plus, il donne quelque chose à renifler à Izzy.

Elle pinça ses lèvres minces.

— Mais c'était autre chose. Izzy ne sent pas l'odeur du vieux Sam avant de sortir elle-même dans le jardin.

— Votre chien m'a peut-être entendu, suggéra Hud. J'ai fait une patrouille autour de la maison de Gigi il y a quelques minutes. Quelqu'un a essayé d'entrer chez elle par effraction hier soir.

— Je sais.

Bien sûr qu'elle savait. Son arme et son badge, ainsi que la voiture de patrouille plus tôt, auraient été difficiles à manquer. Il prit le coude fragile de la vieille dame et la raccompagna jusqu'à sa terrasse.

— Maintenant vous savez qu'il est plus prudent d'attendre le jour pour sortir Izzy.

Les yeux bleus de Mlle Allan étincelèrent quand elle lui sourit.

— Vous êtes le nouveau galant de Gigi ? Non qu'elle en ait un vieux, mais c'est vous ?

Avait-elle aperçu ce baiser sur le perron de Gigi ? En

la voyant cligner de l'œil, Hud comprit que c'était le cas. Même s'il appréciait l'intérêt que sa voisine portait à Gigi, il détestait l'idée que son manque de volonté ait pu mettre en route un solide moulin à rumeurs.

— En fait, je suis ici pour protéger le Pr Brennan. Elle a été témoin d'un crime sur lequel j'enquête.

La vieille dame caressa les oreilles de son chien et lui décocha un nouveau clin d'œil.

— Je n'ai jamais vu un policier conduire une enquête ainsi.

Bon sang de bonsoir. Avait-il rougi ? Il doutait qu'une soudaine vague de chaleur se fasse sentir avant l'aurore.

— Rien ne vous échappe, pas vrai ?

— Pas souvent. Je sais quand quelque chose se passe chez les Brennan. C'est toujours tranquille quand Tammy n'est pas là. Mais ce n'était pas tranquille cette nuit.

Si Mlle Allan avait l'œil sur ses voisines, elle pouvait sans doute répondre à ses questions.

— Vous avez vu quelqu'un rôder autour de la maison ? En dehors de moi et des agents en uniforme, bien sûr.

— J'ai vu un homme monter dans sa voiture. Il a failli emboutir Gigi.

Hud tira son calepin de sa poche.

— Il conduisait vite, alors ?

— Il ne conduisait pas. Il est monté du côté passager.

Cela pouvait expliquer certaines incohérences dans les incidents entourant Gigi. Deux malfaiteurs, l'un impulsif, l'autre calculateur ; l'un qui n'avait pas peur de la violence, et l'autre qui l'avait en aversion.

— Vous pourriez décrire la voiture ?

— Un SUV noir avec des vitres foncées. L'homme qui est monté dedans était plus grand que le conducteur, bien que je n'aie vu leurs visages ni à l'un ni à l'autre. Ils portaient des bas sur la figure.

Il nota cela.

— Vous en êtes sûre ?

Elle se tapota la joue de l'index.

— On m'a opérée de la cataracte. J'ai retrouvé ma vue.

Pas étonnant qu'elle aime espionner le voisinage.

— Vous êtes un témoin très utile, mademoiselle Allan.

— C'est gentil à vous de le dire.

Sur l'insistance de Hud, elle emporta Izzy sur la terrasse.

— Je devine à votre accent et vos manières que vous êtes un garçon du Sud.

— En effet, du lac Taneycomo. Je suis né et j'ai grandi dans les Ozark.

Elle fit halte en atteignant sa porte moustiquaire.

— Et pourquoi diable avez-vous quitté cette magnifique région pour venir ici ?

— Mes parents sont morts. J'avais vingt ans et j'avais besoin d'un travail pour entretenir mon frère et mes sœurs. C'était soit la police soit l'armée, mais je voulais être à la maison pour qu'ils ne soient pas séparés.

— Admirable. J'ai été fiancée à un jeune homme comme vous, autrefois. Un marine.

Ses yeux se voilèrent un peu, et sa voix prit une note mélancolique.

— Il a été tué en Corée en 1951.

— Je suis désolé.

— Moi aussi. Ed était un homme bien. Je l'aurais épousé s'il était revenu.

La voyant retenir ses larmes, Hud lui offrit le bandana qu'il mettait dans sa poche arrière.

— Vous êtes aussi un homme bien. Prenez soin de notre Gigi, d'accord ? Je sais qu'elle vous aime bien.

— Oui, madame. Je la protégerai.

Elle ouvrit la porte, puis s'arrêta, changeant soudain d'expression.

— Et vous devriez faire l'amour avec elle. Je suis sûre que l'idée lui plairait si vous lui demandiez – elle n'y pensera pas d'elle-même. Je vous jure que cette fille n'arrive pas à sortir de sa tête.

Elle déposa le bandana dans sa main et lui pressa les doigts.

— Ce sont les plus tranquilles qui dissimulent le plus de passion, vous savez…

Une vague de rougeur le submergea. Bien qu'il soit embarrassé par le franc-parler de l'octogénaire, une image des yeux obscurcis par le désir de Gigi et de ses longues jambes enroulées autour de sa taille le frappa soudain. Seigneur. Il avait sérieusement besoin de sommeil pour dissiper ces fantasmes. À moins qu'il ait juste besoin de se remettre à travailler.

Mlle Allan était maintenant en sécurité chez elle. Hud recula.

— Je vais… euh… penser à votre conseil.

Il avait le sentiment que Kelly Allan devait avoir eu le diable au corps bien avant de perdre son marine en Corée. Et elle le savait, à en juger par le sourire qu'elle lui adressa.

— Vous n'allez pas me demander comment je sais qu'elle vous aime bien ?

D'accord, il était appâté.

— Comment ? Parce que vous l'avez vue m'embrasser ?

— Parce qu'elle vous a invité à entrer.

Elle posa le chien et le poussa du pied dans la cuisine.

— En dehors des artisans et des galants de Tammy, aucun homme n'a jamais posé le pied dans cette maison.

Elle referma la porte grillagée.

— Bonne nuit, inspecteur.

— Bonne nuit, madame.

La lumière s'alluma dans la pièce de devant et Hud supposa que Kelly Allan était à l'affût pour voir s'il allait suivre son conseil. Il sourit et lui adressa un salut. Il serait sans emploi si tous les citoyens étaient aussi vigilants qu'elle.

Il tourna son regard vers la faible lumière filtrant par la fenêtre de Gigi. Il savait que c'était sa chambre parce qu'il l'avait inspectée de fond en comble plus tôt. Il l'imagina dans son lit avec son bloc, décortiquant la formule de Lombard. Il espéra que l'épuisement l'avait gagnée et qu'elle se reposait enfin.

Bien que les circonstances soient détestables, Hud aimait veiller sur elle. Il savait que cela tenait à son penchant chevaleresque, à son envie qu'on ait besoin de lui. Il aimait se dire qu'il était utile, qu'elle lui faisait confiance. Il aimait être auprès d'elle, point. Rien ne sortirait à long terme de ce lien entre eux. S'il se souvenait de cela, peut-être pourrait-il sortir intact de cette deuxième rencontre avec Gigi Brennan.

S'installant au volant de son pick-up, il termina son rapport à Keir, ajoutant les observations de Mlle Allan au sujet de la voiture et des intrus. Dès qu'il pressa la touche Envoyer, son téléphone indiqua d'un bip l'arrivée d'un texto.

Il se redressa en voyant le nom de Gigi. Avait-il raté quelque chose de suspect ?

Mais son appréhension se transforma en amusement. Kelly Allan n'était pas la seule à espionner par sa fenêtre.

Que vous a dit Mlle Allan ?

Hud tapa sa réponse.

Elle savait que je venais du Sud. Elle m'a dit que je lui rappelais un ancien petit ami.

Il l'envoya et attendit.

Elle ne vous a pas mis dans l'embarras, j'espère ? Elle donne des conseils sans se gêner.

Il ne mentionnerait à aucun prix le conseil de la voisine. Gigi l'avait invité dans son monde, comme l'avait prétendu la vieille dame. Même une conversation par texto avec elle lui donnait l'impression que quelque chose grandissait entre eux.

Elle a dit qu'il y avait deux personnes dans la voiture qui vous a heurtée. J'ai demandé à Keir de la rechercher.

Deux personnes ont essayé d'entrer chez moi ?

Gigi appréciait de connaître les faits, mais il ne voulait pas l'effrayer.

Je ne vais nulle part.

Sa réponse fut rapide.

Vous n'êtes pas obligé de rester assis toute la nuit dans votre pick-up.

Si, je suis obligé.

Pourquoi ?

S'inquiétait-elle du retour des intrus ? Ou demandait-elle pourquoi il prenait la peine de la protéger ?

Différences mises à part, et malgré l'impossibilité d'un avenir, le sentiment était mutuel.

Parce que personne ne vous fera peur ou ne vous fera du mal dans votre propre maison. Et je veux être le premier à vous demander du café quand vous vous réveillerez ce matin.

Le petit déjeuner pouvait passer pour un rendez-vous, non ?

Gigi roula sur le côté et donna un coup de poing dans son oreiller pour le faire bouffer. Cela faisait vingt-quatre heures qu'elle n'avait pas dormi. Elle aurait dû être sourde au monde à l'heure qu'il était. Mais entre les images cauchemardesques de Ian régurgitant du sang et les chiffres aléatoires flottant dans son cerveau, sombrer dans un sommeil de plomb s'était révélé impossible.

Hudson était près d'elle, gardant l'œil sur sa maison. Si une part d'elle se détendait à l'idée de sa forte présence, une autre part bourdonnait d'anticipation. Hud voulait l'inviter à sortir. Elle ne l'avait pas effrayé avec ce baiser impulsif ni avec ses divagations érudites et ses accès de maladresse.

Était-ce ce que Tammy éprouvait quand un homme l'invitait ? Elle souriait au point d'en avoir mal aux muscles du visage ? Elle s'inquiétait de ce qu'elle allait porter ou dire ? Elle était anxieuse comme un enfant qui s'apprête à embarquer sur les montagnes russes ?

Gigi ne se faisait pas d'illusions, ce n'était pas facile pour un homme de passer du temps avec elle. Mais elle avait de l'espoir.

Hudson Kramer lui donnait de l'espoir.

Ce n'était peut-être qu'un café. Mais pour elle, c'était un monde.

Elle enfonça la joue dans la percale fraîche et ferma les yeux, savourant cette impatience inconnue, attendant que son réveil sonne.

Et avant qu'elle y pense, il la tira en sursaut d'un sommeil profond et dépourvu de rêves.

Elle roula sur le dos, refusant d'ouvrir les yeux sur le soleil matinal qui devait pointer au bord de la fenêtre. Quelques instants plus tard, elle entrouvrit un œil et fronça les sourcils. Où était le soleil ? Elle jeta un coup d'œil au réveil. Hein ? Elle n'avait dormi que vingt minutes. Cette musique n'était pas celle du réveil. C'était son téléphone.

L'anxiété lui donna un coup au cœur. Elle repoussa l'édredon et prit l'appareil sur la table de chevet. Elle ne reconnut pas le numéro qui s'affichait et balaya l'écran pour répondre.

— Allô ?

Il y avait une dizaine d'explications possibles pour un appel avant 7 heures du matin. Un faux numéro, un collègue inquiet qui venait d'entendre parler du meurtre, ou Tammy qui avait enfin lu ses messages et appelait de Las Vegas.

Mais Gigi entendit une respiration mesurée à l'autre bout de la ligne et comprit que cet appel n'avait rien à voir avec tout cela. L'impatience avec laquelle elle s'était endormie se teinta d'une sombre appréhension.

— Professeur Brennan ?

La respiration laissa place à une voix creuse, déformée par un appareil. C'était facile de faire cela avec une application. Impossible de dire qui appelait.

— Je veux ce que vous a donné Lombard.

La note. Un poing invisible se resserra autour de son cœur et ses poumons. Gigi balança les jambes au bord du lit et alluma la lampe, essayant de trouver ses lunettes.

Ne te laisse pas aller à la peur. Réfléchis, Virginia. La police a besoin de réponses. Il faut que tu écoutes.

— Vous l'avez déjà. Vous l'avez volée dans ma poche.

— Vous savez que ce n'est pas la formule complète, continua la voix creuse. J'ai besoin du reste. Je veux que vous le trouviez pour moi.

C'était le meurtrier de Ian. L'homme qui l'avait agressée, qui avait volé les informations que lui avait confiées Ian, qui avait essayé d'entrer chez elle par effraction pour la voler.

Elle avait besoin de Hud. La police pourrait retrouver ce numéro. Il lui toucherait la main et dissiperait la peur qui l'accablait. Mais elle ne pouvait pas l'appeler ou lui envoyer un SOS sans couper cet appel. Cherchant une autre idée, elle se leva et se précipita vers la fenêtre. Elle ouvrit les rideaux et fit remonter le store, qui s'enroula d'un coup. Le pick-up de Hud était toujours dans l'allée, comme il l'avait promis. Mais il tenait la tête baissée et son expression était impossible à déchiffrer dans la pénombre. Était-il blessé ? Endormi ? En train de lire un message sur son téléphone ? Gigi frappa à la fenêtre, pressa son téléphone contre la vitre et le désigna, lui ordonnant de lever les yeux.

Mais il était trop loin pour l'entendre, trop absorbé pour la voir. S'il ne venait pas à elle, alors elle devait aller à lui.

— Et si je refuse ? lança-t-elle en se tournant vers le

couloir. Vous avez tué un homme, je ne vais certainement pas vous récompenser pour ça.

— À vous de choisir.

Le parquet du couloir était froid sous ses pieds nus. Elle courut vers la porte d'entrée.

— Je peux vous rendre la vie très pénible. Je peux même y mettre fin.

Y mettre fin… ?

Elle s'arrêta net, le pouls battant dans ses oreilles.

— Qui êtes-vous ? Et que voulez-vous de moi ?

— Ne jouez pas les idiotes, Virginia. Ça ne vous ressemble pas. J'ai déjà tué Lombard parce qu'il m'avait trompé. Je suppose que vous serez plus coopérative.

Sa logique était tordue.

— Vous ne me tuerez pas. Vous auriez pu me tuer au labo, mais vous ne l'avez pas fait. Je vous suis plus utile vivante que morte.

— Il y a d'autres moyens de vous faire mal. L'obsession de Ian à votre égard était… déplacée. Je veux vous faire tomber de votre piédestal. Vous arracher vos plumes. Vous découper en petits filets tendres jusqu'à ce que vous hurliez ce que j'ai besoin de savoir.

La voix fit une pause pour laisser les images se graver dans son esprit et lui faire comprendre qu'avoir besoin d'elle et lui faire du mal n'étaient pas mutuellement exclusifs.

— La même chose pourrait arriver à votre sœur, et à votre petit ami.

— Mon petit ami ?

Hud. Il croyait… Il l'avait surveillée d'assez près pour les avoir vus ensemble. Tous ceux qui comptaient pour elle étaient en danger.

— Si vous ne coopérez pas, je les tuerai tous les deux, sous vos yeux. Vous êtes faite pour regarder mourir les gens que vous aimez.

Elle frissonna à l'idée que cet homme l'avait touchée

pendant qu'elle était inconsciente. Mais ce qu'il promettait si elle ne faisait pas ce qu'il demandait était tellement pire…

— Je vous jure que je n'ai rien d'autre que ce que Ian m'a donné. Je ne peux pas vous fournir ce que je n'ai pas.

Un coup sonore retentit à la porte. Elle sursauta et retint son souffle. Il était là.

La voix bourdonna dans son oreille.

— Vous connaissez le travail de Ian mieux que personne. Vous êtes la seule qui peut me donner ce que je veux. Leurs vies dépendent de vous.

— G ! Est-ce que ça va ? Ouvrez la porte !

Hud ! Il avait reçu son signal. Mais ses jambes lui paraissaient en plomb, comme dans un cauchemar. Elle vacilla et s'appuya contre le mur pour ne pas tomber.

— Vous livrerez la formule de Lombard et le prototype à cette adresse.

Pendant qu'il indiquait une adresse dans la zone industrielle de Front Street, elle força ses jambes à avancer vers la porte.

— Notez-la.

Elle n'en avait pas besoin, elle s'en souviendrait. Une autre malédiction de son esprit complexe.

— Répétez-la-moi.

Elle s'exécuta.

— Je veux la formule lundi matin à 6 heures.

Les coups à la porte se transformèrent en martèlement.

— C'est Hud. Qu'est-ce qui se passe, bon sang ?

— Et si j'ai besoin de plus de temps ?

Elle parvint enfin à la porte.

— C'est dans à peine quarante-huit heures.

— Ce n'est pas négociable. Et n'essayez pas de me doubler comme l'a fait Lombard. Nous vous surveillerons.

— Nous ?

Ce lapsus l'ébranla.

— Ouvrez cette fichue porte ou je l'enfonce !

Un coup secoua la porte, faisant trembler le chambranle. S'était-il jeté dessus ?

— G !

— Je suis là.

Sa voix tremblait autant que ses doigts quand elle fit tourner le verrou puis la poignée. La porte s'ouvrit à la volée et Hud se rua à l'intérieur, l'écartant de l'ouverture avant de refermer la porte d'un coup de pied. Il tenait son arme le long de son flanc. Il poussa un gros soupir, puis ses yeux, graves et intenses, croisèrent les siens une fraction de seconde avant qu'il lui arrache le téléphone des mains.

— Police de Kansas City. Identifiez…

Gigi avait entendu le déclic avant même que Hud parle. Il regarda l'appareil, puis à nouveau elle.

— Racontez-moi tout, tout de suite.

Gigi s'entoura de ses bras.

— Il a tué Ian. Il a dit que j'étais la seule qui pouvait… Il veut que je… Il a fallu des années à Ian pour développer ces composants et mettre au point un design réalisable, et je n'ai que quarante-huit heures.

Elle n'arrivait pas à se réchauffer, ni à cesser de trembler.

— Il m'a laissée en vie pour… pour finir le travail de Ian.

— Venez ici.

Le bras de Hud s'enroula autour de ses épaules, puis la plaqua contre sa poitrine. Il rengaina son arme, fourra son téléphone dans son blouson et poussa le verrou avant de l'envelopper de ses bras et la serrer contre lui.

— Je suis là.

Elle blottit le visage entre son épaule et son cou et glissa les bras sous son blouson pour sentir sa chaleur. Il la tint serrée, une main dans ses cheveux, sa joue piquante contre la sienne. Il la retint jusqu'à ce qu'elle cesse de trembler, jusqu'à ce que sa respiration se soit calmée et synchronisée avec la sienne. Elle absorba l'odeur du cuir et le sel de sa peau. Elle s'immergea dans la sensation apaisante d'être tenue, abritée, entourée par Hudson Kramer.

Quand elle put finalement pousser un soupir, elle le relâcha sans pour autant s'écarter. Il lui déposa un baiser sur le front, puis sur la tempe.

— Il faut que je fasse mon travail, G, murmura-t-il avant de déposer un troisième baiser sur ses lèvres.

Se dégageant, il se débarrassa de son blouson et le lui enfila avant de l'éloigner de la porte. Puis il désigna le châle drapé sur le dossier du canapé.

— Vous voulez vous asseoir et vous réchauffer ? Ou rester avec moi ?

Elle s'accrocha des deux mains à la sienne.

Il hocha la tête. Tenant fermement sa main, il la conduisit à travers la maison pour vérifier toutes les ouvertures, en finissant par sa chambre. Il redescendit le store qu'elle avait remonté, puis prit son téléphone pour appeler son coéquipier et lui résumer la situation.

— Je suis sûr que c'est un téléphone prépayé, mais vérifie le numéro, juste au cas où. Et je veux la liste de tous les appels qu'elle reçoit ici ou à l'université. J'ai aussi besoin d'une paire d'yeux reposés pour garder la maison, dit-il à Keir. Nous sommes à bout, ici.

Gigi enfila une paire de chaussettes, puis lissa son édredon et s'assit au bord du lit, tandis que Hud et son collègue parlaient de mettre son téléphone sur écoute et de lancer une surveillance vingt-quatre heures sur vingt-quatre, effectuée par la famille de Keir.

— Ça marche pour moi.

Hud regarda Gigi et lui fit un clin d'œil avant de répondre à une question de son coéquipier.

— Elle est forte. Elle tiendra le coup.

Le fait que Hud la croie forte suffit à l'en convaincre aussi. Elle se redressa un peu dans le blouson en cuir qui l'engloutissait et hocha la tête.

— Envoie-moi un texto. Je serai à l'intérieur quand tu arriveras.

Après avoir raccroché, il tira une chaise de sous le bureau et la plaça devant elle. S'asseyant, il lui prit les mains, à l'intérieur des manches du blouson, pour les lui réchauffer. Le contact de ses mains calleuses autour des siennes fit passer des vrilles de chaleur sous sa peau et dans ses veines.

— Bon. Elles ne sont plus glacées.

Ses yeux, qui brillaient comme ceux d'un loup quand il s'était rué à son secours, s'étaient adoucis au point de ressembler à ceux d'un chiot maintenant qu'elle était en sécurité.

— J'ai vu la lumière allumée et le store relevé. Ça a attiré mon attention.

Chaque caresse de ses pouces semblait dénouer un peu plus la tension qui l'habitait.

— Je n'ai pensé à rien d'autre. Je voulais vous rejoindre. Mais il a dit…

— Dites-moi exactement ce qu'il a dit.

Gigi lui raconta tout, de la respiration lourde au délai de quarante-huit heures qu'on lui avait imposé pour livrer le travail de Ian. Sans qu'elle sache si c'était intentionnel, quand Hud lui lâcha les mains pour noter ce qu'elle avait dit, son genou se déplaça en sorte de toucher les siens, ce qui maintenait un contact entre eux qu'elle trouva à la fois apaisant et intime, comme un secret partagé. Il resta là, réchauffant un heureux petit bout de peau sous la flanelle, tandis qu'il copiait l'adresse que lui avait donnée le meurtrier.

— Il n'y a rien d'autre que des entrepôts et des rails dans cette partie de la ville.

Hud rangea son calepin.

— Nous allons explorer l'endroit et monter un piège pour capturer ce type quand vous ferez la livraison. Vous ne serez pas seule.

Durant le peu de temps qu'ils avaient passé ensemble, Gigi avait appris à lire les nuances des expressions de Hud.

Il ne parlait pas seulement du lundi matin. Il ne la laisserait pas affronter quoi que ce soit seule. L'inspecteur Muscles repousserait la peur afin qu'elle puisse gérer la partie cervelle de l'enquête.

— Après la réunion, je vais me mettre à l'ordinateur de Ian pour voir si je peux localiser le bon fichier. Je connais quelques endroits où il cachait des clés USB dont il ne voulait pas qu'on connaisse l'existence.

— Peut-être que quelque chose dedans nous dira qui il a rencontré hier soir. Ou bien on découvrira qu'il s'occupait de choses non universitaires en douce.

À contrecœur, elle déplaça son genou et se pencha vers la table de chevet pour prendre son bloc et étudier l'équation. Ses calculs mathématiques étaient exacts. Elle avait déjà complété certains blancs et pouvait projeter le résultat de l'équation. Mais faute de savoir si celle-ci était complète, elle en était réduite à des hypothèses.

— Et si je ne suis pas assez intelligente pour faire ça ?

Hud tendit la main pour lui caresser la joue.

— Je ne connais personne de plus intelligent que vous.

Elle appréciait son soutien, mais concevoir et construire un prototype opérationnel en quarante-huit heures représentait un défi dans des circonstances normales. En l'occurrence, la mort de son mentor et ces menaces ne représentaient pas des conditions idéales de travail.

— Et si je n'y arrive pas d'ici lundi ?

Hud laissa glisser sa main le long de son bras pour serrer ses doigts.

— Ça ne fait rien. Ils n'auront pas ce qu'ils veulent, de toute façon. Tout ce dont nous avons besoin, c'est de quelque chose d'assez plausible pour qu'ils mordent à l'hameçon. Je ne les laisserai pas s'en tirer pour un meurtre, une agression, une tentative de cambriolage et tout ce que je déciderai de leur mettre sur le dos.

— Il a dit qu'il me surveillerait. Il ne saura pas que

j'invente quelque chose ? Et puis, avoua-t-elle, je ne suis pas très douée pour inventer.

Cela fit rire Hud, mais ses yeux restèrent froids.

— Les jurés adorent les mobiles limpides. Donc oui, ce serait bien d'avoir la formule et les schémas, afin que nous puissions clairement déterminer pourquoi votre patron a été tué. Surtout si l'on peut évaluer en dollars ce que le meurtrier en tirerait.

Hud prit le bloc sur ses genoux et considéra ses calculs et ses schémas. Puis il secoua la tête et le reposa sur la table de chevet avant de reprendre sa main.

— Nous allons découvrir qui sont ces gens bien avant qu'ils obtiennent ce qu'ils réclament, qu'il s'agisse du vrai truc ou d'une ruse.

— Il… Il a menacé de tuer Tammy. Et vous. Et de…

Elle déglutit avec peine, la gorge nouée par la peur.

— On dirait qu'il prendrait plaisir à me faire du mal si je ne coopère pas. Comme s'il espérait que je me rebelle, pour que…

Hud jura avant qu'elle ait pu finir sa phrase.

— Sortez-vous ça de la tête, G, et écoutez-moi.

Avant qu'elle comprenne son intention, il la souleva dans ses bras et l'installa sur ses genoux. Ses doigts effleurèrent ses cheveux pour lui incliner la tête sur son épaule. Gigi agrippa sa chemise et se blottit contre lui.

— Je peux prendre soin de moi-même.

Ses bras tremblèrent autour d'elle, comme s'il avait du mal à s'empêcher de la serrer étroitement contre lui.

— Je vais demander à Keir d'organiser une protection rapprochée pour Tammy. Personne ne vous fera du mal. Pas tant que je serai là.

— Vous restez ?

— Ce lit a l'air de pouvoir contenir deux personnes.

Gigi recula pour le regarder dans les yeux.

— Vous disiez que nous n'avons rien en commun.

— Vous avez peur et je n'aime pas ça. C'est suffisant, non ?

— Ce n'est pas un syllogisme correct.

— Je ne sais pas ce que ça veut dire. Mais je sais que nous avons tous deux besoin de sommeil, ne serait-ce que quelques heures, si nous voulons résoudre cette affaire et arrêter ces salopards.

Il se leva en la tenant toujours dans ses bras, et la transporta comme si elle était un petit bout de femme au lieu de quelqu'un qui le dépassait d'un centimètre ou deux. Elle sentit ses muscles se tendre pour la porter, puis se détendre quand il la posa gentiment sur le lit. Peut-être aurait-elle dû avoir peur d'une force qui pouvait la casser en deux comme une brindille. Mais elle n'éprouvait aucune peur avec Hud – de la nervosité, oui, mais jamais de la peur. Malgré la fatigue et l'inquiétude, elle sentait son pouls s'emballer chaque fois qu'il la touchait. Une partie d'elle semblait se réchauffer et fondre sous ses caresses et ses baisers.

Avec ses larges épaules et sa barbe naissante, Hud n'aurait pas pu être plus viril. Elle se demandait... Elle aimerait... Un bâillement intempestif lui confirma qu'en dehors de dormir elle n'allait rien faire d'autre au cours de l'heure suivante. C'était tout aussi bien.

— Vous êtes doué pour prendre soin des gens, Hud.

Elle se débarrassa de son blouson, instantanément nostalgique de son odeur et de sa chaleur. Mais quand il s'assit au bord du lit, cela lui manqua moins.

— Je me souviens que quand nous avons joué au billard vous m'avez dit que vous aviez élevé votre frère et vos sœurs. Vous avez quitté votre ville natale et déménagé à Kansas City pour qu'ils ne soient pas envoyés dans plusieurs foyers. Ils ont eu de la chance de vous avoir. J'ai aussi de la chance de vous avoir. Pour aussi longtemps que vous êtes prêt à rester.

— Je ne vais nulle part.

Il dégrafa sa ceinture et la posa, de même que son arme et son badge, sur la table de chevet, près de ses affaires à elle.

— Dehors, c'est trop loin pour que je sois sûr que vous allez bien, que ce salopard ne vous fait pas du mal et n'essaie pas de porter atteinte à ce magnifique cerveau que vous avez.

Gigi contempla son visage buriné, ses yeux bienveillants, et se rendit compte qu'on ne l'avait jamais emportée au lit, pas depuis qu'elle était petite fille et qu'elle s'endormait en étudiant ou en regardant un film. La sensation de sécurité était la même, mais il n'y avait rien d'autre de similaire dans la promesse de Hud de rester avec elle. Son désir et sa confiance étaient aussi pénétrants qu'ils lui étaient inconnus. Et pourtant, elle ne pouvait rien imaginer qui soit plus juste, plus inévitable que le fait de se donner à Hudson Kramer.

Mais pas tout de suite. Pour le moment, elle voulait autre chose de lui. Elle tapota l'édredon à côté d'elle.

— Vous voulez bien me tenir dans vos bras ?

— Oui, j'aimerais ça.

Il s'assit sur la chaise pour délacer ses chaussures, puis il revint près d'elle. Il lui ôta ses lunettes et les posa sur la table de chevet avant de retourner l'édredon.

— Mettez-vous entre les draps. Je dormirai au-dessus.

Gigi se blottit sous l'édredon, attendant que le matelas s'enfonce sous le poids de Hud. Il la prit dans ses bras quand elle roula sur le côté pour lui faire face, voir ses beaux yeux et la fossette qui soulignait son menton.

— C'est mieux ?

Nichée dans la chaleur de son corps, Gigi écarta les doigts en éventail sur les battements rassurants de son cœur.

— Bien mieux. Ça va pour vous ?

— Oui, professeur.

Il lui embrassa le front, puis posa le menton au sommet de son crâne.

— Maintenant, dormez. Il nous reste une bonne heure avant de devoir nous lever.

Bien qu'aspirant désespérément au sommeil, son corps bourdonnait d'énergie nerveuse. Elle posa le regard sur le premier bouton de sa chemise en flanelle et ses doigts suivirent. Le matériau gaufré de son T-shirt était doux, les boutons durs, les tortillons de ses poils piquants. Sa peau tressauta sous l'effleurement de ses doigts, comme si elle lui envoyait des décharges électriques.

Il prit sa main dans la sienne, stoppant ses explorations.

— Parlez-moi, G.

Elle avait eu des arrière-pensées dont elle n'avait pas parlé.

— Et s'il rappelle ? Il a dit qu'il me surveillerait, alors je ne peux pas le tromper sur ce que je fais.

La main droite de Hud traçait des cercles paresseux dans son dos.

— Dorénavant, vous ne répondrez plus au téléphone sans que j'écoute. Il ne vous terrorisera plus. C'est avec moi qu'il traitera.

— Ça ne va pas le mettre en colère ?

— Il ne sait pas ce qu'est la colère s'il ne m'a pas vu énervé.

Même sous son accent traînant, elle entendit sa véhémence.

— C'est ce qui arrivera s'il vous menace encore.

Gigi était traversée d'émotions que la logique ne pouvait traiter, et que la timidité et l'instinct de préservation ne pouvaient contenir. Elle se redressa sur un coude et attira sa tête vers la sienne dans un mouvement impulsif.

Quand il posa une main sur sa nuque et plaqua les lèvres contre les siennes, elle connut plus que de la satisfaction. Elle était consciente de ses seins qui s'écrasaient contre sa poitrine, de sa main posée sur sa hanche, du grondement rauque qui montait dans sa gorge et de tous les obstacles, entre eux.

Elle sentit sa poitrine monter et descendre quand il la tourna pour nicher son dos contre lui.

— Je ne me plains pas, mais c'était en quel honneur ?

— Je n'exprime pas toujours ce que je pense et ce que je sens d'une manière compréhensible pour les autres. Mais cette manière-là a l'air de fonctionner pour vous et moi.

— Je crois que j'ai saisi le message, professeur.

Elle le sentit sourire contre sa nuque avant qu'il y dépose un baiser.

— Tout le plaisir est pour moi.

9

Le samedi vers midi, Hud prit conscience qu'il était bel et bien dans le pétrin, s'agissant de préserver ses émotions.

Maintenant que les techniciens de scène de crime avaient quitté l'université, il se tenait sur le seuil du bureau de Ian Lombard, regardant des étudiants diplômés ranger le labo et inventorier ce qu'avaient laissé les criminologistes du KCPD. Assise au bureau de feu son patron, Gigi fouillait son ordinateur en quête de pistes pour la formule inachevée. Grâce aux vitres des bureaux, il pouvait surveiller toute cette activité.

Keir était dans le bureau d'Evgeni Zajac avec Hana Nowak et un avocat spécialiste de la législation internationale de l'ambassade du Lukinbourg, essayant de convaincre le professeur de donner son opinion sur la victime et son alibi au moment du meurtre. Le vieux ronchon avait tout un tas de plaintes vis-à-vis de Lombard – de lui voler la vedette à la réception à draguer sa femme aux cheveux aile de corbeau – mais rien de concret à dire en dehors du fait qu'il s'était disputé avec Lombard sur le nom à imprimer en premier sur l'article qu'ils allaient présenter au Lukinbourg. Comme ils avaient travaillé en équipe pour développer la conception de l'accumulateur, et que dans son pays natal il était un spécialiste reconnu, son statut devait se refléter dans la présentation. Le fait qu'il croie que son collègue ait été crédité de ce qui lui revenait de droit constituait-il un mobile suffisant pour un meurtre ?

Et son alibi ? Sa femme corroborait ses affirmations, selon lesquelles ils avaient quitté la réception et étaient rentrés en voiture chez eux, où ils avaient appris la nouvelle de la mort de Lombard, avant de retourner à l'université. En dehors de cela, Hana Nowak ne disait pas grand-chose. Elle portait des lunettes noires, se plaignait d'une migraine et laissait l'avocat faire la plus grande partie de la traduction pour son mari.

Bien que Keir ait glissé un regard derrière les lunettes de Hana et déclaré qu'il n'y avait aucun signe de violence ou de larmes, Hud avait déjà hissé le Dr Cheveux blancs au sommet de sa liste de suspects. Il avait surpris le tressaillement de Gigi quand elle avait jeté son sac à dos sur son épaule ce matin. Elle avait repoussé ses craintes et lui avait montré à contrecœur les bleus que Zajac avait laissés sur son bras.

Hud aurait voulu arrêter l'homme sur-le-champ, mais Gigi et Keir lui avaient tous deux rappelé qu'ils recherchaient une proie plus importante : le meurtrier de Lombard. Un homme avec un ego aussi démesuré et un aussi mauvais caractère était bien le genre à se battre avec un rival, détruire le labo et poignarder son adversaire avec la première arme disponible. Mais Zajac aurait-il eu la patience et la prévoyance de droguer un agent de sécurité ?

Zajac n'était pas le seul à ne pas paraître regretter la perte de Lombard. Le lendemain du meurtre, Gary Haack avait repris sa routine. En costume cravate, le barbu était arrivé à l'heure à la réunion du département et avait proposé de prendre en main le rangement du labo.

Il avait également essayé de prendre la direction de la réunion, interrompant la réponse de Gigi à une question sur la charge de travail de Lombard. S'avançant à longues enjambées vers la table, il avait posé un bras sur les épaules de Gigi dans un geste ostentatoire et s'était lancé dans un éloquent discours sur la nécessité de garder le cap et de poursuivre leurs recherches car d'énormes découvertes étaient à portée de main. Gigi s'était tortillée pour se libérer de son emprise.

Hud était sur le point de traverser la salle pour rappeler à ce crétin imbu de lui-même que c'était Gigi qui avait appelé le doyen de la faculté pour organiser la réunion, mais alors qu'il se remémorait les avertissements de Keir concernant son instinct protecteur, Gigi avait effleuré ses lunettes et avait esquivé le bras de son collègue. Faisant le tour de la table de conférence, elle avait fourré les mains dans les poches de sa blouse blanche. Hud soupçonnait que ces mains tripotaient un stylo ou déchiquetaient un mouchoir en papier, mais vue de l'extérieur, Gigi restait calme, persuasive et professionnelle. La priorité était à la solidarité, avait-elle dit. Il fallait s'assurer que l'ensemble du personnel et les étudiants se sentent en sécurité à Williams. Elle remerciait le doyen d'avoir mis des étudiants du département de la santé à la disposition de tous ceux qui avaient besoin de parler. Il fallait rebâtir le sanctuaire du laboratoire et se rappeler si possible les bons côtés de Ian Lombard. Le doyen et quelques membres du personnel témoignèrent de l'impact que Lombard avait eu sur leurs vies. Hud reconnut la tactique pour ce qu'elle était. Gigi ne voulait pas être sous les projecteurs, mais c'était tout de même elle qui contrôlait la réunion.

Quand elle le regarda, il lui fit un clin d'œil avec un sourire rempli de fierté. Alors, qui était celle qui comprenait les relations interpersonnelles, hein, Haack ?

Sentant son estomac gronder, Hud croisa les bras et s'appuya au chambranle. Quelqu'un avait-il un autre mobile pour tuer Lombard parmi les gens rassemblés là ? Les premières heures d'une enquête consistaient avant tout à trouver des pistes et définir un suspect, afin que le KCPD puisse boucler l'affaire avant que la presse déforme les faits et que l'auteur du crime ait le temps de disparaître. Keir et lui avaient pléthore de suspects et de mobiles, mais au bout d'une quinzaine d'heures, ils n'étaient pas plus près de procéder à une arrestation. Et avec les menaces envers Gigi, c'était le meurtrier qui menait la danse.

Était-ce vraiment l'un de ses proches ?

Tandis que Zajac adoptait une attitude défensive pour se protéger de toute accusation, Haack avait affirmé son autorité en supervisant les étudiants de troisième cycle. De temps en temps, il lançait un regard à Gigi, peut-être curieux de ce qu'elle cherchait dans le bureau de Lombard – à moins qu'il ne s'inquiète de ses velléités d'assumer son poste. Hud doutait que Haack accepte l'autorité de Gigi sur lui.

Peut-être devait-il faire passer Haack devant Zajac dans sa liste de suspects.

Il serra les poings en se rappelant comment l'homme avait tenté d'imposer son droit de propriété sur Gigi, alors qu'il était visible que ses sentiments n'étaient pas réciproques. L'intérêt de Haack avait d'ailleurs peut-être plus à voir avec le contrôle qu'avec l'attirance. Si Gary ne pouvait pas la surpasser sur le plan académique et professionnel, il visait sans doute à l'ébranler sur le plan personnel en la maintenant sous sa dépendance. Hud n'arrivait pas bien à cerner le professeur d'ingénierie, en dehors d'une odeur d'argent hérité et d'un air de croire que tout lui était dû. Son instinct lui soufflait que Haack avait des intentions cachées. Que ces intentions aient à voir avec la reprise des recherches de Lombard, la domination du monde ou simplement la conquête de Gigi, il n'en savait rien. Mais il ne lui faisait pas confiance.

Pourtant, ce n'était pas le meurtre non résolu de Lombard qui le mettait de cette humeur, en ce moment. Son agitation nerveuse avait davantage à voir avec la rouquine à portée de ses yeux.

Il avait somnolé durant une heure, tandis que Gigi ronflait doucement dans ses bras. Cette femme aimait toucher et explorer, mais ce n'était rien comparé à la manière dont elle s'était blottie contre lui, exigeant chaque centimètre carré de son corps malgré les couches de vêtements et l'édredon. Il se demanda si elle avait été aussi douloureusement consciente que lui de la manière dont sa cuisse s'était introduite entre ses jambes, pressant son entrejambe. Peut-être passait-elle tellement de temps dans sa tête que son corps se sentait négligé, ou peut-être n'avait-elle jamais eu la chance d'explorer les différences entre son long corps souple et celui d'un dur à cuire comme lui. Peut-être se sentait-elle si effrayée, si seule, que la seule manière pour elle de se détendre était qu'il se presse étroitement contre elle, qu'il lui promette de repousser ses ennemis invisibles.

Mais ses préoccupations par rapport à ses propres émotions étaient passées par la fenêtre dès qu'il avait vu l'air terrifié de Gigi au téléphone, un air dont était responsable ce pervers, qui lui avait assené des horreurs. Chance ou malchance avec les femmes, peu importait. Gigi s'était frayé un chemin dans sa tête et son cœur. S'éloigner d'elle avant de se brûler les ailes n'était désormais plus possible. Elle avait besoin de lui. Oui, elle avait besoin de la protection d'un flic. Mais il ne pouvait pas reculer et laisser un autre homme ou une autre femme pourvue d'un badge prendre la relève.

Gigi Brennan avait besoin de *lui*. Elle avait besoin qu'il la touche, qu'il la tienne dans ses bras, qu'il écoute ses appels à l'aide, ses avis éclairés, ses grands mots et ses divagations maladroites. Elle avait besoin de lui pour l'aider à se sentir suffisamment en sécurité pour explorer ses désirs et comprendre ses sentiments.

Et il avait besoin d'elle pour… Bon sang, il avait besoin qu'elle ait besoin de lui, qu'elle le voie comme un héros, qu'elle le désire pour ce qu'il était. Il avait eu deux ans, une nuit et une matinée de week-end pour décider que ses sentiments étaient réels.

Cela pouvait ne pas durer. Un jour, elle se réveillerait et se rendrait compte qu'il n'était pas le seul homme à mater ses longues jambes, à apprécier son intelligence sexy et à se laisser charmer par sa vulnérabilité et sa timidité. Pour l'instant, pour la durée de cette enquête – tant que le meurtrier n'avait pas été arrêté et que les menaces n'avaient pas cessé –, Hud se considérait comme étant dans une relation. Ils avaient laissé passer leur chance deux ans auparavant. Et la plupart des obstacles qui pouvaient les empêcher de durer en tant que couple étaient toujours là.

Mais pour les quarante-huit heures à venir, cette femme possédait son cœur. Elle possédait son arme, son badge et sa vie – si elle en avait besoin.

Après la matinée du lundi, ce besoin disparaîtrait. La réalité reviendrait les séparer. Le tueur serait derrière les barreaux, espérait-il, elle serait en sécurité et il serait relégué dans le domaine des amis ou des copains. Après la clôture de l'enquête, ce serait à Gigi de décider s'ils avaient un avenir ensemble. Avec sa chance habituelle…

— Hud ?

Dieu merci, il n'avait pas eu à achever cette pensée.

Se tournant vers elle, il fronça les sourcils en voyant les cernes bleutés qui assombrissaient ses yeux. Elle avait trop travaillé mais, vu l'importance du moment, il doutait de pouvoir la convaincre de faire une pause. Il fit donc le tour du bureau pour regarder l'écran par-dessus son épaule. Il y vit des rangées et des rangées de chiffres, avec des dates et des horodateurs. Un fichier quelconque.

— Qu'avez-vous découvert ?

— Rien sur la formule. Mais j'ai trouvé ça.

— Qu'est-ce que c'est ?

Ce matin, elle avait tordu ses cheveux en un chignon bas après avoir enfilé un pantalon et un corsage noirs pour venir au labo. Elle prit le stylo coincé dans sa barrette et s'en servit pour désigner des éléments sur l'écran.

— Ce sont les journaux de notre consommation d'électricité. Pour renforcer la sécurité et en raison de la nature sensible des composants et des équipements avec lesquels nous travaillons, le laboratoire a son propre réseau électrique. Quand nous sommes tous en train de travailler, nous avons bien sûr besoin de plus d'électricité. Mais la nuit, le laboratoire est sur un cycle réduit. Il y a juste assez d'électricité pour maintenir les serrures et protéger les expériences en cours.

— Vous disiez que l'électricité était coupée quand vous avez trouvé Lombard. Le gardien a dû rebrancher le système.

Gigi hocha la tête et désigna la ligne vingt-sept.

— Quelqu'un a accédé au réseau jeudi soir pour modifier le cycle de consommation.

Hud agrippa le dossier de sa chaise, pas encore sûr de comprendre ce qu'elle disait.

— Lombard a été tué vendredi soir.

Elle fit défiler la page vers le bas et montra une ligne indiquant 21 heures le vendredi soir.

— Quelqu'un a programmé la panne. Directement à partir de cet ordinateur. Une coupure complète du système. Je suis arrivée ici vers 22 heures. Jerome était déjà endormi à son poste.

Hud se redressa.

— La coupure aurait-elle affecté la sécurité du laboratoire ?

Elle hocha la tête.

— Aucune entrée et sortie du labo n'a pu être enregistrée. Aucune caméra n'a fonctionné. Qui que Ian ait rencontré, il ou elle n'apparaîtra pas sur les rapports.

— Son meurtrier était peut-être à l'affût dans le labo. Dans l'obscurité, Lombard n'a pas vu l'agression venir. Le plan était peut-être de l'attirer dans un piège et de le forcer à donner la formule.

— J'ai une question.

— Une seule ?

Il n'avait rien d'autre que des questions. Quelques réponses concrètes auraient beaucoup fait pour résoudre le meurtre.

— Pourquoi Ian serait-il entré dans le labo si l'électricité était coupée ?

Elle ferma le fichier et éteignit l'ordinateur.

— Cet endroit était son bébé. S'il croyait que quelque chose n'allait pas, il aurait appelé la police du campus. Il aurait rétabli l'électricité lui-même pour protéger son travail.

Hud avait une idée à ce propos, mais il n'était pas sûr qu'elle plairait à Gigi.

— Vous disiez que votre patron était un coureur de jupons. Si une tentation irrésistible était passée à portée de lui, n'aurait-il pas organisé un rendez-vous à l'abri des yeux et des oreilles ? Pour qu'il ne revienne pas aux oreilles de sa femme ?

Elle balaya la pièce du regard et s'arrêta sur la bouteille de whisky et les verres toujours posés sur la petite table.

— Ça expliquerait les deux verres. Il venait ici rejoindre une femme. Il m'a laissée à la réception m'occuper d'Evgeni pendant qu'il…

Elle laissa échapper un soupir déçu.

— Ian a laissé un message à Jerome disant qu'il ne voulait pas être dérangé parce qu'il avait une réunion. Puis il a coupé l'électricité dans le labo pour dissimuler ses allées et venues et savourer un verre. Une dispute a éclaté. Mais qu'a donc à voir un rendez-vous galant qui tourne mal avec la formule ? Et qui a drogué le café de Jerome ?

Hud posa une main sur son épaule et la pressa.

— La femme l'a piégé. Elle s'est servie de sa faiblesse, elle lui a promis des faveurs en échange d'un coup d'œil sur son travail. Nous pensons qu'elle avait un complice, donc cela pouvait être un piège élaboré pour forcer votre patron à révéler la formule.

Le regard de Gigi suivit le sien quand il regarda à travers la vitre les gens qui se déplaçaient dans le labo et les bureaux.

— Des candidates pour notre femme mystère ?

— Il les aimait blondes et potelées.

Sa voix n'était plus qu'un murmure.

— Une des étudiantes de troisième cycle ?

— Il faut absolument qu'elle soit blonde ? demanda Gigi en suivant du regard Zajac et sa femme qui quittaient le labo tandis que Keir achevait sa conversation avec leur avocat.

— Hana Nowak semblait sincèrement bouleversée par la mort de Ian, remarqua-t-il.

— S'ils avaient une liaison, je l'ignorais. Bien sûr, je ne remarque pas ce genre de choses chez les gens. Mais si Evgeni l'a découvert, ça pourrait expliquer sa mauvaise humeur ces derniers temps.

Gigi secoua la tête.

— Pour le cerveau de cette opération, je ne suis pas très utile, n'est-ce pas ? Je n'arrive pas à trouver des notes sur la conception d'un nouvel accumulateur. Codée ou non, si Ian cachait la formule ici, elle a disparu.

— Le meurtrier ne s'en prendrait pas à vous s'il l'avait.

— Ça ne me fait pas me sentir plus utile. Je peux sortir d'ici, maintenant ? J'ai besoin d'air.

Bien que les techniciens de scène de crime aient emporté le tapis sur lequel Ian Lombard avait saigné à mort ainsi que plusieurs autres objets, il y avait suffisamment de souvenirs dans cette pièce pour hanter Gigi.

— Vous vous débrouillez très bien, G.

Hud la suivit.

— Il me reste quelques trucs à finir, et ensuite je vous invite à dîner.

— Notre deuxième rendez-vous…

Toutes les raisons pour lesquelles ils ne pouvaient avoir une relation durable se résorbaient en bruit de fond quand elle lui souriait comme ça.

Mais dès qu'ils sortirent du bureau de Lombard, Haack leur bloqua le passage.

— Tu as une minute ? demanda-t-il à Gigi.

Hud posa une main au creux des reins de Gigi et la repoussa sur le côté.

— Non, elle n'en a pas.

Gary se déplaça pour leur bloquer le passage en levant les mains. Son sourire d'excuse avait l'air plutôt amical, mais Hud ne s'y fiait pas.

— Écoutez, inspecteur, je sais que nous avons démarré du mauvais pied, vous et moi. Je n'avais pas compris que vous formiez un couple quand j'ai essayé d'apporter mon aide hier soir. J'imagine que ce n'était pas prévu.

— Gary… Nous travaillions bien ensemble. Pourquoi ne te contentes-tu pas de…

Il coupa les protestations de Gigi avant qu'elles prennent de l'ampleur.

— Sur le papier, toi et moi formerions une équipe irrésistible. Comme Pierre et Marie Curie ou les Moser. Mais je vois à présent que tu cherchais quelque chose de différent. Je sais me retirer quand il le faut.

Mon œil, pensa Hud. À quoi jouait-il maintenant ?

— Différent ? répéta Gigi en se tournant vers Hud. Je suis une femme…

Elle releva les yeux vers Haack.

— En quoi ce que je recherche est différent ?

— Pigé, l'asperge ? lança Hud.

Il avait compris que le mépris narquois du faux discours de Haack lui était destiné, même si Gigi ne s'en rendait pas compte.

— Waouh. Je n'avais pas entendu celle-là depuis le lycée, répliqua Gary. Vous l'avez trouvée tout seul ?

— Vous allez arrêter, tous les deux ? les réprimanda Gigi. J'aide la police dans son enquête. Quel est le problème ? Ça ne peut pas attendre ?

— Non, si nous voulons faire l'inventaire avant le départ de nos amis.

Gary lissa les revers de sa blouse immaculée en s'adressant à Hud.

— C'est une question de laboratoire qui n'a rien à voir avec l'affaire, inspecteur. Cela ne prendra que quelques minutes.

Si Hud n'avait pas eu besoin de cet inventaire pour déterminer si quelque chose avait disparu, il aurait entraîné Gigi aussi loin que possible du Pr Élégant. Mais c'était son aversion personnelle qui parlait. Keir et lui avaient effectivement besoin de l'inventaire en termes d'indices potentiels. En outre, il n'allait pas saper l'autorité de Gigi. Si elle était l'experte que Haack avait besoin de consulter, il fallait qu'elle fasse son travail. Hud croisa le regard arrogant de Haack en retirant sa main du dos de Gigi.

— Faites ce que vous avez à faire, G. Je vous attendrai dans votre bureau.

— La VPAL a besoin d'être réparée. Mais nous avons parlé de la remplacer dans notre dernière réunion budgétaire. Si tu me donnais ton avis…

Haack prit le coude de Gigi et les deux professeurs s'éloignèrent pour inspecter une pièce de machine.

Hud serra les poings et marmonna :

— J'aimerais bien lui donner mon avis, moi aussi.

Keir acheva sa conversation avec l'avocat des Zajac et le rejoignit.

— Ça a du mal à passer avec les indigènes ? demanda-t-il en désignant du menton les poings de Hud.

Celui-ci se força à desserrer les doigts.

— Ça marche si je considère comme suspect ce salopard suffisant qui se joue de G pour une raison que je n'ai pas encore comprise ?

— Eh bien, ça ne tiendrait pas en justice, mais je comprends.

Le commentaire de son collègue détourna l'attention de Hud. Bien sûr, Keir comprenait ce soupçon et cette inquiétude. Il avait rencontré sa femme peu de temps après qu'elle avait été brutalement assaillie. À l'époque, tous les hommes qu'elle connaissait passaient pour suspects aux yeux de Keir. C'était très simple, les sentiments personnels compliquaient une enquête.

Gigi les rejoignit alors qu'ils entrechoquaient leurs poings. Tous trois entrèrent dans son bureau.

— Vous avez découvert quelque chose qui vaut la peine d'être fêté ?

Il était impossible de lui expliquer le lien que des collègues de longue date, comme Keir et lui, partageaient.

— Nan. Nous sommes juste des frangins congénitalement reliés.

Un sourcil se haussa au-dessus de ses lunettes.

— Congénitalement ?

— Malgré ce qu'en dit Haack, je connais le sens de quelques mots compliqués.

— Je ne sous-entendais pas que vous n'en connaissez pas, répondit-elle, contrariée.

— Pas d'inquiétude, G.

Il lui posa une main sur la joue et fit en sorte qu'elle voie l'humour dans ses yeux.

— Je vous taquine. Votre ami Haack me rend grincheux.

— Moi aussi.

Elle lui frotta le bras de haut en bas avant de rompre le contact et de se diriger vers son bureau.

— Cette interruption n'était destinée qu'à me voir seule quelques minutes. Il veut que je soutienne sa candidature à la tête de l'équipe de recherche maintenant que Ian est parti. Il dit qu'il a plus l'étoffe d'un chef que moi – que je suis une bonne abeille ouvrière, qu'il aimerait garder dans son équipe.

— Une abeille ouvrière ? Il a dit ça ?

Hud la suivit, tandis que Keir fermait la porte pour que la conversation reste privée.

— J'espère que vous lui avez dit d'aller se faire voir. Vous avez dirigé la réunion de ce matin comme une vraie cheffe.

— J'avais les nerfs en pelote.

— Ça ne s'est pas vu. Vous avez assumé parce que vous deviez le faire.

Il vit un bref éclair de sourire avant qu'elle hausse les épaules.

— Merci. Je lui ai dit que je ne voulais pas en parler au département pour l'instant. Nous n'avons pas encore enterré Ian. Et avec ce délai de quarante-huit heures suspendu au-dessus de ma tête…

Elle secoua la tête en sortant le cardigan ivoire qu'elle avait lavé la veille. L'une des taches de sang avait bruni. Elle la gratta du doigt. C'était le sang de Lombard, et tout le confort que ce vêtement lui avait apporté par le passé avait disparu. Au lieu de l'enfiler, elle le fourra dans son sac.

— Je n'arrive même pas à imaginer ce qui se passera après lundi matin.

Hud prit son blouson posé sur le dossier de sa chaise et le drapa sur ses épaules, lui pressant les bras pour lui rappeler qu'elle pouvait trouver ailleurs le soulagement qu'elle cherchait.

— Respirez à fond, G. Nous y arriverons pas à pas, minute par minute, s'il le faut.

Keir les rejoignit.

— Vous avez vérifié votre bureau ?

Gigi fit signe que oui, et se dégagea des bras de Hud. Se laissant tomber dans son fauteuil, elle ouvrit le tiroir de son bureau.

— Quelqu'un a fouillé là-dedans. Tout est dérangé. Comme dans mon sac à dos et mon portefeuille. Vos techniciens ont relevé les empreintes, mais ils n'en ont trouvé aucune, à part les miennes.

— Comme pour tout le reste. Il portait des gants, manifestement. Il y a quelque chose qui manque ? demanda Hud.

Gigi fit un signe de dénégation.

— C'est horrible de penser que quelqu'un a touché à mes affaires pendant que j'étais inconsciente.

Son malaise évident multiplia le désir de Hud de la sortir

de là. Mais ils avaient encore des choses à faire avant de pouvoir prendre la pause dont elle avait tant besoin. Il se tourna vers son équipier.

— Tu as fini de vérifier le profil de Haack ? On sait qu'il vient d'un milieu fortuné. Dis-moi qu'il a été déshérité, s'il te plaît, ou qu'il a une addiction au jeu ou à la drogue.

— Désolé. Ses finances ont l'air solides. S'il manque d'argent, il n'y en a pas trace.

Gigi glissa ses bras dans les manches du blouson et le serra autour elle.

— Gary aurait pu tuer Ian par jalousie, mais pourquoi me menacer pour avoir le reste de la formule de Ian ? Nous aurions pu y travailler ensemble.

— Qui serait crédité de l'invention, alors ? s'enquit Hud. Quel nom y aurait-il sur le brevet ?

— Nos deux noms. Et j'insisterais pour inclure celui de Ian, puisque c'est lui qui a eu l'idée.

Keir partageait la mauvaise impression de Hud sur Gary Haack.

— Un homme avec un ego pareil n'a peut-être pas envie de partager la gloire.

Hud approuva.

— Et s'il avait un complice, comme nous le soupçonnons, il pourrait être celui qui a besoin de l'argent.

Keir eut une autre idée.

— Ce complice pourrait aussi lui faire du chantage. Le forcer à coopérer.

— *Si* c'est Gary qui est derrière tout ça, dit Gigi. Après tout, ce n'est peut-être qu'un abruti.

— Ça va de soi.

Hud était conscient que ses théories n'étaient que des spéculations jusqu'ici.

— J'imagine que je ne peux pas arrêter un homme parce que je n'aime pas qu'il pose les mains sur vous.

De doux yeux gris se relevèrent pour croiser son regard.

— Vous plaisantez ?

— Non.

Ses joues pâles se colorèrent et elle baissa vivement la tête pour continuer à ranger son bureau.

Bravo, Kramer. Sa phrase avait l'air d'être sortie de la bouche d'un homme des cavernes. Il jeta un coup d'œil à Keir. Celui-ci arborait l'air amusé de celui à qui on ne la fait pas. Résolu à s'épargner un nouveau sermon sur les impulsions malencontreuses de sa vie amoureuse, Hud revint à leur enquête.

— Votre maître chanteur doit avoir quelqu'un qui a accès à vous ici. En dehors de Haack, il y a Zajac.

Il se tourna vers Keir.

— Qu'est-ce que tu as trouvé sur lui ?

— Directement ? Pas grand-chose. Ou bien il pense que nous le soupçonnons ou il cache bien son jeu.

Après avoir adressé un clin d'œil à Hud pour lui faire comprendre qu'il n'était pas dupe de cette diversion, Keir tira son téléphone de son blouson et fit défiler ses textos.

— J'ai pris contact avec Carly Petrovic.

Carly était une ancienne policière infiltrée, à qui Hud et Keir avaient prêté assistance pour quelques affaires. Elle avait contribué à protéger un authentique prince au cours de l'une de ces missions, et elle avait épousé par la suite le chef de la sécurité informatique de l'ambassade du Lukinbourg.

— Son mari tâte le terrain pour nous. Il dit qu'il a des rumeurs sur des dissidents lukinbourgeois – un mouvement issu de l'ancien régime – qui essaient de rasseoir leur pouvoir. Ils tentent de s'armer pour lancer une attaque terroriste. Quelques-uns des suspects ont demandé des visas pour les États-Unis.

Gigi vint se placer près de Hud.

— Homeland Security ne les laissera pas entrer dans le pays, n'est-ce pas ?

Keir haussa les épaules.

— Le capitaine Hendricks a averti les autorités locales et fédérales. Si le gouvernement lukinbourgeois ne perd pas leur trace, et s'ils ne voyagent pas avec des faux documents, nous devrions pouvoir les empêcher de venir à Kansas City.

Hud connaissait bien les expressions de son équipier. Et celle qu'il arborait à cet instant ne lui inspirait pas confiance.

— Mais les Lukinbourgeois ont déjà perdu la trace de leurs suspects, non ?

Keir hocha la tête et tapa un texto.

— Ils sont en roue libre. Carly et son mari font tout ce qu'ils peuvent pour les retrouver, qu'ils soient en Europe ou ici, aux États-Unis. Je peux demander s'ils ont une blonde parmi eux.

Hud sentit les doigts de Gigi effleurer le dos de sa main. Il ne pouvait la repousser quand elle se montrait assez courageuse pour le toucher, et il noua rapidement ses doigts aux siens.

— Le Dr Zajac et sa femme ont un lien avec les dissidents lukinbourgeois ?

Keir contemplait fixement leurs mains nouées.

— Le professeur nie farouchement tout soutien à l'ancien régime. Le nouveau gouvernement lui a permis de poursuivre ses recherches et il lui en est très reconnaissant. C'est à peu près tout ce que son avocat l'a laissé dire.

— Et Hana ? Elle a aussi des liens avec le Lukinbourg. Pourrait-elle être en cheville avec les dissidents ?

— Elle n'a pas dit grand-chose non plus. Elle se plaignait de son mal de tête et disait qu'elle ne se sentait pas bien depuis qu'elle était sortie de l'ascenseur. Mal des transports, je suppose. J'imagine qu'être mariée à un tel vantard ne l'aide pas.

Keir changea d'écran et tapa un numéro.

— Je vais demander au mari de Carly de creuser un peu plus le passé de Hana, pour voir ce qu'il trouve.

Il s'éloigna, son téléphone collé à l'oreille. À cet instant, le téléphone de Gigi se fit entendre dans la poche de son sac à dos. Hud sentit sa main devenir froide dans la sienne.

— Il faut que je réponde ? Et si c'était encore lui ?

Hud prit le téléphone et le posa sur le bureau sans lâcher sa main. Puis, prenant son propre téléphone, il rédigea un texto pour requérir le traçage de l'appel entrant.

— Mettez-le sur haut-parleur. Je reste là.

Gigi s'exécuta et prit l'appel.

— Allô ! dit-elle d'une voix prudente.

— Virginia ? fit une voix de femme sur un ton vif. Est-ce vous ?

— Oui.

Le bruit en arrière-plan – des conversations indistinctes, un haut-parleur, des bruits de circulation – indiquait qu'elle appelait d'un lieu public.

— Oh ! Dieu merci, je vous trouve. C'est Doris Lombard.

— Doris ?

Perdant son attitude soupçonneuse, Gigi lâcha la main de Hud et prit un ton compatissant.

Fausse alerte. Hud supprima le texto et fourra son téléphone dans sa poche.

— Excusez-moi, je m'attendais à quelqu'un d'autre. Comment allez-vous ? Vous êtes sur le chemin de Kansas City ?

— J'y suis déjà. À l'aéroport.

Le rugissement d'un avion en train de décoller confirma ce qu'elle disait.

— Pourriez-vous venir me chercher, si cela ne vous ennuie pas ? Ian m'avait déposée en juillet, si bien que je n'ai pas ma voiture. Et je suis tellement bouleversée que j'ai oublié de louer une voiture. C'est l'heure de pointe et il faudra une éternité pour avoir un taxi. Cela ne vous dérange pas ? Je suis entourée d'inconnus depuis des heures. J'apprécierais de voir un visage ami.

Gigi secoua la tête en lui répondant.

— Oh ! Doris, je suis désolée. Je ne peux pas. Ma voiture est au garage. J'ai eu…

Elle jeta un coup d'œil à Hud, cherchant ses mots pour minimiser ce qui s'était passé par égard pour la veuve.

— J'ai eu un accident.

— Oh ! mon Dieu. Vous n'avez pas été blessée ?

— Je vais bien. J'irai bien.

Elle reprit d'un ton plus énergique.

— C'est de vous que je m'inquiète. J'étais là quand Ian est mort. J'ai essayé de le sauver. Je suis tellement navrée de ne pas avoir pu le faire.

— Ne vous inquiétez pas. Je suis heureuse qu'il ait eu une amie avec lui à la fin. Cela signifie beaucoup pour moi.

Ils entendirent l'avertisseur d'un carrousel à bagages se mettre en route.

— Pouvons-nous nous voir à un autre moment ? Dans l'avion, j'ai réfléchi et je me suis demandé – si vous êtes d'accord, tout le monde n'était pas fan de Ian – : seriez-vous prête à prononcer son éloge funèbre ? Je sais qu'il aurait adoré que sa protégée dise quelque chose de lui.

Son éloge funèbre ? Devant tout le monde ?

Hud vit toute couleur quitter le visage de Gigi. Il tira une chaise pour qu'elle s'assoie.

— Il y aura beaucoup de monde ?

— J'imagine. Les collègues de l'université, les étudiants… La famille et les amis, bien sûr.

Hud sentait ce nombre croître exponentiellement dans l'esprit de Gigi. Il lui pressa l'épaule pour l'empêcher d'imaginer le pire.

— Nous en parlerons bientôt, d'accord ?

— D'accord. Bientôt. Je suis vraiment désolée pour le trajet. Vous voulez que je demande à quelqu'un d'autre de venir vous chercher ?

— Non. Je vais prendre mon mal en patience et faire

la queue pour un taxi. Je pensais juste que nous pouvions faire d'une pierre deux coups. Je vous appellerai plus tard. Au revoir, Virginia.

— Au revoir.

Gigi fixa son téléphone plusieurs secondes après avoir raccroché. Il n'était plus question de panique. Mais Hud voulait qu'elle lui rende un service, à lui et au KCPD. Il s'agenouilla près d'elle, repoussant gentiment une mèche de ses cheveux flamboyants.

— Mon pick-up est garé juste devant.

Elle savait ce qu'il demandait et elle secoua la tête.

— Je ne veux pas parler à l'enterrement de Ian. Je ne sais pas comment soulager son chagrin. Et je ne veux pas me lever devant une énorme foule pour prononcer un éloge.

— Vous pourriez le faire si vous y étiez obligée, G. D'après ce que j'ai vu, vous pouvez faire tout ce que vous vous mettez en tête de faire. Mais pour l'instant, je voudrais que vous la rappeliez. Nous allons la ramener chez elle.

— Ah bon ?

— Vous n'avez rien trouvé ici. L'endroit le plus logique où Lombard a pu cacher quelque chose, c'est chez lui.

En levant les yeux, il vit Gary Haack ajuster ses lunettes et se détourner à travers les vitres du labo. Il les épiait.

— En outre, ça ne me dérangerait pas de vous éloigner de ce type.

Gigi fit pivoter sa chaise dans sa direction, cherchant quelque chose dans ses yeux.

— Vous croyez que Doris nous laissera fouiller ?

Il se redressa pour déposer un doux baiser sur ses lèvres. C'était censé l'encourager, mais elle posa les doigts sur sa mâchoire. Sa réaction à la fois tendre et avide apaisa quelque chose en lui.

— Je sais que je vous demande de vous dépasser, mais j'ai besoin que vous le lui demandiez.

Il sentit ses lèvres le chatouiller quand elle passa les doigts sur sa bouche.

Puis elle haussa les épaules et revint à son bureau.

— Je vais la rappeler et lui dire que nous sommes en route.

10

Gigi s'extirpa du siège arrière du pick-up, tandis que Hud sortait la valise à roulettes de Mme Lombard du coffre. Elle aurait voulu l'attendre pour gravir les marches du porche, mais Doris, une femme blonde d'un certain âge, passa une main sous son bras et l'entraîna avec elle vers l'imposante demeure blanche.

Bien qu'il y ait logiquement du personnel ou du moins une équipe de nettoyage pour s'occuper de cette grande maison coloniale à deux étages, il n'y avait à cet instant personne pour accueillir la maîtresse de maison. Doris avait versé quelques larmes sur le trajet et fait part de ses plans pour les obsèques de son mari. Mais dès la porte franchie, elle poussa un soupir de détente et sourit.

Elle les conduisit dans une pièce agrémentée d'une cheminée encadrée d'étagères.

— Vous pouvez déposer vos manteaux ici.

Doris déboutonna la veste de son ensemble taupe et la posa sur le dossier d'un des canapés blancs. Gigi était déjà venue quelques fois, et elle reconnut cette pièce comme étant le bureau de Ian. L'impatience la faisait presque vibrer. C'était forcément là que se trouvait la clé de la formule de Ian.

— Je vous sers quelque chose ? demanda Doris en se dirigeant vers une armoire à liqueurs derrière le bureau.

— Non, merci.

Gigi frissonna dans le blouson de Hud. Celui-ci avait

passé un coupe-vent noir du KCPD, tiré de l'arrière du pick-up. Mais Doris ne semblait pas souffrir du froid. Peut-être s'était-elle accoutumée à des températures plus froides en Scandinavie et trouvait-elle cette soirée du Missouri tiède par comparaison.

— Comment était le temps en Norvège ? demanda Gigi.

Peut-être était-elle la seule à être sensible à cette température. À moins que sa curiosité naturelle ne la distraie continuellement avec des détails secondaires.

— Il fait froid là-bas ?

— Très. L'hiver arrive beaucoup plus tôt que chez nous.

— Et pourtant, vous n'avez pas de manteau, remarqua Gigi.

Elle contempla la petite valise argentée que Hud venait de poser. Ce bagage était le seul qu'ils avaient récupéré à l'aéroport.

— Je doute qu'il y ait quelque chose de plus chaud dans votre valise.

— Bonté divine.

Doris contempla son corsage de soie et sa jupe.

— J'ai dû le laisser dans l'avion. J'étais si bouleversée par la nouvelle que je n'avais qu'une idée, rentrer chez moi.

Ses yeux se plissèrent et elle renifla.

Gigi avait du mal à comprendre les émotions des gens. Elle se sentit coupable de s'étonner d'un détail au lieu de compatir. Sortant promptement un mouchoir en papier de sa poche, elle le tendit à Doris.

— Je suis désolée. Tenez.

— Merci.

Doris tamponna son nez avant de lever un regard bleu acier vers Hud.

— Inspecteur, serait-il possible que je le voie ? Quand pourrai-je récupérer son corps ?

Hud prit son téléphone.

— Je vais appeler le légiste et lui demander quand ce sera possible.

— Merci.

Doris ouvrit l'armoire à liqueurs, inspecta la rangée de bouteilles et en prit une. Elle montra la bouteille de whisky irlandais à Gigi, puis sortit trois verres.

— C'était son préféré. Vous vous joindrez à moi pour un toast ?

— Non, merci.

— Inspecteur ?

— Je suis en service, madame, s'excusa Hud avec un sourire en se retirant dans le hall pour passer son appel.

— Alors je boirai seule.

Doris se versa une rasade d'alcool, puis leva son verre en direction du portrait placé au-dessus de la cheminée.

— À Ian. Tu n'étais pas un mari génial, mais pendant trente ans, tu as été le mien.

Elle engloutit le liquide ambré d'un seul coup avant de fermer les yeux et de serrer le verre vide contre sa poitrine. Gigi baissa la tête en signe de respect pour son émotion. Mais le verre tinta sur le plateau de l'armoire à liqueurs, la faisant sursauter. L'instant de recueillement était passé, et Doris revint vers elle.

— Alors, que vouliez-vous que je vous montre ?

Ce comportement n'était pas exactement celui qu'on attendrait d'une veuve récente, mais Gigi savait que chaque individu avait sa propre manière d'affronter le deuil. Elle déplia une feuille de papier sur laquelle elle avait noté la suite de chiffres que lui avait donnée Ian et la tendit à Doris.

— Cela a-t-il une signification pour vous ?

Doris prit ses lunettes dans son sac à main et les lut.

— Les six premiers correspondent à la combinaison du coffre-fort de Ian. Mais il y en a beaucoup, et j'ignore de quoi il s'agit. À moins que…

Soudain pleine d'énergie, elle se dirigea vers une petite peinture accrochée au mur et la tira pour révéler un coffre. Elle tapota sur le clavier et souleva la poignée pour l'ouvrir.

— Ce vieux bouc a peut-être pensé à moi avant la fin, finalement.

Prenant une pile de dossiers, elle les examina un par un. Mais ses épaules s'affaissèrent peu à peu. Finalement, elle reposa la pile dans le coffre et adressa un sourire triste à Gigi.

— Ce ne sont que les polices d'assurance et les portefeuilles d'investissements.

Elle étudia le papier encore un instant avant de le rendre à Gigi.

— Je donne ma langue au chat. Comment avez-vous eu ce papier ?

Gigi le glissa dans sa poche.

— C'est Ian qui me l'a donné. Mais il ne m'a pas dit de quoi il s'agissait. Savez-vous pourquoi il a fait ça ?

— Peut-être pensait-il que je ne me souviendrais pas de la combinaison du coffre. Quant au reste, je n'ai pas d'explication.

Doris jeta un nouveau coup d'œil au contenu du coffre-fort.

— Vous voulez regarder ?

Elle recula pour que Gigi puisse inspecter l'alcôve en forme de cube. Outre les documents mentionnés par Doris, il y avait des écrins à bijoux et un semi-automatique. Bien que l'arme lui ait donné à penser, Gigi sentit son pouls s'accélérer en voyant une dizaine de clés USB rangées dans une boîte en plastique transparente.

— Qu'est-ce que c'est ?

Doris prit la boîte.

— Les articles que Ian a écrits. Ses notes sur différents projets. J'avoue que même si j'ouvrais les fichiers je n'y comprendrais rien. Il partageait mon amour du théâtre – nous avions un abonnement au centre Kauffman – mais je n'ai jamais compris son obsession pour les maths et les bouts de ferraille. Tenez.

Elle tendit la boîte à Gigi.

— Elles auront peut-être du sens pour vous. Ou bien elles seront utiles au labo.

— Vous êtes sûre ?

Gigi tenait respectueusement la boîte entre ses mains, spéculant déjà sur l'importance des documents contenus dans ces clés.

— Je ne sais pas si je suis habilitée…

Doris sourit et lui tapota la main.

— C'est un cadeau. Il aurait voulu que vous les ayez. Il parlait souvent de vous comme de sa muse scientifique. Ou même de sa fille spirituelle. Nous n'avons jamais eu d'enfant, vous savez.

— Merci, Doris. Il comptait beaucoup pour moi aussi.

Elle se pencha pour étreindre Doris, aussi reconnaissante du cadeau qu'anxieuse de découvrir s'il pourrait l'aider à résoudre l'énigme.

— C'est un honneur pour moi de les prendre.

— S'il y a un Nobel en devenir là-dedans, vous me le ferez savoir.

Impossible de savoir si c'était un rire ou un reniflement qu'elle réprimait. Ses yeux étaient rivés sur quelque chose derrière Gigi.

— Votre ami l'inspecteur vous attend. Vous feriez mieux d'y aller. J'ai aussi des coups de fil à passer.

— Ça ira pour vous, toute seule ici ?

— Je ne resterai pas longtemps seule. Mon avocat va bientôt passer. Merci.

Doris étreignit à nouveau Gigi avant de la reconduire.

— Pour tout.

Quand ils se rejoignirent dans le hall, Hud transmit l'information dont Doris avait besoin puis escorta Gigi jusqu'à son véhicule. Elle était si excitée par la perspective de se plonger dans les clés USB que Hud dut presser le pas pour rester à sa hauteur.

— Qu'est-ce que c'est que ça ?

— Des réponses, j'espère.

Dès qu'elle fut assise dans le pick-up, Gigi ouvrit la boîte et lut l'étiquette de chaque clé. Elle n'avait pas besoin du papier pour les comparer, mais elle le prit néanmoins pour le montrer à Hud quand il s'installa au volant.

— Si les premiers chiffres sont ceux de la combinaison du coffre, alors les suivants pourraient être…

Elle sortit la clé correspondante.

— Avec un peu de chance, le reste de la série me donnera accès aux fichiers qu'il y a là-dedans.

— Regardez-vous, qui jouez les Nancy Drew…

Il mit le contact tandis qu'elle bouclait sa ceinture.

— Une remarque intéressante sur le manteau, aussi. Pendant que j'étais au téléphone avec Niall, j'ai jeté un coup d'œil dans le placard du hall.

— Et ?

— Il y avait trois manteaux de femme. Elle doit avoir des actions dans une usine de manteaux si elle en avait encore un qu'elle pouvait se permettre de laisser dans l'avion.

Il parcourut l'allée circulaire, puis s'engagea dans la rue.

— C'est important ?

— Que vous dit votre instinct ? Ce n'est pas pour rien que vous l'avez remarqué.

Gigi ne se fiait pas à son instinct, mais cette absence l'avait perturbée.

— Il faut appeler la compagnie pour vérifier si son manteau est aux objets trouvés. Ou même si elle était vraiment dans l'avion.

Hud se tapota l'aile du nez dans une mimique universelle.

— Mais pourquoi ? Vous ne la soupçonnez sûrement pas ? Doris semblait sincèrement bouleversée, remarqua Gigi.

— De même que Hana Nowak. Et vous.

Il lui lança un regard.

— De vous trois, il n'y en a qu'une que je crois.

— C'est-à-dire moi, n'est-ce pas ?

Son rire remplit l'espace entre eux et Gigi sourit.

Mais le répit fut bref. Avant que Hud puisse appeler Keir, son propre téléphone sonna. L'envie de rire s'évanouit et la peur lui glaça le sang.

— Et si c'est lui ?

Hud tourna dans une rue adjacente et s'arrêta le long du trottoir.

— Mettez le haut-parleur.

Elle prit l'appareil dans son sac et répondit.

— Professeur Brennan.

Hud tendit le bras pour lui presser la main. Elle se recroquevilla en reconnaissant la respiration menaçante. De sa main libre, Hud demanda par texto à Keir de tracer l'appel.

— Vous avez trouvé ce que je veux ? demanda la voix déformée.

— Pas encore.

Hud lui fit signe d'alimenter la conversation.

— J'y travaille. J'ai peut-être une nouvelle piste. Mais il me faudra du temps pour déchiffrer…

— Le temps est un luxe que vous n'avez pas, Virginia.

Chaque seconde de silence faisait monter la tension chez Gigi.

— Je sais que la veuve Lombard vous a donné quelque chose. Est-ce la formule ?

— Comment savez-vous… ?

Hud jura. La voix artificielle se mit à rire.

— J'entends que votre petit ami est avec vous.

Hud dégaina son arme et tapa le mot *BOLO* à l'intention de Keir – avis de recherche à toutes les patrouilles. Le salopard devait les avoir suivis, peut-être les suivait-il en ce moment même. Il avait dit qu'il la surveillerait. Hud ouvrit sa portière et inspecta la rue de haut en bas

Le rire prit fin brusquement.

— Il peut regarder, il ne me trouvera pas. Il ne pourra pas vous protéger, vous ou ceux que vous aimez. En fait, j'ai déjà les yeux posés sur votre sœur. Apparemment, elle s'est bien amusée à Las Vegas.

La terreur de Gigi fit place à la colère.

— Ne la touchez pas ! Je travaille aussi dur que je peux. Vous aurez la formule. Lundi matin, à 6 heures, comme vous l'avez dit.

Hud remonta en voiture et appela son équipier. Il ne voulait pas perdre de temps avec un texto.

— Ne me décevez pas, avertit la voix.

— Non, je vous le promets. Mais laissez Tammy tranquille.

La ligne avait déjà été coupée.

— Hud ?

Ses mains tremblaient trop pour tenir le téléphone.

— Il va lui faire du mal…

Hud passa une vitesse et se mit à parler dès que Keir eut décroché.

— Gigi vient d'avoir un autre appel du meurtrier.

— Nous le recherchons.

— Où est Tammy Brennan ?

— L'agent que je lui ai assigné est avec elle chez Gigi en ce moment même. Elle est passée prendre des vêtements et des affaires de toilette.

— Retenez-la à l'intérieur, ordonna Hud. Le meurtrier a dit qu'il l'avait sous les yeux.

— Je vais alerter l'agent Logan et envoyer des renforts.

— Comment pouvait-il savoir que nous étions chez Doris Lombard et en même temps surveiller ma maison ?

— Ils sont sans doute deux, vous vous rappelez ? Bon sang, ils sont probablement au courant de chacun de nos faits et gestes.

Hud passa la main sous son siège pour y prendre un gyrophare mobile avec sirène. Il le colla sur le toit du pick-up et le mit en route, appuyant en même temps sur l'accélérateur.

— Tenez-vous.

Elle acquiesça d'un signe de tête.

— Et sortez de votre tête, G. Ne pensez pas au pire.

— Mais comment ne pas le faire ? Je dois réaliser un miracle au risque qu'il fasse du mal à ma sœur.

— Prenez mon calepin et mon stylo dans la poche de mon blouson, lui ordonna-t-il en désignant le vêtement qu'elle portait toujours. Occupez-vous les mains et l'esprit.

Elle s'exécuta et fouilla dans ses poches. C'était un exercice ridicule, mais dans ces circonstances, cela fonctionna. L'odeur de Hud, le contact avec ces objets usuels, le fait qu'il se soit rappelé ce qui l'aidait à supporter la panique.

— Vous êtes avec moi ? demanda-t-il sans quitter la route des yeux.

— Ça va, répondit-elle.

Et c'était vrai.

Ils venaient de brûler un feu rouge sur Brush Creek Parkway quand Keir rappela.

— Je suis en route vers chez Gigi. Logan a fait cerner la maison. Tu avais raison. L'interlocuteur de Gigi s'est servi d'un téléphone prépayé. Apparemment, il l'a éteint immédiatement après l'appel, si bien que nous n'avons pas pu déterminer son emplacement exact. Mais j'ai pu faire une approximation grâce aux tours de relais cellulaire.

— Et ?

Hud jura, faute d'une réponse immédiate.

— Ça venait d'où ?

— Du quartier de Gigi.

11

Gigi escalada en courant les marches de son porche. Elle avait à peine inséré la clé dans la serrure que la porte s'ouvrit à la volée.

— Tamm…

Elle recula d'un pas en voyant un homme noir d'une vingtaine d'années, en uniforme du KCPD, se dresser sur le seuil et lever la main.

— Vous êtes Gigi Brennan, madame ?

— Oui.

La panique la faisait presque danser sur place.

— Qui êtes-vous ? Où est ma sœur ?

— Je m'appelle Albert Logan et je fais partie de la police.

Elle sentit Hud arriver derrière elle. L'agent, grand et musclé, leur barra le passage.

— Je suis désolé, je dois d'abord voir vos papiers.

— C'est ma maison. Tammy ? appela-t-elle tout en tapotant ses poches.

Bien sûr, son portefeuille n'était pas là.

— Mon sac à dos est dans le pick-up.

— Doucement, G.

Hud l'attrapa par le bras avant qu'elle file vers le véhicule. Il exhiba son badge sous les yeux du jeune policier.

— Inspecteur Kramer. Je suis chargé de cette affaire. Keir Watson est mon équipier. Ravi de voir que vous faites votre boulot, mais je veux qu'elle soit hors de vue aussitôt que possible.

— C'est Gigi, Al ? cria une voix familière depuis le haut de l'escalier.

L'expression sévère d'Albert Logan laissa place à un sourire.

— Il m'a dit que vous étiez le seul flic que je pouvais laisser entrer en dehors de lui.

Il recula et tint la porte ouverte.

— Désolé, madame. Elle est en haut.

Gigi gravit en hâte l'escalier.

— Tammy ?

— Je suis ici, espèce d'éternelle angoissée.

Tammy l'accueillit sur le seuil de sa chambre. Ses cheveux blond vénitien étaient attachés en queue-de-cheval et elle arborait un grand sourire. Gigi la serra à l'étouffer.

— Tu vas bien ? Qu'est-ce que tu fais ici ? Tu es censée être sous protection.

— J'avais besoin de vêtements.

Tammy la serra aussi contre elle.

— Al est venu me chercher à l'aéroport et il va me conduire à l'abri.

Elle recula et son regard bleu vint se poser sur Hud, qui avait suivi Gigi. Comme c'était sa sœur qui avait hérité de toute la timidité familiale, elle tendit la main et lui adressa un sourire.

— Alors, qui est ce *bad boy* que tu as avec toi ? Je m'appelle Tammy Brennan. Nous nous sommes déjà rencontrés, non ?

Hud lui sourit également.

— Hudson Kramer, KCPD. Vous avez bonne mémoire. Le Shamrock, il y a quelques années. Vous nous avez payé un verre à mon équipier et moi. Votre sœur était avec vous et elle m'a flanqué une raclée au billard.

La bouche de Tammy dessina un O et elle désigna Hud du doigt en chuchotant :

— C'est lui, le type ?

— Quel type ? demanda Hud.

Gigi fit signe à sa sœur de se taire. Elle avait parlé de son penchant pour Hud une ou deux fois au fil des ans, mais elle ne s'était pas rendu compte que Tammy l'avait mémorisé.

Sa sœur posa les mains sur les hanches et adressa un grand sourire à Hud.

— En voilà un développement intéressant. Ça explique le sac de gym dans la salle de bains du bas.

Gigi se retourna pour prendre la main de Hud.

— Je suis désolée, elle dit tout ce qui lui passe par la tête.

— Curieuse, hein ? plaisanta Hud, en nouant ses doigts aux siens, sans paraître gêné le moins du monde.

Tammy reprit Gigi dans ses bras.

— Hé, ce n'est pas la seule Brennan à être curieuse. Moi, j'ai la version extravertie de la curiosité.

— Je vois ça.

Hud reprit son sérieux.

— Vous n'avez remarqué personne qui vous suivait ? Vous avez reçu des menaces ?

Tammy relâcha Gigi et s'approcha de la valise ouverte posée sur son lit.

— Votre équipier m'a posé les mêmes questions. Et les réponses sont non et non. Il m'a dit que Gigi était en danger et m'a présentée à Al, en m'expliquant qu'il allait me suivre comme mon ombre. Entre vos messages et les appels de l'inspecteur Watson, je suis heureuse d'avoir de la compagnie.

Elle s'interrompit pour plier un pantalon.

— Vous faites attention à ma sœur ?

— J'essaie.

Hud serra la main de Gigi, s'assurant silencieusement qu'elle allait bien avant de s'éclipser.

— Je vais vous laisser finir les valises ensemble. Je descends faire le point avec Logan.

— Dites à Al que j'en ai pour quelques minutes.

Tammy posa le pantalon dans la valise et suivit Hud sur le palier pour le regarder descendre l'escalier.

— Joli cul.

— Tammy !

— Oh ! détends-toi. Je suis heureuse pour toi.

Tammy revint dans la chambre et reprit sa tâche.

— Il était temps que ma grande sœur trouve un type avec qui baiser.

Gigi eut l'impression que ses pensées court-circuitaient.

— Nous ne baisons pas… Nous collaborons sur une enquête de police. Muscles et cervelle.

— Il a certainement des muscles.

Elle fourra des chaussettes dans ses chaussures de sport et les ajouta à sa valise.

— Je me demande s'il ferait un bon grand frère.

— Certainement. Il a trois frère et sœurs plus jeunes. Ses parents sont morts et il les a élevés comme… Oh ! toi !

Elle s'interrompit en voyant le sourire triomphant de sa sœur.

— Laisse-moi un peu tranquille, d'accord ? Je n'ai pas étudié ces histoires de relations.

Tammy agita la main devant son ton réprobateur et referma sa valise.

— On n'apprend pas ce genre de choses dans les livres. Il faut les vivre. Encore qu'un meurtre doublé de chantage n'est pas vraiment le scénario idéal.

— Un scénario ?

— Ce que je veux dire, c'est que si tu aimes bien Hud et qu'il t'aime bien, vas-y, lance-toi. Après tout ce que tu as sacrifié – pour tes études, pour moi – personne ne mérite plus que toi d'être heureuse.

Elle emporta sa valise sur le palier et jeta un coup d'œil en bas.

— Oh ! chérie, il t'aime beaucoup. Il n'a pas détaché les yeux de toi tant qu'il était ici. Et il n'avait pas envie de descendre.

Était-ce vrai ? Hud la regardait-il comme elle le regardait parfois ? Elle tripota ses lunettes.

— Il est protecteur avec moi.

— Une autre raison de l'aimer.

Tammy lui prit la main et s'assit sur un coffre au pied du lit.

— Je sais que je ne suis pas la mieux placée pour donner des conseils dans ce domaine, mais je te connais. Je n'ai jamais rencontré personne qui soit plus la femme d'un seul homme que toi. Je sais combien c'est difficile pour toi de faire confiance, de sortir de ta coquille et d'assumer tes émotions. Mais tu as déjà laissé Kramer t'approcher. Je t'ai vue lui prendre la main au lieu de la fourrer dans ta poche. Il est fait pour toi.

Les yeux bleus de sa sœur étaient plus perspicaces que les siens. La femme d'un seul homme. Cela expliquait son aversion pour Gary. Parce que ce n'était pas cet homme. Hudson Kramer l'était. Il l'avait toujours été. Toute la logique du monde ne pouvait expliquer cela, mais elle était amoureuse de Hud.

— Regarde-moi ça, ton irritante petite sœur est la sagesse personnifiée, pour une fois.

Ce renversement des rôles aussi bien que la prise de conscience de ses sentiments pour Hud mettaient Gigi un peu mal à l'aise.

— Qu'est-ce qu'il faut que je fasse ?

— Qu'est-ce que tu veux faire ?

— Je veux être avec lui, de toutes les manières possibles.

Tammy lui passa un bras autour de la taille et la conduisit dans la salle de bains.

— Alors, j'ai deux conseils pour toi. D'abord, tu ne prends pas la pilule. Moi oui, mais j'ai quand même une boîte de préservatifs ici.

Elle ouvrit un tiroir et déposa la boîte dans les mains de sa sœur.

— C'est toi qui m'as appris qu'il fallait se protéger. Alors fais-le.

— Je n'ai pas besoin de ce genre de conseil. Je sais comment ça marche.

Elle reposa la boîte dans le tiroir et le ferma.

— Quel est le deuxième ?

— Selon moi, les hommes sont plutôt obtus. Il faut leur dire exactement ce qu'on veut et ce qu'on ressent. Tu peux avoir ce genre de conversation avec lui ?

— Je crois.

— Waouh ! C'est le bon, alors.

Tammy étreignit sa sœur.

— Tu vas faire des étincelles avec ce gars, je peux te le garantir.

Hud appela depuis le bas de l'escalier.

— Il faut y aller, mesdames. Logan attend devant la porte.

Gigi recula à contrecœur.

— J'aimerais que ce soit moi qui te donne ce genre de conseils, au lieu du contraire.

— Ne t'inquiète pas. Nous avons chacune nos qualités. Si tu n'étais pas aussi pragmatique et déterminée, je n'aurais pas de diplôme et de carrière. Et probablement pas de toit sur ma tête. Tu n'as pas besoin de tout me raconter ni de jouer les ados avec moi. Tu as toujours été là pour moi, Gigi. Tu m'as donné tout ce dont j'avais besoin. Tu as pris soin de moi et tu as fait de nous une famille. C'est pour ça que je sais que tu m'aimes.

— Je t'aime, c'est vrai.

Elles échangèrent une brève étreinte.

— L'idée que cet homme te fasse du mal… Je veux que tu sois en sécurité, d'accord ?

— Ne t'inquiète pas pour moi. Al a l'air tout à fait capable de me défendre.

Elle enfila sa veste, prit son sac à main et sa valise et se dirigea vers l'escalier.

— Je t'aime aussi. Maintenant, achève cette histoire de meurtre, emballe ton homme et appelle-moi quand tu auras le temps de faire des cookies et de veiller pour bavarder. Je meurs d'envie de te raconter mes aventures à Las Vegas.

Gigi suivit Tammy sur le perron, où Hud les attendait. Logan prit la valise de Tammy et l'emporta jusqu'à la voiture de patrouille garée au bout de l'allée. Il la déposa dans le coffre.

— Des aventures qui vont me plaire ?

— Sans doute pas. Mais j'ai gagné quatre cents dollars, et le gars était mignon.

— Tu es incorrigible.

Tammy descendit les marches, dépassa sa Volkswagen jaune et continua vers la voiture de patrouille.

— J'aimerais mieux me dire que je suis…

Boum !

Une seconde elle souriait, la suivante elle faisait un vol plané. Sa voiture venait d'exploser. Une vague de chaleur renversa Gigi. Le souffle coupé, elle vit venir à sa rencontre les planches peintes en blanc du porche. Hud atterrit près d'elle, puis roula sur son corps pour l'abriter des flammèches, des morceaux de métal et de verre qui pleuvaient tout autour d'eux. Il lui hurla quelque chose aux oreilles, qu'elle ne comprit pas.

Tout ce qu'elle pouvait, c'était attendre et prier pour que sa sœur ne soit pas morte.

Gigi faisait les cent pas dans le couloir à l'hôpital Saint Luke. Il était tard et Tammy avait besoin de repos, mais Gigi voulait parler au médecin et dire à sa sœur qu'elle l'aimait avant de partir.

Keir Watson et sa femme, Kenna, étaient passés chez Gigi prendre un jean, un corsage et un pull pour elle. Ils avaient également apporté des vêtements à Hud, ainsi qu'un rapport préliminaire des techniciens de scène de crime. La sinistre nouvelle était que la voiture de Tammy avait été piégée avec un détonateur à distance relié à un téléphone portable.

Un truc que n'importe quel ingénieur pouvait mettre au point.

Gigi connaissait au moins deux hommes que leur haine envers Ian Lombard pouvait avoir poussés à faire cela. Il y avait aussi les dissidents du Lukinbourg, de même que les trafiquants du monde entier.

L'explosion pouvait avoir résulté d'un timing aléatoire. Mais Gigi était convaincue – et Hud était d'accord – qu'elle avait été programmée en sorte de blesser Tammy et de la terroriser. Quelques secondes plus tôt et Tammy aurait été tuée. Quelques secondes plus tard, elle aurait été partie et Gigi n'aurait pas été témoin de la déflagration.

Gigi atteignit le bout du couloir, fit demi-tour et dépassa Hud, Keir et Kenna, tous trois au téléphone, qui avec les techniciens, qui avec le KCPD, qui avec le district attorney. Elle arriva devant la chambre de Tammy et l'agent à l'expression sévère qui montait la garde devant la porte. La voiture d'Albert Logan l'avait protégé du souffle de l'explosion. Mais elle n'avait pas pu le protéger de son sentiment de culpabilité – le même que celui de Gigi. Cette bombe avait pu être placée là à tout moment au cours des dernières vingt-quatre heures. Peut-être était-ce ce que les deux intrus étaient venus faire la nuit précédente. Gigi tendit la main et pressa le bras d'Albert. Sa main noire recouvrit la sienne un instant.

— Ce n'est pas votre faute, murmura-t-elle.

— Ni la vôtre, madame.

Elle hocha la tête et se demanda si Albert y croyait davantage qu'elle.

La surdité causée par l'explosion s'était dissipée, mais elle avait encore l'impression que son cerveau était embrumé. Aucune de ses blessures n'était grave, mais elle se sentait toute courbatue.

Tammy avait été la plus proche de l'explosion. Sa vie n'était pas en danger, mais avec un bras cassé, un rein contusionné et de nombreuses lacérations, les médecins voulaient la garder en observation jusqu'au lendemain. Mortelles ou non, les blessures de Tammy remplissaient Gigi de peur et rallumaient une colère qui devait s'exprimer avant qu'elle se mette à hurler ou fonde en larmes.

C'est pourquoi quand son téléphone sonna elle répondit avant que Hud puisse l'en empêcher.

— Que voulez-vous ? lança-t-elle.

Hud mit un terme à sa propre communication et la poussa hâtivement dans une pièce vide, de l'autre côté du couloir.

— Je fais ce que vous m'avez demandé. Vous n'aviez pas besoin de faire du mal à ma sœur !

— Ça aurait pu être vous.

— Vos menaces ne me feront pas travailler plus vite et elles me mettent très en colère !

Gigi s'entendait crier, mais se sentait incapable de maîtriser ses émotions.

Son interlocuteur se mit à rire.

— La grande Virginia Brennan peut donc être poussée à bout, après tout. Puis-je vous dire combien il est satisfaisant de vous entendre perdre vos moyens ?

— Qui est-ce ? Gary ? Evgeni ? Je ne vous donnerai pas ce que vous voulez.

Les yeux de Hud se braquèrent sur les siens, pour l'avertir qu'elle allait trop loin. Ou peut-être se demandait-il si elle perdait effectivement la tête.

Son interlocuteur ne répondit pas. Au lieu de cela, le son insidieux de sa respiration se répandit dans la petite salle. Puis il lui rappela calmement qui avait le pouvoir de vie et de mort sur elle.

— Laissez-moi vous dire combien je serai en colère si vous ne me donnez pas ce que j'attends. Je peux très bien atteindre votre sœur à l'hôpital. Une simple injection et elle aura une embolie pulmonaire. Elle pourrait suffoquer sous un oreiller ou recevoir le mauvais médicament.

— Espèce d'enflure !

— Pas de gros mots, Virginia. Pas plus que d'indignation vertueuse. Apportez-moi ce que je vous ai demandé ou Tammy mourra.

— Je serai là. Mais si vous menacez encore ma famille…

Le déclic lui fit l'effet d'une gifle. La colère et la frustration étaient trop grandes pour qu'elle puisse les contrôler. Elle leva le bras, prête à lancer son téléphone à travers la pièce. Mais Hud lui attrapa le poignet, récupéra l'appareil et la serra contre sa poitrine.

— Je suis là, G. Vous avez le droit d'être en colère. Vous êtes épuisée. C'est normal d'avoir peur.

Elle tapa du poing sur l'épaule de Hud jusqu'à ce que ses larmes coulent. Quand sa crise de nerfs fut passée, elle sentit les lèvres de Hud lui effleurer le front.

— Vous êtes avec moi ?

Elle hocha la tête. Puis elle posa la main sur sa joue piquetée de barbe et regarda dans ses yeux, y lisant une calme assurance.

— Je me suis encore déchaînée sur vous, n'est-ce pas ?

Il sourit un peu tristement.

— Je parie que vous faites ça avec tous les hommes.

Elle rit comme il l'espérait, mais pas avec beaucoup d'humour. Puis elle posa ses lèvres sur les siennes et le serra contre elle.

— Vous êtes mon ancre. Je ne pense pas que je pourrais arriver au bout de ces quarante-huit heures sans vous.

— Oui, j'ai toujours eu envie d'être un gros bout d'acier pendant au cou d'une femme.

Elle se raidit dans ses bras.

— Je suis désolée. Ça ne ressemblait pas à un compliment. Mais pour moi, ça l'était.

— Tout va bien, G.

Ces mots prirent une tonalité douce-amère quand il recula. Mais il lui prit la main et ils ressortirent ensemble dans le couloir.

— Le médecin doit avoir fini, maintenant. Allons dire bonsoir à Tammy, puis nous irons chez vous prendre une bonne nuit de sommeil. Le somme de ce matin n'a pas suffi. Vous devez faire un miracle demain, vous vous rappelez ?

— Pas de pression, hein ?

Quand le médecin leur eut affirmé que le repos et le suivi de spécialistes étaient les seuls remèdes dont Tammy avait besoin, les sœurs s'étreignirent et se dirent bonne nuit.

Malgré les coupures et les hématomes sur son visage, Tammy sourit en s'adossant à son oreiller.

— Débrouille-toi pour doubler ces salopards, frangine. Et, Hud ? Occupez-vous d'elle.

— Je le ferai, promit Hud en serrant sa main libre. Reposez-vous, jeune fille. Nous viendrons vous voir demain, avant que vous sortiez.

Tandis que Gigi baissait la lumière et refermait la porte, Hud prit Albert Logan à part et agita un index devant son visage.

— Ne quittez pas votre poste, à moins que cet homme – il désigna Keir – ou quelqu'un qu'il vous a présenté personnellement vienne prendre la relève. Personne n'entre dans cette chambre, sauf les médecins et les infirmières, et même là, vous entrez avec eux. Tammy ne doit pas être seule. C'est compris ?

— Compris.

— Brave type.

Il se tourna vers Keir.

— Tu t'en occupes ?

Keir acquiesça d'un signe de tête.

— Elle sera en sécurité avec nous, Gigi, je vous le promets.

— Merci, Keir.

Hud n'était pas le seul homme à qui elle apprenait à faire

confiance. Gigi tendit la main et se sentit attirée dans une étreinte fraternelle.

— Gardez l'œil sur le dur à cuire, d'accord ? Je m'occupe du reste.

— Je ferai de mon mieux.

Quand Keir eut fini de l'étreindre, Hud glissa son sac à dos sur son épaule et lui prit la main pour la conduire vers les ascenseurs puis au parking du sous-sol.

Quand ils furent dans le pick-up et que le chauffage fut en route, il se tourna vers elle. La lumière blafarde du parking accentuait les angles rudes de son visage, mais ses yeux étaient tendres et familiers.

— De quoi avez-vous besoin ce soir ? De manger ? De dormir ?

Gigi se laissa aller contre l'appuie-tête, souhaitant pouvoir escalader l'accoudoir central et se blottir sur les genoux de Hud. Elle poussa un long soupir, envahie par la lassitude.

— J'ai besoin de réfléchir. Il faut que je comprenne cette fichue formule. Mais je ne peux pas réfléchir quand j'ai tant de colère et d'impuissance en moi.

Hud tendit le bras pour repousser une mèche de cheveux derrière son oreille.

— Vous êtes rien moins qu'impuissante. Tout est en marche de notre côté. Des policiers en civil seront en faction dans le quartier de Front Street lundi matin, et une équipe SWAT se tient prête. Et je serai là, avec vous.

Elle inclina la tête pour poser la joue dans sa main.

— Je ne veux pas que quelqu'un soit blessé.

— Ça n'arrivera pas, G. Le piège se refermera. Nous arrêterons ce type et son complice.

Il enclencha la marche arrière et suivit les flèches jusqu'à la sortie. Ils se glissèrent dans la circulation du samedi soir sur la Plaza. Soudain, Hud sourit largement, remplissant l'habitacle de son énergie contagieuse.

— Vous disiez que vous aviez besoin de temps et d'espace pour réfléchir ?

— Hum hum.

— À la maison ou au bureau ?

Que se passait-il dans sa tête ?

— Où seriez-vous le plus à l'aise ?

Il était difficile de ne pas sourire quand il semblait si ravi de ses plans.

— À la maison, j'imagine, compte tenu du fait que tous ceux avec lesquels je travaille d'ordinaire sont suspects.

— Hamburger ou pizza ?

L'estomac de Gigi se mit à gronder à l'idée de manger, lui rappelant qu'ils n'avaient rien ingéré depuis le café et les doughnuts du matin.

— Pizza.

— Sommeil ou sexe ?

Cela la choqua et l'excita tout à la fois.

— Je pourrais avoir les deux ?

Ils s'arrêtèrent à un feu rouge et Hud se pencha vers elle pour lui déposer un baiser appuyé sur les lèvres.

— Voilà, maintenant, vous réfléchissez.

Elle se redressa, le feu étant passé au vert.

— Une minute. Vous essayiez juste de me distraire, c'est ça ? De me faire sortir de ma tête ?

Il rit d'un air contrit.

— Vous vous sentez mieux, non ?

Déçue d'apprendre que ce n'était qu'un jeu, mais étrangement revigorée par ce badinage et les possibilités qu'il recelait, Gigi lui donna une tape sur le bras.

— Vous devriez avoir honte, Hudson Kramer.

Il saisit sa main avant qu'elle puisse la retirer et la porta à ses lèvres pour embrasser ses doigts. Sa barbe lui chatouilla la peau, mais sa promesse s'infiltra en elle et la réchauffa des pieds à la tête.

— Ça viendra, G. Je n'en parlerais pas si je n'étais pas sérieux. Je le veux, moi aussi.

Gigi apprenait vite : elle pouvait jouer à ce jeu aussi.

— Donc, vous êtes en train de dire que vous voulez coucher avec moi ?

— Professeur Brennan, si vous n'étiez pas une intello détachée de ses émotions et trop timide pour élaborer une phrase complète, je dirais que vous flirtez avec moi.

Gigi soupesa l'exactitude quelque peu désobligeante de ces paroles et l'espièglerie de ce ton.

— Vous me taquinez ?

Il lui fit un clin d'œil.

Elle n'avait jamais flirté avec un homme auparavant. C'était drôle de voir les joues de Hud se colorer.

— Eh bien, j'ai trois diplômes universitaires, alors vous savez que j'aime apprendre. Mes recherches me disent que vous seriez un excellent professeur.

Le grognement qu'il poussa en réponse était sans doute le son le plus sexy qu'elle avait jamais entendu.

— Vous êtes sûre que c'est moi que vous voulez ?

Elle n'avait pas besoin de réfléchir à cela, et elle n'avait plus peur de l'admettre.

— Je n'ai jamais eu envie d'être avec quelqu'un en dehors de vous.

La circulation se fit moins dense et Hud accéléra.

— La pizza d'abord.

— Parce que je vais avoir besoin de forces ?

Cette fois, il rit franchement.

— Non, parce que moi, je vais en avoir besoin.

Gigi repoussa trois tranches de pizza et deux cookies à la mélasse avant de prendre la télécommande et de mettre en pause le film que Hud et elle regardaient. Avec ses longues jambes étendues sur la table basse et un châle la recouvrant des épaules aux orteils, Hud avait espéré qu'elle s'endormirait. Ainsi, il pourrait la mettre sagement au lit et prendre la douche froide à laquelle il pensait depuis qu'elle l'avait pris au mot. Il ne se souvenait pas avoir eu autant envie de quelque chose que de sentir Gigi s'abandonner dans ses bras.

Mais il ne s'agissait pas de lui ce soir, ni de ce qu'il voulait. Sa tâche officielle était de démasquer une paire de meurtriers et de faire intervenir le KCPD. Sa mission officieuse était d'écouter, réconforter, encourager, protéger ou faire tout ce dont Gigi aurait besoin pour pouvoir compléter la formule et fournir l'appât qui permettrait de les arrêter.

— Tammy m'a dit que je devais vous dire exactement ce que je veux.

Ce n'était pas l'ouverture à laquelle il s'attendait. Mais il avait compris que le cerveau complexe de Gigi faisait parfois des détours pour en arriver là où elle le voulait. Il prit un autre biscuit dans le plat et s'adossa du côté opposé du sofa pour mâchonner ce délice.

— Vous demandez conseil à Tammy pour vos relations ? La femme qui drague dans les bars et prend du bon temps à Las Vegas ?

— Oui.

Elle replia les jambes sous elle et se tourna vers lui.

— Je n'ai pas eu une enfance normale, Hud. C'est Tammy qui se faisait des amis et échangeait avec les gens. Elle en a appris beaucoup plus que moi sur les relations et la nature humaine. Elle est comme vous. Elle sent les gens instinctivement et elle assume les sentiments qu'ils lui inspirent.

Elle se tapota la tempe.

— Moi, je dois décortiquer les choses logiquement.

Hud avala son cookie et éteignit la télévision. Apparemment, la douche froide et le sommeil n'étaient plus au programme.

— Alors parlez-moi. Essayons de comprendre tout ça ensemble. Qu'est-ce que Tammy voulait que vous me disiez ?

— Quelqu'un vient d'essayer de la tuer. Vous et moi

n'allons peut-être pas vivre jusqu'à lundi matin. Toute ma vie a été mise en suspens quand j'ai obtenu mes diplômes ; j'ai enterré mes parents et j'ai fini d'élever ma sœur. Même si j'avais eu une vie normale, j'étais trop introvertie et intellectuelle pour sortir de ma tête et avoir le courage de rechercher ce que je voulais.

Hud imita sa position sur le canapé. Son arme et son badge étant posés sur la petite table, près des cookies, il s'autorisa à répondre comme un homme et non comme un flic.

— Personne n'est aussi courageuse que vous, G. Vous dirigez une équipe de recherche et vous donnez des cours devant des salles pleines, même si c'est difficile pour vous. Une lâche se serait recroquevillée au premier signe de problème, lors du meurtre de votre patron. Mais vous êtes venue me voir pour nous aider à trouver le meurtrier. Vous m'avez embrassé, alors que j'étais trop têtu, trop effrayé par l'idée de prendre le risque d'éprouver à nouveau quelque chose pour une femme. Ne me redites jamais que vous n'êtes pas courageuse.

Il attendit qu'elle touche ses lunettes pour apaiser ses nerfs. Mais ses mains restèrent nouées sur ses genoux, au-dessus du châle.

— Alors… Si je dis que je veux que vous me fassiez l'amour ce soir, vous seriez d'accord ?

— Vous ne voulez pas mourir vierge, c'est ça ?

Il regretta ces mots dès qu'ils eurent quitté sa bouche.

— Désolé, dit-il en agitant la main. C'était une mauvaise blague. Ce sont mes défenses qui parlent.

Si elle était assez courageuse pour parler de ce qu'elle ressentait, il se devait de lui rendre la pareille. Il se déplaça sur le canapé de façon à pouvoir toucher la peau douce de sa joue et plonger les doigts dans ses cheveux soyeux. Il trouva la barrette sur sa nuque et la détacha, laissant cascader ses longs cheveux.

— Je serais tout à fait d'accord.

Il était conscient d'avoir toujours été prompt à donner son cœur aux femmes qui le voulaient. Mais cette fois, c'était différent. Il n'aurait jamais pensé qu'une femme comme Gigi et lui pouvaient s'accorder, pas en un million d'années. Ce soir, il avait l'impression que toutes ses erreurs, ses malchances, ses incursions dans le domaine amical l'avaient simplement préparé à cette femme particulière. Il avait désespérément besoin de réussir. L'idée qu'un autre homme la touche le rendait fou. Il voulait ses premières caresses, sa première fois. Il était devenu son confident, oui. Mais elle avait aussi fait quelque chose pour lui. Gigi s'était infiltrée dans son cœur, dans sa tête et sous sa peau. Cette rencontre avec elle représentait la meilleure chance qu'un homme pouvait avoir.

Gigi lui donnait l'impression qu'il était enfin à la hauteur.

Il posa la main sur sa nuque.

— Venez ici.

Quand il retomba contre le canapé et qu'elle atterrit sur lui pour l'embrasser, il sut qu'il était plus qu'à la hauteur. Ses jambes se nouèrent autour des siennes, et ses longs cheveux tombèrent sur son visage et ses épaules. Elle empoigna sa chemise, plantant les doigts dans sa chair. Ses mains à lui trouvèrent son derrière plein et sa nuque pour l'aligner contre lui. Ses petits seins pointaient contre sa poitrine, ses lèvres s'ouvrirent à lui, et leurs langues se mirent à danser ensemble.

Il était fin prêt, et cette femme l'était aussi. Elle avait un goût de cookie et sentait comme sa pizza préférée. Il la relâcha assez longtemps pour retirer le châle entre eux, puis il tira sur son corsage et glissa la main sur sa peau fraîche. Mais il voulait davantage.

Il se redressa, renversa Gigi sur ses genoux et se mit en devoir de lui retirer le pull qu'elle portait. Vint ensuite son corsage. Si elle voulait s'envelopper de quelque chose, il faudrait que ce soit de ses bras.

Il déposa une ligne de baisers sous son menton et le long de son cou gracile, puis un autre dans le doux creux au-dessus de son soutien-gorge en satin, et enfin baissa la tête pour prendre un mamelon entre ses lèvres, ravi de la sentir gigoter sur ses genoux et plonger les doigts dans ses cheveux pour presser sa tête contre son sein.

Puis elle attira sa bouche sur la sienne, exigeant un baiser, tout en bataillant avec la boucle de sa ceinture.

— Hud…, chuchota-t-elle contre sa bouche, en tirant sur sa chemise. Je ne peux pas…

Elle glissa les mains sous ladite chemise, et cette caresse peau contre peau le fit frissonner.

— Je veux…

— Moi aussi.

Quelques instants plus tard, ils étaient nus sur son lit. Hud mit un préservatif et la pénétra, se retenant juste assez pour qu'elle s'adapte à cette nouvelle sensation. Il l'avait fait gémir avec ses mains et sa bouche. Mais elle avait protesté que ce n'était pas assez, qu'elle avait besoin de lui, de tout son corps. Son petit cri de douleur quand il la pénétra faillit l'arrêter. Mais elle blottit le visage contre son épaule et poussa un soupir si chaud, si satisfait contre sa peau qu'il se sentit durcir en elle.

À présent, elle était adossée à l'oreiller, ses cheveux emmêlés formant un halo autour de sa tête. Ses lunettes étaient sur la table de chevet, et il voyait clairement le désir dans ses yeux assombris.

— Je veux plus.

Elle apprenait vite, pas de doute. Cet appel de sirène était irrésistible.

— Comme ça ?

Se redressant sur les coudes, il se retira doucement, puis revint en elle, encouragé par l'humidité qu'il rencontrait.

— Je sais comment ça fonctionne.

Sa voix était presque un murmure. Mais il n'y avait rien de fonctionnel dans le sentiment qu'elle lui donnait. Elle le serra autour du cou, passa les mains sur ses épaules et son dos, lui mordilla le menton, la mâchoire et le lobe de l'oreille jusqu'à ce qu'il sente son cœur tambouriner dans sa poitrine et ses nerfs exiger la délivrance.

— Il y a quelque chose que je peux faire pour toi ? Comment je peux faire pour que ce soit encore meilleur pour toi ?

— Tu ne peux pas, G. C'est aussi merveilleux que ça peut l'être.

Elle remua les hanches sous lui et il sut qu'elle était sur le point de jouir. Il ferma étroitement les yeux, déterminé à lui donner le plus de plaisir possible.

Elle prit son visage entre les mains et l'obligea à la regarder.

— Qu'est-ce que tu veux que je fasse ?

— C'est un de mes fantasmes. Je ne devrais pas. Pas pour ta première fois.

— Quoi ? Dis-moi.

Elle leva la tête et l'embrassa sur la bouche.

— Dis-moi.

— Enroule tes jambes autour de moi. Ouvre-toi. Tiens-moi avec… ton corps.

Il avait dégluti au milieu de sa phrase parce qu'elle s'était exécutée immédiatement. Il glissa un peu plus profondément en elle et faillit perdre sa maîtrise de lui-même en la sentant l'enserrer étroitement.

— Comme ça ?

— Oui… Exactement…

Elle noua les talons derrière lui, accueillant son coup de reins incontrôlable.

— Belles… jambes.

— Tu ne peux pas parler… non plus ? Ça fait…

Elle bascula les hanches pour venir à sa rencontre.

Il ralentit. Le corps de Gigi trembla. Ses doigts se plantèrent dans sa chair et elle arqua le dos.

— Laisse-toi aller, chérie. Laisse-toi aller.

Il colla le visage contre son cou et elle frémit de tout son être en criant son nom.

Il la suivit de près, s'abandonnant au plaisir et à la chaleur.

Après être allé chercher un gant de toilette pour les nettoyer tous deux et avoir repris son arme pour la poser à portée de main, Hud revint au lit et colla son corps derrière elle. Il lissa ses cheveux humides et l'embrassa sur la nuque.

— Ça va ?

Elle semblait complètement épuisée.

— Je ne me suis jamais sentie aussi bien de ma vie.

Il rit mais posa une main ferme sur sa hanche pour l'empêcher de frotter encore son derrière contre lui. Qu'elle essaie simplement de trouver une position confortable ou qu'il ait réveillé la tigresse en elle, ils avaient tous deux besoin de repos avant de renouveler l'expérience.

— Doucement, G. Tu vas peut-être avoir des courbatures. Je parie que tu as utilisé des muscles dont tu ne connaissais même pas l'existence.

Elle caressa son bras, enroulé autour de sa taille.

— Et toi ? C'était bien ? Tu as aimé ça aussi ?

— Je ne pense pas que *bien* est un mot suffisant pour ce que je ressens. Comment dirais-tu avec tes grands mots ? Merveilleux ? Prodigieux ? Chaud comme la braise et prêt à recommencer ?

— Je suis sérieuse, Hud.

Elle lui donna un petit coup de coude en l'entendant poursuivre sa liste.

— Comblé ? Exceptionnel ? Splendide ?

— Parfait.

12

Hud fit un effort pour ne pas se sentir rejeté en se réveillant dans un lit vide.

Après tout, Gigi avait voulu perdre sa virginité et il n'était que l'homme à qui elle avait fait confiance pour cela. À moins que cette nuit n'ait été sa dernière tentative pour murmurer à son oreille. Si une caresse pouvait la distraire de ses pensées et un baiser la recentrer en elle-même, alors faire l'amour devait lui avoir assez éclairci le cerveau pour produire un prix Nobel de physique.

S'était-il trompé à son sujet ? Peut-être était-elle vraiment le genre de femme à prendre ce qu'elle voulait, puis à le rejeter. Et peut-être cela n'avait-il rien à voir avec lui. En enfilant son jean et en suivant l'odeur de café et de bacon jusqu'à la cuisine, où elle était penchée sur son ordinateur, il se rappela que Gigi était un être humain unique en son genre, bien plus à l'aise avec les calculs qu'avec les émotions. L'ultimatum prendrait bientôt fin, il ne pouvait lui reprocher de vouloir s'y mettre dès le matin.

— Bonjour.

Sa seule réaction étant de hocher la tête et de désigner les scones posés sur la cuisinière, il lui fut difficile de croire que la nuit avait représenté la même chose pour elle que pour lui.

Il remarqua la boîte de clés USB sur la table près d'elle et se dit qu'elle avait simplement des priorités différentes. Au lieu d'essayer de panser son ego blessé, il fourra une tranche de bacon croustillant dans sa bouche et prit la bouilloire pour remplir le mug de Gigi.

Elle détourna à peine le regard pour tremper son sachet de thé.

— Merci.

Un début de communication. C'était bon signe.

— Tu as trouvé quelque chose ? demanda-t-il.

Elle tourna une nouvelle page de son bloc pour noter une série de chiffres et de symboles.

— J'ai réussi à ouvrir cette clé USB.

Un mystère de résolu, au moins.

— La série de chiffres donnait la combinaison du coffre, l'étiquette de la clé USB…

— Et le code d'accès.

Comme deux nuits auparavant, elle écrivait, traçait des schémas, rayait, recommençait.

Mieux valait la laisser à son travail. Après tout, Gigi était le cerveau de cette opération. Il ne pouvait rien faire pour l'aider. Il remporta la bouilloire, se versa une tasse de café et dévora un scone au citron, qui agita ses papilles et fondit dans sa gorge. Waouh ! Gigi était vraiment la femme de ses rêves de bien des manières.

Mais pour l'instant, elle n'avait pas besoin de lui. Se rappelant qu'il avait lui-même des choses à faire, il prit un autre scone et se dirigea vers la salle de bains afin de prendre une douche et se raser.

Un quart d'heure plus tard, il émergea de la douche, une serviette autour de la taille, et se rendit compte qu'il n'était plus seul. Gigi était sur le seuil de la salle de bains, les orteils recroquevillés sur le tapis. Durant une fraction de seconde, l'excitation se rua dans ses veines. Était-elle venue le rejoindre ?

Mais il remarqua alors qu'elle s'entourait de ses bras, et l'alarme prit le relais du désir. Quelque chose n'allait pas. Avait-elle eu un autre appel de cette racaille ? De l'hôpital ?

Quelqu'un avait-il tenté de pénétrer dans la maison ? Combien de temps lui faudrait-il pour aller chercher son arme dans la chambre voisine ?

Puis elle toucha ses lunettes et croisa son regard.

— Ça ne va pas marcher.

Hud traversait déjà la pièce. Il lui pressa les épaules, rassuré de voir qu'elle n'était pas blessée. Néanmoins, elle était bouleversée par quelque chose. Il la sentait trembler. Dégoulinant d'eau, il la prit dans ses bras.

— De quoi parles-tu ?

— La formule de Ian. Ça ne marchera pas.

Hud recula d'un pas. Ce n'était pas la mauvaise nouvelle à laquelle il s'attendait.

— Comment le sais-tu ?

— Parce que je suis intelligente.

C'était un fait.

— Je veux dire, qu'est-ce qui ne va pas ?

— Ses équations ne correspondent pas. J'ai trouvé une erreur. Le rapport chaleur/électricité est faux.

Elle laissa son regard errer sur sa poitrine et sur son ventre, au-dessous de son nombril, puis détourna les yeux.

— Il faut que j'aille au labo.

— Pas de problème. Je serai prêt dans dix minutes, je t'y emmène.

Il passa un bras derrière elle pour ouvrir la porte et la sentit plaquer une main sur sa poitrine. Il eut l'impression qu'elle le marquait au fer rouge et se demanda si ses doigts brûlaient du même feu que lui.

— Tout ce dont j'ai besoin, c'est que tu mettes un T-shirt, parce que je ne peux pas réfléchir quand tu es nu.

Enfin. C'était la femme qui se cachait à l'intérieur du Pr Brennan et qu'il avait besoin de voir. Sans plus se soucier de la mouiller, il se pencha en avant pour déposer un doux baiser sur ses lèvres.

— Imagine ce que j'ai éprouvé cette nuit quand je t'ai vue et caressée partout.

Elle fit jouer ses doigts sur la peau lisse de son visage, rasé de près.

— Je ne sais pas comment me comporter le lendemain – ce qu'il faudrait que je dise ou que je fasse. Tammy ne me l'a pas dit et je n'ai pas pensé à demander. Mais c'était merveilleux, et merci, et j'aimerais recommencer, et…

— Tout va bien, G.

Il posa un doigt sur ses lèvres et sourit.

— Nous en parlerons plus tard. Pour l'instant, il faut que je t'emmène.

Hud regardait Gigi œuvrer avec quelques pièces prélevées sur d'autres appareils, un mélange de composants, de fils électriques, de micropuces et de commandes numériques. En trois heures, elle avait réussi à faire ce qu'un mécanicien hors pair aurait fait sur un véhicule en une semaine.

Même si Hud se tenait à plusieurs mètres de la table où Gigi élaborait son engin, elle avait insisté pour qu'il porte des lunettes de protection.

— J'allume le chargeur mobile, annonça-t-elle en pressant une touche de son clavier.

Au début, rien ne se passa. Puis l'accumulateur commença à bourdonner. Elle débrancha son ordinateur et le posa sur une table à proximité, laissant l'appareil de Lombard générer sa propre électricité. Hud suivit les câbles de raccordement jusqu'à une grande plaque chauffante surmontée d'un vase à bec en verre rempli d'eau, une centrifugeuse et un vieil ordinateur dont elle avait dit qu'il ne manquerait à personne s'il ne marchait plus.

— J'ai préparé une série de commandes simples pour compléter les pièces de l'équipement.

Le circuit qu'elle avait branché sur l'appareil de la taille d'une tablette commença à luire. De rouge au début, il devint doré en relâchant des vapeurs dans l'air. La couleur se répandit le long d'une série de câbles et de micropuces qu'elle avait implantés dans un gel visqueux.

— C'est censé faire ça ? demanda Hud.

L'engin vibrait maintenant assez pour danser sur la table. Le gel fondit en une flaque, le circuit chauffa à blanc et l'eau se mit à bouillir avec soudaineté, puis déborda du vase, dont le verre se fendit.

— G !

Elle reculait déjà quand il accourut pour la protéger.

Une flamme minuscule surgit sur le circuit, puis s'éteignit en crépitant quand Hud se servit de l'extincteur pour limiter les dégâts.

Gigi fixa plusieurs secondes le gâchis couvert de mousse avant de reprendre son ordinateur et taper quelque information pertinente.

— Assez de chaleur pour allumer une cigarette, mais pas assez pour faire tourner un générateur, guider un missile ou même allumer un grille-pain. Ça n'a pas dépassé la première commande avant de se consumer.

— L'appareil de ton patron est un échec retentissant.

— Ce truc est deux fois de la taille de ce que Ian a conçu, et il n'a pas supporté la surcharge électrique. Impossible de le miniaturiser et d'en obtenir des résultats.

Hud releva les lunettes sur son front et approuva de la tête.

— C'est pour ça qu'on l'a tué ?

— C'est une idée géniale. Mais je n'arrive pas à comprendre que Ian se soit autant trompé dans ses calculs.

Gigi noua les doigts aux siens et s'appuya contre son bras. Mais il la sentit bientôt se raidir à ses côtés.

— Quand les meurtriers de Ian comprendront que ça ne vaut même pas le prix des composants, que vont-ils faire à Tammy ? Et à toi ? À moi ?

Il déposa un baiser sur sa tempe, pour adoucir la dureté de ses paroles.

— Je ne pense pas qu'ils vont dire *bel essai* et s'en tenir là.

— Et si Ian leur a dit que ça ne marchait pas ? C'est peut-être pour ça qu'ils l'ont tué. Et maintenant, ils s'en prennent à moi parce qu'ils pensent que je peux tout arranger.

Ses yeux étaient déformés par les lunettes de protection quand il se tourna vers elle. Il les lui retira et les rangea dans la poche de sa blouse de laboratoire.

— Personne ne va s'en prendre à toi. Tu leur donneras quelque chose demain qui aura l'air convaincant. Puis nous les arrêterons. Une fois que nous saurons exactement qui est derrière tout ça, nous pourrons démonter leur histoire. Le temps qu'ils comprennent que la formule ne fonctionne pas, on aura pris leurs empreintes et on les aura fourrés derrière les barreaux.

Il lui releva le menton de l'index.

— Tu peux construire quelque chose comme ça ?

Gigi hocha la tête.

À cet instant, le téléphone de Hud bourdonna dans sa poche.

— C'est Keir. Il faut que je le tienne au courant. Prépare ce qu'il faut et partons d'ici.

Hud pénétra dans le bureau de Gigi pour répondre à son équipier. Il lui annonça que l'expérience avait échoué et lui expliqua qu'ils allaient donner une version trafiquée de la formule aux maîtres chanteurs tôt le lendemain matin.

Il observa Gigi à travers la vitre tandis qu'elle montait un autre gadget. Après l'avoir fourré dans son sac à dos, elle nettoya les matériels qui pouvaient être sauvés et fourra le reste dans la poubelle. Puis, comme si elle ne pouvait s'en empêcher, elle tira un tabouret et s'assit avec son bloc pour recommencer à dessiner quelque chose. Elle lui avait dit une fois qu'elle ne cessait jamais de réfléchir – en dehors de l'exception notable qu'elle lui avait avouée dans la salle de bains. Elle était élégante, fascinante, puissante dans son élément. Et pourtant, elle était aussi vulnérable et courageuse…

— Allô ? La Terre à Kramer ?

Hud jura en comprenant que sa distraction ouvrait la porte à d'inévitables questions.

— J'imagine qu'il faut prendre ça pour un oui, quant à savoir si tu craques pour la demoiselle ?

— C'est différent, Keir. Même si rien ne sort de tout ça, je suis terrifié à l'idée qu'il lui arrive quelque chose.

— Mais Hudson Kramer ne renonce jamais. Tu sais qu'elle a besoin de toi, maintenant.

Que faisait-elle ? Gigi s'était relevée et prenait des objets dans les placards, assemblant quelque chose qu'il ne pouvait voir depuis sa place.

— Je sais.

— Tu l'aimes.

— Gigi s'éveille à ses sentiments et ses désirs. Je ne suis que le type qui se trouve être là pour en profiter.

— En profiter ?

Une note d'inquiétude s'était glissée dans la voix de son ami.

— Ce n'est pas le mot juste. J'ai eu la chance d'être là au bon moment et au bon endroit pour remporter la récompense. Je suis son ami. Mais elle m'a laissé devenir davantage. Elle a besoin que je sois davantage.

— Tu l'aimes, c'est sûr.

Hud n'était pas prêt à l'admettre à voix haute. Prononcer ces mots aurait donné beaucoup plus de réalité à ses sentiments pour Gigi. Cela l'aurait exposé à un monde de douleur dont il n'était pas sûr de pouvoir se relever si elle n'avait plus besoin de lui.

— Il faut qu'on la garde en vie demain, au moment de la livraison, Keir. Maintenant, sors de ma tête et retourne au boulot.

Après être passés voir Tammy à l'hôpital pour s'assurer qu'elle allait bien, Gigi et Hud retournèrent chez elle en voiture.

Qui aurait imaginé qu'un homme affligé d'un nom à consonance germanique puisse préparer des pâtes si délicieuses ? Bien qu'elle apprécie ses efforts pour prendre soin d'elle et la distraire de ses soucis, Gigi avait mangé du bout des lèvres. Ils avaient rangé la cuisine ensemble, puis s'étaient blottis sur le canapé pour regarder la fin du film de la veille. Dans des circonstances normales, elle aurait considéré cela comme une soirée parfaite – celle qu'elle avait imaginée et n'avait jamais eu l'occasion de vivre.

Mais ce n'étaient pas des circonstances normales. Et aucune dose d'action, de dialogue ou de romantisme dans le film ne pouvait le lui faire oublier. Bien qu'elle se délecte de la chaleur du corps de Hud, blottie contre lui, elle avait tout raté du sauvetage dans un bâtiment inondé après un tremblement de terre dévastateur.

— Comment tu as trouvé ça ? demanda Hud.

— C'était… bien.

— Bien ?

Il embrassa sa tempe.

— Parle-moi, G. Ça ne m'ennuie pas que tu restes silencieuse. Mais là, tu es trop silencieuse.

Elle était épuisée, à la fois physiquement et émotionnellement. Mais ses pensées tournaient toujours autour de la même chose.

— Je n'aime pas être l'appât.

Il la souleva pour la prendre sur ses genoux et resserra les bras autour d'elle.

— Je n'aime pas ça non plus. Mais…

— C'est notre seule chance d'arrêter ces types, je sais.

Gigi posa la tête sur son épaule.

— Les capturer au moment où ils essaient de récupérer l'information pour laquelle ils ont tué Ian est la meilleure façon de faire le lien entre eux et le meurtre.

Hud acquiesça.

— Pour l'instant, les preuves sont circonstancielles. On ne pourra pas obtenir de mandat tant qu'on n'aura pas désigné un suspect. Ensuite il faudra démonter son alibi à l'heure du meurtre, chercher l'arme qui correspond aux blessures et mener l'enquête subséquente.

— Je sais qu'on va me faire porter un micro et une balise au cas où nous serions séparés. Toi et le reste du KCPD pourrez me surveiller. Je dirai le mot de passe et Keir et tous tes copains se précipiteront pour me sauver.

Elle tripota le petit bouton du col de Hud.

— J'admire la logique et l'organisation de tout cela. Mais j'ai quand même peur.

Il lui prit la main et l'immobilisa.

— Ça veut dire que tu es humaine. Avoir peur, c'est ce qui aide à rester vigilant, à survivre.

Il ne comprenait pas.

— Oui, je m'inquiète du danger demain – la violence qui entoure ces deux personnes est si… froide. Ils ont l'air… d'aimer ça.

— Mais ?

Gigi lui passa un bras autour de la taille et se serra contre lui, reconnaissante de sa patience et de sa sensibilité. Il comprenait qu'il y avait autre chose en elle que la peur du danger.

— J'ai peur de découvrir qui ils sont. C'est forcément quelqu'un de proche, quelqu'un avec qui je travaille… Quelqu'un en qui j'ai confiance.

— Et tu te demandes quelles autres erreurs tu as faites à leur sujet. Qui d'autre veut te faire du mal ? Ou t'utiliser ?

Elle acquiesça d'un signe de tête.

— Je pensais avoir fait des progrès. Mais je ne comprends pas du tout les gens. Comment puis-je me fier à mon instinct alors que je ne suis pas assez maligne pour percevoir les menaces autour de moi ?

— Tu sais que tu peux me faire confiance, n'est-ce pas ?

Elle fit à nouveau oui de la tête. Mais elle s'était surprise à se demander si même cela n'était pas une erreur. Cet homme lui avait volé son cœur. Elle lui avait offert son corps et avait mis à nu ses craintes devant lui. Mais confondait-elle le désir avec l'amour ? Tout son instinct lui disait que Hudson Kramer était fait pour elle. Elle ne croyait pas qu'il puisse lui faire du mal de quelque façon que ce soit, ni qu'il ait quelque chose à voir avec le meurtre de Ian. Il était resté tout le temps avec elle durant les appels, de toute façon. Mais le meurtrier avait un complice.

Mal à l'aise, Gigi gigota sur les genoux de Hud. Non, Hud n'était pas un meurtrier. C'était un policier. Ils formaient une équipe. Il était le muscle de sa cervelle.

Mais la graine du doute avait été plantée. Même s'il n'avait rien à voir avec le meurtre et le chantage, ne s'était-il pas servi d'elle pour son enquête ? Et si elle s'était trompée sur lui comme elle l'avait fait avec Gary, Evgeni ou quiconque était responsable de la mort de Ian ?

— Tu sais, j'entends presque les rouages tourner dans ta tête.

Hud lui caressa gentiment le bras, la tirant de ses pensées.

Elle ferma étroitement les yeux. *Le cœur ou la tête ?* Lequel devait-elle suivre ? L'une ne lui avait jamais fait défaut. Elle l'avertissait d'être prudente. L'autre exigeait un acte de foi. *Le cœur ou la tête ?*

— Tu t'es endormie ?

Le sentant changer de position, Gigi descendit de ses genoux.

— Je crois que je n'arriverai pas à dormir cette nuit.

Elle se leva si abruptement qu'il tendit le bras pour la stabiliser et se leva à son tour.

— Tu vas m'expliquer ce qui se passe ? Écoute, nous ne ferons rien ce soir, si tu ne veux pas.

Il regarda le sofa.

— Je peux coucher ici si tu préfères dormir seule.

Il fallait qu'elle fasse quelque chose, qu'elle s'occupe les mains pour sortir de sa tête ces horribles pensées à propos de l'homme qu'elle aimait.

— Tu aimes le crumble ?

Gigi fila à la cuisine et ouvrit un placard.

— J'ai des pommes ou une boîte de cerises en conserve.

— Tu vas me faire grossir si tu continues à me faire des gâteaux.

Il la suivit dans la cuisine, les yeux plissés.

— Si tu as besoin de te distraire, j'adore le crumble aux cerises.

Elle détestait tout ça. Elle détestait l'idée de douter de Hud. Elle détestait que la logique fasse taire son cœur. Elle avait toujours assumé ses capacités intellectuelles, mais maintenant, elle les haïssait.

Soudain, le lendemain matin ne semblait plus être le problème le plus pressant. Et puis elle connaissait la réponse. Elle savait comment reprendre confiance dans ses sentiments. Elle pivota, stoppant Hud au milieu de la cuisine.

— Je sais comment résoudre la formule de Ian. Je peux la faire fonctionner.

Elle tira la fermeture Éclair de son sac, y prit le faux accumulateur et le posa sur la table.

— Avec quelques adaptations, il pourrait alimenter la moitié du pâté de maisons. Tu veux que je note les détails pour toi ? J'ai même dessiné un schéma rudimentaire pour que tu puisses le reproduire. Ça vaudra des millions de dollars à qui le construira et déposera le brevet.

Les yeux de Hud étincelèrent de colère, puis devinrent étonnamment tristes.

— Tu ne me fais pas confiance. Après tout ce que nous avons traversé…

Il se frotta la mâchoire et les joues et murmura un juron.

— Non. Je ne veux pas de cette fichue formule. Je ne

veux pas que tu me donnes quoi que ce soit. Ce n'est pas moi le malfrat.

Elle lui avait offert sur un plateau d'argent ce que voulait le maître chanteur, et il l'avait refusé.

— Tu peux sûrement comprendre la logique de mes soupçons. Tu es dans la position parfaite pour me trahir. Depuis le début, je dépends aveuglément de toi, je suis tombée amoureuse et je croyais…

— Tombée amoureuse ?

Il rit, d'un rire qui n'avait rien à voir avec le son viril et sexy qu'elle trouvait si charmant. Celui-ci faisait mal à entendre.

— Tu réfléchis bien trop. Personne n'est tombé amoureux, ici.

— J'avais peur. Tu serais le parfait infiltré, l'arme parfaite contre moi. Tu as passé ces dernières quarante-huit heures avec moi, tu m'as suivie partout, tu as regardé tout ce que je faisais. Une fois que j'avais cette idée en tête, il fallait que je vérifie.

Elle se tapota le côté de la tête.

— Il fallait que je sache. Je suis désolée. Tu sais que je ne comprends pas comment fonctionnent les gens.

— Je pensais que tu me comprenais moi. Que tu me faisais confiance. Que tu savais que je suis ici pour te protéger. Que j'ai… des sentiments… pour toi. Que je ne te ferais jamais de mal. Je pensais que nous formions une équipe.

Il désigna du menton les ingrédients posés sur la table.

— Vas-y, fais ton crumble. Cette cuisine ressemble à ton labo – mettre des machines en route, mijoter des projets… Réfléchir à des idées géniales au lieu d'affronter des gens réels. Fie-toi à tes expériences, tes équations, tes saladiers. C'est tout ce dont tu as besoin, des idées et des choses. Stupide que je suis. J'ai été assez idiot pour croire que tu avais besoin de moi.

— Tu n'es pas stupide. Je n'ai jamais dit…

— Il est l'heure de faire ma ronde.

Il s'éloigna dans le couloir.

— Verrouille la porte derrière moi.

— Hud !

Elle l'avait blessé en doutant de lui. Énormément blessé. Il était impossible d'effacer cette erreur. Impossible de lui trouver une solution sur le tableau blanc ou l'ordinateur.

— Je suis désolée. Je suis fatiguée et effrayée, et je ne sais pas comment faire avec… nous.

Mais il avait déjà franchi la porte et gagnait le trottoir, inspectant la rue de haut en bas. Il rejoignit la clôture et la suivit jusqu'à disparaître dans la ruelle de derrière.

Elle était en train de verser la pâte sur les cerises quand elle entendit le coup familier de Hud à la porte. Elle glissa le plat dans le four et se dépêcha d'aller ouvrir.

— Tout est tranquille. Je vais dormir sur le canapé quelques heures avant que nous allions au rendez-vous. J'appellerai Keir pour qu'il garde un œil sur la maison pendant que je dors.

Quand elle comprit que c'était toute la conversation qu'il entendait avoir, elle retourna ranger la cuisine. Elle sursauta en entendant sa voix à la table de cuisine, derrière elle.

— Tu as noté la formule quelque part ? Sur la clé USB ou dans un fichier ?

Il prit l'accumulateur en main. Avec ses muscles tendus sous le coton de sa chemise, il formait une silhouette étonnamment grande dans sa cuisine. La colère s'était dissipée, mais le dur à cuire était toujours là. C'était Hud l'inspecteur, l'homme qui lui avait promis d'arrêter un meurtrier et de la protéger.

— J'ai noté quelques détails sur mon bloc. Mais la plus grande partie est dans mon cerveau.

— Garde-la là.

Il lui tendit l'engin.

— Tu es sûre que ce truc marche ?

— Il chauffera et brûlera comme celui que j'ai fait cet après-midi.

— Bon. Je ne veux pas que la formule atterrisse dans de mauvaises mains. Aussi longtemps qu'elle est au chaud dans ton cerveau, il n'y a aucune raison qu'ils te fassent du mal. Mais à la minute où ces détails prendront une forme à laquelle ils peuvent avoir accès, tu deviendras superflue.

Des détails. Quelque chose lui revint. Elle courut à l'évier, posa l'accumulateur à côté et tira le rideau pour regarder la maison voisine.

— Les détails ne collent pas.

— Dans ta formule ?

Elle négligea la question, occupée qu'elle était à résoudre une énigme dont elle n'avait pas pris conscience jusque-là.

— Dehors.

Hud la rejoignit à la fenêtre et scruta l'obscurité.

— Tu as vu quelqu'un ?

C'était le problème.

— Mlle Allan. Regarde comme sa maison a l'air silencieuse.

La méfiance raidit le corps de Hud. Son instinct lui disait aussi que quelque chose n'allait pas.

— Je suis rentrée tard. Elle était dehors au milieu de la nuit pour savoir si j'allais bien. Son chien a aboyé et elle est sortie avant l'aube. Mais ensuite, une voiture a explosé dans l'allée – une ambulance, la police et le KCPD sont arrivés – et elle n'a même pas allumé la lumière ?

Gigi serra les bras sur elle-même.

— Le mignon inspecteur traverse le jardin et…

— J'ai compris.

Hud passa son badge autour de son cou et se dirigea vers la porte. Gigi courut après lui.

— Ferme derrière moi, lui dit Hud en faisant halte pour lui presser l'épaule.

La rassurait-il ? Lui ordonnait-il de suivre ses instructions ?

— Mets tes chaussures. Garde ton téléphone à portée de main, au cas où nous devrions fuir. Je vais voir comment elle va.

Elle agrippa la manche de sa chemise quand il sortit sous le porche.

— Nous sommes réconciliés ?

— Pas maintenant, Gigi, répliqua-t-il en se dégageant.

Gigi. Pas G. Pas cette abréviation qui sonnait comme *chérie* ou *mon cœur* pour elle.

Cela lui fit mal de le voir s'éloigner dans l'obscurité, prendre ses distances alors qu'ils avaient été si proches. C'était elle qui était stupide. Elle avait choisi sa tête plutôt que son cœur, et cette décision lui avait peut-être coûté ses chances avec Hud. Son cœur paierait pour cette erreur.

Elle rentra dans la maison et se précipita à la fenêtre latérale pour voir Hud frapper à la porte de Mlle Allan. Aucune lumière ne s'alluma sur le porche, pas plus qu'à la fenêtre de sa chambre. Gigi sentit son cœur se serrer d'une frayeur bien trop familière.

En voyant Hud descendre les marches du porche pour gagner la terrasse de derrière, Gigi prit ses tennis et son sac à dos, puis courut à la cuisine pour le regarder disparaître à l'angle de la maison. Elle enfila ses chaussures, fourra l'équipement d'écoute dans son sac, de même que la clé USB de Ian et ses notes. Elle serait prête à y aller dès que Hud le lui dirait.

Elle tira le rideau pour contempler la maison de sa voisine.

Pourquoi la lumière ne s'allumait-elle pas ?

Elle serra le téléphone dans sa main. Pourquoi Hud ne l'appelait-il pas ?

Deux éclairs brefs éclairèrent soudain les fenêtres de la cuisine. Une fraction de seconde plus tard, elle entendit le *pop, pop* de deux coups de feu.

— Hud !

Un troisième éclair révéla une silhouette, bras tendu, qui visait la porte de service. Ce ne fut qu'un aperçu, mais la lueur à l'extrémité du canon et le son étouffé de la détonation étaient sans ambiguïté.

— Non !

Le souffle court, elle sentit la terreur lui broyer le cœur. Elle laissa retomber le rideau et se détourna de la fenêtre.

Que devait-elle faire ? *Réfléchis !*

Elle avait désespérément envie d'aller voir. Hud lui avait ordonné de rester sur place, mais il avait besoin d'elle. Il pouvait être blessé. Ou mourant.

Elle tapa automatiquement le 911 du pouce. Obéir à ses ordres ? Prendre le risque ? S'en tenir au plan et arrêter le meurtrier ? Rejoindre l'homme qu'elle aimait ?

Des coups rapides à la porte de derrière la tirèrent en sursaut de ses réflexions et elle poussa un cri.

Gigi jeta un coup d'œil vers l'avant de la maison et fronça les sourcils. Hud utilisait toujours la porte de devant, parce que la porte de service se coinçait souvent. Mais elle était plus proche de la maison de Mlle Allan. Et s'il était blessé… S'il était venu pour qu'elle l'aide… Et si le tireur le poursuivait ?

Les coups reprirent. Depuis quand criait-elle quand elle avait peur ? Oh ! bon sang.

— Hud ?

Elle courut à la porte et poussa le verrou. Puis elle tira de toutes ses forces pour ouvrir le battant déformé.

Dès qu'il commença à céder, une forte poussée de l'autre côté bouscula la porte.

Gigi se retrouva face au canon d'un pistolet.

13

Gigi recula tandis qu'une silhouette féminine vêtue de noir, bas noir sur la figure et les cheveux, entrait, pointant une arme sur son cœur.

— Stop…

Elle était légèrement essoufflée, mais Gigi connaissait cette voix.

— Vous avez appelé la police ?

Était-elle allée au bout de l'appel ? Quelqu'un l'avait-il écoutée ? Elle était tellement inquiète pour Hud.

Gigi baissa les yeux sur son téléphone. La femme le lui arracha des mains et le jeta par terre, l'écrasant sous le talon de sa botte avant de le repousser d'un coup de pied.

— Pourquoi faites-vous ça, Doris ?

— Parce que votre petit ami et vous avez prévu de nous piéger. Qui aurait cru que vous auriez le cran de désobéir ? Changement de plan. Le rendez-vous à 6 heures du matin ne me convient plus. Nous nous réunissons maintenant.

Voyant que Gigi continuait de reculer, Doris Lombard la saisit durement par le bras et pressa son arme sur sa poitrine.

— Où est la formule ?

— Là, répondit Gigi en désignant du menton l'îlot de la cuisine.

Elle ne voulait pas dévier le regard du pistolet ni des froids yeux bleus de Doris.

— Dans mon sac à dos. Où est Hud ? Est-il mort ?

— Mon partenaire s'occupe de lui. Et moi, je m'occupe de vous.

L'acculant contre le comptoir, Doris tira le sac à dos à elle et l'ouvrit.

— Vous avez fait les corrections ?

Gigi ne fut pas surprise de la question.

— Vous saviez que ça ne marcherait pas. Vous m'avez donné les notes de Ian pour que je corrige l'équation. Pour que vous puissiez construire l'accumulateur et le vendre au marché noir.

— Ce maudit flic a réussi à m'avoir…

Une deuxième silhouette, plus grande mais également vêtue de noir de la tête aux pieds, franchit la porte. Il haletait et tenait sa main gantée sur son épaule gauche. Lui aussi était horriblement familier.

— Tu l'as trouvée ?

Doris souleva le sac à dos.

— Elle dit que c'est là-dedans.

— Qu'as-tu fait à Hud, Gary ? demanda Gigi.

Gary Haack lui lança un regard noir à travers les trous de son masque. Fourrant son arme dans sa ceinture, il se tourna vers le sac à dos et le renversa sur le comptoir.

— Un trop-plein d'intelligence ne servira qu'à te faire tuer, cette fois, mademoiselle Je-sais-tout.

— Je n'ai pas besoin d'intelligence, répliqua-t-elle. Ton ignoble eau de Cologne suffit à t'identifier.

Doris pressa son arme plus fort sur Gigi.

— Elle sait qui nous sommes. Je t'avais dit qu'il fallait les tuer tous les deux.

Des larmes montèrent aux yeux de Gigi. Elle les refoula pour ne pas perdre de vue ses ennemis.

— Hud est mort ?

— Deux balles, ça suffit en général, dit Gary en ricanant. Il est tombé comme une masse après la seconde.

Voyant une larme rouler sur la joue de Gigi, il tendit un doigt ganté pour la suivre.

— Ah, n'est-ce pas mignon ? Je pensais que tu n'aimais peut-être pas les hommes, vu que tu m'as repoussé. Mais tu aimes vraiment ce flic.

Gigi se déroba devant cette caresse répugnante. Mais elle n'alla pas très loin, car Doris veillait de l'autre côté.

La blonde retira son masque, révélant une moue de déplaisir.

— Vous tuer ne me donnera aucune joie, Virginia. Vous étiez la seule femme à qui je me fiais avec Ian. Je vous ferai une faveur : ce sera rapide.

— Doucement, chérie, l'avertit Gary. Tu as pris goût au sang depuis que Ian s'est dédit de notre accord.

Comme son identité n'était plus un secret et qu'ils n'avaient pas l'intention de la laisser en vie, Gary repoussa aussi son masque sur le front. Un bras pendant à son côté, il prit son sac et le posa en grimaçant sur le comptoir. Il en sortit un petit ordinateur, qu'il ouvrit.

— Il faut nous assurer qu'elle a corrigé les erreurs de Ian. Laisse-moi vérifier.

Gary était-il assez intelligent pour repérer les incohérences de la formule ? Les modifications qu'elle avait faites allaient-elles lui valoir quelques minutes de vie supplémentaires ? Avait-elle une chance d'échapper à ces meurtriers avides et vindicatifs et d'aller voir chez Mlle Allan si Hud était toujours en vie ? De le sauver ? Aurait-elle l'occasion de lui dire combien elle lui était reconnaissante d'être entré dans sa vie et de lui avoir appris l'amour ?

— Et ma voisine ? Vous l'avez tuée aussi ?

— Ferme-la, marmonna Gary, en fouillant ses affaires pour trouver la clé USB. C'est la formule ?

Gigi acquiesça.

— Quel fichier ?

Elle lui donna le numéro du fichier et le code qu'elle avait ajouté dans l'après-midi. En attendant que le fichier s'ouvre, il prit un de ses carnets et en feuilleta les pages. Hud avait raison. La vraie formule serait déjà dans les mains de Gary et Doris si elle l'avait écrite. Mais Gary allait-il comprendre qu'elle était fausse ? Ses lunettes étaient embuées par les larmes, mais elle les laissa en place pour masquer l'incertitude de son regard.

Gary posa le carnet quand le fichier s'ouvrit.

Ah, Gigi, Gigi, Gigi… Tu sais que tu ne peux pas jouer à ça avec moi. Où est la vraie formule ?

Elle retint son souffle, s'attendant à tout instant à entendre ces mots, mais ils ne vinrent pas. Gary referma l'ordinateur et empocha la clé.

— Mlle Allan nous a invités chez elle et nous a servi du thé glacé hier quand nous lui avons dit que nous étions des amis à toi. Elle ne m'a pas reconnu. Puis son roquet a décidé qu'il ne m'aimait pas. Ça l'a rendue soupçonneuse. Elle a essayé de se battre avec moi quand j'ai refusé de partir. Je l'ai poussée et sa tête a heurté le comptoir.

Une nouvelle parcelle d'espoir quitta le cœur de Gigi.

— Tu aurais pu appeler une ambulance.

— Oh ! sois sérieuse !

Il balança le sac sur son épaule.

— Tu sais combien les dissidents du Lukinbourg paieront pour ça ? Combien je gagnerai quand je mettrai mon nom sur le modèle et que je le vendrai ? Il y a trop d'argent en jeu – trop de satisfaction à vous battre, Lombard et toi – pour que j'aie des regrets maintenant.

— Donc tu as tué Ian pour l'argent et par jalousie professionnelle. Et vous… ?

Elle se tourna vers Doris. La veuve de Ian s'était agitée en les entendant parler, mais elle parut heureuse de révéler son mobile.

— Toutes ces années, ce rat de Ian m'a trompée, mais il m'a menacée de divorcer quand il a découvert ma liaison avec Gary. Il m'a dit qu'il préférait détruire sa formule plutôt que de devoir me donner une partie des millions qu'elle vaut.

Les narines de Doris se gonflèrent, comme si elle respirait un souvenir enivrant.

— Je l'ai poignardé autant que je le pouvais, un coup pour chaque femme dont j'ai appris l'existence.

Gigi supposait qu'elle aurait dû se sentir vexée que Gary l'ait courtisée alors qu'il couchait avec la femme de son patron. Mais franchement, elle était ravie d'avoir perçu l'aura dégoûtante qui émanait de lui. Peut-être aurait-elle dû être aussi écœurée par la soif de vengeance de Doris.

Mais à la place, elle se concentra sur les détails. Elle analysait la pièce et observait ses ravisseurs, se demandant si elle avait une chance de survivre, de revoir sa sœur et de dire à la police tout ce qu'ils venaient de lui avouer. Elle voulait aller à l'enterrement de Hud, lui rendre hommage et le remercier. Elle voulait rappeler avec émotion les vies de Kelly Allan et de Ian Lombard.

— Comment allez-vous expliquer tous ces morts ?

— Avec toi, ma chère.

Gary rangea ses carnets avec son ordinateur et tira son arme de sa ceinture.

— Une scientifique brillante, affligée de phobie sociale… Tiens-la, ordonna-t-il à Doris.

La blonde déplaça son pistolet sur la tempe de Gigi et lui saisit le poignet, forçant son bras à se lever. Gary lui mit son arme dans la main – l'arme qu'il avait utilisée pour tuer Hud. Doris pressa les doigts de Gigi autour de la crosse, avant que Gary retire l'arme, qu'il fourra ensuite dans son sac à dos.

— Ce sera facile de te dépeindre en train de craquer sous la pression.

— Je collabore avec la police. Ils sauront que c'est un mensonge.

— Vraiment ? intervint Doris. À qui Ian a-t-il confié

ses secrets ? Qui a pris ses inventions dans le coffre de ma maison ?

— Qui a quitté la réception de bonne heure pour rejoindre Ian à son bureau ? se moqua Gary. Je t'ai suivie depuis l'hôtel. Je t'aurais fait un bout de conduite si je n'avais pas eu d'autres plans.

— Ce n'est pas ce qui s'est passé. Il est parti pour rejoindre…

Elle contempla le visage souriant de Doris.

— Vous.

— Vous avez raison, chérie, roucoula Doris, en se penchant pour repousser une mèche sur le front de Gary.

Elle n'avait pas dévié son arme d'un iota.

— Elle est vraiment intelligente, cette fille, dit-elle à son amant.

— Vous êtes revenue plus tôt de voyage, poursuivit Gigi. Vous avez organisé un rendez-vous nocturne avec votre mari. Vous aimiez le même whisky. Je parie que vous avez apporté votre propre bouteille. Vous avez drogué Jerome avec votre remède contre le mal des transports afin qu'il soit endormi quand l'électricité est tombée en panne dans le labo.

Elle jeta un coup d'œil à Gary, sentant ses larmes s'assécher et laisser place à la colère. C'était intéressant de constater qu'assumer ses émotions l'aidait à éclaircir ses idées et à voir les détails dont elle avait besoin.

— Bonne idée de te faufiler dans le bureau de Ian et de programmer la panne.

— Ce sera ta parole contre la nôtre. Et tu seras morte. On supposera que les dissidents n'étaient pas contents que tu sois revenue sur votre marché.

Le minuteur du four sonna, détournant momentanément l'attention de Doris et de Gary.

— Mon crumble est prêt.

Elle repoussa le canon de l'arme. Il y avait trois professeurs d'université dans cette pièce, mais seul l'une d'entre eux était vraiment observatrice.

— Si ça ne vous dérange pas, j'aimerais le sortir du four. Je ne voudrais pas que la maison brûle. Ce sera la seule chose que je laisserai à ma sœur quand je ne serai plus là.

Gigi recula d'un pas. Il fallait qu'elle agisse rapidement, avant que l'un d'eux s'aperçoive de l'incongruité qu'il y avait à s'occuper d'un dessert à cet instant.

Le dos tourné à Doris et Gary, elle prit les gants de cuisine sur le comptoir. Elle les enfila, puis elle se saisit de l'accumulateur et ouvrit la porte du four. Elle fourra l'engin à l'intérieur, sortit le plat et régla la température au maximum.

— Que faites-vous ?

Doris fut la première à réagir. Agrippant la chevelure de Gigi, elle l'obligea à reculer.

Sans lâcher le plat brûlant, Gigi pivota et l'écrasa sur le visage de Doris. Le verre se fendit et la garniture bouillante se répandit sur sa peau. La femme se recroquevilla en hurlant.

— Doris !

La blonde impitoyable lâcha son arme et tomba à genoux en gémissant, tenant son visage entre ses mains. Gigi prit le saladier posé sur le comptoir et le jeta à Gary, le forçant à se baisser. Ce faisant, elle plongea pour atteindre l'arme de Doris.

Mais elle avait mal calculé la distance avec Gary et sa propre maladresse. Il l'attrapa par le cou et la hissa sur ses pieds, tout en donnant un coup de pied à l'arme de Doris.

— Tu te crois tellement maligne, hein ?

Gigi agrippa sa main, cherchant de l'air et sentant les os de son cou craquer. Gary la projeta contre la cuisinière sans relâcher sa prise sur elle. Puis il la secoua, et elle sentit la température croissante du four.

— Tu ne t'en sortiras pas cette fois, lui cracha-t-il à la

figure, en la poussant violemment contre les placards, ce qui eut pour effet de lui écraser le coude contre le comptoir.

Elle décocha un coup de poing à sa blessure à l'épaule, mais elle perdait ses forces. Il la plaqua contre le comptoir, utilisant sa force pour lui serrer encore plus le cou. Elle se débattit en donnant des coups de pied. Elle y voyait déjà flou. Elle ouvrit la bouche, sans que l'air passe.

— Ian te traitait comme une déesse. Comme si tu étais la seule à compter dans l'équipe. Son prix d'excellence ! Je déteste tout de toi.

— Ôtez vos fichues mains d'elle !

L'apparition à la porte fut une mauvaise surprise pour Gary. Il relâcha le cou de Gigi. Aussitôt l'air entra dans ses poumons et la joie dans son cœur.

— Hud ? coassa-t-elle, la gorge à vif.

Gary se retourna au moment où un mètre soixante-quinze de colère explosive se jetait sur lui. Hud lui assena un crochet dans l'estomac, qui le plia en deux et le renversa. Les deux hommes atterrirent durement sur le sol. Les oreilles de Gigi se remplirent du bruit de coups de poing, de grognements, de souffles laborieux et de jurons de douleur.

— Hud ?

Son corps était douloureux, et chaque inspiration lui râpait la gorge. Mais l'oxygène remplissait ses poumons et les forces lui revenaient.

— Dieu merci… Pas mort…

Gary se débarrassa de Hud d'un coup de pied. Celui-ci trébucha sur la forme prostrée de Doris, qui tentait de ramper sur le sol pour échapper à la lutte. Puis Gary se jeta sur lui, le frappant au ventre.

— Hud !

Il cria de douleur. Le soulagement de le voir vivant se flétrit rapidement quand Gigi vit le sang tremper sa chemise et couler sur son visage. Elle se remit debout, vacillant sur ses pieds. L'homme qu'elle aimait avait été laissé pour mort.

Mais il n'était pas mort. Hudson Kramer était fort, c'était un battant. Un miracle. Il lui avait sauvé la vie, comme il l'avait promis.

Il était à présent au-dessus de Gary, lui fracassant les lunettes d'un poing charnu. Mais il était si pâle.

Il avait besoin de son aide. Où était son arme ? L'arme de Doris ? Celle de Gary ?

Son sac. Il était tombé à terre pendant sa lutte avec Gary. Si elle pouvait l'atteindre… Elle repoussa Doris qui se trouvait sur son passage et… se figea.

Son nez venait de flairer l'odeur âcre des produits chimiques en train de brûler. Oh, mon Dieu ! Le four. Il fallait qu'ils passent de l'autre côté de l'îlot. Tout de suite.

— Hud !

Doris se releva en trébuchant, tenant le bord de l'évier.

Gigi aperçut le métal chauffé à blanc par la porte du four.

— Hud !

Elle l'agrippa par le col de sa chemise et l'écarta de Gary pour le pousser vers l'ilôt. Ils s'écrasèrent au sol, elle par-dessus lui, derrière les tabourets. Elle enveloppa ses épaules de ses bras et les fit rouler à l'écart au moment où le four explosait.

Il y eut un souffle semblable à celui d'un train lancé à toute allure et un horrible hurlement. Des morceaux de verre volèrent et des échardes de métal se plantèrent dans le bois des placards.

— Je suis là, murmura-t-elle à son oreille, tandis que les éclats volaient autour d'eux.

Quand les derniers débris furent retombés, Gigi se redressa en poussant sur la poitrine de Hud. Elle entendit gémir de l'autre côté de l'îlot. Ils avaient besoin de soins. Elle devait trouver un téléphone et appeler les secours.

Elle se rendit compte à cet instant que Hud lui tenait étroitement la taille. Ses yeux cherchèrent les siens avec une expression féroce qu'elle ne comprit pas tout à fait.

— Toi… Tu es en un seul morceau ?

Elle hocha la tête.

Il respirait irrégulièrement et elle sentait la chaleur du sang qui, coulant de sa blessure, imprégnait ses vêtements. Elle avait si peur qu'il meure. Elle était si reconnaissante qu'il soit revenu pour elle. Il y avait bien trop de choses à dire.

Aussi baissa-t-elle la tête et l'embrassa-t-elle.

Puis elle se releva pour contempler les dégâts qu'elle avait provoqués. Hud lui attrapa la main et elle l'aida à se remettre debout.

— Besoin de mon arme.

S'appuyant moitié sur elle, moitié sur le comptoir, il la suivit derrière l'îlot.

— Joli-Cœur me l'a prise.

— Elle est dans mon sac.

Elle se pencha pour la prendre.

— Tu es gravement blessé ?

— Pas assez pour que je ne puisse pas faire mon travail.

Hud vérifia son arme avant de la fourrer dans son holster à la ceinture.

— Aide-moi à attacher Joli-Cœur.

Doris, qui avait été heurtée par la porte du four quand il avait explosé, était inconsciente. Hud lui prit son arme et la fourra dans sa ceinture, au creux de ses reins. Lacéré par les éclats de métal, Gary gémit quand Hud lui passa les bras dans le dos et le menotta.

Puis Hud se laissa glisser contre les placards fracassés et Gigi alla prendre deux serviettes pour étancher ses blessures. Il grimaça quand elle appuya sur l'orifice qu'il avait au côté et l'éraflure qu'il avait à la tête. Sa respiration était toujours irrégulière et sa peau mouillée de transpiration. Mais ses yeux croisèrent les siens quand il s'empara de la serviette pour la presser sur sa tête. Il désigna le four du menton.

— Qu'est-ce que c'était que ça, bon sang ?

— La physique à l'œuvre.

De sa main libre, il l'attira à lui pour lui planter un baiser sur les lèvres.

— Béni soit ce cerveau que tu as.

Gigi poussa un soupir de soulagement en entendant la première sirène. Le son augmenta peu à peu, bientôt relayé par d'autres.

— J'ai appelé Keir avant de me pointer ici. La cavalerie arrive.

Il toucha la pointe de son menton du doigt, pour qu'elle prête attention à ses paroles et non à ses blessures.

— Pour ce qui s'est passé tout à l'heure, j'ai exagéré. Avec mon passé… Il faudra qu'on résolve ça.

L'espoir refleurit dans le cœur de Gigi.

— Je suis douée pour résoudre des choses.

— C'est vrai, tu l'es.

— Je suis désolée d'avoir douté de toi. J'ai eu peur de ne jamais avoir l'occasion de te dire que j'avais tort. Je n'ai jamais voulu te faire du mal.

Ses sinus se mirent à brûler de larmes contenues. Elle était la femme d'un seul homme, et elle avait failli perdre cet homme merveilleux et courageux.

— Gary m'a dit que tu étais mort.

— Oui, eh bien, Dieu merci, il est aussi mauvais tireur que petit ami potentiel.

Il effleura la coupure qui se voyait au milieu de ses cheveux hérissés.

— Ce prétendu coup de feu mortel m'a fait l'effet d'un coup de poing à la tête. Il m'a assommé quelques minutes.

— Bienvenue au club des commotionnés.

Il voulut rire, mais jura à la place.

— Ne plaisante pas, G. Je crois que là – il toucha la serviette qu'elle maintenait sur son côté – il va me falloir une opération.

Elle éclata en sanglots.

— Hé…

Il attrapa la première larme du gras du pouce et l'essuya. Il cueillit la suivante et la suivante encore, à mesure que ses lunettes s'embuaient et que les pleurs roulaient sur ses joues.

— Qu'est-ce que c'est que ça ?

— Tu m'as appelée G…

À 6 heures une minute le jour suivant, Gigi frappa à la porte de la chambre de Hud à l'hôpital Saint Luke.

Doris Lombard était sous bonne garde aux urgences. Gary Haack avait été recousu et emmené en détention. Tammy était à la maison avec un Albert Logan en congé, gardant Izzy à qui sa maîtresse manquait. Les blessures de Gigi étaient mineures, bien qu'elle se sente courbatue et qu'on lui ait recommandé de parler le moins possible jusqu'à ce que sa gorge soit guérie. Elle avait écrit une longue déposition sur tout ce que Gary et Doris lui avaient avoué avant qu'elle mette en route sa bombe artisanale.

Puis Keir l'avait conduite à l'hôpital lui-même, l'avait embrassée sur la joue et lui avait souhaité bonne chance.

« — Bonne chance ?

— Vous êtes la première femme dont je pense qu'elle est digne de Hud. Il vous aime, Gigi. Allez le chercher. »

Et maintenant, elle venait le chercher. Sauf qu'elle ne savait pas très bien comment faire ça.

— Entre.

Hud était éveillé. Elle avait espéré qu'elle pourrait le regarder dormir un moment. Se donner le temps de penser.

— G, je sais que c'est toi. Keir m'a envoyé un texto.

Il rit doucement.

— Et tu es la seule qui hésite à entrer.

Elle pénétra dans la chambre et retint son souffle en le voyant assis contre ses oreillers. Il avait besoin d'un coup de rasoir, mais en dehors d'une contusion à l'œil gauche, les couleurs lui étaient revenues. Il avait un bandage sur la tête, une perfusion sur la main et une blouse d'hôpital bleue étirée par ses larges épaules.

— Je suis désolé de t'avoir donné des raisons d'hésiter.

La tête ou le cœur ?

Le pouls de Gigi accéléra, mais elle connaissait la réponse.

L'opération s'était bien passée, il avait reçu une transfusion sanguine et des antibiotiques et on s'attendait à ce qu'il se rétablisse tout à fait. Pourtant, elle n'était pas sûre de pouvoir le toucher, de *devoir* le toucher.

Elle fourra les mains dans les poches de son cardigan.

— J'ai réfléchi à nous.

— Oh oh.

Elle se rapprocha tandis que les mots se déversaient de sa bouche.

— Nous n'avons pas besoin d'être pareils pour avoir une relation. Nous nous complétons. Nous nous équilibrons. Et quand on y pense, nous avons des choses très importantes en commun : nous sommes doués dans nos métiers et nous aimons nos familles. Bon sang, Hud, tu portes ton cœur en bandoulière et je veux te protéger. Je ne comprenais même pas ce que mon cœur éprouvait avant que tu me le montres. Et je…

Il lui sortit une main de sa poche, et ce contact familier lui donna une petite décharge électrique, juste ce dont elle avait besoin pour éclaircir ses pensées.

Gigi retourna les doigts dans sa paume pour les nouer aux siens.

— Je suis désolée d'avoir douté de toi, même pour une seconde. Je ne veux pas seulement que tu me protèges, je veux que tu me fasses rire, que tu manges mes cookies et que tu me fasses sortir de ma coquille et que tu m'écoutes quand personne ne comprend ce que je dis. Je veux t'aider à comprendre mes qualités et à croire aux tiennes et ne jamais douter que la combinaison des muscles et de la cervelle fait une équipe imbattable. Je veux que tu m'embrasses chaque jour et que tu me mettes le feu la nuit. Ou le matin, ou chaque fois que tu ne peux pas t'empêcher de me toucher. Parce que je veux aussi mettre mes mains sur toi. Je veux que tu m'aimes… Parce que je t'aime.

Hud l'attira sur le lit et la prit dans ses bras.

— Ça marche pour moi.

Retrouvez prochainement,
dans votre collection

BLACK ROSE

Les ombres de l'aube, d'Amanda Stevens - N°629

LES DISPARUES DU LAC ECHO - 1/3

« Sophie a disparu ! » Tandis qu'il longe à grande vitesse la rive du Lac Echo, Tom se répète en boucle le coup de fil de Rae. Comme dans un cauchemar, des images d'autrefois lui reviennent : la lune était rousse, la nuit semblable à celle-ci. Et trois adolescentes de la région avaient disparu dans des circonstances mystérieuses. Comme Sophie, la nièce de Rae, son amie d'enfance…

Recherches en eaux troubles, de Janice Kay Johnson

Alors qu'il enquête sur une série de crimes, le lieutenant Daniel Deperro constate que les victimes ont deux points communs : primo, elles ont toutes été impliquées dans des affaires de maltraitance. Deusio, les jeunes qui ont subi leurs sévices ont été pris en charge par une femme, Lindsay Engle, une séduisante assistante sociale qui, pour de mystérieuses raisons, refuse de collaborer avec lui…

Seras-tu là pour moi ? de Lisa Childs - N°630

Débarrasse-toi du flic, ou tu peux dire adieu à ton gamin… Paniquée, Rae froisse la lettre qu'elle vient de découvrir sur son oreiller. Ainsi, la menace qu'elle sent peser sur elle et son bébé depuis qu'un corps a été retrouvé dans son jardin, se précise. Mais doit-elle pour autant obéir à l'auteur du sinistre message ? Doit-elle demander à Forrest, le séduisant policier qui les protège, de suspendre son enquête ?

Périlleuse alliance, d'Angi Morgan

« J'ai un service à te demander, chéri ! » Stupéfait, Wade Hamilton fixe la magnifique brune qui vient de s'asseoir à côté de lui dans le café où il est en train de boire une bière. Certes, il connaît Therese qu'il a rencontrée lors d'une de ses missions de Texas ranger… Mais pourquoi l'a-t-elle appelé « chéri » ? Et quel est donc ce « service » qu'il doit lui rendre et qui semble si urgent ?

Retrouvez prochainement,
dans votre collection

BLACK ROSE

La peur sur ton visage, d'Anna J. Stewart - N°631

Qui est la jolie inconnue que Leo a surprise, cachée dans sa grange ? Quel est le véritable nom de celle qu'il a surnommée « Jane » et qui, apparemment, a tout oublié de son passé et des circonstances qui l'ont conduite chez lui ? Tout ou presque… car, lorsque Leo lui propose de faire appel à la police pour l'aider à découvrir qui elle est, il voit une indicible terreur voiler son regard…

Le passé en embuscade, de B.J. Daniels

Tandis qu'il chevauche aux côtés de Jinx, Angus scrute les collines. Car il sait qu'à tout moment ils risquent de tomber dans une embuscade tendue par l'ex-mari de Jinx, un individu brutal prêt à tout pour se venger de celle qui l'a quitté. Il sait aussi qu'il fera tout pour protéger la femme farouche et indépendante qui l'a embauché pour mener son troupeau, et dont il est tombé amoureux au premier regard…

Une famille en danger, de Carla Cassidy - N°632

Marisa Perez a un principe : ne jamais s'attacher aux enfants dont elle a la garde. Une règle qui vacille lorsque Jack Cortland, célèbre musicien, lui confie ses fils, Mick et David. Comment pourrait-elle garder ses distances, face à ces deux petits garçons, déjà éplorés par la mort de leur mère et qui viennent d'être victimes d'une mystérieuse tentative d'enlèvement ?

Double identité, de Jenna Ryan

Le jour où un certain Marlowe Damon se présente chez elle, Shannon est immédiatement sur ses gardes. Qui est cet homme troublant, qui se prétend détective privé et a changé plusieurs fois de nom ? Travaille-t-il pour les dangereux criminels contre lesquels elle a témoigné ? Ou est-il là pour la protéger ?

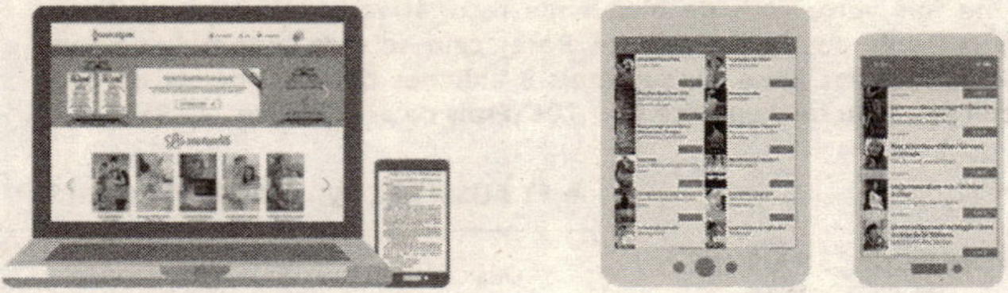